Sally Dark

Lonely Angel

Dunkle Vergangenheit

Band 1

©2023 Heartcraft Verlag
Landwiese 21, 35085 Ebsdorfergrund
2. Auflage
Covergestaltung und Buchsatz: Heartcraft Design
Text: Sally Dark
Bildlizenzen:
Natalie Hof – **stock.adobe**.com
Flügel © Sergey Nivens
Hintergrund © Itana
Feder © Siwakorn

ISBN:978-3-96698-957-2
Bestellung und Vertrieb: Nova MD GmbH, Vachendorf
Druck: Buecherdrucken24.de, Mazowieckie Centrum Poligrafii Sp. z o.o., Polen

Bibliografische Information der Deutschen Nationalbibliothek:
Die Deutsche Nationalbibliothek verzeichnet diese Publikation in der Deutschen Nationalbibliografie; detaillierte bibliografische Daten sind im Internet über http://dnb.d-nb.de abrufbar.

Vorwort

Willkommen auf der hellen Seite der Düsternis!

Du hast dich von dem schönen Cover blenden lassen, nicht wahr?

Hattest gedacht, hier würde dich nichts Grausames erwarten, da es doch so hübsch und strahlend ist, habe ich recht?!

Oh, Schätzchen … wie sehr du dich getäuscht hast, wirst du im Laufe dieser Trilogie erfahren.

Angel's Geschichte ist nichts für schwache Nerven. Denn ihr Leben besteht nur aus primitiver Begierde, Gewalt, Hass, Angst und einer trügerischen und dermaßen zerstörerischen Liebe, dass selbst der Tod diese nicht beendet!

Denkst du, du bist bereit hierfür? Oder hast du noch immer Hoffnung, in ein zuckersüßes Märchen gestolpert zu sein?

Glaubst du dem Märchenbuch, wenn es dir von einem schillernden Happy End erzählt?

Vertraust du der guten Fee, die dir aus reiner Selbstlosigkeit deine Wünsche erfüllt?

Wartest du auf den Traumprinz, der dir zur Rettung eilt?

Glaubst du, der Bad Boy wird irgendwann einmal zu dem Guten?

Oder hast du endlich dazugelernt und weißt, wie dunkel und grausam es in meiner märchenhaften Düsternis ist?

Denn bedenke … das hier ist erst der Anfang!

Dunkle Grüße
Eure Sally Dark

Prolog

Sechs Jahre zuvor

Ich rannte und rannte. Rannte immer weiter. Meine nackten Füße bluteten bereits. Meine Lunge brannte. Mein Puls war sicher nicht mehr messbar, so sehr rannte ich um mein Leben! Mit nichts weiter am Leib als einem dünnen Seidennegligé floh ich im Schutze der Nacht. Ich wusste nicht, wohin ich gehen sollte, hatte keinen, dem ich vertraute. Doch das war egal! Ich wusste nur eins, ich musste weit weg, wo *er* mich nie finden würde, mich nie wieder anrühren oder verletzen könnte!

Denn sollte *er* mich je finden, würde mich etwas weitaus Schlimmeres erwarten als der Tod!

Heute

Man nannte mich Angel.

Keiner aus meinem jetzigen Leben kannte meinen richtigen Namen. Er war zu gefährlich, als dass man ihn laut aussprechen durfte. Außerdem nahm ich zu viel Mühe und Anstrengungen auf mich, um ihn jemals jemandem verraten zu können.

Daher auch meine fünf goldenen Regeln. Ich hielt mich seit Jahren an sie. Hütete sie wie meinen wertvollsten Schatz. Genau zu diesem waren sie auch über die Jahre geworden. Sie hatten mich am Leben gehalten. Mich dorthin gebracht, wo ich heute war. Zumal sie mir meinen Beruf enorm erleichterten. Sie halfen mir, mich über Wasser zu halten und mir mein neues Leben im teuren New York, wo ich sonst niemandem auffiel und weiterhin unter dem Radar fliegen konnte, zu finanzieren. Sie waren meine

Lebensversicherung. Mein Schutz. Meine einzige Chance, dass *er* mich nie wieder finden würde.

»Regel Nummer 1: Ich heiße Angel!

Regel Nummer 2: Ich küsse niemals einen meiner Kunden.

Regel Nummer 3: Ich betreue immer nur einen Kunden.

Regel Nummer 4: Keine Gefühle. Keine Emotionen. Keine Liebe.

Regel Nummer 5: Keinen kostenlosen Sex. Niemals!«

Kapitel 1

Angel

Ein lautes Männerstöhnen hallte durch das edle Hotelzimmer, gefolgt von dem Geräusch aufeinanderprallender, nackter und verschwitzter Körper.

»Oh, Angel«, ächzte der Gelwichser über mir. Ein Seufzen entwich meiner Kehle. Ich reckte mich ihm gekonnt entgegen. Öffnete lustvoll meine sinnlichen Lippen. Die Augen geschlossen.

»Oh, ja, Angel!« *Hast du's dann mal?*

»Oh, ja, genau so«, stöhnte ich mit ihm, um ihn anzuspornen.

»Gefällt dir das? Macht dich das an?« *Nein!*

»Jaa!«, schrie ich stattdessen.

»Sag mir, dass ich der Beste bin, den du je hattest!« *Träum weiter!*

»Du … bist der … Beste … O Gott, genau da! Jaaaa!«

»Aaah!« *Na endlich!*

Er blieb noch eine Weile keuchend und zitternd auf mir liegen und ich tat es ihm gleich. Spielte weiter meine Rolle und wartete darauf, endlich duschen zu können, sobald er das Zimmer verließ. So wie nach jeder Nummer.

Endlich rollte er sich dankenswerterweise von mir runter und setzte sich auf. Der Mitte 30-jährige Starstaatsanwalt streifte sich das benutzte Kondom ab und grinste mich breit über die Schulter hinweg an. Ich lächelte gespielt befriedigt, gab ihm das, was er sehen wollte.

Man sollte meinen, ihm wäre klar, dass alles nur Show war. Den meisten meiner Kunden war dieser Umstand bewusst, schließlich bezahlten sie mich dafür. Aber bei diesem speziellen Exemplar hier war das tatsächlich nicht der Fall. Er war der festen Überzeugung, dass er der Sexgott höchstselbst sei. Doch ich ließ ihn gern in dem Glauben. Es war mir ganz gleich, was er dachte oder für wen er sich hielt. Er bekam, was er wollte, und ich, was ich wollte. Ende der Geschichte.

Er war bereits dabei, sich wieder zu bekleiden. Ich erhob mich ebenfalls und zog mir meinen vom Hotel vorbereiteten Seidenmorgenmantel über. Auf dem Weg zur Tür hauchte ich ihm, wie jedem meiner Kunden, mit rauchiger Stimme ins Ohr:

»Ich hoffe, wir sehen uns bald wieder, mein Hübscher.« Zur Antwort gab er mir einen frechen Klaps auf meinen Hintern, dann zog er einen Fünfzig-Dollar-Schein aus seiner Sakkoinnentasche und hielt ihn mir zwischen Zeige- und Mittelfinger geklemmt gönnerhaft entgegen.

»Natürlich! Hier, zum Abschied. Kauf dir was Schönes davon.« Ich lächelte aufreizend und schloss die Tür in seinem Rücken. *Wichser!*

Ich verriegelte die Tür von innen. Eine alte Angewohnheit aus dunkeln Zeiten. Manche Eigenarten ließen sich wohl nie oder nur schwer ablegen.

Anschließend entledigte ich mich wieder meines Morgenmantels und stieg unter die Dusche. Wusch mir nur allzu gern die letzten Reste von ihm fort. Schließlich erwartete ich gleich den nächsten Kunden. Meinen Stammkunden.

Einen Mitte 40-jährigen dicklicheren Kerl. Keine Frau. Keine Kinder. Keine wirklichen Freunde.

Dieser Typ besaß nichts außer seinem vielen Geld, das er durch schlaue Aktienanlagen gemacht hatte.

Er buchte mich bei meiner Agentur jeden Samstag um

Punkt 18 Uhr, komme was wolle. Seit einem Jahr, seitdem ich in der Agentur 'Cursed Secrets' arbeitete und er mich in ihrem Katalog auf ihrer Webseite gefunden hatte, buchte er mich.

Dabei spielten wir allerlei Rollenspiele durch. Mal war ich seine Freundin, die er schick zum Essen ausführte und mit der er anschließend eine heiße Nacht in einem Hotel verbrachte. Mal war ich seine Affäre oder eben einfach seine Nutte, mit der er machen konnte, was er wollte.

Laut seinem Outfitwunsch, den er meiner Agentur mitgeteilt hatte, war wohl heute das ungezogene Dienstmädchen dran. Deshalb empfing ich ihn ausnahmsweise schon im Zimmer. Normalerweise traf ich meine Kunden ausschließlich in den Hotellobbys. Meine Agentur arbeitete mit ausgewählten und sehr noblen Hotels zusammen. Immerhin entsprangen die Kunden auch nur aus den hohen Kreisen Manhattans.

Das Hotelpersonal wurde über den Auftrag informiert und bereitete dementsprechend alles vor. Das erste Treffen in der Lobby und das Zimmer. Alles wurde bereitgelegt.

Vor Ort klärte das Personal dann die gebuchten Mädchen über den Kunden auf und umgekehrt. Nur wir hatten einen Schlüssel. Bezahlt wurde im Voraus. Die Kunden mussten eine Blitzüberweisung an unsere Agentur tätigen, ehe sie ein Mädchen für ihre Dienste buchen konnten. Unseren Anteil bekamen wir am Ende der Woche ausgezahlt. Das Trinkgeld war allein für uns, aber da die Agentur die Höhe dieses kannte, war unser Anteil nicht besonders umfangreich. Es würde wohl immer eine hartumkämpfte Branche bleiben.

Doch bei meinem Stammkunden machten wir gern mal eine Ausnahme. Schließlich war er ein hohes Tier der High Society. Durch seine Empfehlung bekamen neue Kunden ein Passwort für unsere Webseite. Anders konnte man keines der Mädchen buchen. Nur durch einen guten Ruf, ein prall gefülltes Bankkonto und eine Empfehlung unserer hochgeschätzten Stammkunden sowie einer weiteren Prüfung erhielt man Zutritt zu unserer Seite und den dort gelisteten Frauen.

Dank ihm und seiner Empfehlungen hatte ich mir einen hervorragenden Kundenkreis aufgebaut. Ebenso wie meinen guten Ruf. Jeder, der von mir und meinen Talenten hörte, wollte eine Nacht mit Angel.

Es klopfte dreimal an der Zimmertür. Ich stieg aus der Dusche und wickelte mich in eines der großen und superflauschigen Handtücher ein, um der Person zu öffnen. Denn dreimaliges Klopfen bedeutete, dass der Zimmerservice sich ankündigte. Ich kannte die meisten Zimmermädchen aus den verschiedenen Hotels bereits. Oft schlief ich in einem der bezahlten Zimmer, weil ich zu erledigt von der Arbeit war und nicht den weiten Heimweg von Manhattan nach Brooklyn mit der Subway antreten wollte. Wie oft ich dabei so getan hatte, als könnte ich mir solch ein Zimmer tatsächlich leisten … Nicht, dass ich als Nutte schlecht verdienen würde, vor allem nicht in dieser Agentur. Besser als auf dem Straßenstrich, auf dem ich zuvor gearbeitet hatte, allemal.

Dennoch reichte es nicht, um solch ein Leben in Saus und Braus wie meine Kunden zu führen. Mein Gehalt ging für die Miete meiner gemütlichen Zweizimmerwohnung drauf. Den Rest vertilgten meine Arbeitsklamotten. Klar, die Agentur bezahlte auch immer mal wieder heiße Outfits, doch hatte jedes Mädchen seinen eigenen Geschmack und seine eigenen Vorlieben.

Sonst besaß ich nicht viel. Meine Wohnung und damit verbundene Privatsphäre und Sicherheit waren mir heilig.

Ich öffnete die Tür.

»Hi, Angel«, begrüßte mich mein Lieblingszimmermädchen freundlich und trat ein.

»Hi, Carmen. Und, hat Kevin dich endlich gefragt?«

Die sexy Mexikanerin schüttelte traurig den Kopf. Ich konnte es zwar nicht nachvollziehen, aber Carmen wünschte sich nichts mehr, als dass ihr nichtsnutziger Freund, mit dem sie schon seit knapp fünf Jahren zusammen war, ihr einen Antrag machte.

Na ja, jeder, wie er mochte oder brauchte. Ich für meinen Teil würde das nicht wollen. Beziehungen führten zu nichts außer Schmerz. Ebenso empfand ich Liebe als Zeitverschwendung. War sie doch nur eine Erfindung der Filmindustrie. Männer existierten in meinen Augen nur dazu, um mir an ihnen meinen Lebensunterhalt zu verdienen. Ich schlief mit ihnen oder tat eben das, wofür sie mich buchten, und kassierte sie dafür ab. Fertig! Keine Liebe oder Gefühle nötig.

Aber Carmen gehörte zu der Sorte Frau, die ohne Mann nicht leben konnte. Mit Sicherheit war sie noch nie Single gewesen. Carmen war nichts wichtiger, als mit ihren 24 Jahren ihren Nichtsnutz zu heiraten, Kinder zu bekommen und ihm bis zu seinem Tod hinterherzuputzen. Schon lustig, wie unterschiedlich Leben verlaufen konnten. Wir waren gleich alt und doch könnten wir ungleicher nicht sein.

»Dieser Idiot. Er plant einen superromantischen Abend. Alles war perfekt und dann … NICHTS! Kein Ring! Keine Frage! Kein Kniefall! Kannst du das glauben, Angel?«, jammerte sie mir vor. Ich versuchte, so verständnisvoll wie möglich auszusehen, denn ich mochte Carmen mit ihrer naiven Art wirklich sehr. Sie war ein gutes Mädchen und hatte es verdient, glücklich zu sein. Selbst wenn ihre Vorstellung vom Glücklichsein sowas Sinnloses wie Heiraten, Liebe und Männer beinhaltete.

»Beim nächsten Mal, ganz bestimmt!«, versicherte ich ihr grinsend. Niedergeschlagen wog sie den Kopf hin und her und machte sich an die Arbeit. Sie bezog das Bett neu, öffnete die Fenster, damit der typische Sexgeruch verflog, und leerte die Mülleimer. Sie brachte das Zimmer wieder in seinen gewohnten ordentlichen und sehr gehobenen Zustand. Währenddessen aß ich eine Kleinigkeit. Ich brachte mir immer selbst etwas mit. Aber bei den Preisen – kein Wunder. Und ja, man sollte meinen, meine Agentur würde für solche Unkosten zahlen, doch hier zeigte sich mal wieder, in was für einer Branche wir uns befanden. Dennoch war alles besser als das Arschloch von Zuhälter, den ich zuvor gehabt hatte.

»Wie sieht es denn nun mit einem Doppeldate aus? Komm schon, Angel, trau dich doch mal! Mein Kumpel ist wirklich ein netter Kerl«, beschwor Carmen mich. Ich musste schmunzeln. Jedes Mal wenn wir uns sahen, versuchte sie, mich mit einem ihrer Freunde zu verkuppeln. Sie akzeptierte und respektierte zwar meinen Beruf, dennoch war sie der Meinung, dass ich einen Mann an meiner Seite bräuchte, um glücklich zu werden. Ich hob abschätzig eine Braue, lächelte jedoch freundlich.

»Ich weiß deine Mühe zu schätzen, aber …«

»Aber du hältst nichts von Männern und Beziehungen. Jaja! Hab's verstanden«, äffte sie mich gespielt nach und grinste mich breit an, als ich ein Kissen nach ihr warf.

»Hey. Das räume ich aber nicht auf«, beschwerte sie sich lachend. Ich stieg gern in diese Albernheit mit ein. Ich genoss die kurze Zeit mit der jungen und freundlichen Mexikanerin wirklich. Sie war so echt und erfrischend. Etwas sehr Seltenes in meinem Alltag.

Die Mädchen, mit denen ich zusammenarbeitete, waren vom selben Schlag wie ich. Entweder waren sie hier, weil sie vor etwas oder jemandem fliehen mussten und sich so ihr Leben finanzierten, oder sie hatten in ihrem Leben ein paar falsche Entscheidungen getroffen und waren auf Abwege geraten. Denn einmal drinnen, entkam man dem Teufelskreis nicht mehr so leicht. Ich wusste, wovon ich sprach. Ich hatte schon zu oft dabei zugesehen, wie verbraucht junge Frauen nach einigen Jahren in diesem Job wirkten, sodass sie am Ende keiner mehr wollte. Oder wie sie Opfer ihres eigenen Drogenkonsums wurden, weil sie es ohne nicht aushielten.

Auch ich griff gern zu allerhand stimmungsaufhellenden Pillen und hin und wieder auch zum Koks, wenn ich eine Doppelschicht einlegen musste, weil ein hohes Tier nach mir verlangt hatte. Bei bestimmten Männern sagte man nicht nein – oder eher zu ihrem Kontostand.

Doch ich achtete immer darauf, nicht zu sehr in den Drogensumpf abzurutschen. Auch achtete ich stets auf meinen Körper. Schließlich war er mein Kapital. Ohne ihn müsste ich mir eine neue Arbeit suchen – und warum etwas aufgeben, was man von klein auf nicht anders kannte und nun perfektioniert hatte?

»Dann bis nächste Woche. Pass auf dich auf, Angel.« Mit diesen netten und ehrlichen Worten verließ Carmen das Zimmer. Sie sorgte sich um mich. Wie oft sie sich bei mir versichert hatte, dass die Kerle auch ja alle ordentlich mit mir umgingen, konnte ich kaum zählen. Ich hatte sie dafür belächelt.

Ich wusste mir schon zu helfen, kam immerhin aus einer ganz anderen und brutaleren Welt als Manhattan mit seinen Richie-Rich-Boys. Mit diesen Typen kam ich durchaus allein zurecht.

Ich trug auch stets Pfefferspray und ein kleines Klappmesser in meiner Tasche bei mir. Meine Agentur sah es nicht so gerne, aber das war mir egal. Ich hatte schon zu viel Scheiße erduldet, als dass ich diesen Beruf unbewaffnet durchziehen würde. Was ich schon für kranke Kunden bedienen hatte müssen, glaubt mir kein Mensch.

Ja, ich war jung, aber ich hatte wirklich schon einiges erlebt. Auch hier unter den wohlerzogenen Musterknaben

Manhattans tummelten sich kranke Schweine. Doch die gab es ja schließlich überall auf der Welt. Reiche Männer, die meinten, sie könnten sich mit ihrem Geld nehmen, was auch immer sie wollten. So lief es nun mal. Geld regierte die Welt und diese wurde von machtgeilen und schwanzgesteuerten, kleingeistigen Männern geführt.

Doch genau da liebte ich meinen Beruf wieder. Alle Männer waren gleich. Sie dachten, sie hätten mich und meinen Körper gekauft und könnten damit anstellen, was auch immer sie wollten. Doch in Wahrheit bestimmte ich über ihre Lust. Entschied, wann, wie und auf welche Art ich sie ihre Befriedigung genießen ließ. Hier in diesen Räumen war ich der Boss und bestimmte über ihr Verlangen. Und diese Macht genoss ich in vollen Zügen. Denn Männer wurden in der Gegenwart einer schönen und selbstbewussten Frau dumm und leicht angreifbar. Ich hatte es schon zu oft gesehen und noch öfter genossen.

Ich schlüpfte in mein heutiges Kostüm. Mein bronzefarbener Hautton gepaart mit diesem Zimmermädchen-Outfit stieß mir zwar sauer auf, doch meinem Stammkunden würde es sehr gefallen. Er liebte meinen speziellen Typ. Das erging vielen so. Schon in meiner Kindheit war ich mit meinem bronzenen Touch, den helleren Haaren als üblich und den noch unüblicheren blauen Augen sehr aufgefallen. Ich stach damit aus der Masse meiner Leute heraus. Ich war weder schwarz noch richtig weiß. War weder blond noch richtig brünett. Ich war immer irgendetwas dazwischen und genau das fanden Männer wohl so attraktiv. Das Ungewisse. Anscheinend deckte ich den größten Teil an Geschmäckern mit meinem Aussehen ab. Sei's drum. Gut für mich und meinen Geldbeutel.

Ein Klopfen an der Tür riss mich aus meinen Gedanken. Ich warf noch einmal einen letzten Blick in den Spiegel, dann begrüßte ich meinen Stammkunden. Seine Augen bekamen sofort ein gieriges Leuchten, als er mich in seinem Wunschoutfit sah.

»Angel, du siehst toll aus. Das hier wird mir, denke ich, großen Spaß machen«, schwärmte er mir vor. Ich lächelte lasziv, glitt in meine Rolle und ließ ihn eintreten. Mit einem Lappen bewaffnet blieb ich dicht vor ihm stehen.

»Oh, Sir, sehen Sie, Sie haben einen Fleck auf Ihrer Hose. Soll ich Ihnen damit zur Hand gehen?« Sein Grinsen wurde noch etwas breiter, als er zufrieden feststellte, dass ich seine Wünsche und Vorlieben kannte.

Ich ließ ihm nicht die Zeit zum Antworten und ging sofort vor ihm auf die Knie. Ich 'putzte' mit dem Lappen über seine Beule in der Hose. Diese stand schon, seit ich ihm in diesem Kostüm die Tür geöffnet hatte. *Typisch!*

Ein zustimmendes Brummen entfuhr seiner Kehle, als ich vermehrt mit bestimmtem Druck über sein bestes Stück fuhr.

»Kann ich Ihnen noch anderweitig helfen, Sir?«, fragte ich ihn unterwürfig. Sein von Gier und Lust geschwängerter Blick ruhte nur auf mir. Ich konnte ihm ansehen, dass er dieses Spielchen eigentlich nicht mehr aushielt und gleich zur Sache kommen wollte, aber ich dachte nicht daran, es vorzeitig zu beenden. Er sollte ja schließlich hier auf seine Kosten kommen und ich auf meine Stunden.

Ohne dass er etwas gesagt hatte, stand ich auf und ging galant und mit schwingenden Hüften durch den Raum. Ich tauschte Lappen gegen Staubwedel und begann, mit ausgestrecktem Hintern die Möbel im Zimmer abzustauben. Erst folgte er mir nur mit Blicken, dann setzte er sich auf das Bett hinter mich. Denn ich war gerade dabei, den Nachttisch abzustauben.

Währenddessen reckte ich ihm meinen halbnackten Po entgegen. Bückte mich immer wieder tief herunter, sodass er noch eine bessere Aussicht genoss. Er legte auch, sobald er saß, eine Hand auf meinen Arsch und knetete ihn kräftig. Ich kicherte gespielt.

»Gefällt dir das? Wenn ich dich streichle?« Er wanderte mit seiner Hand zwischen meine Beine und fuhr über meinem Höschen meine unteren Lippen nach.

»Ja«, hauchte ich sexy. Er begann, Druck auf meine Perle auszuüben. Ich keuchte auf und beugte mich weiter nach vorne, stützte mich auf dem Nachttisch ab, damit er besseren Zugang bekam. Immer wieder warf ich ihm devote Blicke über die Schulter zu. Doch lange dauerte das Spielchen nicht mehr. *Dann bin ich heute wohl schon früher fertig.*

»Sir, das dürfen wir nicht!«, entgegnete ich dann noch zur Krönung meines Schauspiels. Dieser Satz schien ihm vollends den Rest gegeben zu haben, denn er knurrte, packte sich, begleitet von einem Klimpern, an den Gürtel und öffnete ihn schnell.

»Oh, Angel. Komm schon her!« Ich grinste in mich hinein. Das war mal wieder zu einfach mit ihm. Ich ließ mich von ihm dirigieren, damit er mich so nehmen konnte, wie er es wünschte. Doch ich musste nicht viel machen. Er zerrte mir noch an Ort und Stelle den Slip zur Seite, nachdem er sich ein Gummi übergezogen hatte, und fickte mich hart und schnell, während ich mich auf dem Nachttisch abstützte. Ich gab ihm das, was er hören wollte, und feuerte ihn mit meinem Stöhnen an. Seine Stöße wurden immer härter. Sein Fick immer dreckiger.

Für seine Statur war er recht ausdauernd, das musste ich ihm lassen. Nach 10 Minuten kam er mit einem lauten Knurren. Ich spielte natürlich mit und gab ihm auch hier, was er hören wollte. Aber er bemühte sich auch immer sehr! Er legte jedes Mal eine Hand an meine Perle, um mich zu stimulieren, und es fühlte sich bei ihm gut an, keine Frage. Doch mir gab der Sex nicht wirklich etwas. Ich verdiente damit mein Geld und fertig.

Daher kam ich in meinem Privatleben auch sehr gut ohne ihn zurecht. Ich musste mich nicht meinen primitiven Gelüsten und der Gier hingeben. Brauchte keinen Mann, der mich befriedigte, denn sollte es wirklich einmal stark zwischen meinen Schenkeln prickeln, legte ich einfach selbst Hand an. Schließlich wusste ich genau, wie es mir gefiel und wie nicht. Männer nicht. Sie achteten nur auf ihre eigene Lust und Befriedigung. Kümmerten sich nur um sich selbst. Nahmen sich, wenn nötig, auch gewaltsam, was sie wollten. Ich wusste, wovon ich sprach. Schließlich hatten mich schon unzählige Männer auf dieselbe Art und Weise gefickt. So war es nun mal und es war okay. Das war mein Job. Ich gab ihnen, was sie sich wünschten, und sie bezahlten mich dafür, dass sie ihre Perversionen, die ihre braven Frauchen zu Hause nicht mitmachen würden, mit mir ausleben durften.

»Es war wie immer perfekt. Doch ich muss heute schon früher gehen, Liebes. Ich habe noch einen wichtigen Termin, musst du wissen«, plauderte mein Stammkunde munter drauflos. Er redete immer nach dem Sex mit mir. Ich hörte ihm gerne zu. Ich konnte ihn gut leiden. Er behandelte mich wirklich anständig und war keines dieser schmierigen Schweine.

Klar, er buchte mich ebenfalls, um seine Fantasien befriedigen zu können, aber sie waren harmlos. Ich vermutete, er war einfach nur einsam und hätte gern eine Frau an seiner Seite. Leider war er nicht gerade attraktiv und in dieser Szene der Reichen und Schönen war das Aussehen nun mal alles. Er war schon zu oft von geldgeilen kleinen Schlampen ausgenommen worden, hatte er mir erzählt. Daher buchte er mich. Wir beide wussten, für was er zahlte und wo die Grenzen unserer Geschäftsbeziehung waren. Ich schlüpfte in jede Rolle, die er gerne hätte, aber eben nur für die gebuchte Zeit. Danach wurde ich wieder zu Angel und er zu Alen Hitch. Keine Gefühle. Keine Beziehung. Keine

Liebe. Keine Angst um sein Vermögen. Bei uns war alles genau abgesprochen und mit meiner Agentur vertraglich geregelt.

»Schon okay.« Ich hatte mir bereits meinen Morgenmantel übergezogen, denn die Show war vorbei.

»Hier, meine Liebe.« Er hielt mir wie jeden Samstag einen hundert Dollarschein entgegen, und ich nahm ihn wie immer gespielt schüchtern an. Ich begleitete ihn noch zur Tür, ehe ich endlich wieder allein war. Nach einer letzten, schnellen Dusche trat ich den Heimweg an.

Auf der langen Fahrt schrieb ich noch meinen täglichen Bericht für meine Agentur. Sie wollten immer auf dem Laufenden gehalten werden, damit keine lästigen Überraschungen oder unverhoffte Beschwerden kommen könnten. Es diente zu unserer Sicherheit sowie dem guten Ruf der Agentur. Doch ich hatte eigentlich noch nie wirklich eine Beschwerde erhalten. Alle meine Kunden waren immer sehr zufrieden mit meiner Arbeit und Leistung.

Endlich in meinen eigenen vier Wänden angekommen verriegelte ich noch meine Wohnungstür, bevor ich mich wirklich sicher fühlen konnte.

Meine Zweizimmerwohnung war eigentlich ein Drecksloch im Vergleich zu den Hütten, die meine Kunden bewohnten, oder den Hotels, in denen ich sonst immer verkehrte. Dennoch mochte ich sie irgendwie. Konnte mir allein auch sonst nichts Vergleichbares leisten. Doch ich musste endlich raus aus diesen WGs. Ich konnte mit all meinen Kolleginnen nicht mehr zusammen wohnen und arbeiten. Ihr dauerndes Rumgehure ging mir einfach nur noch auf die Nerven. Als würde sich das Leben wirklich ausschließlich um Männer und Sex drehen. Es reichte doch, dass wir damit unser Geld verdienten. Wir mussten nicht auch noch 24/7 rumvögeln. Da wurde man ja bekloppt.

Aber mit diesem Gedanken stand ich in unserer Branche

wohl allein da. Kein Wunder, dass ich unter ihnen keine Freundin hatte. Die meisten waren so oder so dumm wie Brot und der andere Teil fickte, kokste oder kiffte sich seine übrig gebliebenen Hirnzellen weg. Also was sollte ich auch tiefergehende Freundschaften mit ihnen beginnen? Mir reichte es, hin und wieder mit ihnen und unseren männlichen Kollegen feiern zu gehen. In einem von ihnen hatte ich auch einen guten Freund gefunden. Miguel. Mit ihm konnte ich meine Muttersprache – Spanisch – sprechen. Es tat gut, durch ihn ein klein wenig Heimat wiederzubekommen. Auch wenn ich nie zurückwollte – geschweige denn könnte –, vermisste ich mein Land und die Sitten doch manchmal.

Ich hatte schnell lernen müssen, mich im lauten New York anzupassen. Doch ich hatte es recht gut umgesetzt. Mein Englisch war fließend und mein spanischer Akzent kam nur noch sehr selten durch. Eigentlich nur, wenn ich sehr aufgebracht oder wütend war.

Ich hörte meinen Anrufbeantworter ab und lauschte wie jeden Abend der Nachricht von Miguel, der mich zum Feierngehen überreden wollte. Aber ich hatte heute nun wirklich keine Lust. Ich schrieb ihm eine WhatsApp, dass ich zu erledigt sei.

Der Gelwichser vor meinem Stammkunden hatte mich doch recht geschafft mit seinen versauten Spielchen.

Solche Männer wie er waren einer der Hauptgründe, warum ich eigentlich kein Interesse am anderen Geschlecht hatte. Am gleichen allerdings auch nicht. Obwohl es etwas sehr Aufregendes an sich hatte, mit einer Frau zu schlafen, was in meiner Agentur öfter vorkam, als man vielleicht glauben konnte. Ich hatte einfach überhaupt kein Interesse an Sex oder Beziehungen außerhalb meiner Arbeitszeiten.

Zumal Regel Nummer 5 so oder so dagegen sprach. Es war besser so. Sex machte die Menschen dumm und unvorsichtig. Männer wie Frauen. Ich konnte es mir nicht leisten, unvorsichtig und dumm zu werden. Ich musste auch nach so vielen Jahren weiterhin auf der Hut bleiben. Mich bedeckt halten. Ich konnte es nicht riskieren, entdeckt zu werden, nur wegen eines Kerls. Nein! Mein Leben war mir dann doch zu kostbar. Und ich würde es verlieren, sollte *er* mich finden!

Kapitel 2

Logan

Drei Jahre zuvor

Ich betrat das sogenannte Doppel D. Ein Schuppen, in dem es hieß, man bekäme für gutes Geld einen unvergesslichen Fick. Doch als ich mich in dieser Spelunke so umsah, zweifelte ich stark daran.

In diesem von roten Samtvorhängen umhüllten Laden wimmelte es zwar nur so von willigen Weibern, doch beim genaueren Betrachten sah man, wie abgefuckt und verbraucht diese schon waren.

Ich beschloss dennoch, gegen jede Vernunft, einen Drink an der Bar zu nehmen. Kaum saß ich, kamen schon drei läufige Hündinnen von ihnen und biederten sich mir an. Ich lehnte brummend ab und trank meinen Drink. Wenigstens einen anständigen Whiskey hatten sie hier. Daher bestellte ich noch ein zweites Glas. Ich brauchte dringend was zu vögeln, deshalb kam ich ja schließlich auch hierher. Vielleicht ließe sich doch etwas Brauchbares finden?

Ich schüttete meinen halbvollen Drink herunter und sah mich in diesem Drecksloch um. Doch nein, keine nur halbwegs Vernünftige war unter ihnen. Keine, die man bedenkenlos ficken, geschweige denn anfassen konnte, ohne sofort zur Desinfektionsflasche greifen zu müssen.

Frustriert knallte ich der Barfrau – oder eher Puffmutter – einen Fünfzig-Dollar-Schein auf die Theke und stand auf.

Doch statt den direkten Weg nach draußen zu gehen, nahm ich den länglichen Gang mit den vielen kleinen, separaten Nischen und Räumen, die sich hinter den schweren, roten Samtvorhängen verbargen. Dort tummelten sich tatsächlich jede Menge Männer mit den Mädchen von hier. Sie fickten wild durcheinander.

Mich schüttelte es bei diesem Bild. Ich beschleunigte meinen Schritt, wollte nur noch hier weg. Plötzlich hielt ich inne, horchte auf. Ich hörte eine schwache Frauenstimme. Es klang fast wie ein Wimmern. Ich sah mich nach ihr um, folgte ihr wie einem Sirenengesang, ließ mich führen und fand sie schließlich.

Ein junges Mädchen, anders konnte man dieses zarte Geschöpf nicht nennen, lag unter einem verschwitzten Widerling. Sie versuchte, sich mit ihren kleinen, zarten Händen gegen diesen Fettsack zu wehren, doch selbst wenn sie noch all ihre Sinne besessen hätte, hätte sie keine Chance gegen ihn gehabt.

Wut packte mich, meine Fäuste ballten sich wie von selbst.

»Runter von ihr!«, rief ich dem Fettsack streng zu und trat vollends in den Raum ein. Ich konnte mich kaum noch beherrschen. Ich hasste Vergewaltiger – zumindest außerhalb meiner Arbeitszeiten, während denen ich meine Gefühle so gut wie möglich abstellte.

Sex hatte von beiden Seiten einvernehmlich stattzufinden. Auch in solch einer Spelunke wie dieser hier. Doch das, was sich vor meinen Augen hier abspielte, war definitiv nicht auf beiden Seiten freiwillig!

Der widerliche Kerl hielt in seinem Fick inne und sah erschrocken zu mir auf. Er hatte mich wohl nicht reingekommen gehört, so vertieft war er mit diesem kleinen Ding zugange.

»Ich sagte, runter von ihr!«, knurrte ich fast schon

animalisch. Meine Fäuste ballten sich immer fester zusammen. Das Weiß meiner Knöchel trat bereits hervor.

Der Kerl sah mich mit großen Augen an und gehorchte. Er stand von dem halbnackten Mädchen auf, steckte seinen mickrigen Schwanz wieder in seine Hose und erhob sich schwerfällig von der vollgewichsten Matratze. Seinem Blick nach zu urteilen, wusste er nicht, was ich von ihm wollte. Wahrscheinlich war ihm nicht einmal klar, was er hier tat. Er bezahlte ja für diesen Fick.

Unter innerem Kampf beschloss ich, diesen Widerling ohne seine verdiente Tracht Prügel davonkommen zu lassen.

»Verpiss dich!«, spuckte ich.

»Aber …« Schneller, als ich mich hätte beherrschen können, schoss meine Hand nach vorne und packte diesen Kerl am Kragen. Ich zog ihn zu mir hinauf vor mein Gesicht. Dabei hob ich ihn vom Boden an. Ich überragte ihn um knapp zwei Köpfe und auch von meinem Körperbau her war ich beinah doppelt so breit.

Ich bestand nur aus Muskeln. Mein Körper war vom vielen Training und meinen guten Genen geformt. Der Wichser vor mir hingegen wabbelte vor Fett und wirkte generell wie ein Schwächling. Auch ohne meine Kampfausbildung hätte ich diesen Kerl in weniger als einer Minute getötet. Daher übte ich mich wieder in Beherrschung und zog ihn, statt wie geplant mit der anderen Faust zuzuschlagen, noch etwas näher an mein Gesicht und damit weiter weg vom Boden.

»Ich sag dir jetzt, wie das zukünftig ablaufen wird. Du wirst nie wieder eine zugedröhnte Frau anrühren! Du wirst dich ab sofort anständig dem weiblichen Geschlecht gegenüber benehmen, oder ich schwöre dir, ich suche und kastriere dich, bevor ich dich qualvoll töte! Verstanden, Klopsi?!« Gewaltvoll schubste ich ihn von mir. Er fiel mit einem lauten Poltern zu Boden, doch ich beachtete ihn schon nicht mehr. Ich hatte die Angst in seinen kleinen Augen gesehen. Den würde hier wohl keiner mehr zu Gesicht bekommen, da war ich mir sicher.

Kurze Zeit später eilte er aus dem Raum.

Ich ging neben dem jungen Ding in die Hocke und betrachtete sie einen Moment lang. Sie schlief. Oder war bewusstlos geworden. Ich wusste es nicht so genau. *Schöne Scheiße! Und jetzt?*

Ich wollte einen Fick und nicht Babysitter spielen. Ich ärgerte mich über mich selbst. Jetzt musste ich das hier auch zu Ende bringen. Nur wusste ich nicht so ganz, was ich tun sollte.

Leicht beugte ich mich über sie und strich ihr eine klatschnasse Strähne beiseite. Ihr Kopf drehte sich bei dieser Berührung und sie präsentierte mir ihren verlockenden Hals. Erneut wischte ich ihr einige Haare beiseite, da der Anblick zu schön gewesen war. Knapp unter ihrem Haaransatz hinter ihrem Ohr entdeckte ich ein kleines Tattoo. Einen Namen. 'Maria.' *Wer zum Teufel ist Maria?*

Trotz ihres erbärmlichen Zustandes musste ich feststellen, dass sie verdammt hübsch war. Mit ihrer bronzenen Haut konnte man sie beinah mit Rihanna vergleichen. Doch ihre Schönheit übertraf die der Sängerin bei weitem.

Sie hatte natürliches, blondes Haar, was ungewöhnlich für ihren Hautton war, doch genau dieser Kontrast verlieh ihr ihre Schönheit. Ihrer Erscheinung faszinierte mich. Und sie wirkte unglaublich jung, konnte kaum älter als 20 sein. Was zum Teufel machte sie hier? Solch eine Schönheit wie sie hätte doch sicher noch andere Perspektiven als diese Absteige?

Der Drang, mehr über sie und ihr Leben zu erfahren, wurde fast übermächtig. So kannte ich mich nicht. Zumindest nicht mehr seit der Sache mit Michelle.

Meine Augen glitten weiter über ihren zierlichen Körper. Sie war sehr schlank, vielleicht auch etwas zu dünn.

Da sie halb nackt vor mir lag, konnte ich ihren Körper gut unter die Lupe nehmen.

Sie hatte schöne, handgroße, feste Brüste, einen flachen Bauch und viele kleine Narben auf ihrem Körper. Bevor ich mir dazu allerdings groß Gedanken machen konnte, sah ich sie, die Einstichstelle. Das dumme Ding hatte sich Heroin gespritzt! Oder vielleicht war es ihr auch injiziert worden? Um sie gefügiger zu machen? Ja, diese Theorie passte besser, denn ich fand nur diesen einen rötlichen Punkt. Keine älteren. Sie war gegen ihren Willen unter Drogen gesetzt und gefickt worden.

Erneut flammte unbändige Wut in mir auf. Wie konnte man nur so mit Menschen umgehen. Mit Frauen?

Wütend mahlte ich mit dem Kiefer und überlegte fieberhaft, was ich jetzt tun sollte. Ich konnte sie ja schlecht hierlassen, aber sie mitzunehmen, war auch keine Option. *Shit!*

Daher beschloss ich erst einmal, ein Wasser und einen nassen Lappen zu organisieren, damit ich sie überhaupt wach bekam. Dafür musste ich zurück an die Bar gehen.

Mit keinem Wort erwähnte ich die Kleine. Ich wusste, was sonst mit ihr passieren würde, und wollte nicht riskieren, dass ihr was zustieß. Ich hatte keinen blassen Schimmer, wieso ich solch einen Beschützerinstinkt bei ihr entwickelte. Auch diesen hatte ich bis jetzt nur bei einer Frau so ausgeprägt gehabt.

Mit einem feuchten Lappen und einer Flasche Wasser eilte ich zu ihr zurück. Doch statt wieder eine bewusstlose Schönheit vorzufinden, saß sie jetzt zusammengekauert auf dem Bett. Sie zuckte hart zusammen, als sie mich sah, und riss erschrocken die Lider auf. Mir raubte es den Atem, als ich ihre wunderschönen blauen Augen sah. Vor mir saß wahrlich ein Engel. Ein verschreckter und ängstlicher Engel. Dennoch passte dieser Spitzname wie gespuckt auf diese zarte Erscheinung des Mädchens.

Beschwichtigend hob ich die Hände hoch und kam langsam näher. Dann streckte ich ihr den Lappen und Wasserflasche entgegen, damit sie verstand, dass ich ihr nichts Böses wollte. Sie beäugte mich skeptisch.

»Ich tu dir nichts. Versprochen!«, raunte ich sanft. Ich wollte ihr auf keinen Fall noch mehr Angst einjagen. Doch so, wie sie mich jetzt ansah, hatte sie wohl auch keine vor mir. Sie musterte mich sogar vielmehr neugierig. *Verdammt!*

»Wie geht es dir?« Sie saß noch immer nur mit einem durchsichtigen Spitzenhemdchen vor mir und zeigte auch keinen Funken Schamgefühl, als ich bei ihr ankam und dicht vor ihr in die Hocke ging, um die Sachen vor ihr abzulegen. Ich zwang mich regelrecht dazu, ihr in die Augen zu sehen. Bis ich es nicht mehr aushielt. Ich stand auf und streifte mir meine Lederjacke ab. Sie verfolgte jede meiner Bewegungen mit ihren Augen. Sagte kein Wort. Sie beobachtete mich einfach stumm dabei, wie ich mir auch mein Shirt über den Kopf zog und es ihr mit einem gewissen Abstand reichte.

Als sie jedoch mit ihren Augen schamlos über meine Bauchmuskeln und meinen Oberkörper wanderte, konnte ich mir ein freches Schmunzeln nicht mehr verkneifen. Die Kleine war taff und sie gefiel mir immer besser und besser. *Vorsichtig, Logan!*

Als sie offenbar gesättigt damit war, mich anzugaffen, nahm sie mein Shirt und zog es sich über. Ich schlüpfte währenddessen wieder in meine Lederjacke zurück, ließ sie aber offen.

»Du wurdest unter Drogen gesetzt. Wusstest du davon?« Sie schüttelte den Kopf und griff nach der Wasserflasche. Auch diese beäugte sie erst einmal skeptisch, bis sie feststellte, dass sie noch immer verschlossen war. Ich stutzte und war gleichzeitig erstaunt. Dumm war sie keineswegs, daher wunderte es mich fast, dass ich sie in dieser schrecklichen Situation vorgefunden hatte.

»Wie heißt du?« Ich musste mehr über sie erfahren.

Nachdem sie die halbe Flasche getrunken hatte, sah sie mich erneut an. Ihr Blick fast wieder klar. Es muss wohl nur ein kleiner Schuss gewesen sein. *Na wenigstens etwas …*

Mit etwas Glück war es zu wenig, als dass sie wirklich davon abhängig werden würde. Sie könnte es schaffen, zu widerstehen.

Sie schien zu überlegen, ob sie mir antworten sollte.

»Angel.« Ich zog eine Augenbraue hoch. *Das kann doch nur ein Witz sein?*

»Dein Name ist Angel?«, fragte ich daher noch einmal zur Sicherheit nach. Ein kleines Lächeln zierte ihre Lippen, dann zuckte sie gleichgültig mit den Achseln. Ich verstand die Welt nicht mehr. Wie konnte sie nur so gefasst, ja beinah gleichgültig sein? Oder wusste sie nicht, was gerade mit ihr passiert war? *Oh, bitte nicht!*

»Und was ist mit dir? Hat mein Ritter denn auch einen Namen?«

Ich musste erst einmal wieder klarkommen. Der schöne Klang ihrer Stimme gepaart mit der Tatsache, dass ihr all das hier überhaupt nichts auszumachen schien, überforderte mich doch etwas. Daher brauchte ich einen Moment, um meine Stimme wiederzufinden.

»Logan.«

Ihr Mundwinkel zuckte.

»Na dann, danke, Logan, für deine Hilfe.« Schließlich erhob sie sich. Doch wie zu erwarten, war ihr Körper noch zu schwach und zittrig für eine solch unüberlegte Handlung. Ich war schneller bei ihr, als ich mich überhaupt hätte zurückhalten können.

Ich stützte sie, hielt sie davon ab, zu stürzen. Ich wusste nicht, was das hier sollte. Auch diese Aktion passte nicht zu mir. Klar, wenn eine Frau meine Hilfe dringend benötigte, war ich jetzt nicht der Typ, der einfach weiterging. Aber ich war sicher kein Held oder – wie sie mich unpassend bezeichnete – ein Ritter. Noch weniger war ich *ihr* Ritter. Ich war kein guter Mensch. Zumindest seit knapp einem Jahr war ich nicht mehr der Mann, der ich früher einmal gewesen war. Nun befand ich mich auf der anderen, der dunklen Seite.

Ich umfasste ihren zierlichen Oberkörper und gab ihr damit noch immer Halt. Sie zitterte stark in meinem Griff. Vor Angst? Vor Anstrengung? Ich wusste es nicht.

»Ich werde dich jetzt loslassen. Kannst du allein stehen?«, raunte ich leise. Sie nickte wieder nur.

Unter innerem Kampf nahm ich meine Hände von ihrer weichen Haut. Ich wollte sie noch nicht freigeben. Zu gut hatten sich meine weißen Hände auf ihrer samtenen Bronze-Haut angefühlt und ausgesehen. Dieser Kontrast, herrlich. *Reiß dich zusammen, Logan!*

Ich nahm schnell wieder Abstand von ihr, um meine wirren Gedanken zu ordnen. Dann reichte ich ihr erneut die Wasserflasche, welche sie auch sofort an sich nahm und zügig leerte. Ich musterte sie skeptisch. Konnte sie unmöglich allein lassen.

»Komm, ich bring dich nach Hause«, entgegnete ich ihr sanft. Doch sie schien nichts von der Idee zu halten, denn ihr Blick wandelte sich in Sekundenschnelle. Sie sah mich jetzt spöttisch an und schüttelte vehement den Kopf.

»Nein danke! Ich komme schon allein zurecht. Du kannst jetzt auch gerne wieder gehen und tun, wofür du hergekommen bist.« *Erwischt!*

Obwohl ich mich bemüht hatte, mir nichts anmerken zu lassen, hatte sie mich durchschaut.

»Komm schon. Du kleines Ding kippst mir sonst noch auf der Straße um. Pack deinen Dickschädel ein und lass dir helfen. Du wirst mich auch nie wiedersehen!« Ich unterdrückte nur mit Mühe ein freches Lächeln.

Ihre Miene forderte mich regelrecht heraus, wirkte selbstbewusst und stolz. Dieses Mädchen faszinierte mich immer mehr.

»Kleines Ding?!« Es war klar, dass sie nur darauf reagieren würde. Nun stahl sich doch das unterdrückte freche Lächeln auf meine Lippen, auch deshalb, weil mir nicht entgangen war, wie ihr Blick immer wieder auf meine Bauchmuskeln rutschte. Ihr Bemühen, es zu verstecken oder gar zu überspielen, war wirklich niedlich.

Auch war mir ihr leicht spanischer Akzent nicht entgangen. Wäre ich mein älterer Bruder, so hätte ich sie jetzt mit meinem fließenden Spanisch, Französisch, Mandarin – und was dieser Kerl nicht noch alles konnte – beeindrucken können. Obwohl ich mir nicht sicher war, ob sie genau das nicht eher abschreckte, statt ihr imponierte. Dieses Mädchen war durch und durch ein Geheimnis.

Ich hatte sie wohl eine Spur zu lange belächelt, denn jetzt kam sie mit den Händen in die Hüfte gestemmt auf mich zu und funkelte mich wütend an.

»Hör mal. Es war ja ganz süß von dir, dass du meintest, hier den Ritter spielen zu müssen. Doch mir geht es gut, also kannst du jetzt auch wieder gehen. Verstanden?« Dicht blieb sie vor mir stehen.

Mittlerweile musste ich zu ihr heruntersehen. Mit meinen über 1,90 war sie verglichen mit mir ein Zwerg. Sie maß vielleicht knapp 1,70. Es hatte irgendwie was, auf sie herabzuschauen. Zwanghaft versuchte ich, meine Gedanken wieder in eine jugendfreie Richtung zu lenken. Es gelang mir nur mit Not, und auch nur, weil sich etwas in ihrem Blick veränderte. Ich konnte es nicht deuten. *Ist es Angst?*

Sie ließ ihre Arme sinken und nahm einen großen Schritt Abstand von mir. Ich zog fragend die Brauen zusammen. *Was soll das jetzt?*

»Ehm, okay. Bist du dann fertig? Können wir gehen?«,

fragte ich sie eine Spur zu beiläufig. Ich wollte nicht unfreundlich klingen, aber ihre Reaktion auf mich gerade brachte mich erneut aus der Fassung.

Sie zog missbilligend eine ihrer schön geschwungenen Brauen hoch.

»Okay. Du bist wohl einer von der ganz langsamen Sorte. Ich sagte nein!« Sie wollte noch etwas hinzufügen, doch ich unterbrach sie einfach.

»Kleines, gehst du immer so mit Leuten um, die dir helfen wollen? Wenn ja, solltest du das lassen. Irgendwann wird keiner mehr da sein. Und glaub mir, allein sein will niemand!« Erneut wandelte sich ihre Miene und wieder blieb mir ihre Bedeutung verwehrt.

»Und klopfst du immer so große Sprüche, obwohl du doch genauso bist wie all die anderen Schweine? Oder was hat dich sonst hierherverschlagen? Süßer, ich kenne Männer wie dich. Du bedeutest nichts als Ärger. Also tu uns beiden den Gefallen und lass mich gehen.«

Ich konnte nicht anders, musste über ihre Dreistigkeit einfach lauthals loslachen. Tatsächlich hatte sie mich in kürzester Zeit recht gut eingeschätzt. Ich lächelte ihr anerkennend zu. Die Kleine war wahrlich etwas Besonderes.

»Na dann, da du mich ja schon so gut zu kennen scheinst, kleine Angel … Sag mir, warum glaubst du, sollte ich auf dich hören?« Ich ging langsam auf sie zu. Die Sache begann mir und meiner kranken Fantasie langsam richtig Spaß zu machen. Doch es zeigte keine Wirkung auf die Kleine. Selbst als ich sie mit dem Rücken an die Wand gedrängt und sie mit meinen breiten Armen eingekesselt hatte, schaute sie weiter trotzig und unbeeindruckt zu mir hinauf.

Wir musterten uns eine ganze Weile, ehe ich eine Hand von der Wand nahm und ihr zärtlich über die Wange und ihren Hals hinabstrich. Am Saum meines Shirts machte ich Halt.

»Wieso hast du keine Angst vor mir?«, flüsterte ich mehr zu mir als zu ihr.

»Weil ich schlimmere Monster kenne als dich. Du bist im Herzen ein guter Kerl und bist – warum auch immer – auf die schiefe Bahn geraten. Aber dennoch weiß ich, dass du mir nichts tun wirst. Deshalb!« Mein Blick fand wieder in ihre schönen, tiefblauen Augen. Sie strahlten eine Unergründlichkeit aus, die mir fast den Atem raubte. Meine Finger wanderten wieder wie von selbst zu ihrer weichen Wange. *Täusche ich mich oder beschleunigt sich dein Atem?*

Ich beugte mich weiter hinunter. Stoppte knapp vor ihren Lippen. Unser Atem mischte sich.

»Mach's gut, kleine Angel, und pass auf dich auf.« Ich konnte nicht anders, ich musste ihr diesen kleinen unschuldigen Kuss geben.

Es war nicht mal ein richtiger Kuss. Ich streifte fast unmerklich ihre Lippen mit den meinen, konnte sie nicht einmal schmecken, so schnell ging er vorüber.

Kaum hatten sich unsere Lippen voneinander getrennt, stieß ich mich mit der einen Hand, die noch immer an der Wand lehnte, ab und machte auf dem Absatz kehrt. Ich fasste während des Gehens in die Innentasche meiner Lederjacke und zog einen dicken Bündel Dollarscheine heraus. An der Tür angekommen hielt ich noch einmal inne, drehte mich halb zu ihr um und warf ihr das Bündel zu. Geschickt fing sie es auf, obwohl sie bis eben noch wie erstarrt an der Wand gestanden hatte.

Perplex sah sie auf die mindestens fünfhundert Dollar in ihrer Hand. Als sie realisierte, um was für eine Summe es sich handelte, riss sie schockiert die Augen auf und schüttelte stoisch den Kopf. Doch ich achtete nicht mehr darauf. Ich wandte mich zum Gehen ab und sprach nur noch über die Schulter ein letztes Mal zu ihr.

»Nutze es und mach was draus. Sollten wir uns je

wiedersehen, möchte ich dich in einem besseren Leben als diesem hier vorfinden!« Damit ließ ich sie zurück. Ich verließ das Doppel D und sie und wusste, ich würde sie nie wiedersehen.

Zu schade aber auch. Dieses Mädchen. Angel. Sie hatte mir gefallen. Mit ihrem Zynismus, dem Feuer und Sarkasmus, mit dem sie durchs Leben ging und mit dem sie der Welt den Mittelfinger entgegenstreckte. Herrlich. Wahrscheinlich konnte nichts und niemand sie kleinkriegen.

Was sie wohl mit ihrer Anspielung meinte, sie kenne schlimmere Monster als mich? Was sie wohl schon alles hatte durchmachen müssen, wenn sie den heutigen Tag mit einem Achselzucken quittierte? *Verdammt! Wer zum Teufel bist du?*

Ich würde es nie erfahren.

Kapitel 3

Ian

Heute

Ich hasste es, wenn nicht alles genau so lief, wie ich es wollte. Schließlich war ich die letzten sieben Jahre nichts anderes gewohnt. Seitdem ich mir mein Milliardenimperium mit dem Erbe unserer Eltern aufgebaut hatte, lief immer alles nach meinem Willen, nach meiner Vorstellung, nach meinem Plan. Als ich mir in meiner Branche einen Namen gemacht hatte, erst recht.

Jeder, der mit Waffen oder deren Herstellung in Berührung kam, konnte mit dem Firmennamen 'Davis Machines' etwas anfangen.

Auch genoss ich in der hohen Gesellschaft Manhattans dank meines Familiennamens und der strengen Erziehung meines Vaters noch immer großes Ansehen.

Ich führte ein Leben in Saus und Braus. Auch wenn mein Vater sich hierbei im Grabe umdrehen würde, so genoss ich mein Single-Leben in vollen Zügen.

In meiner Welt drehte sich alles nur um die Arbeit, meine Firma, Drogen, Partys und willige Weiber, die sich von einem 30-jährigen gutaussehenden Milliardär ordentlich durchnehmen ließen.

Mir mangelte es an nichts. Ich hatte alles, was ich wollte, und noch weit darüber hinaus. Ich liebte meine Arbeit und mein Leben.

Doch über eins hatte ich keine Macht. Keinen Einfluss. Und das missfiel mir ungemein. Mein jüngerer Bruder. Er machte, was er wollte. Aber so war er schon immer gewesen.

Mein Vater hatte all seine Aufmerksamkeit auf mich und meine Ausbildung gelenkt. Immerhin hatte ich das Familienunternehmen führen sowie die Bank unseres Vaters eines Tages übernehmen und leiten sollen. Wie sein Vater und dessen Vater zuvor. Ich hatte die Vorstellung gehasst. Sie hatte mich krank gemacht. Daher war es nur logisch gewesen, dass ich die Bank mit allem, was dazugehörte, nach nicht einmal drei Monaten nach dem tragischen Tod unserer Eltern für gutes Geld verkauft hatte.

Gut, rückblickend betrachtet war es vielleicht etwas kleinlich und kalt von mir. Mein Bruder hasste mich noch immer dafür. Er konnte einfach nicht verstehen, dass ich es hatte tun müssen.

Diese Bank und all die damit verbundene Arbeit standen für meinen Vater und seine Erziehung. Was wusste mein törichter, kleiner Bruder schon darüber? Logan konnte schließlich sein Leben genießen. Konnte Jugendsünden begehen, ohne gleich körperlich gezüchtigt zu werden. Noch heute konnte man die Narben auf meinem Rücken erahnen.

Nein! Ich hätte nichts anderes tun können. Und es hatte sich gut angefühlt. Es war wie ein Befreiungsschlag gewesen. Der Anfang meines neuen Lebens.

Doch um die Beziehung zu meinem Bruder tat es mir im Nachhinein leid. Ich war mir sicher, er würde nicht ewig sauer auf mich sein. Würde eines Tages verstehen, dass ich so handeln musste. Doch er verstand es nicht. Kehrte mir und unserem Familiennamen den Rücken. Er ließ sich nur noch auf den wichtigsten Galas im Jahr blicken. Aber auch bloß unserer Mutter zur Liebe. Vor ihrem plötzlichen Tod hatte sie immer diese Spendenaktionen unterstützt und sich richtig dafür eingesetzt.

»Was hat da so lange gedauert?«, knurrte ich zähneknirschend, als ich endlich meinen Bruder aus seinem schrecklichen Buick steigen sah. *Musst du ausgerechnet mit dieser Schrottschüssel hier auftauchen?*

»Sorry. Du weißt doch, mein Beruf lässt sich nicht so takten wie deiner.« Mein jüngerer Bruder trat auf mich zu und zuckte unschuldig mit den Achseln. Ich schäumte vor Wut. Jedes Mal lief es gleich ab. Immer kam er zu spät, nur um mich zu ärgern. Er wusste, wie sehr ich Unpünktlichkeit verabscheute.

Ich zog noch einmal an meiner Zigarette und schnipste sie genervt fort.

»Du willst mir deinen Gangster-Scheiß noch immer als Beruf verklickern, was?«, verspottete ich ihn und baute mich vor ihm auf. Logan war dicht an mich herangetreten und fixierte mich mit seinen braunen Augen.

»Oh, entschuldige, der Herr. Kann ja nicht jeder so ein Milliardengeschäft wie du erschaffen. Und jetzt sei froh, dass ich überhaupt gekommen bin. Du weißt, wie sehr ich diese Schickimicki-Partys verabscheue. Als würde es hier wirklich um Spenden gehen«, verhöhnte mein Bruder die High Society Manhattans.

Ich verdrehte nur genervt die Augen. Es hatte ja doch keinen Sinn, mit ihm zu streiten. Und heute erst recht nicht. Er war wohl in Höchstform.

»Na wenigstens hast du dich ordentlich angezogen«, lobte ich ihn zynisch und sah einmal an ihm herab.

Mein jüngerer Bruder hatte sich heute wirklich in Schale geworfen. Der Maßanzug saß ihm wie auf den Leib geschneidert, was mich wunderte. Sonst hatte Logan auch kein Händchen für sein Aussehen. Er lief ständig in seiner grässlichen Lederjacke und verwaschenen Jeans herum. Heute trug er hingegen einen dunkelblauen Hugo Boss Anzug und die dazu passenden Lacklederschuhe. Die dunkelbraunen Haare hatte er sich endlich einmal ordentlich zurechtgemacht, statt sie wie sonst wild und ungebändigt in die Stirn hängen zu lassen. Er sah aus wie ein Gentleman, so, wie man es von einem Davis auch erwartete.

Seit dem Tod unserer Eltern hatte Logan dieser Welt, der Welt der Reichen und Schönen, den Rücken gekehrt. Er war vollkommen aus der Öffentlichkeit verschwunden. Wollte nichts mehr mit alldem hier zu tun haben. Nur sehr selten und auch nur wegen unserer gütigen Mutter ging er überhaupt noch auf solche Veranstaltungen. Allerdings ließ er sich nie von der Presse ablichten und verriet bei gezwungenen Gesprächen nie etwas über sich oder sein neues Leben. Jeder Frage diesbezüglich wich er gekonnt aus, auch bei mir. Nicht einmal ich als sein älterer Bruder wusste genau, was Logan so trieb. Womit er sein Geld verdiente. Seine Freizeit verbrachte. Doch ich hatte auch nicht wirklich Zeit, mir Gedanken darüber zu machen.

»Du benimmst dich heute!«, mahnte ich ihn. Logan schnaubte spöttisch auf.

»Das sagst ausgerechnet du zu mir. Ach, heute keine deiner vielen Weiber an der Hand, oder was ist da los?«, verhöhnte er mich zur Krönung auch noch. Doch ich ignorierte es gekonnt und ging voran, hinein in das Getümmel der Schönen und Reichen, in eines der pompösesten Gebäude Manhattans.

Mich nervten diese todlangweiligen Events ebenso wie meinen Bruder. Ich hasste es, den perfekten Gentleman mimen zu müssen. Mich den reichen und spießigen Vätern der willigen und vor allem billigen Schlampen als ehrenhafter Mann zu präsentieren. So zu tun, als würde ich nicht schon längst gedanklich ihre Dummbratzen-Töchter auf dem Klo durchnehmen. Was ich auch zu späterer Stunde nur allzu gerne tat. Mann, diese Millionärstöchter waren wirklich für alles zu haben.

»Ian, Logan. Wie schön euch heute hier zu sehen«, begrüßte uns schon einer dieser Spießer überschwänglich freundlich. Ich lächelte mein typisch entwaffnendes Lächeln – eines der ersten von vielen Dingen, die mein Vater mir beigebracht hatte. Immer freundlich und charmant zu sein. So, wie man es von einem Gentleman verlangte. Wie ich dieses Wort früher gehasst hatte. Doch heute wusste ich um seine Vorzüge. Es öffnete mir doch recht viele Türen. Und wenn ich eins konnte, dann war es, mich und mein Anliegen perfekt zu verkaufen.

Mein Bruder hob gezwungenermaßen die Mundwinkel, als der Alte uns ein Ohr über sich und unseren Vater abkaute. Diese Geschichte hörten wir gerade zum gefühlt hundertsten Mal. Logan fiel es nicht so leicht wie mir, seine Rolle zu spielen. Doch das sollte nicht mein Problem sein, denn ich hatte in diesem Moment die Person entdeckt, wegen der ich heute hier war. Meinen größten Konkurrenten in Sachen Waffenverkauf.

»Wenn ich mich entschuldigen dürfte.« Ich verabschiedete mich höflich aus der Runde und ging auf den Mann, der meinte, sich meinem Willen widersetzen zu können, zu.

»Mr. Davis. Was für eine unerwartete Überraschung, Sie auf einer Spendengala anzutreffen.«

Ich setzte wieder mein charismatisches Lächeln auf und reichte ihm die Hand zum Gruße.

»Mr. Conners. Ja, ich weiß, aber meine verstorbene Mutter pflegte immer zu sagen, es ist ein Geben und Nehmen in dieser Welt. Sie wissen doch, wie viel ihr diese Veranstaltungen bedeutet hatten. Mein Bruder und ich pflegen ihr gutes Andenken damit gern.« Der Mitte 50-Jährige musterte mich bei meinen nächsten Worten streng.

»Wer ist denn Ihre reizende Begleitung?«, fragte ich den Alten ehrlich interessiert. Eine brünette, junge Schönheit stand devot neben ihm und musterte mich mit verstohlenen Blicken. Ich schenkte ihr mein charmantestes Lächeln, was sie augenblicklich erröten ließ. Mein Kopfkino und Jagdinstinkt schalteten sich sofort ein und ich versuchte zwanghaft, die aufkommenden Bilder aus meinem Hirn zu vertreiben.

»Dass, Mr. Davis, ist meine Tochter Grace.« Er hob missbilligend eine Braue, als ich der Kleinen galant einen Kuss auf ihren Handrücken hauchte. Ihr entlockte ich damit ein mädchenhaftes Kichern. Es war Musik in meinen Ohren, denn ich wusste nur allzu gut, was dieses wirklich zu bedeuten hatte. *Das wird heute doch noch recht spaßig.*

»Grace, meine Liebe, würdest du mich und Mr. Davis für einen Augenblick entschuldigen. Geh doch schon einmal zu deiner Mutter, ich komme sofort nach.« Sie nickte, schmunzelte mir noch einmal schüchtern zu, gehorchte schließlich und ließ uns allein. Ich sah ihr mit Absicht eine Spur zu lange hinterher, was Conners sofort zum Räuspern brachte, damit ich ihm und nicht seiner jungen Tochter meine Aufmerksamkeit entgegenbrachte. Ein freches Grinsen stahl sich auf meine Lippen.

»Sie haben da eine überaus attraktive und interessante Tochter. Das muss ich Ihnen lassen.«

»Sie werden Ihre schmierigen Griffel bei sich behalten. Ich weiß schließlich von Ihrem Ruf. Und jetzt hören Sie auf mit dem Geplänkel und kommen Sie zur Sache, Davis.« Mein Lächeln weitete sich. Ich trat noch etwas näher an ihn heran, sodass ich sichergehen konnte, dass uns niemand anderes belauschte.

»Sie wissen genau, was ich von Ihnen möchte. 800 Millionen. Das ist mein letztes Angebot.«

»Ich sagte Ihnen schon, ich werde nicht verkaufen. Vor allem nicht an jemanden, der so grün hinter den Ohren ist wie Sie.«

Ich lachte spöttisch und schüttelte anschließend tadelnd den Kopf.

»Mr. Conners. Dieser junge Grünling hier vor Ihnen hat in den letzten zwei Jahren das Vierfache von dem an Umsatz gemacht, was Sie in fünf Jahren gemacht haben. Die 800 Millionen sind reine Großzügigkeit meinerseits. Ich würde Ihnen und Ihrer reizenden Familie sogar damit einen Gefallen tun. Aber ich gebe Ihnen gerne noch etwas Bedenkzeit. Vielleicht vergnüge ich mich derweil mit Ihrer süßen Tochter. Sie scheint mich wohl sehr zu mögen?« Ich sah wieder zu der Kleinen und zwinkerte ihr zu, doch nur einen Augenblick nach dieser Aktion wurde ich auch schon am Kragen gepackt. Mein Grinsen wuchs und wuchs.

»Du kleiner Scheißer! Wag es ja nicht, Hand an meine Tochter zu legen! Ich sagte dir, ich werde nicht verkaufen – und Schluss! Versuch nicht, mich mit ihr zu erpressen! Es würde dir Jüngling nicht gut bekommen! Ich bin schon zu lange in der Branche, um nicht zu wissen, wie das hier läuft.« Noch immer hielt er mich fest am Kragen gepackt. Die Leute um uns herum begannen schon zu tuscheln. Ich blickte gespielt unschuldig drein und entgegnete im ruhigen Ton:

»Ich wusste nicht, dass wir schon beim Du angekommen sind. Ich dachte, das käme erst, nachdem ich Ihre Tochter auf der Toilette gefickt hätte?« Das Letzte sprach ich etwas leiser als den Rest.

Conners ließ einen Wutschrei los, doch bevor seine Faust mein Gesicht treffen konnte, durchschnitt eine strenge Stimme das Getuschel und hielt Conners davon ab, zuzuschlagen.

»Was gibt es hier für ein Problem?« Mein jüngerer Bruder hatte sich dicht neben Conners und mir aufgebaut und beäugte den Alten streng. *Perfektes Timing!*

Dieser ließ mich unweigerlich los und nahm etwas

Abstand von mir. Ich strich mir theatralisch meinen Armani-Anzug zurecht.

»Kein Problem«, presste der Alte zwischen zusammengebissenen Zähnen hervor, um keine weitere Szene zu machen. Mein Bruder sah mich finster an. Ich musste mir ein Schmunzeln verkneifen. Logan war in meinem Beisein immer so ernst. Er könnte sich ruhig hin und wieder mal etwas Spaß im Leben gönnen. So, wie ich mir gleich die Süße Grace gönnen würde. Diese eilte auch schon mit besorgter Miene auf mich zu.

»Daddy, was sollte das? Alle starren dich an!«, mahnte sie dreist ihren Vater. Die Kleine gefiel mir immer besser.

»Keine Sorge, Prinzessin. Dein Vater und ich haben uns nur etwas zu hitzig über unsere Geschäfte unterhalten. Ich hatte ihm wohl kein gutes Angebot gemacht. Aber ich gab ihm eben noch etwas Bedenkzeit. Er wird sie weise nutzen und mir bis morgen mitteilen, wie er sich entschieden hat.«

Sie funkelte ihren Vater noch einmal wütend an, wandte sich dann galant ab und ging mit schwingenden Hüften davon. Fast schon enttäuscht schaute ich ihr hinterher, denn ich hatte mich doch schon so sehr auf unser kleines Techtelmechtel auf dem Herrenklo gefreut.

Ich lenkte meine Aufmerksamkeit wieder zu ihrem Vater. Logan hatte sich zwischen uns gestellt, vermutete wohl, der Alte würde gleich noch einmal auf mich losgehen. Ich lächelte in mich hinein. Mein Bruder, der ewige Held.

»800 Millionen, Conners! Und ich will morgen eine Antwort. Sonst werde ich richtig ungemütlich. Und wir wollen doch im Guten auseinandergehen, nicht?« Ich setzte bereits mein Siegerlächeln auf, denn wir wussten beide, dass ich gewonnen hatte. Der Alte schnaubte noch einmal verächtlich, bevor er sich ebenfalls zum Gehen abwandte. Mein Bruder und ich blieben allein zurück.

»Verrätst du mir, was das da gerade sollte? Und was soll

der Scheiß mit den 800 Millionen? Seine Firma ist sicher das Doppelte wert. Wieso denkst du, er würde sie dir für diesen lächerlichen Preis verkaufen?«

Mein Siegerlächeln verging mir nicht.

»Ganz einfach. Weil er keine andere Wahl hat. Entweder, er verkauft an mich und kommt mit wenigstens etwas Gewinn aus der Sache raus, oder ich zermalme sein Unternehmen wie alle anderen auch.« Ich zuckte beiläufig mit den Achseln, als ich das entsetzte Gesicht meines Bruders sah.

»Und wie gedenkst du, es zu ZERMALMEN?« Er betonte das letzte Wort extra scharf.

»Es gibt Mittel und Wege.«

»Lass mich raten: Du kennst einige, um das zu bekommen, was du willst. Ian, das ist doch verrückt! Du verdienst mit deinem Imperium mehr Geld, als du in hundert Leben ausgeben könntest. Wieso tust du das? Warum weißt du nicht, wann Schluss ist?« Logan hatte sich bedrohlich vor mir aufgebaut, doch das ließ mich kalt. Erneut zuckte ich gleichgültig mit den Achseln und drehte mich bereits um.

»Logan, entspann dich doch mal. Ich weiß, was ich tue. Also danke für deine Hilfe gerade, auch wenn sie nicht nötig war. Und jetzt entschuldige mich.« Doch natürlich war mein lieber Bruder noch nicht mit mir fertig. Er packte mich grob am Arm und drehte mich mit einem bestimmenden Ruck wieder zu sich zurück. Ich seufzte laut auf und sah ihn genervt an.

»Was willst du noch?«, schnauzte ich ihn an.

»Ian, was ist nur aus dir geworden? Wie kann ein Mensch so grausam sein?« Ich lachte kalt und hob tadelnd eine Braue.

»Ach komm, Logan, lass den Moralapostel-Scheiß! Wer spielt denn mit Gangstern und Waffen, als wäre alles nur Spielzeug in seinen Händen?! Ich verdiene mein Geld wenigstens auf legale Weise. Mein Gott, ich weiß doch noch nicht einmal, was du überhaupt so treibst! Die CIA-Sache fand ich schon mehr als lächerlich, aber seit Michelles Tod drehst du ja völlig am Rad!« Logan packte mich sofort, nachdem ich ihren Namen ausgesprochen hatte, brutal am Kragen. Dagegen war das vorhin von dem alten Conners nur ein leichtes Streicheln gewesen. Ich würgte leicht, so fest packte er zu.

»Sprich nie wieder ihren Namen aus! Ich warne dich, Ian!« Seine Worte waren nur noch ein leises Knurren. *Dramaqueen!*

Ich unterdrückte ein Augenrollen und blickte unbeteiligt drein.

Mein Bruder und ich sahen uns sehr ähnlich. Der einzige Unterschied war, dass ich die schwarzen Haare und Augen von unserem Vater und Logan die braunen Haare und Augenfarbe unserer lieben Mutter geerbt hatte. Beide besaßen wir auch einen sehr sportlichen und muskulösen Körperbau. Wir waren gleich groß und breit. Ebenfalls ein Erbe unseres Vaters. Oft wurden wir mit Herkules oder Boxern verglichen. Wir waren in etwa gleich stark und hatten es in unserer Kindheit schon aufgegeben, unsere Kräfte zu messen. Es hatte ja doch keinen Sinn. Immer war es zu einem Unentschieden gekommen. Trotz Logans Kampfausbildung konnte ich gut mit ihm mithalten. Denn ich trainierte selbst in diese Richtung. Bei solch einem Milliardenunternehmen sollte man sich schon verteidigen können.

»Wärst du dann so nett?«, fragte ich ihn säuselnd und blickte demonstrativ auf seine Hände an meinem Kragen herab. Er mahlte kräftig mit dem Kiefer, doch dann gab er mich ohne weiteres frei. Erneut an diesem Abend richtete ich meinen teuren Maßanzug. Ich schüttelte den Kopf.

»Dass du immer gleich gewalttätig werden musst!«, mahnte ich ihn gespielt streng.

»Ach, leck mich doch, Ian!« Mit diesen Worten stampfte er weg von der Veranstaltung. Ich konnte mir ein belustigtes

Schnauben nicht verkneifen.

Ich wandte mich ebenfalls ab und suchte die Toilette auf, brauchte jetzt dringend eine Line nach dem Abend, wenn mir schon die süße Grace keine Erleichterung verschaffen würde.

Im Männerklo angekommen stellte ich mich vor den Spiegel und klatschte mir erst einmal eine Ladung kaltes Wasser ins Gesicht, in der Hoffnung, sie würde meine Gedanken etwas klären. Die Worte meines Bruders spukten noch immer in meinem Hirn umher.

»Harter Abend?« Ich stützte mich mit meinen Händen am Waschtisch ab und sah durch den Spiegel zu ihr. Grace stand in der Tür und betrat soeben das Herrenklo. Fragend zog ich die Brauen zusammen. *Was willst du hier?*

»Es gab schon mal bessere«, gab ich ehrlich zurück. Sie schmunzelte leicht.

»Musst du nicht bei deinem Daddy sein? Er tobt sicher vor Wut«, spottete ich bissig. Sie zuckte die Achseln.

»Ja, er ist ziemlich wütend auf dich. Er meinte, du wärst ein Schlitzohr, der ihm all sein Geld und sein Unternehmen klauen würde.« Ich zog eine Braue hoch. Wenn ich eins sicher nicht war, dann war das ein Dieb!

»Dein Vater ist ein schlechter Verlierer! Das ist alles!«

Sie nickte. Noch immer betrachteten wir uns über den Spiegel.

»Ja, das ist er. Und du bist genau das, was alle über dich sagen«, raunte sie mit dunkler Stimme. Hörbar ließ ich die Luft aus meiner Lunge entweichen.

»Mir ist egal, was die Leute reden. Ich wäre nicht mit meinen jungen Jahren dort, wo ich heute bin, wenn ich auf die Dummschwätzer gehört hätte!« Ich stellte mich aufrecht hin und drehte mich zu ihr um. Wieder nickte sie, dann verschloss sie zu meiner Überraschung die Tür. Ich lehnte mich an dem Waschtisch hinter mir an und wartete gespannt darauf, was sie als Nächstes tun würde. Langsam ging sie auf mich zu. Bis sie nur wenige Zentimeter vor mir stehen blieb.

»Wir haben 10 Minuten«, raunte sie leise.

»Aha«, gab ich nur belustigt zurück. *Kleines, merkst du nicht, dass ich für dieses Spielchen hier keine Geduld mehr habe?*

Als ich noch immer keine Anstalten machte, irgendwie auf ihr Gesagtes zu reagieren, griff sie plötzlich bestimmend an meinen Gürtel und öffnete ihn geschickt. Ich stand weiterhin mit vor der Brust verschränkten Armen vor ihr und ließ sie gewähren.

»Schaffst du es, mich in dieser Zeit in den Himmel gefickt zu haben?« *Okay, diese Direktheit hatte ich dir dann doch nicht zugetraut.*

Ich sah sie noch einen Moment erstaunt an, küsste sie zur Antwort verboten heiß, stieß mit meiner Zunge gegen ihre samtene und fuhr über diese. Mit meinen Händen wanderte ich gleichzeitig unter ihr knielanges Kleid. Ich schob es ihr nach oben und wollte ihr Höschen nach unten ziehen, doch zu meinem nächsten Erstaunen trug sie keins.

»Damn!«, knurrte ich und fasste ihr zwischen ihre Schenkel. Kaum übte ich gekonnt Druck auf ihre Perle aus, keuchte sie verlangend in meinen Mund.

Sie war schon länger dabei, meinen bereits steinharten Schwanz zu massieren. Ungeduldig fischte ich mir ein Kondom aus meiner Anzughose, stülpte es mir über und hob sie kurzerhand hoch, drehte mich mit ihr und setzte sie anschließend auf dem Waschtisch ab. Endlich positionierte ich mich vor ihren geöffneten Schenkeln. Als ich mit meiner Spitze in ihre Nässe eintauchte, stöhnte sie heiser. *Fuck!*

Sie war so herrlich eng, dass sich ihre Innenwände schon fast schmerzhaft um meinen Schaft pressten. Ich genoss es in vollen Zügen. Glitt Zentimeter für Zentimeter tiefer in sie. Als ich sie zur Gänze ausfüllte, verharrte ich kurz.

Genoss diese himmlische, warme Enge, ehe ich begann, sie mit kleinen Stößen zu ficken. Ich wollte es voll und ganz auskosten. Doch leider hatte sie mir nur ein kleines Zeitfenster zum Spielen gegeben. Also nahm ich schnell Fahrt auf und fickte sie im nächsten Moment hart auf dem Waschtisch. Sie stöhnte und keuchte mir nur so entgegen, presste die Lider aufeinander und legte den Kopf in den Nacken. Krallte sich in meinen Anzug am Rücken.

Ich versenkte mich immer tiefer und gröber in ihrer Nässe. Bei jedem meiner Stöße rieb ich über ihre Perle. Stimulierte sie mit meiner Haut noch zusätzlich. Das brachte sie dazu, immer lauter und wilder zu stöhnen. Auch das heiße Gefühl in meinem Unterleib baute sich immer mehr und immer einnehmender aus, ballte sich zu einem Knoten zusammen, der drohte, zu explodieren. Drei kräftige Stöße später kamen wir beide zusammen. *Punktlandung!*

Unter Druck hatte ich eben schon immer am besten arbeiten können.

Sie brauchte noch einen Moment, um sich wieder zu sammeln. Ich zog mich bereits aus ihr zurück, entsorgte das benutzte Kondom und schloss Hose und Gürtel.

»Du verdienst deinen guten Ruf«, schwärmte sie befriedigt und richtete ihr Kleid wieder.

»Freut mich, wenn es dir gefallen hat«, gab ich frech zurück. Wieso länger eine dämliche Show abziehen, wenn die Katze sowieso aus dem Sack war.

Die Kleine war wohl nicht so unschuldig, wie sie sich vor ihrem Daddy gab, daher verzichtete ich nur liebend gern auf das übliche Theater. Immerhin hatte sie mich verführt – nicht andersherum.

»Du willst meinen Vater also um eine ziemlich große Summe erleichtern?« Ich hielt in der Bewegung inne, denn ich war schon dabei, zu gehen. Für mich gab es nichts mehr, was man bereden musste. Fragend sah ich sie an.

»Schätzchen, meinst du nicht, du solltest das die Männer untereinander klären lassen? Nichts für ungut, aber ich denke, du verstehst nicht viel von dem, was ich von deinem lieben Daddy will«, verhöhnte ich sie. Sie kam mit undurchdringlicher Miene auf mich zu.

»Und meinst du nicht, dass du Frauen im Allgemeinen nicht unterschätzen solltest? Denn ich verstehe sehr wohl, was du vorhast. Du willst meinen Vater ausnehmen.«

Tadelnd schnalzte ich mit der Zunge.

»Falsch! Ich biete ihm einen fairen Deal an. Er könnte jetzt mit Gewinn aus der Sache rauskommen. Oder in drei bis fünf Jahren, wenn ich mit ihm und seiner Firma fertig bin, komplett pleite sein. Also wenn ich er wäre, würde ich auf meinen Deal eingehen. 800 Millionen ist ein faires Angebot. Sag ihm das ruhig, wenn du ihm von unserem Fick beichtest. Oder sollen wir gemeinsam zu ihm gehen und es ihm sagen?« Ich grinste gönnerhaft. Doch zu meiner Überraschung blieb sie weiterhin todernst.

»Also ich nenne das hier gerade eher Vergewaltigung! Aber gut, wenn das deine Version der Geschichte ist. Jedoch solltest du sie für die Polizei noch etwas besser üben!« Bei ihren Worten klappte mir tatsächlich für einen kurzen Moment die Kinnlade herunter, doch ich fing mich recht schnell wieder und begann, leicht zu schmunzeln. Ich sah die Verunsicherung in ihren Augen.

»Kleines, naives Dummchen. Du willst mir tatsächlich eine Vergewaltigung unterschieben? Dein Ernst? Hier?« Ich konnte mir ein kaltes Lachen nicht mehr länger verkneifen. Sie versteifte sich.

»Sieh nach oben. In diesem Gebäude versammeln sich mehrmals jährlich die Reichsten der Reichen aus aller Welt. Alles ist kameraüberwacht. Selbst hier drin. Da die Waschräume und die Klokabinen getrennt sind, ist es auch gesetzlich erlaubt. Sorry, Baby. Aber du hättest mich fast gehabt.«

Fassungslos blickte sie zur Decke. Als sie die kleine Kamera dann endlich entdeckte, weitete sie die Augen. Ich trat noch einmal dicht an sie heran, strich ihr mit der Hand ihre braunen, langen Haare beiseite und raunte dunkel in ihr Ohr.

»Dein Daddy wird so stolz auf dich sein, wenn er das Video überall im Netz finden wird.« Ich umgriff eine ihrer Haarsträhnen und zog sie damit dominant zu mir heran. Sie keuchte erschrocken auf. Mein großer und breiter Körper verdeckte diese Aktion perfekt vor der Kamera.

»Kleine Schlampe. Wegen dir und deiner dreisten Aktion werd ich deinen Vater ausnehmen wie 'ne fette Weihnachtsgans. Er wird mich auf Knien anflehen, dass ich ihm überhaupt nur einen Cent gebe! Deinetwegen! Und jetzt verpiss dich!«, presste ich wütend hervor. Ich schäumte vor Wut. Was bildete sich diese kleine Fotze eigentlich ein? Meinte sie wirklich, mit den Großen mitspielen zu können?

»Bitte!«, flehte sie dann auch noch schlecht. Ich schnaubte nur verächtlich und wandte mich zum Gehen ab.

»Bitte! Ich tu alles, was du willst!« Sie eilte mir nach und hielt mich am Arm gepackt davon ab, den Raum zu verlassen. Ich verlor gleich die Geduld mit diesem Gör.

»Was willst du mir schon geben? Gefickt habe ich dich schließlich schon. Also? Was solltest du noch für einen Nutzen für mich haben?« All ihre Farbe wich ihr aus dem Gesicht. *Ja, ich bin ein Arsch. Schön, dass du es auch begriffen hast, Schätzchen!*

Völlig entgeistert gab sie meinen Arm wieder frei. Ich grinste sie ein letztes Mal zynisch an und verschwand dann zur Tür heraus.

Auf dem Weg nach draußen zückte ich mein Handy, um meinem untergebenen Diener eine Nachricht zukommen zu lassen, er solle den Wagen vorfahren. Ich wartete keine zwei Minuten, da kam er schon mit meinem neusten Spielzeug vor mir zum Stehen. Dem teuersten und luxuriösesten Maybach, den es gab.

James – so nannte ich ihn, weil ich es lustig fand – stieg aus und öffnete mir, ganz butlerlike, die Tür. Ich stieg in mein Schmuckstück ein. Dieses Auto besaß wirklich alles, was das verwöhnte Herz begehrte. Eine eingebaute kleine Minibar, in der Platz für den Champagner und zwei gekühlte Gläser war. An den Vordersitzen befestigte, kleine Bildschirme und Klapptische. Zwei überaus gemütliche Sitze, man könnte sie schon fast Sessel nennen, die man nach Belieben einstellen konnte, egal ob man aufrecht und normal sitzen oder fast liegen wollte. Alles war in meinem neuen Baby möglich. Nur leider besaß es keine Trennwand wie meine Limo. So war höchstens nur ein schneller Blowjob möglich. Nicht, dass ich mich vor James oder sonst wem schämte, aber ich fickte meine Weiber dann doch lieber unbeobachtet.

Ich liebte diesen Wagen. Sogar ein klitzekleines bisschen mehr als meine anderen zehn Luxuskarossen – wie zum Beispiel meinen Bugatti Chiron. Er war der leistungsstärkste, schnellste, luxuriöseste und exklusivste Serien-Supersportwagen der Welt. Wahrlich ein einzigartiges Meisterwerk.

»James, Sie müssen etwas für mich erledigen.«

»Wie kann ich Ihnen behilflich sein, Sir?« Der Mitte 40-jährige sportlich gebaute Mann blickte mir über den Rückspiegel entgegen und fuhr los.

»Nutzen Sie Ihre guten Kontakte zu den Sicherheitsfirmen. Auf den heutigen Überwachungsbändern ist eine spezielle Szene auf dem Männerklo eingefangen worden. Ich möchte, dass dieses Video rein zufällig seinen Weg ins Netz findet.«

»Um welche Szene soll es sich hierbei handeln, Sir?« Ich blickte von meinem Handy auf und sah meinen treuen Diener sowie Bodyguard – und was dieser Kerl nicht noch alles für mich war – an.

»Ca. 22:35-22:50 Uhr. Es soll darauf geachtet werden, dass mein Gesicht nicht zu sehen ist. Was nicht besonders schwer werden dürfte, da ich bei der Aktion mit dem Rücken zur Kamera gerichtet stand.«

Ihm missfiel mein Vorhaben sichtlich. Mein treuer Diener war stets darauf bedacht, mich, meine Firma und mein Vermögen zu schützen. Ich konnte diese stillen Engländer gut leiden, sie waren einfach die treusten Untergebenen.

»Sir, wenn Sie erlauben, ich halte das für keine gute Idee. Was, wenn man Sie erkennt?« Ich schmunzelte bei seinen Worten, waren sie doch zu vorhersehbar.

»Danke für Ihre Sorge um mich, aber die wird hier nicht nötig sein. Wenn Sie die Leute gut bezahlen und sich höchstpersönlich um diesen Auftrag kümmern, kann doch nichts schiefgehen«, versuchte ich, ihn zu beschwichtigen. Es schien nicht so recht zu funktionieren, aber James war viel zu sehr Diener, als dass er es wagen würde, mir noch einmal zu widersprechen. Außer, er hielt es für absolut unumgänglich. Ansonsten führte er jeden Auftrag, den er von mir erhielt, gewissenhaft aus.

James' Dienste waren nicht ganz billig, aber ich bezahlte ihm die drei Millionen jährlich gern. Er machte mein Leben um einiges angenehmer und erträglicher. Zumal er einer meiner engsten Vertrauten war.

»Ich werde mich umgehend darum kümmern, Sir.«

»Danke, James.«

Die restliche Fahrt schwiegen wir. James fuhr mich wie immer sicher nach Hause. Ich besaß mehrere Villen und Penthouses in und um New York sowie weltweit, um meinem stressigen Alltag ab und an zu entfliehen. Doch mein wahres Zuhause befand sich im One57, einem der größten Hochhäuser New Yorks. Der Wolkenkratzer galt als das 'Billionaire Building'. Mit einer beachtlichen Gesamthöhe von 306 m war es das höchste Wohngebäude der

Stadt. Es befanden sich 95 Luxusresidenzen und ein Hotel darin. Als Besitzer eines der Penthouses konnte ich die Hoteldienste, den Wäscheservice, die Dienstmädchen und den Zimmerservice mit nutzen.

»Gute Nacht, James.« Ich war gerade im Begriff, auszusteigen, da hielt mich der Engländer davon ab.

»Sir? Was ist mit ihrer Begleitung?« Ich sah ihn fragend durch den Rückspiegel an, bis er sich zu mir umdrehte.

»Sir? Sie baten mich heute Morgen, Ihnen Damenbesuch zu bringen, sollten sie mit leeren Händen nach Hause kommen.« Ich lächelte matt.

»Danke, James. Aber heute nicht mehr. Gute Nacht.« Damit stieg ich aus dem Wagen und betrat das One57. Auf direktem Weg ging ich zu einem der Aufzüge und stieg im 70. Stockwerk aus, um in meinen privaten Fahrstuhl umzusteigen. Dieser fuhr mich in mein Penthouse im 75. Stockwerk. Mein großzügig geschnittenes Penthouse umfasste eine 360-Grad-Blick-Fensterfront, durch die man den Central Park und die südliche Skyline Manhattans überblicken konnte.

Ich besaß nur die feinste und nobelste Einrichtung sowie jeglichen Elektronikluxus, den man sich nur vorstellen konnte. Von elektrischen Fensterblenden über einen elektrischen Kamin bis hin zum Licht und den Heizungen. Alles in meinem Heim funktionierte per Knopfdruck. Auch die Böden und Badezimmerfronten waren von höchster Qualität. Von Palisanderholz mit Fischgrätenmusterung über italienischen Marmor war alles dabei. Ich liebte dieses Penthouse.

Nachdem ich mich aus meinem Armani-Anzug geschält hatte, beschloss ich, eine Dusche zu nehmen. Das heiße Wasser über Kopf und Körper rieseln zu lassen, würde meine Nerven und meine rasenden Gedanken hoffentlich klären.

Heute war es nicht ganz so verlaufen, wie ich das geplant

hatte. Und ich hasste diesen Zustand! Er war mir fremd geworden. Ich bekam immer meinen Willen!

Nach der Dusche ließ ich mich, nackt wie ich war, in mein überaus bequemes Bett fallen. Ich schlief dankenswerterweise schnell ein. Schließlich musste ich morgen fit sein.

Kapitel 4

Ian

Guten Morgen, Sir«, begrüßte mich der Engländer wie jeden Tag freundlich. Ich sah nicht von meiner Zeitung auf, denn die Aktienzahlen waren zu interessant.

»Ich habe Ihren Auftrag erfolgreich ausgeführt. Das Video ist seit gestern Nacht online.« Jetzt hob ich doch noch den Blick.

»Gut. Schon irgendwelche Meldungen oder Nachrichten dazu?« Ich legte die Zeitung beiseite und nahm einen kräftigen Schluck meines Kaffees.

»Reichlich, Sir. Irgendwelche bestimmten?«

»Mr. Conners zum Beispiel.« Der Engländer nickte.

»Dieser meldete sich gerade eben.«

Ein fieses Lächeln stahl sich auf meine Züge.

»Sehr schön. Lassen Sie hören.«

»Gewiss, Sir.« James holte sein Handy aus der Brustinnentasche seiner Jacke und spielte mir die Voicemail vor, die der alte Conners darauf gesprochen hatte.

Ich leitete die meisten Anrufe und Nachrichten oder E-Mails auf James um und vertraute ihm zu hundert Prozent. Immerhin war er fast mehr Verbündeter als Diener.

Conners Stimme ertönte aus dem Handy.

»Davis, du kleiner Scheißer! Ich bring dich um! Du hast dich mit dem Falschen angelegt! Das wirst du bereuen, das schwöre ich dir! Ich habe schon alle Hebel für deinen Untergang in Gang gesetzt!« Ich zog meine Brauen zusammen. So hatte ich mir das zwar nicht gedacht, aber sei's drum. Ich würde schon noch bekommen, was ich wollte.

»Sir. Die Restlichen sollten Sie sich vielleicht auch noch anhören«, drängte mich James. Er sah beinahe besorgt aus.

»Ihre Zusammenfassung, James«, forderte ich. Er nickte. Ich bedeutete ihm, sich zu setzen. Ich hasste sein Stock-im-Arsch-Verhalten. *Engländer …*

Als er saß, begann er, zu sprechen.

»Sir. Conners hat über Nacht ganze Arbeit geleistet. Es erreichten uns etliche wütende Nachrichten und Verkaufsrücktritte. Zusammengerechnet haben Sie in dieser kurzen Zeit mindestens eine Milliarde Dollar verloren.« Ich sprang sofort in den Stand und marschierte wie ein Tiger im Käfig durch mein Wohnzimmer.

»Das ist nicht gut«, dachte ich laut.

»Nein, Sir! Sie müssen Schadensbegrenzung einleiten. Und zwar schnell.« James hatte recht.

Conners musste sich an alle kleineren Konzerne und Unternehmen gewandt haben, denen ich dasselbe Angebot unterbreitet hatte wie ihm. Er musste sie davon überzeugt haben, meinen Deal auszuschlagen, damit sie mich gemeinsam stürzen konnten. Aber so weit würde ich es nicht kommen lassen! Und vor allem nicht wegen eines billigen Ficks.

»Wie viele Unternehmen sind abgesprungen?« Ich drehte mich wieder zu James. Dieser erhob sich gerade.

»Mit Conners acht, Sir.«

Ich nickte.

»Gut. Laden Sie für die kommenden Wochen alle Unternehmen separat zu einem Essen ein. Ich werde Sie alle persönlich antreffen und einladen.«

»Entschuldigen Sie, Sir, aber was dann?«

»Ganz einfach … Dann werde ich sie vom Gegenteil überzeugen und davon, dass es besser ist, für statt gegen mich zu sein. Ich werde ihnen die Vorzüge einer Freundschaft mit mir schmackhaft machen. Dazu bräuchte ich vielleicht weibliche Unterstützung. Machen Sie sich diesbezüglich schlau, James.« Ich steuerte den Aufzug an, doch James hatte wohl noch etwas auf dem Herzen.

»Sie wollen zu solch wichtigen Gesprächen eine Frau mitnehmen? Sollte Ihnen die Geschichte von gestern nicht gezeigt haben, dass man Frauen in derartigen Belangen nicht vertrauen kann?« Ich schmunzelte über seinen Einwand. Ganz unrecht hatte er damit jedoch nicht. Irgendeine meiner üblichen Schlampen konnte ich tatsächlich nicht mitnehmen.

»Dann suchen Sie mir eben professionelle Unterstützung. Sie werden mich nicht enttäuschen, James.«

»Nein, Sir!«, versicherte mir der Engländer. Kurze Zeit später verließen wir beide das One57. James fuhr mich wie jeden Morgen in meine Firma, dann widmete er sich seinem Auftrag.

Ich kümmerte mich den gesamten Vormittag bis zum Nachmittag nur um Schadensbegrenzung. Mich ereilten besorgte Anrufe meiner Partner der kleineren Firmen, die ich zusätzlich noch besaß. Sie hatten Bedenken, diese Misere könnte sich auch auf sie negativ auswirken. Denn natürlich hatte sich die Nachricht wie ein Lauffeuer ausgebreitet.

Ian Davis, der erfolgreiche Milliardär, erlitt einen Verkaufsrückzieher nach dem anderen. Das war natürlich nicht gut fürs Geschäft. Es sah so aus, als hätte ich meine eigene Firma nicht mehr richtig im Griff. Warum sollte man mir also Vertrauen schenken? *Damn!*

Conners hatte ganze Arbeit geleistet. Ich schäumte vor Wut, donnerte meine Fäuste auf meinen Schreibtisch und stand auf. Genervt nahm ich das Telefon zur Hand, um meiner Sekretärin mitzuteilen, ich wolle in der nächsten halben Stunde niemanden sehen oder hören. Ich brauchte jetzt dringend eine Line Koks und ein paar Minuten, um wieder klar zu werden.

Ungeduldig holte ich das weiße Pulver aus meiner Sakkoinnentasche, ebenso wie eine meiner Kreditkarten und einen 100-Dollar-Schein. Ich rollte den Schein zusammen, zog mir eine ordentliche Line direkt auf meinem Schreibtisch und schniefte sie mit einem kräftigen Zug weg.

»Sie können da nicht rein!«, hörte ich noch Lauren von draußen rufen, da flog die Tür zu meinem Büro auch schon auf.

»Wie Sie sehen, kann ich es doch. Jetzt mach dich nützlich, Schätzchen, und hol mir einen schwarzen Kaffee.«

Ich verdrehte genervt die Augen, ließ mich erschöpft auf meinen imposanten Stuhl hinter meinem Schreibtisch fallen und rieb mir mit Daumen und Zeigefinger die Augen. Erst dann schenkte ich meinem jüngeren Bruder Aufmerksamkeit.

Er kam hämisch grinsend auf mich zu, blieb dicht vor meinem Schreibtisch stehen und wischte mit seinem Zeigefinger über die letzten Koksreste auf dem Holz.

»Wie ich sehe, geht es dir bestens«, verspottete er mich.

»Wie du siehst, ja. Logan, was willst du? Ich habe heute für dich und deine Spielchen wirklich keine Geduld.« Mein Bruder schmunzelte fies, lehnte sich an der Wand neben meinem Schreibtisch an und musterte mich halb belustigt, halb ernst.

»Ich wollte nach dir sehen.«

»Aha«, war alles, was er von mir bekam.

»Du hast Scheiße gebaut, Ian!«

Ich zog spöttisch eine Braue hoch.

»Bitte?«

Logan tadelte mich mit einem strengen Blick.

»Es hat sich selbst bis in meine Kreise rumgesprochen, dass der große und schlaue Ian Davis bis zum Hals in der Scheiße steckt. Was hast du denn jetzt wieder angestellt?«

Bei dem Bullshit, den er mir entgegenbrachte, konnte ich mir ein belustigtes Schnauben nicht verkneifen.

Ich wollte gerade zum Sprechen ansetzen, da kam Lauren mit dem bestellten Kaffee herein.

Logan stieß sich von der Wand ab und ging charmant lächelnd auf meine Sekretärin zu. Dicht neben ihr blieb er stehen und hauchte ihr ein rauchiges Danke in ihr Ohr. Man konnte den warmen Schauer, der ihr wegen seiner Stimme den Rücken hinabrann, gut erkennen. Ich verdrehte nur genervt die Augen. Im nächsten Moment kicherte sie mädchenhaft, als er noch irgendetwas flüsterte.

»Könntest du aufhören, meine Angestellten zu verführen? Lauren, du kannst gehen. Bis morgen!« Entschuldigend sah sie mich an, ehe sie auf dem Absatz kehrtmachte und mit überschwänglichem Hüftschwung aus meinem Büro verschwand. Ich seufzte nur laut auf.

»Spielverderber«, murrte mein Bruder feixend.

»Logan, was willst du wirklich hier? Denn es ist schon seltsam, dich an zwei aufeinanderfolgenden Tagen zu sehen. Geschweige denn hier in meiner Firma. Du hast nicht einmal einen Fuß über die Schwelle gesetzt. Sieben Jahre nicht. Und dann tauchst du ausgerechnet heute hier auf?« Ich musterte ihn skeptisch. Er hatte nur ein unbeteiligtes Achselzucken für mich übrig.

»Ich sagte doch, es hat sich selbst bis in meine Szene rumgesprochen. Ich dachte, du könntest vielleicht meine Hilfe brauchen. Deshalb bin ich hier.« Logan drehte während des Redens eine Runde durch mein großzügiges Büro und sah sich beiläufig um. Ich folgte ihm mit meinem Blick. Konnte nicht ganz glauben, was ich da hörte. Mein Bruder und ich hatten seit Jahren kein gutes Verhältnis mehr, also warum jetzt? Was hatte sich geändert?

»Du glaubst mir nicht«, stellte Logan nach Minuten des Schweigens meinerseits nüchtern fest. Ich wog den Kopf leicht hin und her. Das brachte Logan zum Schmunzeln. Schließlich nickte er und stellte seine Tasse wieder auf meinem Schreibtisch ab.

»Okay. Ich versteh schon. Du vertraust mir nicht. Du solltest nur wissen, dass ich dir helfen könnte, wenn du Unterstützung benötigst. Das ist alles.« Damit wollte er sich verziehen. Ich sprach das Nächste in seinen Rücken:

»Und wie willst ausgerechnet du mir helfen? Du verstehst nichts von meinen Geschäften. Ich weiß ja noch nicht einmal, womit du dein Geld verdienst. Ich weiß nichts mehr über dich und dein Leben. Seit Michelle vor knapp vier Jahren gestorben ist, weiß ich nicht mehr, wer du bist. Also sag mir, lieber Bruder, warum sollte ich ausgerechnet dir vertrauen?« Logan blieb bei der Tür stehen, hielt in der Bewegung inne. Seine Hand ruhte auf dem Türgriff. Er stand mit dem Rücken zu mir und es schien, als wäre er wie erstarrt. Wie eigentlich jedes Mal, wenn man ihren Namen erwähnte. Doch es musste sein. Ich musste ihm doch begreiflich machen, dass ich ihm gar nicht vertrauen konnte, so wie er sich ihretwegen damals aufgeführt hatte.

Er drehte leicht den Kopf in meine Richtung und sprach leise über die Schulter zu mir gewandt.

»Ich muss nichts über deine Geschäfte wissen. So wie du nichts über meinen Beruf wissen musst. Du bist der Beste, in dem, was du tust, und ich in dem, was ich tue. Das ist alles, was du wissen musst. Ich habe dir meine Hilfe angeboten und du kannst sie jederzeit annehmen.«

»Damn, Logan! Wie soll denn deine Hilfe aussehen?«, fragte ich aufgebracht und sprang von meinem Stuhl auf. Logan ließ jetzt erst den Türgriff los und drehte sich wieder zu mir herum. Seine Miene ausdruckslos.

»Frag doch mal deinen Engländer. Vielleicht verstehst du dann.« Mit diesen kryptischen Worten ließ er mich tatsächlich stehen. Logan verließ mein Büro. Ich schüttelte fassungslos den Kopf. Doch mir blieb nicht viel Zeit, um über meinen Bruder und seine Worte nachzudenken. Denn keine fünf Minuten später kam James mit einer Mappe in mein Büro.

Ich wollte ihn eigentlich auf Logans blöde Anspielung ansprechen, ließ es aber fürs Erste sein, denn mein Butler machte seinen typischen 'Alles-erledigt-Sir!'-Gesichtsausdruck.

»Sir, ich denke, Sie werden sehr zufrieden mit mir und meiner Arbeit sein. Ich habe eine Top-Agentur gefunden. Sehr seriös und mit den besten und schönsten Mädchen ausgestattet. Sie haben einen einwandfreien Ruf und die Agentur an sich scheint auch sauber zu sein.«

»Na dann, zeigen Sie doch mal her«, entgegnete ich erschöpft. Das war ich auch, aber es blieb keine Zeit für eine Pause. Das Koks zeigte leider auch heute nicht ganz seine gewünschte Wirkung.

James reichte mir die Mappe. Ich schlug sie auf und überflog die erste Seite.

»Cursed Secrets?«, fragte ich skeptisch. Der Engländer nickte.

»Ja, ich zweifelte zuerst auch. Aber die Agentur hat mich wirklich überzeugt, Sir. Und das mag bei mir schon was heißen.«

Ich lachte einmal auf.

»Ja, das stimmt.« Ich beschloss, dieser Agentur eine Chance zu geben, und blätterte mich durch die vielen Seiten. In der Mappe befanden sich etliche Berichte und positive Rezensionen. Ganz am Ende waren die verschiedenen Mädchen abgedruckt. Sie alle besaßen ihren eigenen Steckbrief. Eine nach der anderen beäugte ich. Sie alle waren wirklich sehr ansehnlich und schön.

»Ich habe mich auch ein wenig über die für sie empfohlenen Mädchen schlaugemacht, und mir wurde eine immer wieder wärmstens empfohlen.«

»Und welche von ihnen sollte das sein?« Ich wurde neugierig. Welches Mädchen hatte es geschafft, selbst meinen sonst so schwer zu beeindruckenden Diener zum Schwärmen zu bringen? Sonst machte sich James eigentlich nichts aus Frauen. Ich wusste nicht einmal, ob er eine Frau zu Hause hatte. Oder, ob er im Allgemeinen überhaupt auf Frauen stand. Aber das tat schließlich auch nichts zur Sache.

James nahm mir die Mappe ab und hielt mir kurze Zeit später einen Steckbrief entgegen.

»Ihr Name ist Angel?«, fragte ich erneut misstrauisch. Ich wusste nicht so recht, ob ich dieses Mal auf das Gespür meines treuen Dieners hören sollte. Sonst lag er zwar nie daneben, aber in Sachen Frauen war ich mir bei ihm eben nicht so sicher. Obwohl sie überaus schön war, das musste ich ihm lassen. Aber sonst? Sie hatte bronzene Haut, was unter den reichen und spießigen Geschäftsleuten vielleicht als negativ angesehen werden könnte. Vielleicht fiel sie damit aber auch auf und lenkte so genügend ab?

»Sie können sie sich doch erst einmal ansehen und dann entscheiden? Denn rein zufällig ist sie heute im One57 unten im Hotel, Sir.«

Ich zog ungläubig eine Braue hoch.

»Zufällig, James?« Der Engländer grinste spitzbübisch und zuckte mit den Schultern.

»Zufälle kommen vor, Sir.«

»Aha. Wenn Sie das sagen.« Ich erhob mich, um zu gehen. Heute würde ich so oder so nicht mehr konzentriert arbeiten können.

»Um 19 Uhr, Sir. Also jetzt gleich.«

Ich seufzte laut auf. Dazu hatte ich heute nun wirklich keine Lust mehr. Aber nun gut, wenn sie schon einmal da war, dann sollte ich das auch nutzen.

»Na dann, kommen Sie, James. Sehen wir uns die Kleine doch einmal genauer an.«

»Ja, Sir.« Damit verließen wir mein Büro und machten uns auf den Weg ins One57 zurück.

Zu Hause angekommen beschloss ich trotz des Zeitdrucks, noch eine schnelle Dusche zu nehmen und mich umzuziehen. Ich legte sehr viel Wert auf ein gepflegtes Äußeres und perfektes Erscheinungsbild. Schnell zog ich mir einen meiner billigen Maßanzüge an und eine nicht ganz so protzige Uhr aus meiner Sammlung – ich wollte die Kleine, wenn sie mir gefiel, ja schließlich nicht gleich verschrecken.

Na dann, kleine Angel, zeig mal, was du so kannst …

Kapitel 5

Angel

Heute Morgen hatte ich eine seltsame E-Mail meiner Agentur erhalten. Ich sollte mich mit einem Herren im One57 treffen. Bisher hatte ich nicht davon gewusst, dass wir auch mit diesem Hotel zusammenarbeiteten … Diese Information war mir neu. Auch hatte ich weder einen Namen noch sonstige Auskunft zu meinem neuen Kunden erhalten.

Ich beschloss, mich zur Sicherheit bei meiner Agentur zu vergewissern, dass ich auch die richtigen Informationen erhalten hatte. Nicht, dass es sich hier um einen Fehler handelte.

Nur sehr selten nahm ich mit meiner Agentur Kontakt auf. Eigentlich nie. Sie teilten mir immer per E-Mail mit, wo ich wann bei wem zu sein hatte. Solange keine Beschwerden kamen, konnten wir uns recht frei bewegen. Zumal wir ja nach jedem Kunden unseren Tagesbericht abzugeben hatten. Außerdem sollten wir uns jede Woche unsere Gehaltsschecks persönlich abholen. So sahen uns die Leute und konnten ein Auge auf uns werfen und wir konnten uns mit eventuellen Problemen an sie wenden.

Ich nahm mein Mobiltelefon zur Hand und wählte die Nummer. Mrs. Bennett, die freundliche Empfangshilfe, hob ab. Ich mochte die ältere Dame. Sie war sehr liebevoll zu uns. Immer wenn ich einmal in der Woche zur Agentur musste, plauderte ich eine kleine Weile mit ihr.

»Angel, alles okay?«, fragte Mrs. Bennett sofort besorgt

ins Telefon. Da ich sonst nie telefonischen Kontakt zu ihr aufnahm, schellten wohl ihre Alarmglocken.

»Ja, alles in Ordnung. Ich habe nur eine Frage zu meinem nächsten Auftrag. Es hieß, ich soll heute Abend ins One57 kommen? Wir arbeiten doch überhaupt nicht mit diesem Hotel zusammen.« Es dauerte einen Moment, bis die ältere Dame mir antwortete. Laut dem Tippgeräusch gab sie gerade meine Angaben in den Computer ein.

»Ah, hier. Ja, stimmt. Wir arbeiten nicht mit dem One57 zusammen. Aber du wurdest speziell angefordert. Das Personal wurde informiert und es wurde wohl eine Ausnahme gemacht.«

Ich stutzte bei dieser Information.

»Das muss aber jemand Wichtiges sein, wenn das One57 eine solche Ausnahme macht. Weißt du Genaueres?«

»Nein, leider nicht, Schätzchen. Ich bin selbst schon ganz aufgeregt. Man weiß ja, dass im One57 nur die Reichsten der Reichen wohnen. Ich bin sehr gespannt, was dich heute erwarten wird. Viel Glück, Kleines. Ich muss leider wieder weitermachen.«

Wir verabschiedeten uns noch voneinander, dann legten wir auf.

Mrs. Bennett nahm mir noch das Versprechen ab, ich sollte mich sofort morgen früh bei ihr melden und sie aufklären, wer dieser mysteriöse Kerl war. Vor allem musste ihn die Kooperation mit dem One57 einen Haufen Geld gekostet haben. Irgendwie machte mich das Ungewisse nervös. Ein altbekanntes Prickeln der Furcht lief mir den Rücken hinab. Ich war sonst kein Hasenfuß. Doch eine Sache gab es. Eine Sache, die mich bis aufs Mark ängstigte. Ich hatte wahrlich Todesangst davor, dass *er* mich finden würde. Denn das dürfte niemals passieren. Es würde meinen Untergang bedeuten oder vielleicht sogar noch etwas weitaus Schlimmeres als das.

Ich versuchte, die aufkommende Panik herunterzuschlucken, atmete kontrolliert ein und wieder aus. Redete mir gedanklich in Dauerschleife ein, *er* wäre es nicht.

Ich beschloss, mich mit meiner Outfitfrage für den heutigen Abend abzulenken, schickte Miguel eine WhatsApp-Nachricht und bat ihn, zu mir zu kommen, um mir mit meiner Kleidung zu helfen. Und natürlich dauerte es keine halbe Stunde, bis mein lieber Freund mir zur Hilfe eilte.

Ich mochte Miguel wirklich. Er war mein einziger Freund. Ihm vertraute ich alles an, na ja, fast alles. Er wusste natürlich nichts über mein altes Leben oder meinen richtigen Namen. Ich würde meinen Freund damit nur unnötig in Gefahr bringen und das wollte ich auf keinen Fall. Aber von mir als Angel wusste er alles.

»Hallo, Darling. Wie kann ich dir behilflich sein? Deine Nachricht klang ja heute mal wieder mehr als aufregend«, säuselte Miguel übertrieben nasal. Miguel war schwul, extrovertiert und exzentrisch. Und ich liebte ihn dafür. Auch weil er der einzige Mann auf dieser Welt war, dem ich wirklich vertraute und den ich freiwillig in meine Nähe ließ. Er würde mir nie wehtun. Mich nie wegen seiner ungezügelten Gier verletzen. Bei Miguel fühlte ich mich sicher.

Ich klärte ihn mit der Kurzfassung auf und wir stellten uns vor meinen Kleiderschrank. Ich hatte zwar für alles und jeden etwas dabei, darunter auch ein oder zwei schickere und etwas teurere Abendkleider, aber nichts, was zum gehobenen Stil des One57 passte.

»Miguel, was mache ich denn jetzt nur? Ich habe nichts zum Anziehen«, jammerte ich für mich total untypisch mädchenhaft. Ich war wirklich nervös wegen heute Abend. Das merkte mein bester Freund auch schnell.

»Darling, so kenne ich dich ja gar nicht. Aber mach dir mal keine Sorgen, wir werden schon was Schönes zusammenstellen.« Miguel stöberte noch einmal durch meinen Kleiderschrank und legte meine zwei Abendkleider heraus. Er tippte sich übertrieben nachdenklich ans Kinn und überlegte.

»Haben sie dir denn nichts über den Kunden gesagt?«

Ich schüttelte den Kopf.

»Das ist aber schon ungewöhnlich. Sonst bekommen wir doch immer einen Anhaltspunkt, was der Kunde gerne möchte oder sehen will.«

Erneut nickte ich und sah frustriert auf meine Kleider.

»Ich kann mir leider auch kein neues Kleid kaufen.« Ich ließ mich seufzend auf meine Couch fallen.

»Dann werd ich dir eins kaufen. Das wird ein Spaß!« Ich sah meinen besten Freund mit großen Augen an.

»Nein! Kommt nicht infrage! Du weißt, dass wir nicht einfach in die Mall spazieren können. Wir müssten in ein teures Markengeschäft gehen. Nein, Miguel!«

Mein bester Freund schmunzelte mich nur breit an. Für ihn war die Sache klar: Er würde mir ein Kleid kaufen. Ende der Diskussion.

Daher gab ich auf und sprang ihm freudestrahlend um den Hals.

»Danke! Aber ich warne dich! Nichts Auffälliges!« Wir lachten bei meinem Kommentar beide drauflos. Nur allzu gut erinnerten wir uns an unsere letzte Shoppingtour. Miguel hatte mir ein schrecklich hässliches, gelbes Kleid aufgeschwatzt. Ich sah wirklich lächerlich in diesem Fummel aus. Aber es war einer der lustigsten und besten Abende meines Lebens gewesen. Wie viele schlechte Komplimente ich von den Männern erhalten hatte. Herrlich.

Ich packte schnell meine Sachen zusammen, dann brachen wir auch schon zu unserer Shoppingtour auf.

Wir fuhren mit der Subway in die City. Miguel führte mich zielstrebig in einen Michael-Kors-Laden. Er meinte, dort würden wir das perfekte Outfit für mich finden. Meine Augen weiteten sich bei jedem teuren und schönen Teil, das ich sah, immer mehr. Ich verliebte mich gleich in mindestens fünf Handtaschen.

Miguel zog mich eilig in eine Kabine und präsentierte mir stolz seine für mich ausgesuchte Beute. Ich probierte ein Kleid nach dem anderen an. Sie waren auch alle sehr hübsch, aber irgendetwas fehlte mir.

Das letzte war ein langes, hochgeschlossenes, cremeweißes Kleid. Was es vorne versteckte, offenbarte es dafür hinten. Der Rücken war tief ausgeschnitten. Ich betrachtete mich erstaunt im Spiegel. Dieses Kleid hatte etwas an sich. Es zeigte nicht zu viel und der cremeweiße Ton schmeichelte meinem dunkleren Hautton perfekt. Der Ausschnitt hinten war absolut ein Hingucker. Noch ein paar Zentimeter mehr und es wäre definitiv nicht mehr anständig. Ich war total verliebt in dieses Kleid.

»Angel? Woooow!« Miguel trat mit weit geöffnetem Mund in die Kabine zu mir und musterte mich erstaunt.

»Angel, du siehst toll aus. Das nehmen wir!«

Ich nickte stumm, konnte nicht antworten, so sprachlos ließ mich mein eigener Anblick in diesem Kleid zurück. Was ein Kleidungsstück aus einem machen konnte. Erstaunlich. Kein Wunder, dass die Reichen und Schönen ständig shoppen gingen, wenn man sich jedes Mal so fantastisch dabei fühlte.

Ich zog das Kleid aus und hängte es auf einen samtenen Kleiderbügel zurück an die Wand, um mich wieder anzuziehen. Plötzlich fiel mir das Preisschild ins Auge. Ich war so verliebt in dieses Kleid und in das, was es aus mir und meinem Körper machte, dass ich total vergessen hatte, auf den Preis zu achten. Ich schnappte nach Luft, so teuer war es.

»Angel, kommst du?« Miguel steckte seinen Kopf erneut

zu mir in die Kabine.

»Ich nehme es doch nicht. Es ist doch nicht ganz geeignet für das One57.« Ich versuchte mich an einem schwachen Lächeln. Denn mir brach es fast das Herz, dieses Kleid nicht kaufen zu können. Miguel zog skeptisch seine schön geschwungenen Brauen zusammen, dann trat er zu mir in die Kabine und nahm das Kleid an sich.

»Angel-Schatz. Ich weiß, wie viel das Kleid kostet. Ich habe es ja auch schließlich ausgesucht. Also kann ich es mir auch leisten, ebenso wie die passende Tasche und die passenden Schuhe! Und jetzt komm!«

Ich runzelte die Stirn.

»Nein! Wie willst du dir das denn bitte alles leisten können, Miguel? Allein das Kleid kostet so viel wie zwei unserer Wochenlöhne zusammen!«

Miguel kam ehrlich lächelnd auf mich zu und legte einen Arm um mich.

»Darling, lass das mit dem Geld doch einfach meine Sorge sein und lass dich einmal so richtig verwöhnen. Ich möchte dir etwas Gutes tun.«

Missmutig zog ich eine Schnute. Mir gefiel es nicht, Schulden bei jemandem zu haben. Ich war darauf gepolt worden, dass alles seinen Preis hatte und dass immer eine Gegenleistung fällig werden würde.

»Okay. Dann sieh es als verfrühtes Geburtstagsgeschenk an. Und jetzt hör auf zu schmollen, das macht nur Falten.« Er dirigierte mich bestimmend aus der Kabine und schob mich in Richtung Taschen.

»Miguel, bitte, das Kleid reicht völlig. Außerdem kennst du meinen Geburtstag gar nicht. Du suchst dir jedes Jahr einfach einen beliebigen Tag aus und ernennst ihn dazu.«

»Weil du um dich und dein früheres Leben auch so ein Geheimnis machen musst, deshalb. Und jetzt sei fröhlich, während du dir diese Tasche dort von mir kaufen lässt.

Ich habe von Anfang an gesehen, wie sehr deine Augen geleuchtet haben, als du sie entdeckt hast.«

Ich linste zu der Tasche, die Miguel meinte. Er hatte recht, diese Tasche hatte es mir angetan und sie passte rein zufällig perfekt zum Kleid. Doch der Preis machte sie schnell um einiges hässlicher. Warum musste hier auch alles so teuer sein?

»Nein, Angel. Fang jetzt nicht schon wieder an!«, mahnte mich mein Freund streng. Ich biss mir ertappt auf die Unterlippe.

»Okay, ein Vorschlag. Ich werde dir die Hälfte zurückzahlen. Dann fühle ich mich nicht ganz so schlecht. So, wie sich mein neuer Auftrag anhört, wird sicher etwas mehr dabei rumkommen. Und keine Schuhe! Ich habe goldene zu Hause, die dazu passen.«

Miguel überlegte kurz, dann streckte er mir die Hand entgegen.

»Abgemacht. Aber dafür lächelst du jetzt nur noch den ganzen Tag über. Ich will heute keine einzige Sorgenfalte mehr auf deinem schönen Gesicht sehen, Schatz!«

Ich schmunzelte über seine Worte und schlug ein. Vergnügt gingen wir zur Kasse. Der Gesamtpreis bremste zwar wieder meine gute Laune, denn ich rechnete mir schon fieberhaft aus, wie lange ich wohl brauchen würde, um ihm das zurückzahlen zu können, doch ich ließ mir Miguel zuliebe nichts anmerken. Als Dankeschön für die tollen Sachen hatte er einen schönen und sorgenfreien Tag verdient.

Miguel war eben eine Frohnatur. Er hatte ebenso wie ich viel Scheiße erlebt und erdulden müssen. Kämpfte sich vom Straßenstrich genauso hart nach oben in unsere Agentur wie ich. Und dennoch war er fast immer gut gelaunt. Ich wusste auch nicht, wie er das machte. Auch wie er sich die Sachen hier jetzt leisten konnte, war mir ein Rätsel. Aber ich durfte keine Antworten verlangen. Miguel drängte mich, was meine Vergangenheit betraf, schließlich auch nicht. Er war der Einzige, der es einfach hinnahm, wie es war. Die anderen aus unserer Agentur sahen das etwas anders. Sie nannten mich sogar hinter meinem Rücken Eisprinzessin, weil sie mich für unnahbar hielten. Nur weil ich ihnen nicht meine schreckliche Vergangenheit oder gar meinen Namen verriet. Sie hingegen plapperten einem das Ohr blutig. Ich war eben anders. Machte die Dinge mit mir selbst aus. Zumal ich jeden, dem ich nur ein kleines Detail über mich verriet, in Gefahr bringen könnte. Und das wollte ich auf keinen Fall! Es war besser so. Lieber nannten sie mich Eisprinzessin, als dass sie meinetwegen sterben müssten!

»Danke, Miguel. Das Kleid und die Tasche sind wirklich eine Wucht. Es wird sicher gut bei dem Kunden ankommen.«

»Gerne doch, Schatz. So, jetzt lass uns noch einen Kaffee trinken gehen und dann musst du dich auch schon zurechtmachen, nicht?« Ich nickte. Miguel hakte sich bei mir unter, wir schlenderten durch die City und suchten uns ein passendes Café.

»Wieso hast du dir eigentlich nichts gekauft?«, fragte ich ihn, als wir uns gegenüber an einen Tisch setzten. Ich stellte meine große Tüte neben meinen Stuhl. Miguel machte eine Wegwerfbewegung mit der Hand über die Schulter.

»Darling, ich habe doch schon so viele Klamotten. Ich weiß überhaupt nicht mehr, wohin mit all dem Zeug. Nein! Heute warst nur du dran.« Ich musterte ihn skeptisch. Ich glaubte ihm nicht so ganz, doch ich ließ es im Raum stehen.

Aber es stimmte schon, Miguel besaß wirklich Unmengen an Klamotten. Er konnte mit seinem Aussehen und seiner Figur aber auch alles tragen. Es wunderte mich nicht, dass Miguel die meisten und besten Aufträge unter den Männern an Land zog. Er besaß das typische Aussehen eines Spaniers. Braungebrannte Haut, dunkle Haare und – sein

Markenzeichen – bernsteinfarbene Augen. Einen durchtrainierten, jedoch nicht zu muskelbepackten Body und einen Knackarsch, der meinem gut Konkurrenz machen konnte. Er war wirklich ein attraktiver Kerl.

»Darling, wo bist du mit deinen Gedanken?«

Geistesabwesend sah ich Miguel an. Ich hatte mir den Kopf über meinen mysteriösen Kunden zerbrochen. Langsam wurde ich immer nervöser.

»Nichts. Entschuldige bitte, was sagtest du?« Ich lächelte verhalten.

»Nervös, äh? Nichts Wichtiges. Na dann komm, lass uns wieder nach Hause fahren. Dann kannst du dich richtig vorbereiten. Und am Abend rufst du mich an und erzählst mir alles ganz genau.«

Ich nickte ihm zu und bezahlte unsere Rechnung. Miguel wollte protestieren, doch ich ließ ihn nicht. Er hatte mir schließlich schon das Outfit gekauft.

Während der gesamten Heimfahrt quatschten wir noch über meinen ominösen Auftraggeber und stellten die wildesten Vermutungen auf. Es war wirklich lustig und half mir dabei, meine Nervosität in den Griff zu bekommen. Miguel wusste eben immer, wie er mich auf andere Gedanken bringen konnte, dafür war ich ihm auch sehr dankbar.

»Also, Darling, viel Glück. Und nicht vergessen. Ruf mich gleich an, wenn du zu Hause bist. Am besten noch auf dem Heimweg. Dann muss ich nicht so lange warten.« Er seufzte noch einmal theatralisch auf, umarmte mich zum Abschied und ließ mich aus der Bahn steigen. Miguel musste noch vier weitere Stationen fahren. Ich schmunzelte breit über sein übertriebenes Winken. Miguel war wirklich nichts peinlich. Auch dafür liebte ich ihn. Mit ihm war es niemals langweilig.

Auf direktem Weg begab ich mich zu meiner Wohnung. Ich wohnte nicht gerade in der besten und ungefährlichsten

Gegend, aber ich hatte schon früh gelernt, mich verteidigen zu können. Mir war auch nichts anderes übrig geblieben. Gegen meine Heimat war dieses Viertel hier ein wahres Kloster mit lieben Chorknaben.

Bei meiner Wohnung angekommen sprang ich sofort unter die Dusche. Die Zeit wurde langsam doch etwas knapp – immerhin musste ich mich ganz besonders schön machen. Außerdem stand mir eine lange Fahrt bevor.

Nach meiner Dusche machte ich mich ans Schminken. Ich trug eigentlich nie wirklich viel Make-up, denn ich hasste dieses Gefühl von zu viel Schminke, die meine Poren verklebte. Daher legte ich nur ein wenig Puder und Rouge auf. Betonte meine saphirblauen Augen nur mit Wimperntusche und etwas Eyeliner. Meine Lippen schminkte ich schon etwas auffälliger in einem saftigen Weinrot – einer Farbe, die meinem Hautton besonders gut schmeichelte. Meine natürlich blonden langen Haare steckte ich mir akkurat nach oben. Ich wollte nicht von dem tiefen Rückenausschnitt ablenken, dafür war er ja schließlich da. In Kombination mit meinem Kleid konnte sich das Endresultat wirklich sehen lassen. Ich war sehr zufrieden und hoffte, auch mein Kunde wäre es.

Noch ein letzter Check im Spiegel, dann verließ ich positiv gestimmt meine Wohnung. Es würde schon alles gutgehen.

Ich brauchte knapp eine Stunde zum gewünschten Treffpunkt.

Vor dem One57 blieb ich stehen, legte den Kopf in den Nacken und sah zu dem gigantischen Wolkenkratzer hinauf. Kurz ließ ich ihn auf mich wirken. Er war überwältigend.

Wie es wohl sein musste, dort oben zu leben? Jeden Morgen über der Skyline von New York aufzuwachen?

Ich ließ noch einen Augenblick meine Fantasie mit mir durchgehen. Zu göttlich war der Gedanke, hier tatsächlich zu wohnen und solch ein Leben zu führen. Ich seufzte noch einmal verträumt auf, ehe ich hineinging.

In der Mail meiner Agentur stand genau, wo ich hinmusste und an wen ich mich wenden sollte. Ich hatte nur einen Namen bekommen – nicht einmal den meines Kunden, sondern den des Hotelangestellten. So etwas hatte ich noch nie erlebt. Aber da Mrs. Bennett keine Bedenken geäußert hatte, wusste ich, dass alles mit rechten Dingen zugehen würde.

Ich fuhr mit dem Aufzug in das 35. Stockwerk. Dort befand sich das Hotel. Zielstrebig ging ich auf die Lobby zu und fragte nach einem gewissen Mr. James. Ein ungewöhnlicher Nachname, aber gut.

Statt dass mir der Manager des Hotels geschickt wurde, kam ein Mitte 40-jähriger, sportlich gebauter Kerl im Anzug auf mich zu. Ich wusste gleich, dass er hier sicher nicht arbeitete, doch auch hier ließ ich mir nichts anmerken und blieb professionell.

»Miss Angel, schön dass Sie es gefunden haben und dann auch noch so überpünktlich.« Ich musste mir ein Schmunzeln verkneifen. So hatte man mich auch noch nicht genannt.

»Mr. James, ich bin stets bemüht. Danke. Mit wem soll ich mich denn nun treffen?« Nun nickte er in Richtung Hotelbar und bedeutete mir, ihm zu folgen.

»Bekomm ich denn wenigstens von Ihnen eine Auskunft?«, fragte ich in seinen stocksteifen Rücken. *Wie kann ein Mensch so perfekt aufrechtgehen?*

»Das wird nicht nötig sein. Er wird sich selbst vorstellen. Setzen Sie sich an die Bar und warten Sie dort auf ihn.«

»Aber wie soll ich ihn denn erkennen?«, forderte ich zu wissen. Der sympathisch wirkende Kerl drehte sich sanft lächelnd zu mir herum.

»Er wird Sie erkennen. Einen schönen und erfolgreichen Abend wünsche ich Ihnen, Miss.« An der Bar angekommen verneigte er sich leicht, dann ließ er mich allein. *Toll und jetzt?*

Ich setzte mich und strich mir mit nervösen Fingern mein Kleid zurecht. Mit dem Barhocker drehte ich mich in Richtung Theke und bestellte mir einen Cocktail. Wenn dieser mysteriöse Typ mich schon warten ließ, wollte ich das Beste daraus machen.

Ich ließ mir meinen Lieblingsdrink, den Mojito, einen kubanischen Cocktail, schmecken. Nach Drink Nummer 2 war der Kerl noch immer nicht aufgetaucht. Ich schäumte allmählich vor Wut, denn ich hasste es, wenn ich warten musste.

»Ein etwas zu gewagter Rückenausschnitt für meinen Geschmack. Aber nett anzusehen ist er allemal.« Ich zuckte leicht zusammen, als sich in Verbindung mit dieser verflucht sexy, rauchigen Stimme noch eine Hand auf meine nackte Rückenpartie legte.

Ich blickte mich nicht sofort um, ich wusste schließlich, wie man mit solchen Männern, wie er einer zu sein schien, umzugehen hatte. Daher nippte ich noch einmal an meinem Drink, und erst als ich diesen abstellte, sah ich leicht über die Schulter. *Shit!*

Ich bereute es leider sofort, denn hinter mir stand einer der attraktivsten Männer, die ich je gesehen hatte. Und das mochte bei meinem Beruf schon etwas heißen.

In Sekundenschnelle checkte ich ihn ab.

Helle Haut. Groß. Schwarze, perfekt sitzende Haare. Schwarzer Viertagebart. Schwarze Augen, die einen in einen tiefen Abgrund lockten. Breite, überaus muskulöse Schultern. Überhaupt bestand dieser Kerl eigentlich nur aus perfekt geformten Muskeln. Und dann waren da noch der wie auf den Leib geschneiderte Maßanzug und sein charmantes Lächeln.

Wie konnte ein Mann so perfekt aussehen? Und wieso

musste ausgerechnet er mein neuer Kunde sein? Und wieso ärgerte mich diese Tatsache überhaupt?! Normalerweise war es mir egal, wie die Kerle aussahen. Ich erledigte meinen Job und fertig. Aber bei ihm wusste ich jetzt schon, dass es schwieriger werden würde. Gefährlicher. Ich hatte keinen blassen Schimmer, woher ich diese Gewissheit nahm. Ich wusste es einfach und fürchtete mich davor.

Ich versuchte, mir nichts anmerken zu lassen, und spielte weiter meine Rolle der Eisprinzessin. Man sagte mir, die mimte ich besonders gut. Ich lächelte kühl und drehte mich langsam um. Noch immer stand er dicht hinter mir und noch immer hatte er seine Hand auf meinem nackten Rücken liegen.

»Du bist also Angel.«

Nach einem weiteren Moment des Schweigens zog ich eine Braue hoch, da er sich immer noch nicht bei mir vorgestellt hatte.

»Und Sie sind?«, fragte ich eine Spur zu scharf. Ein kleines freches, aber leider überaus sexy Grinsen stahl sich auf seine perfekten Gesichtszüge. *Reiß dich zusammen, Angel!*

»Entschuldige bitte. Ich bin Ian Davis.«

»Nun, Mr. Davis, was kann ich für Sie tun?« In seiner Miene veränderte sich etwas. Es sah fast wie Enttäuschung aus. Warum? Müsste ich ihn kennen?

»Lass uns doch an einen privateren Ort für dieses Gespräch gehen.« Er übte leichten Druck auf meinen Rücken aus, um mir zu bedeuten, ihm zu folgen. Ich glitt galant von dem Barhocker und ließ mich von ihm durch das Hotelrestaurant führen. Sofort fiel mir auf, wie jeder, egal ob Angestellter oder Gast, leicht den Kopf vor ihm neigte. *Wer zum Teufel bist du?!*

Erst als wir im hintersten Eck in einer separaten Nische angekommen waren, ließ er von meinem Rücken ab. Meine Haut fühlte sich seltsam leer an. Ich versuchte, dieses komische Gefühl zu vertreiben, und nahm damenhaft Platz. Ganz gentlemanlike schob er mir den Stuhl zurecht, ehe er sich mir gegenüber niederließ. Einen langen Moment lang musterte er mich. Ich wurde leicht nervös, doch auch das zeigte ich ihm nicht.

»Du weißt nicht, wer ich bin, stimmt's?«, fragte er dann etwas völlig Unerwartetes. Ich riss erstaunt meine Augenbrauen nach oben.

»Kannten Sie mich denn?«, konterte ich. Ein leises Lachen entwich ihm. Dabei bildeten sich sympathische Grübchen neben seinen schönen und sinnlichen Lippen.

»Du gefällst mir. Das muss ich schon sagen. Du hast Köpfchen, das sieht man auf den ersten Blick. Ebenso wie Feuer … vielleicht auch etwas zu viel davon. Dein Hautton in Kombination mit deinen Haaren sowie Augen ist einzigartig.«

»Ich weiß um mein gutes Aussehen – ebenso, wie Sie um Ihres wissen. Warum bin ich also hier, Mr. Davis?«

Für einen Bruchteil einer Sekunde sah er mich erstaunt an, fing sich aber schnell wieder. Dann wandelte sich sein Gesichtsausdruck, doch ich konnte ihn nicht deuten. Er war zu undurchdringlich. Zu glatt.

Er winkte dem Kellner zu, lehnte sich auf seinem Platz zurück und musterte mich weiter mit seiner Maske. Gedankenverloren spielte er mit seiner Gabel vor ihm auf dem Tisch. Es sah so aus, als würde er überlegen, nur was?

»Also gut. Ich denke, das könnte gut zwischen uns funktionieren.« Er machte erneut eine Pause. *Was denn nun? Was könnte gut funktionieren? Argh!*

Es war zum Verrücktwerden.

Ich wollte gerade etwas erwidern, da kam ein Kellner und stellte mir einen neuen Mojito und ihm ein Glas Whiskey vor die Nase. Ich sah erstaunt auf den Cocktail.

»Stimmt doch, oder? Mojito?« Er lächelte wieder sein

unglaublich sexy Lächeln. Ich nickte nur. Zu mehr war ich gerade nicht in der Lage. So kannte ich mich nicht. Noch nie hatte mich ein Mann so aus der Fassung gebracht wie dieser Kerl hier. Und ich wusste nicht einmal, wieso.

»Gut, Angel.« Er betonte meinen Namen auf eine ganz besondere Art. Ich konnte es gar nicht beschreiben. Es klang umschmeichelnd und zugleich fast zynisch. Eine komische Mischung.

»Dann lass uns doch die geschäftlichen Bedingungen klären. Den Preis habe ich schon mit deiner Agentur ausgehandelt. Also geht es jetzt nur noch darum, was ich alles von dir verlange.«

Ich nickte. Was sollte ich auch anderes tun? Noch immer war ich nicht imstande, zu sprechen, und noch immer wusste ich den Grund dafür nicht. *Mädchen, reiß dich jetzt endlich zusammen!*

Ich fand unter großem Zwang zu meiner Stimme zurück, aber auch nur, weil dieser Kerl mal wieder eine gefühlte Ewigkeit geschwiegen hatte und die Stille mir langsam unangenehm wurde.

»Nun, Mr. Davis, was verlangen Sie von mir?«

»Ian.«

Missbilligend hob ich eine Braue. Wieso sollte ich ihn beim Vornamen nennen?

»Mr. Davis, könnten Sie mich freundlicherweise nun bitte aufklären«, forderte ich ihn streng auf. Erneut entwich ihm ein leises Lachen. Wohl, weil ich seiner Bitte, ihn beim Vornamen zu nennen, nicht nachgekommen war. Nach einem weiteren Moment der Stille, in dem wir uns beide gegenseitig aufmerksam beäugt hatten, legte er die Gabel ab und setzte sich aufrecht hin.

»Ich werde in den nächsten Wochen mindestens acht Geschäftsessen ausrichten und benötige dafür deine Hilfe. Du sollst mich begleiten und bei Gelegenheit meine Gäste, sagen wir mal, bei Laune halten. Das war's auch schon.«

Ich brauchte einen Moment, um seine versteckte Botschaft voll und ganz zu begreifen.

»Nein. Tut mir leid, da müssen Sie sich eine andere suchen.«

Ihm entgleiste erneut sein Gesichtsausdruck.

»Wie bitte?!«, fragte er aufgebracht. Er war es wohl nicht gewohnt, dass man ihm widersprach. Ich wiederholte mich nur allzu gern für diesen arroganten Schönling.

»Ich sagte nein. Ich habe, was meine Kunden betrifft, fünf goldene Regeln und Regel Nummer 3 kollidiert mit ihrem Auftrag. Tut mir leid, Mr. Davis.«

Er schnaubte belustigt.

»Und welche Regeln sollen das bitte sein?«

Mich packte allmählich die Wut mit diesem verwöhnten aufgeblasenen Prinzen.

»Regel Nummer 1: Ich heiße Angel!

Regel Nummer 2: Ich küsse niemals einen meiner Kunden.

Regel Nummer 3: Ich betreue immer nur einen Kunden. Das sind meine drei für Sie relevanten Regeln.«

Die anderen Regeln behielt ich besser für mich. Zum einen, weil ich mir jetzt schon sicher war, ihn so gut zu kennen, dass ihn diese Tatsache fuchsen würde, und zweitens wollte ich sie ihm auch nicht sagen. Denn diese beiden letzten Regeln waren nur für mich und meine Sicherheit gedacht. Für mein Überleben.

»Das waren drei Regeln. Du sagtest aber, du hättest fünf.«

Bei seiner Aussage konnte ich mir ein kleines Schmunzeln nicht verkneifen.

»Ich weiß. Die anderen beiden sind für Sie jedoch nicht von Bedeutung. Wie gesagt, eigentlich ist für Sie nur Regel Nummer 3 interessant. Denn wenn ich Sie richtig verstanden habe, verlangen Sie von mir, dass ich mich auch

Ihren Kunden anbiedern soll, und das ist nicht mein Stil. Tut mir leid, Mr. Davis.«

Er schien einen Augenblick zu überlegen.

»Ich werde aber keinen Sex mit dir haben. Dafür bezahle ich dich nicht. Das habe ich nicht nötig. Also ändert das doch die Sache oder verstehe ich das falsch?«

Für einen Moment verlor ich die Fassung. Ich hatte mit allem gerechnet, aber nicht damit. *Du willst KEINEN Sex mit mir haben? Das hast du nicht nötig?*

Seine Worte spukten mir noch einen langen Moment im Kopf herum, daher konnte ich ihm auch nicht so schnell und schlagfertig antworten, wie ich das wollte. Ich schüttelte leicht den Kopf.

»Meine Antwort bleibt dennoch dieselbe. Denn ich brauche keinen Zuhälter mehr! Das habe ICH nicht nötig! Und nichts anderes wären Sie, wenn Sie von mir verlangen, mit einem Ihrer Geschäftspartner zu schlafen. Entweder Sie leben damit und ich zeige Ihnen, dass ich auch, ohne mit einem Mann ins Bett springen zu müssen, sehr überzeugend sein kann, oder sie wenden sich erneut an meine Agentur und suchen sich eine andere. Aber ich verspreche Ihnen, Mr. Davis, Sie werden keinen besseren oder vergleichbaren Ersatz für mich finden.«

Nach meiner Rede brauchte er wohl einen Moment, um sich wieder zu fassen, so wie es mir eben bei seiner erging. Ich ließ ihm die Zeit. Ich hatte mich auch tatsächlich recht weit aus dem Fenster gelehnt. Aber ich war nun mal die Beste in unserer Agentur. Warum also etwas anderes sagen? Und um meine Regeln wusste meine Agentur auch Bescheid. Sie waren einverstanden damit, solange ich meinen Job gut machte und keine Beschwerden diesbezüglich kamen. Was noch nie der Fall gewesen war.

»Ich hätte gedacht, eine wie du benötige dringend das Geld und würde sich nicht so anstellen. Weißt du denn nicht, wie viel ich für dich und deine Dienste bezahlen werde?« *Verspottest du mich da gerade? Arrogantes Arschloch!*

»Mr. Davis, sagen Sie bloß, Sie haben mich und mein Spiel noch nicht durchschaut? Wissen Sie, es gibt mir den gewissen Kick, so zu tun, als hätte ich diesen erniedrigenden Job nötig. Aber in Wahrheit müssen Sie wissen, bin ich ein ebenso arrogantes und von sich selbst überzeugtes Arschloch wie Sie. Ein Arschloch, das nicht weiß, wohin mit Ihren Millionen. Ein Arschloch, das Menschen nach ihrem Einkommen bewertet und einordnet.« Ich reckte zur Krönung dieser Standpauke stolz mein Kinn. Sollte er sich doch sein vieles Geld in seinen aufgeblasenen Arsch schieben …

»Wenn du so reich wärst wie ich, hättest du weitaus besseren Geschmack. Und, Schätzchen, Milliarden, nicht Millionen. Ich verfüge über ein Milliardenvermögen«, entgegnete er trocken. Mir klappte die Kinnlade herunter. Nicht nur, weil er gerade meinen Geschmack und mein wunderschönes neues Kleid beleidigt hatte, sondern, weil ich jetzt plötzlich ganz genau wusste, wen ich hier vor mir sitzen hatte.

Ian Davis, der 30-jährige Milliardärs-Womanizer, der sein Geld mit einem Waffenimperium gemacht hatte – und das in weniger als 10 Jahren. *Scheiße!*

Als er meinen entsetzten Gesichtsausdruck sah, lächelte er mir breit und siegessicher entgegen.

»Also haben wir wohl doch einen Deal?«, fragte er herablassend grinsend.

»Mr. Davis, kann es sein, dass die Bedeutung des Wortes Nein nicht in Ihrem Wortschatz vorkommt, oder wieso wollen Sie mich nicht verstehen? Oder liegt es daran, dass ich nicht in Ihrer Liga spiele und in Ihren Augen nur eine kleine, dumme Hure bin? Oder liegt es einfach nur daran, dass ich eine Frau bin und sie generell der Meinung sind, dass wir nur den Mund zu öffnen haben, um der männlichen Gattung einen zu blasen?« Ich hatte mich in Rage geredet. Kaum war ich fertig, erhob ich mich. Ich könnte gut und gern auf den Auftrag verzichten.

Du aufgeblasener Oberarsch! Was erlaubst du dir?!

Doch er blieb unbeeindruckt weiter sitzen und sah mich mit seinen schwarzen Augen bedrohlich an. Zumindest wirkten sie auf mich dunkel und unheilvoll.

»Redest du eigentlich immer so mit potenziellen Kunden? Oder generell mit Kunden? Benötigst du das Geld nicht oder willst du einfach mit allem, was du sagst und tust, provozieren?«

Ich schnaubte spöttisch.

»Setz dich wieder hin.«

Es war ein deutlicher Befehl. Ich verengte die Augen zu Schlitzen. Doch das Nächste überraschte mich selbst. Ich setzte mich tatsächlich wieder hin. Ich wusste nicht, warum ich es tat. Vielleicht wegen der Schärfe in seiner Stimme. Vielleicht aber auch, weil mich seine Iriden regelrecht verschlangen.

»Gut. Da wir wohl jetzt die wichtigsten Dinge festgehalten haben, kommen wir zu den kleineren Punkten. In Ordnung?« Wieder klang es nicht wie eine Frage, sondern eher wie ein Befehl und erneut reagierte ich darauf absolut untypisch für mich. Ich nickte.

»Sehr schön. Also, zu dem, was ich von dir verlange … Vor jedem Treffen wirst du dich im Plaza Hotel in einem Zimmer zurechtmachen. Du musst dich um nichts kümmern. Es wird schon immer alles für dich bereitliegen. Um Punkt 19 Uhr wirst du unten vor dem Hotel von meinem Chauffeur abgeholt. Wir treffen uns mit ein paar kleinen und großen Firmen. Die Männer sind allesamt gerade nicht so gut auf mich zu sprechen und ich muss sie in diesem Gespräch davon überzeugen, mir wieder zu vertrauen, und davon, dass es das

Beste wäre, sie würden ihre lächerlichen kleinen Firmen an mich verkaufen. Kannst du mir bis hierhin folgen?« Wieder nickte ich. Ich verstand sehr wohl, was er von mir verlangte, nur das Ausmaß konnte ich noch nicht ganz begreifen. Aber das war ja auch schließlich nicht mein Job. Er wollte, dass ich hübsch neben ihm aussah und ihn in ein besseres Licht rückte. Bitte, das konnte er haben.

»Was verlangen Sie von mir während des Essens?«

»Erstens, dass du mich endlich Ian nennst. Wie sieht das denn aus, wenn meine Begleitung mich Mr. Davis ruft?« Ich konnte mir ein Schmunzeln nicht verkneifen. Für wie blöd hielt er mich? Jedoch schluckte ich eine fiese Erwiderung hinunter.

»Und zweitens, Ian?« Ich betonte jeden seiner drei Buchstaben extra schmeichelnd. Es entlockte ihm erneut sein schönes und ehrliches Lachen.

»Wie heißt du wirklich? Ich kann dich ja schlecht als Angel vorstellen!«

»Mein Name ist nun mal Angel.« Jetzt war er es, der missbilligend eine seiner schwarzen Augenbrauen hochzog. Wie konnte ein Mann so schöne Augenbrauen haben? *Schluss jetzt, ich muss mich konzentrieren!*

»Kauft dir das sonst irgendwer ab?«

»Vielleicht«, gab ich frech zurück. Langsam machte es mir richtig Spaß mit ihm. Er lachte spöttisch, dann wurde er schnell wieder ernst.

»Nein, ernsthaft jetzt. Wie heißt du?« Wieder klang es nicht nach einer Frage.

»Hast du meine erste Regel schon wieder vergessen, Ian?« Ich mochte seinen Namen. Er umschmeichelte so schön meine Zunge.

Wir schwiegen einen Moment.

»Du bist schon ein ganz spezieller Fall von Sturheit, oder?«

»Eigentlich nicht! Ich habe nur meine Prinzipien und

Regeln. Und sonst schert es auch niemanden. Nur Sie – du – scheinst damit ein Problem zu haben. Aber ich glaube, das liegt weniger an mir, sondern eher an der Tatsache, dass du es nicht leiden kannst, wenn man dir widerspricht und es nicht nach deinem Willen abläuft. Richtig?«

Er schnaubte einmal auf. Ich wusste nicht, ob belustigt oder verärgert. Seine Miene ließ auch nicht auf seine Gedanken schließen.

»Ganz richtig. Du hast mich ja schnell eingeschätzt. Ich hasse es, wenn es nicht nach meinem Willen geht. Merk dir das gut, kleine Angel!« Wieder betonte er meinen Namen auf seine eigene Art und Weise. Dieses Mal klang es eher wie eine Drohung. Ich zuckte unbekümmert mit den Achseln.

»Das ist mein Job. Aber wenn dich das mit meinem Namen so sehr fuchst, dann gib mir doch einfach einen.«

Er sah mich staunend an.

»Statt mir deinen richtigen Namen einfach zu verraten, willst du, dass ich dir irgendeinen Namen gebe?«

Wieder zuckte ich mit den Achseln.

»Du bist der Kunde. Meinst du, mir wurde noch nie ein anderer Name von meinen Kunden gegeben?« Es sollte belustigt klingen, doch ich bekam es nicht so ganz hin. Ich wusste nicht, ob er meinen zynischen Unterton bemerkte, er sagte jedenfalls nichts dazu.

Lange blickte er mich an, dann tippte er sich nachdenklich ans Kinn.

»Hm«, machte er nur. Er schien sich tatsächlich einen Namen für mich zu überlegen. *Da bin ich ja mal gespannt.*

»Na, dann gibt es ja eigentlich nur einen Namen für dich.« Er grinste spitzbübisch. Ich begann, zu lachen.

»Und der wäre?«

»Vivian, ist doch klar. Welcher Name würde auf unsere Situation besser passen?«

Wieder prustete ich.

»Dein Ernst? Du benennst mich nach der Prostituierten in Pretty Woman?«

»Warum nicht? Ich finde es lustig.«

»Lustig, ja? Nur wird unser Ende definitiv ein anderes sein. Ich bin nicht so naiv und glaube an so etwas Märchenhaftes wie Liebe.«

Fragend zog er die Brauen zusammen.

»Und so etwas von einer Frau, auch mal was Neues. Aber ja, ich sehe es genauso, also werden wir uns wohl bestens verstehen, liebe Vivian.«

Ich musste ehrlich lächeln. Diesen Namen aus seinem Mund zu hören, hatte etwas. Wir musterten uns noch einen Moment, dann wurde mir sein intensiver Blick doch etwas unangenehm. Ich räusperte mich.

»Und was verlangst du noch beim Essen von mir?«

»Das kommt auf den Geschäftsmann mir gegenüber an. Ist es der ewige Single, dann bist du eben meine Hure. Ist es der liebende Familienvater, dann bist du meine Verlobte. Du erkennst den roten Faden in der Geschichte?«

Ich stutzte über seine plötzliche Wandlung. Gerade eben noch hatten wir gescherzt und jetzt spuckte er mir sein Vorhaben eiskalt entgegen.

»Ich verstehe. Am besten lässt du mir einen Steckbrief zu jedem deiner Gäste zukommen. Dann kann ich ihre Leben, Frauen- und Kindernamen auswendig lernen. So weiß ich immer, was gewünscht ist.«

Er nickte anerkennend.

»Ich werde es meinem Diener sagen.«

»Deinem Diener?«

»Ja, James eben. Der Mann, der dich vorhin empfangen hat. Er arbeitet für mich und erledigt alles. Du wirst dich auch an ihn wenden, wenn du irgendwelche Probleme hast.«

»Und wann sollen diese Essen immer stattfinden?«

Er nahm den ersten Schluck von seinem Whiskey. Ich tat

es ihm gleich und nippte an meinem Lieblingsgetränk.

»Spontan. Das kann ich nie genau sagen. Aber auch das ist bereits mit deiner Agentur vereinbart und hat dich nicht zu kümmern!«

Ich verzog erneut an diesem Abend missbilligend eine Braue.

»Und wie mich das zu interessieren hat. Wenn ich zum Beispiel meinem Stammkunden absagen muss, dann gehen mir hundert Dollar Trinkgeld durch die Lappen. Natürlich interessiert das meine Agentur nicht. Aber ich lebe fast ausschließlich von meinem Trinkgeld. Ich lass doch für dich nicht alles stehen und liegen!«

»Hundert Dollar?«

Mich packte so schnell die Wut, dass ich meine Worte gar nicht zurückhalten konnte.

»Ja, hundert Dollar! Ich weiß, in deiner Welt ist das nichts! Aber für mich bedeutet das eine Woche Essen!« Ich spie meine Worte nur so. Tatsächlich riss er erschrocken die Augen auf. Als wüsste er nicht, dass man für hundert Dollar eine Woche lang gut über die Runden kommen könnte. Wahrscheinlich kosteten die beiden Drinks hier schon so viel.

Plötzlich wandelte sich seine Miene und er nickte verständnisvoll.

»Verstehe. Dann werde ich das Dreifache bezahlen, sollte dir ein Kunde dadurch entfallen. In Ordnung?«

Ich beäugte ihn skeptisch. *Wo ist der Haken?*

Bei meinem strengen Blick hob er sofort beschwichtigend die Hände. Ich fühlte mich bei diesem Anblick in ein Déjà-vu zurückversetzt. Mit dieser Geste sah er jemandem aus alter Zeit so unglaublich ähnlich, es war erschreckend. Doch das war er nicht. Das wusste ich! Dennoch war die Ähnlichkeit verblüffend und beängstigend zugleich. Vielleicht kam daher meine Faszination für ihn? Weil er meinem

Ritter von damals so sehr ähnelte?

»In Ordnung«, entgegnete ich daher schnell, um die aufkommenden Bilder zu verscheuchen.

»Sehr schön. Dann lass uns darauf anstoßen. Ich denke, wir werden eine schöne Zeit miteinander haben und ich werde sicher sehr zufrieden mit deiner Arbeit sein.« Er erhob sein Glas, ich tat es ihm gleich. Leise klirrend ließen wir unsere Gläser aufeinandertreffen, ehe jeder einen kräftigen Schluck nahm.

»Wie weit hast du es nach Hause?«, fragte er mich zu meiner Überraschung.

»Nicht sehr weit.«

Er musterte mich skeptisch. Er glaubte mir nicht.

»Also möchtest du mein großzügiges Angebot nicht annehmen, dich nach Hause bringen zu lassen? Auch nicht nach unseren Treffen?«

Ich schüttelte leicht den Kopf.

»Nein. Ich gehe so, wie ich gekommen bin. Allein.«

»Du nimmst nicht gerne Hilfe an, kann das sein?«

Ich zuckte unbekümmert mit den Achseln.

»Wieso sollte ich von einem wie dir auch Hilfe annehmen? Meist ist sie ja doch nicht so aufrichtig gemeint und man bezahlt am Ende mehr, als man bekommen hat.«

Er lehnte sich wieder auf seinem Stuhl zurück, so als wäre ihm eine Erkenntnis gekommen. Ich musterte ihn neugierig, wollte ich doch zu gern wissen, was jetzt in seinem hübschen Köpfchen vorging.

»Einem wie mir?« Mit dieser Frage hatte ich nicht gerechnet. Doch ich überspielte es gekonnt und lächelte charmant.

»Einem wie dir, ja. Einem Mann, der denkt, er könne alles und jeden mit seinem Geld kaufen. Der glaubt, nur allein die Tatsache, er würde viel Geld besitzen, gäbe ihm das Recht, anderen Menschen seinen Willen aufzuzwingen.

Einfach nur, weil einer wie du es eben kann. Und sollte es einmal nicht nach deinen Regeln laufen, so findest du Mittel und Wege, um das zu bekommen, was du möchtest. Einfach, weil du verwöhnter Prinz es gewohnt bist, immer zu bekommen, was du willst. Also sag mir, warum ich ausgerechnet von einem wie dir Hilfe annehmen sollte, ohne dafür doppelt und dreifach blechen zu müssen?«

»Bist du immer so wortgewandt und schamlos deinen Kunden gegenüber, oder obliegt nur mir diese besondere Ehre?« Ein freches Lächeln stahl sich währenddessen auf seine ebenen Züge.

»Jeder, wie er es verdient, Mr. Davis.«

Er nickte schmunzelnd.

»Das pflegte meine Mutter vor ihrem frühen Ableben auch immer zu sagen. Sehr interessant, dein Ansatz. Aber bei den Geschäftsessen lassen wir unser kleines Geplänkel doch lieber weg, in Ordnung, kleine Angel?«

Ich starrte ihn für einen langen Moment einfach nur an. Selbst der Spitzname war gleich. Wie konnte das sein?! Ich war mir zu hundert Prozent sicher, dieser Mann war nicht mein Retter von vor drei Jahren, und doch war er ihm so unglaublich ähnlich. Das Aussehen. Die Sprache. Das Auftreten. Das Selbstbewusstsein. Alles war gleich. Erstaunlich!

Ian zog nach einer Weile irritiert seine schönen, schwarzen Brauen zusammen. Er fragte sich bestimmt, warum ich nicht mehr reagierte. Ich sah ihm wieder direkt ins Gesicht und lächelte schwach.

»Du bist der Kunde. Ich werde es, soweit es mit meinen Regeln zusammenpasst, alles so machen, wie du das möchtest. Du brauchst dir keine Sorgen zu machen«, entgegnete ich am Ende noch einmal frech. Doch sein zweifelnder Blick verging ihm nicht. Im Gegenteil, er wurde immer intensiver. Seine schwarzen Iriden tanzten förmlich in seinen Augen.

Ich wusste nicht, was ihn so sehr beschäftigte, aber sein Anblick faszinierte mich ebenso, wie er mich ängstigte.

Nach einer Weile schüttelte er unmerklich den Kopf und sah in das Glas in seiner Hand. Er schwenkte die goldbraune Flüssigkeit darin.

»Gut. Dann haben wir ja alles geklärt. Ich werde dich informieren lassen, wann das erste Treffen stattfinden wird. Wie gesagt, du brauchst dich um nichts zu kümmern. Ich werde alles für dich bereitlegen lassen.« Er kippte sich den Rest seines Whiskeys hinunter und erhob sich. Ich stand ebenfalls auf. Seine erneute Wandlung verunsicherte mich etwas. Aber so war Ian Davis wohl. Durch und durch Geschäftsmann, in jeder Minute, jeden Tag.

»Gute Nacht, kleine Angel. Wir werden uns bald wiedersehen.« Er lächelte mich noch einmal unverschämt sexy an und wandte sich von mir ab. Galant ging er durch das Restaurant, blieb kurz bei seinem 'Diener' stehen und raunte ihm noch etwas zu, ehe er auch schon in einem der Aufzüge verschwand. Ich blieb noch einen Moment wie erstarrt stehen.

»Miss?« Ich sah erschrocken auf. Ich war so in meinen Gedanken versunken, dass ich James, oder wie dieser Kerl wirklich hieß, nicht bemerkt hatte.

»Ja?«, fragte ich unsicher.

»Ihr Wagen wartet unten auf Sie, Miss.« Ich sah ihn erstaunt an. *Mein was?!*

Der Kerl schien mein Unwissen zu bemerken und klärte mich weiter auf.

»Mr. Davis hat Ihnen einen Wagen kommen lassen. Er bat mich auch, Ihnen Folgendes von ihm auszurichten. Er bestehe darauf, dass sie seine Hilfe annehmen würden. Bräuchte er Sie doch viel dringender als Sie ihn.«

»Was soll das denn bedeuten?«, sprach ich meine Gedanken laut aus.

»Mir steht es nicht zu, diesbezüglich meine Meinung zu äußern, Miss. Kommen Sie.« *Was redest du da für eine geschwollene Scheiße?*

Dieser James ging voran und ich folgte ihm sehr widerwillig. Ich wollte Ians Hilfe nicht annehmen. Vor allem nicht so. Erzwungen! Am liebsten würde ich diesem verwöhnten Prinzen mal gehörig die Meinung geigen, statt seinem 'Diener' hinterherzudackeln.

Draußen vor dem Wolkenkratzer angekommen blieb ich wie angewurzelt stehen, als ich die Luxuskarre sah. *No way!*

Ich schüttelte immer wieder ungläubig den Kopf.

»Kommen Sie, Miss?«, fragte mich James dann noch unnötigerweise.

»Richten Sie Mr. Davis aus: Danke, aber nein danke. Guten Abend, James.« Zügig wandte ich mich von dem sportlich gebauten Diener ab. Ich musste hier weg. Er sprach noch etwas in meinen Rücken, doch ich achtete nicht mehr auf ihn und ging einfach weiter. Den Weg, den ich auch ein paar Stunden zuvor gegangen war.

Endlich in der Subway angekommen beruhigte ich mich wieder etwas. Dennoch konnte ich noch immer nicht ganz glauben, was mir heute passiert war. Ich hatte nicht nur Ian Davis kennengelernt, den wohl attraktivsten Milliardärs-Womanizer, den es in New York gab, nein! Ich hatte mit ihm gestritten, ein Geschäft abgeschlossen und ihm vermehrt unangebracht die Stirn geboten. Und zu guter Letzt hatte ich ihn beleidigt, in dem ich seine Hilfe nicht angenommen hatte. Meine Agentur würde mir sicher noch ein paar Takte dazu sagen, sollte er sich diesbezüglich über mich beschweren.

Aber was hätte ich auch tun sollen? Ich konnte doch nicht in eines der teuersten Autos der Welt steigen und mich damit in mein Viertel nach Hause fahren lassen?! Verstand er denn nicht, dass er mir damit mehr Probleme schaffte, als löste? Zumal ich ihm und generell der männlichen Rasse nicht traute. Solch ein ritterliches Verhalten hatte doch immer einen Haken. Mir war nur ein einziges Mal in meinem abgefuckten Leben ein solcher Mann begegnet, bei dem es wirklich anders war. Der mir geholfen hatte, ohne eine Gegenleistung zu erwarten.

Er hatte mir sogar fünfhundert Dollar gegeben, einfach so. Damals hatte ich zwar jeden Tag damit gerechnet, dass ich ihn wiedersehen und er doch einen Gefallen für seine Großzügigkeit einfordern würde, doch er kam nicht. Ich sah ihn nie wieder. Es war besser so. Hatte er doch von mir verlangt, mich in einem erfüllteren Leben als dem damaligen vorzufinden. Doch was hatte sich groß geändert? Gut, ich arbeitete jetzt für eine anständige und seriöse Agentur. Keinen schmierigen Widerling. Keinen abgefuckten Puff. Dennoch blieb ich eine Hure. *Was du wohl sagen würdest, solltest du mich je wiedersehen?*

Das Surren meines Handys holte mich ins Hier und Jetzt zurück. Ich kramte es aus meiner cremeweißen Handtasche heraus und nahm ab.

»Darling, du kannst mich doch nicht so lange warten lassen. Also, jetzt spuck's schon aus! Ich sterbe gleich vor Aufregung.«

Ich begann augenblicklich zu schmunzeln, als ich Miguels Stimme erkannte.

»Hi, Miguel. Du wirst es nicht glauben. Mein neuer Kunde ist Ian Davis.« Ich senkte bei seinem Namen die Stimme. Ich wollte nicht, dass mich jemand hörte. Miguel quietschte in den Hörer.

»Das ist doch nicht dein Ernst? Der Ian Davis? Der sexy Milliardär? Den Ian Davis meinst du?! Wahnsinn, Angel!«

»Ja, ich war selbst ganz erstaunt. Obwohl ich zuerst nichts mit seinem Namen anfangen konnte, was er mir auch – glaube ich – recht übelgenommen hat.« Ich musste breit schmunzeln, als ich an Ians enttäuschten Gesichtsausdruck zurückdachte.

»Und? Einzelheiten bitte, Darling!«

»Da gibt es nicht viel zu erzählen. Er hat mich beauftragt, ein paarmal mit ihm und wichtigen Kunden essen zu gehen. Das war's auch schon.«

»Das klingt ja so, als würde er dich eher als Hostess engagieren?«

»Ja. Er meinte, er würde keinen Sex mit mir haben. Das hätte er nicht nötig! Ich soll die Frau an seiner Seite spielen, die seine Geschäftspartner sehen wollen. Von Hure bis Verlobte kann alles dabei sein. Und er wollte mich gerade mit seinem Luxus-Maybach von seinem Diener nach Hause fahren lassen.« Am anderen Ende des Hörers folgte nur noch Stille. Miguel musste das wohl ebenso erst einmal verarbeiten wie ich zuvor.

Noch immer konnte ich nicht so ganz glauben, dass Ian keinen Sex mit mir haben wollen würde. Klar, ich hatte schon mehrere Jobs gehabt, die so oder so ähnlich abgelaufen waren. Aber Ian Davis hatte ich einfach völlig anders eingeschätzt.

»Angel-Schatz, das klingt zu gut, um wahr zu sein. Nicht, dass doch etwas faul an der Sache ist? Was sagt denn unsere Agentur dazu? Ist der Kerl auch wirklich sauber?«

Ich stutzte. Sonst war das eigentlich nicht Miguels Art, passte solch ein Verhalten doch eher zu mir.

»Ich denke schon. Mrs. Bennett hatte auch nichts einzuwenden. Sie wusste aber auch nicht, wer dieser Kerl war. Meinst du, es besteht Grund zur Sorge?«

Mein bester Freund lachte einmal laut auf.

»Dass ich das mal erleben darf. Seit wann fragst du mich so etwas? Sonst bist du doch wegen allem und jedem skeptisch und hier bei diesem Kerl etwa nicht? Was ist los?«

Ich schwieg. Was sollte ich auch dazu sagen? Ich wusste

es doch selbst nicht. Ich wusste nicht, warum ich bei diesem Kerl fast all meine Vorsicht verlor. Warum er es schaffte, mich aus der Fassung zu bringen. Und warum er mich so sehr an meinen Ritter von damals erinnerte. Warum er mir wieder diesen Tag in Erinnerung rief. All das war mir selbst schleierhaft. Also wie sollte ich das meinem besten Freund verständlich machen?

»OMG! Du magst den Kerl!«, schrie Miguel ins Handy.

»Nein! Spinnst du?«, protestierte ich eine Spur zu schrill. Miguel lachte nur.

»Schon vergessen? Ich bin die Eisprinzessin! Ich lasse niemanden an mich heran!«

»Jaja! Ich wusste, eines Tages würde einer kommen und dein Herz aus Eis, was du zum Schutz für dich errichtet hast, zum Schmelzen bringen. Und dann suchst du dir auch noch einen reichen Prinzen aus. Wahnsinn, Angel!«

»Du Spinner.« Bei seinem Gefasel prustete ich ins Telefon.

Miguel schwärmte noch eine ganze Weile, ehe ich lachend und kopfschüttelnd auflegte. Als würde ich, die Eisprinzessin, jemals wieder einen Mann in mein Leben lassen. Nach allem, was mir angetan worden war. Nach allem, was ich durch sie hatte erleiden und erdulden müssen. Nein! Niemals wieder würde ich einem Mann vertrauen. Niemals wieder würde ich einen Mann zu nah an mich heranlassen. Das hatte ich schon schmerzhaft in meiner Kindheit lernen müssen. Es war das Erste, das mein Vater mir nach dem Tod meiner Mutter peinigend und gewaltsam eingebläut hatte. Ich könnte niemals wieder einem Mann vertrauen.

Ian Davis war ein Kunde wie jeder andere. Ich musste acht Abende mit ihm überstehen. Acht Essen und ich würde ihn nie wiedersehen. Und das war auch besser so!

Kapitel 6

Logan

Unser Schlafzimmer. Ein eiskalter Luftzug fegte durch das offene Fenster. Der Blick zu unserem Ehebett und alles begann noch einmal von Neuem.

Blut. Ein lebloser Körper. Noch mehr Blut. Ein Küchenmesser. Der Rock nach oben geschoben, die Unterwäsche zerrissen am Boden. Die Nachricht an der Wand. Wieder Blut. Die von Sex geschwängerte Luft. Die verebbten Schreie. Es blieb nur noch die tödliche Stille. Ein gebrochener Mann. Eine zerbrochene Zukunft. Eine Frauenleiche. Leblose, leere Augen, sie starrten mich an.

Ich schreckte hoch. Mein Körper war schweißgebadet. Mein Atem ging stoßweise. Wieder verlor ich mich in diesem Traum. Diesem Albtraum, aus dem ich nicht erwachen konnte. Es war schon so viele Jahre her und noch immer träumte ich von ihr. Sah ihren leblosen Körper vor mir. Roch noch immer ihr Blut. *Wann wird das endlich aufhören?!*

Ich blieb noch einige Zeit in meinem Bett sitzen. Versuchte, die schrecklichen Bilder aus meinem Hirn zu verbannen, doch es gelang mir nicht. Egal, was ich auch bereits versucht hatte, nichts ließ mich sie vergessen. Könnte ich sie doch nur vergessen.

Ich wollte den Schmerz und die Wut verbannen. Doch leider war es mir nicht möglich. Der Schmerz wurde zu meinem Mantra. Die Wut zu meinem Elixier. Sie trieben mich voran. Ließen mich nicht los. Sie waren mein ständiger

Begleiter. Drängten mich in den Abgrund, in dem ich mich jetzt befand.

Es war zu spät. Ich hatte mich der Wut und dem Schmerz hingegeben. Sie lockten mich und riefen zu verführerisch nach mir. War es doch der leichtere Weg, sich ihnen auszuhändigen. Sich der Rache und Genugtuung hinzugeben und sie zu genießen. Und wie ich es genossen hatte. Es war herrlich, mich in ihrem Schmerz zu suhlen. Das Blut zu schmecken. Die Angst zu riechen. Genau in diesem Augenblick war ich neu erschaffen worden. Die dunkle Seite in mir war erwacht. Seitdem wandelte ich auf dem finsteren Pfad, gab mich ihr hin und ließ sie in mein Herz. Sperrte all den Schmerz und Wut in ihm ein und ließ keinen mehr an mich heran.

Schlecht gelaunt verließ ich mein Bett. Es hatte ja doch keinen Sinn. Ich ignorierte den verführerischen nackten Frauenkörper darin, ließ sie zurück. Wieso auch nicht? Immerhin lag fast jede Nacht eine andere dort. Ich brauchte einen warmen Leib neben mir. Denn eigentlich half mir das dabei, mich nicht in diesen immer wiederkehrenden Albtraum zu stürzen. Doch heute war es zwecklos gewesen. Ich wusste auch, wieso.

Ihr Name. Den Namen meiner verstorbenen Frau aus dem Mund meines Bruders zu hören, hatte mir zugesetzt. Ich wusste, es war albern, einem Namen so viel Macht über mich zu geben. Ich tat es auch nicht freiwillig. Die Schuld war es, die mich so handeln ließ.

Ich ging in meine Küche, zum Kühlschrank und nahm mir eine Wasserflasche. Die kalte Flüssigkeit rann meine trockene Kehle hinab, doch mein Körper blieb weiter unruhig und rastlos. An Schlaf war hier nicht mehr zu denken. Da half nur noch eins – Sport.

Im Badezimmer zog ich mir Shorts und Jogginghose über. Zurück in meinem Wohnzimmer ließ ich mich gleich auf den Boden in meiner kleinen, jedoch gut ausgestatteten Sportecke nieder. Ich beschloss, für den Anfang wären 200 Liegestütze nicht schlecht. Unermüdlich stemmte ich meinen Oberkörper mit meinen starken Armen wieder nach oben. Das eine Bein über das andere überkreuzt.

Meine Arme zitterten bereits. Mein muskulöser Körper war schweißgebadet. Bei 300 Liegestützen hörte ich auf. Doch ich hatte noch lange nicht genug. Die Bilder waren noch zu deutlich in meinem Hirn zu sehen, als dass ich jetzt aufhören könnte. *Also weiter.*

Ich legte mich auf den Rücken und begann mit meiner Bauchübung. Für den Anfang leichte Sit-ups. Nach einer Weile, als meine Muskeln richtig aufgewärmt waren, nahm ich mir eine 15 Kilo schwere Hantelscheibe, setzte mich damit zurück auf den Boden und zog die Beine an. Die Arme hielt ich leicht ausgestreckt vor meiner Brust. Mit der Hantelscheibe in den Händen drehte ich schließlich meinen Oberkörper seitlich hin und her. Beine und Hüfte blieben steif. Nur meine Bauchmuskeln waren durch meine Haltung dazu gezwungen, zu arbeiten. Ich wiederholte diese Übung unzählige Male. Meine Bauchmuskeln waren zum Zerreißen gespannt und meine schweißnassen Haare fielen mir wild in die Stirn.

»Logan?«

Ich hielt in der Bewegung inne, drehte mich jedoch nicht zu der Frauenstimme um.

»Logan, was machst du denn da? Komm doch wieder ins Bett?« Das Letzte betonte sie unanständig sexy. Doch es ließ mich kalt.

»Du kannst gehen«, war alles, was ich ihr noch zu sagen hatte, dann fuhr ich unbekümmert mit meinem Training fort. Normalerweise war es nicht meine Art, so mit meinem nächtlichen Frauenbesuch umzugehen. Doch heute waren die Flashbacks ganz besonders hart. Ich ertrug ihren Anblick nicht mehr.

»Was?«, schrie sie spitz.

»Ich sagte, du kannst gehen. Meinetwegen bezahl ich dir auch das Taxi. Nimm dir das Geld aus meinem Geldbeutel. Mir ganz gleich. Nur geh JETZT!« Das Letzte war nur noch ein unkontrolliertes Knurren. Meine Beherrschung war mir zur Gänze entglitten. *Mädchen, lauf doch endlich, und zwar so schnell du kannst!*

Ein Wutschrei. Zorniges Stampfen. Kurze Zeit später das Donnern meiner Wohnungstür, die gewaltvoll zugeschleudert wurde. *Endlich!*

Nach zwei Stunden hartem Training gab mein Körper auf. Ich war erledigt. Jeder Muskel schrie. Dennoch fühlte ich mich gut. Lebendig. Ich brauchte diese Art von Selbsttherapie. Sie half mir dabei, wieder klarzuwerden.

Ich nahm eine lange und ausgiebige Dusche. Ließ das heiße Wasser meine müden und erschöpften Muskeln umspielen und umschmeicheln. Es gab nichts Besseres nach einem harten Training für mich.

Die Sonne war bereits aufgegangen. Ein neuer Tag hatte begonnen. Ich griff nach meinem Handy, öffnete wie jeden Morgen meine E-Mails und checkte, ob ich neue Aufträge erhalten hatte. Die sogenannte Unterwelt New Yorks, in der ich arbeitete, war gut über das Darknet oder versteckte Zeitungsannoncen vernetzt. Als Söldner hatte ich mir einen Namen gemacht und meine Stammkunden aufgebaut. Mein guter Ruf eilte mir voraus. Ich war bekannt für meine schnelle, effiziente und diskrete Arbeit.

Deshalb war es umso verwunderlicher, dass mein Postfach heute leerblieb. Sonst hatte ich immer etwas zu tun. Schließlich schlief das Verbrechen nicht. Die großen Geschäfte mussten immer weiterlaufen. Das Geld fließen. Die Drogen verteilt und die Mädchen beschafft werden.

Doch statt neuer Aufträge hatte ich unzählige

WhatsApp-Nachrichten auf dem Display. Alle von meinem treuen Freund. Auch das war ungewöhnlich. Doch bevor ich die erste Nachricht lesen konnte, klopfte es an meiner Tür. Ich öffnete sie und mein bester Freund trat sofort aufgebracht herein.

»Na endlich!«, motzte er zur Begrüßung.

»Dir auch einen guten Morgen, Filip«, scherzte ich, aber mein treuer Freund war wohl nicht zum Scherzen hier. Ich erntete einen strengen Blick.

»Siehst du nicht auf dein Handy?«

Ich hielt es ihm demonstrativ unter die Nase.

»Warum meldest du dich dann nicht? War mal wieder eine deiner vielen Ischen wichtiger, was?«

Genervt verdrehte ich die Augen und ging zurück in meine offene Küche zu meiner Kaffeemaschine. Für dieses Gespräch brauchte ich dringend meinen geliebten schwarzen Kaffee. Wie selbstverständlich bereitete ich auch ihm einen solchen zu.

»Was gibt es denn nun?«, fragte ich ihn und hielt ihm die Tasse mit dem heißen Kaffee entgegen. Filip nahm sie mir schlecht gelaunt ab.

»Dein Bruder!«

Ich hob eine Braue. Ich brauchte schon etwas mehr Informationen, wenn ich ihm folgen sollte.

»Geht's ein bisschen genauer?«, fragte ich mürrisch.

»Hast du mit ihm geredet? Nimmt er unsere Hilfe an?«

Jetzt legte ich die Stirn in Falten.

»Was heißt hier unsere Hilfe? Und was interessiert dich das so sehr? Du kannst meinen Bruder doch nicht mal leiden!«

Filip zuckte unbeteiligt mit den Achseln.

»Ich muss ihn doch auch nicht mögen, oder? Es reicht mir, wenn er mich gut für meine Dienste bezahlt. Also? Hast du mit ihm geredet?«

Mein Blick wandelte sich ins Strenge.

»Filip, was soll denn das? Du weißt doch, dass mein lieber Bruder keine Ahnung von meinem Beruf und der Unterwelt hat. Wie sollte ich ihm dann unsere 'Dienste' aufschwatzen? Ich habe ihm meine Hilfe als sein Bruder angeboten. Das war's dann auch schon.«

Filip schnaubte wütend und stellte seine Tasse eine Spur zu hart auf die Küchentheke vor ihm ab. Braune Flüssigkeit schwappte über den Rand auf die Arbeitsfläche. Ich musterte ihn irritiert.

»Verdammt, Logan, das wäre die Chance gewesen!«

»Was denn? Was willst du denn überhaupt von meinem Bruder? Filip, was für eine Scheiße planst du schon wieder?« Ich ging auf ihn zu und baute mich vor ihm auf. Ja, ich verstand mich nicht gut mit meinem älteren Bruder! Filip war mir mehr ein Bruder gewesen als Ian in den vergangenen Jahren. Aber dennoch würde ich niemals zulassen, dass Ian etwas passierte. Wir waren nun mal Brüder. Und Blut war bekanntlich dicker als Wasser.

Filip hob beschwichtigend die Hände. Er wusste, dass er sich in dem Thema lieber nicht mit mir anlegen sollte.

»Mann, Logan, beruhig dich! Nichts hab ich mit deinem lieben Bruder vor. Ich dachte nur, wir könnten uns als seine Bodyguards ausgeben. Ein bisschen was von seiner fetten Torte abschneiden. Du weißt schon.«

»Nein, ich denke, ich weiß nicht, was du meinst. Filip, hör auf, dumm rumzulabern und komm auf den Punkt!«, knurrte ich. Ich verlor allmählich die Geduld mit ihm, denn dieses Gespräch ging in eine Richtung, die mir nicht gefiel.

»Okay, okay! Ich will deinem Bruder ja auch nichts Böses. Ich habe eben mitbekommen, wie selbst unsere Leute über ihn reden.«

»Ich weiß! Das hast du mir gestern schon gesagt! Deswegen bot ich ihm ja meine Hilfe an.« Ich trat noch etwas näher an meinen Freund heran, der spitzbübisch grinste.

»Jetzt beruhig dich mal wieder. Ich sagte doch, ich will dem Spießer nichts Böses. Ich will ihn doch nur beschützen. Du hast selbst mitbekommen, dass sein Name in der Unterwelt immer öfter fällt als sonst. Das ist nicht gut. Irgendwann findet einer raus, dass ihr Brüder seid, und dann?!«

Ich lachte spöttisch auf.

»Ach komm, erzähl mir keinen Bullshit! Du und meinen Bruder beschützen wollen? Ist klar! Und zum anderen … Wer soll das schon rausfinden? Ich habe meine Spuren sorgfältig verwischt und noch besser dafür gezahlt. Keiner außer dir kennt die Wahrheit. Außerdem hat mein Bruder doch diesen steifen Engländer als seinen Aufpasser.«

»Ja, der Kerl ist auch so 'ne Sache. Warum sieht man ihn so oft in unserer Welt, wenn dein Bruder doch sauber ist? Schon komisch, oder nicht?«

Ich schüttelte erneut den Kopf.

»Ich kenne den Kerl selbst kaum. Ich bin ihm nur ein paarmal in der Unterwelt begegnet. Man sagt aber, er sei skrupellos. Daher warnte ich meinen Bruder auch gestern vor ihm.«

»Na siehst du? Noch ein Grund mehr, warum wir diesen Job übernehmen sollten. Unsere Leute respektieren dich. Wenn du deinen Bruder beschützt und es sich rumspricht, dass er unter deinem Schutz steht, dann wäre er wirklich sicher. Und wir würden uns eine goldene Nase an ihm verdienen. Eine Win–win-Situation für alle also.«

»Du dramatisierst etwas, findest du nicht? Nur weil sein Name bei unseren Leuten gefallen ist, heißt das noch lange nicht, dass er in ernster Gefahr ist. Die Leute wittern eben ihre Chance, sein Imperium zu stürzen. Das ist normal. Ian weiß, was er tut. Er wäre nicht dort, wo er heute ist, wenn ihm die Risiken nicht bewusst wären. Er ist ein perfekter Stratege und Geschäftsmann. Und wir werden meinen

Bruder sicher nicht benutzen, um an Geld zu kommen! So weit kommt's noch!« Ich schnaubte am Ende einmal verächtlich auf. Als würde ich für und damit unter meinem Bruder arbeiten! *Never ever!*

»Logan, es ist nicht einfach nur sein Name gefallen und das weißt du! Sonst wärst du gestern nicht zu ihm gegangen. In seine Firma auch noch. Es gehen Gerüchte um, dein Bruder hätte seine Firma und Mitarbeiter nicht mehr im Griff. Geschäftspartner machen sich Sorgen, er würde sie und ihre Firmen mit in den Abgrund reißen. Ich denke, da ist was Größeres im Gange und das auch schon seit Längerem. Dein Bruder hat es in den vergangenen zwei Jahren einfach zu bunt getrieben. Er tauchte nur noch mit negativen Schlagzeilen in der Klatschpresse auf. Das musste irgendwann mal schiefgehen. Und jetzt ist wohl dieses irgendwann gekommen. Willst du mir sagen, du willst ihm nicht helfen?«

Ich stutzte. So ernst hatte ich die Sache nicht gesehen und dass ausgerechnet Filip mich darauf hinwies, war nicht gut.

»Ich werde aber nicht für meinen Bruder arbeiten!«, maulte ich und wandte mich von ihm ab. Ich schaute aus dem Fenster und versuchte fieberhaft, eine Lösung zu finden. Denn es war nicht so leicht, wie mein lieber Freund sich das dachte. Ich müsste Ian in meinen Beruf und die Unterwelt einweihen. Ich müsste ihm alles erzählen. Er würde es jedoch nicht verstehen. Ian hatte ja noch nicht einmal die CIA-Sache verstanden. Wie sollte er jetzt nachvollziehen können, dass ich mit der Unterwelt New Yorks zu schaffen hatte?! Dass ich nun auf der anderen Seite des Gesetzes stand? Dass ich ein Söldner war, der für Geld so gut wie alles tat? Nein! Das könnte nur ins Auge gehen.

»Filip, ich kann meinem Bruder nichts über mich und mein Leben sagen. Und das müsste ich, würde ich für ihn arbeiten.«

Mein Freund trat neben mich ans Fenster.

»Dann sag ihm doch die Wahrheit. Logan, du weißt, ich kann den Schnösel nicht leiden, aber er ist dein Bruder und hier stimmt etwas nicht.«

Ich nickte stumm. Filip hatte schon immer ein gutes Gespür gehabt. Noch besser als meins. Vielleicht hatte er recht? Vielleicht hatten die vielen negativen Schlagzeilen dem Ruf meines Bruders so sehr geschadet, dass die Leute ihm nicht mehr vertrauten? Ich musste noch einmal mit ihm sprechen. Da führte wohl kein Weg dran vorbei.

»Schön. Ich werde noch einmal mit meinem Bruder reden und versuchen, ihn etwas deutlicher zu warnen. Vielleicht hört er ja dann auf mich. Dennoch werden wir nicht für ihn arbeiten! Wenn dir sein Wohl so wichtig ist, wirst du es kostenlos machen müssen!«

Filip lachte laut auf. Doch er verstand, dass das kein Spaß gewesen war.

»Na, dann solltest du jetzt wohl los. Dein Bruder ist doch sicher schon fleißig in seinem Büro.«

»Mit Sicherheit. Gut, ich werde gleich gehen«, murrte ich. Ich wollte dieses Gespräch mit meinem Bruder eigentlich nicht schon wieder führen. Es würde ja doch nur dasselbe Endresultat wie gestern hervorbringen. Und darauf könnte ich gut und gerne verzichten. Aber Filip hatte recht, irgendetwas war im Gange. Also musste ich wohl oder übel in den sauren Apfel beißen.

Erneut hielt ich mit meinem Buick vor der Firma meines Bruders. Ich atmete noch einmal gezwungen durch, dann stieg ich aus. Wie gestern ging ich durch die große Empfangshalle, ignorierte die Zurufe, ich dürfe hier nicht sein, und fuhr mit dem Aufzug nach oben in die Etage meines Bruders.

Als ich aus dem Fahrstuhl stieg, kam mir Lauren, die süße Sekretärin von gestern, entgegen. Sie hielt in der Bewegung inne, als sie mich wiedererkannte. Ich setzte mein charmantestes Lächeln auf und näherte mich ihr zielstrebig.

»Was machen Sie denn schon wieder hier?«, fragte sie mich eher neugierig als erbost. Ich lächelte noch eine Spur breiter. *Dich gönn ich mir später.*

Dicht vor ihr blieb ich stehen und lächelte auf sie herab. Sie war klein. Keine 1,68 m groß. Mein Kopfkino ging bei dem Anblick etwas mit mir durch. Sie schien es zu erahnen und wurde prompt rot.

»Logan?«

Ich verfluchte das schlechte Timing meines Bruders und riss meinen Blick nur sehr widerwillig von der Kleinen los.

»Was willst du denn schon wieder hier?!« Bei Ian klang es nicht so wie bei Lauren. Bei ihm klang es zornig und lauernd. Ich sah noch einmal zu der Kleinen, beugte mich noch etwas zu ihr herunter.

»Sehen wir uns später in deiner Pause?«

Im ersten Moment sah sie mich mit großen Augen an, ehe sie devot schmunzelnd nickte.

»Lauren, du hast sicher noch genug zu arbeiten, oder nicht?«, mahnte mein Bruder streng von hinten. Sie nickte abermals und verschwand schnell um die Ecke. Ich blickte ihren schwingenden, sexy Hüften nur allzu gern hinter her.

»Könntest du das hier bitte lassen?!«, beschwerte sich Ian. Er war an mich herangetreten. Ich grinste nur breit.

»Das sagt der Richtige. Als hättest du hier noch keine flachgelegt?«, spottete ich. Ian verdrehte genervt die Augen und wandte sich schon von mir ab. Er ging in Richtung seines Büros. Ich folgte ihm dreist. Erst als er auf seinem imposanten Stuhl hinter seinem Schreibtisch Platz genommen hatte, beachtete er mich wieder. Ich schloss hinter mir die Tür und sah mich wie gestern in seinem protzigen Büro um. Mein Bruder hatte Geschmack, keine Frage. Er zeigte ihn in seiner Wohnung und seinem Kleidungsstil, aber hier besaß er definitiv keinen. Es sah zu sehr nach 'Man of the Universe' aus. Einfach gezwungen mächtig. Diesen Stil mochte ich nicht.

»Logan, wie du dir sicher vorstellen kannst, habe ich nicht den ganzen Tag Zeit. Also? Was willst du schon wieder hier?!«

Erst jetzt drehte ich mich wieder zu meinem Bruder um, der eine ernste Miene aufgesetzt hatte. *Und du sagst immer zu mir, ich sei zu ernst?!*

»Konntest du schon mit deinem Engländer reden?«, fragte ich ihn direkt. Ian zog fragend seine schwarzen Brauen zusammen.

»Nein. Ich sehe keinen Grund.«

Jetzt war ich es, der verblüfft seine Stirn runzelte. Dann verstand ich.

»Du glaubst mir nicht?!«

»Wieso sollte ich auch, Logan? Du gibst mir keinen Grund.«

Mich packte die Wut. *Ist das dein scheiß Ernst?!*

»Wirklich, Ian? Du kommst mir mit der Vertrauensscheiße an? Ausgerechnet du? Wer von uns beiden hat denn, ohne es mit dem anderen abzusprechen, das Familienunternehmen unseres Vaters – unserer Familie verkauft? Und wer von uns beiden hat dem anderen nicht bei den Beerdigungsvorbereitungen für dessen Frau geholfen? Sag mir, Ian, wer?!«

Mein Bruder sah mich unbeteiligt an. Mich packte nur noch mehr die Wut. Weshalb war ich überhaupt hierhergekommen, ich wusste doch eigentlich, dass es in diese Richtung gehen würde? Ian war einfach nicht mehr derselbe Mann, seit unsere Eltern bei einem Autounfall vor knapp acht Jahren ums Leben gekommen waren. Er war zur Gänze ein anderer Mensch geworden. Keine Spur mehr von dem zuvorkommenden Gentleman, zu dem unser Vater ihn eigentlich erzogen hatte. Er ließ ihn nur noch raushängen, wenn er ihm auch von Nutzen war.

»Du willst die alten Geschichten wieder aufwärmen? Deshalb bist du hier?«

Ich versuchte, mich zu beruhigen.

»Nein, deshalb bin ich nicht hier. Ich bin wie gestern auch hier, um dir abermals meine Hilfe anzubieten.«

Ian lachte kalt auf und erhob sich von seinem Stuhl. Er ging einmal um seinen Schreibtisch herum und kam langsam auf mich zu.

»Ich brauche deine Hilfe nicht. Und da ich noch nicht einmal weiß, wieso, kannst du auch einfach wieder gehen!« Mein Bruder blieb dicht vor mir stehen. Es gab kaum jemanden, der mir körperlich ebenbürtig war. Aber er zählte zu diesen Wenigen. Wir waren beide einmal gleich stark gewesen. Ich ließ ihn in dem Glauben, dass es noch immer so sei. Doch dem war nicht so. Denn ich verfügte schließlich nicht mehr nur über die Kampfausbildung der CIA, sondern hatte in der Unterwelt auch nette, kleine Tricks gelernt.

»Aha. Ich und viele andere Menschen sehen das aber anders, Ian. Du hast Scheiße gebaut. Die Leute nehmen dich nicht mehr ernst. Du hast es in den vergangenen zwei Jahren zu bunt getrieben und die Nummer mit Conners Tochter war der Tropfen, der das Fass zum Überlaufen gebracht hat. Du hast es ganz einfach verbockt! Und das weißt du auch!«

Mein Bruder trat noch etwas näher an mich heran. Er baute sich sogar vor mir auf. Ich musste mir zwanghaft ein Schmunzeln verkneifen. Ich glaube, ich hatte Ian das letzte Mal so kampfeslustig mir gegenüber gesehen, als wir noch Teenies waren.

»Du weißt ja erstaunlich viel über mich und meinen

schlechten Ruf, dafür, dass du nichts mit mir und meinen Geschäften zu tun haben wolltest. Woher kommt das plötzliche Interesse wirklich, Logan?! Denn das Timing könnte schlechter nicht sein!«

»Ich weiß, du traust niemandem außer deinem heißgeliebten Engländer, obwohl ich dieses Vertrauen an deiner Stelle noch einmal überdenken würde. Aber das ist jetzt erstmal nebensächlich. Hier geht es darum, dass es besser wäre, du würdest mir glauben. Denn ich kann dir helfen.«

In Ians Miene veränderte sich etwas. Ich konnte nicht sagen, was es war. Aber es war sicher nichts Gutes.

»Ich ignoriere mal den erneuten Vorwurf gegen meinen treusten Mann und frage stattdessen, wie du mir denn bitte helfen willst? Ausgerechnet du?«

Ich überging ebenfalls den spöttischen Unterton.

»Ich nehme mal an, du würdest dich nicht von mir beschützen lassen?«

Mein Bruder schnaubte spöttisch auf. Ich nickte nur. *War klar!*

»Dachte ich mir. Dann habe ich nur zwei Ratschläge für dich. Erstens: Rede mit deinem Engländer. Er ist nicht der, für den du ihn hältst. Zweitens: Ändere dein Image! Und zwar schnell! Du musst den Leuten zeigen, dass du ein anderer bist, als sie alle denken. Dann bekommst du vielleicht die tobende Meute, alias deine Mitarbeiter und Partner, wieder in den Griff und du läufst nicht Gefahr, einem Attentat zum Opfer zu fallen.« Ich rechnete mit einem dummen Spruch oder einem zynischen Lachen, doch mein Bruder wurde todernst. Die Tatsache, dass ich wohl doch mehr über ihn und seine schlecht laufenden Geschäfte wusste, ebenso wie um die tobende Meute, hatte ihn wohl überzeugt. Ian trat ein paar Schritte zurück, seine Miene weiterhin nachdenklich. Dann begann er, zu nicken.

»Verstehe«, murmelte er zu meiner Überraschung. Ich

verkniff mir einen bissigen Kommentar und wartete auf seine nächsten Worte.

»Danke, Logan. Du kannst jetzt gehen.« Mir klappte die Kinnlade runter. Ich hatte jetzt nicht unbedingt mit einer brüderlichen Umarmung gerechnet, aber damit nun auch nicht. Ian hatte sich schon von mir abgewandt und war gerade dabei, sich wieder auf seinen imposanten Stuhl zu setzen.

»Verarschst du mich?!«, knurrte ich und ging auf ihn zu. Ian sah nicht einmal zu mir auf. Er hatte sich schon wieder seiner Arbeit gewidmet. *Nicht mit mir, Freundchen!*

Ich donnerte meine Fäuste auf seinen Schreibtisch ihm gegenüber und stützte mich auf diesen ab. Bedrohlich sah ich auf ihn herab. Mein Bruder hob langsam den Kopf. Seine Miene ebenso wie meine wutverzerrt.

»Logan, ich werde dich nur noch einmal HÖFLICH bitten, zu gehen«, grollte er.

»Das nennst du höflich? Dann solltest du noch einmal an deinen Gentleman-Manieren feilen! Die lassen offensichtlich stark zu wünschen übrig«, verhöhnte ich ihn. Ian erhob sich und stützte sich ebenso wie ich auf seine Fäuste. Seine schwarzen Iriden funkelten zornig, doch plötzlich – kurz bevor ich dachte, er würde tatsächlich die Beherrschung verlieren – schloss er seine Augen. Als er sie wieder öffnete, war der Sturm darin verflogen. Seine Anspannung löste sich so schnell, wie sie gekommen war.

Darin war mein Bruder schon immer besser gewesen als ich. Ian konnte schon immer schneller zu seiner Beherrschung zurückfinden. Dafür bewunderte und beneidete ich ihn.

»Okay, Logan, ich geb auf. Was willst du? Brauchst du Geld? Einen Job? Eine Bleibe? Steckst du vielleicht in Schwierigkeiten und kannst es mir nicht anders als so mitteilen? Sprich mit mir!«

Erneut klappte mir die Kinnlade herunter. *Soll das gerade*

ein Witz sein?

»Nein«, sagte ich gedehnt und bemühte mich dabei, nicht wieder meine Fassung zu verlieren. Wollte ich doch, dass dieses Gespräch höflich ablief.

»Du brauchst also keine Hilfe? Und willst mir immer noch weismachen, dass du dir nach all den Jahren plötzlich etwas aus mir und meiner Firma machst? Und dass du mir helfen willst? Aber wie genau kannst oder willst du mir nicht sagen? Auch, wie du dein Geld verdienst, kannst du mir, deinem Bruder, nicht preisgeben? Verstehe ich das richtig?«

Erneut mahlte ich mit dem Kiefer. Er machte es mir aber auch mit Absicht und Leidenschaft schwer, da war ich mir sicher. Doch bevor ich noch etwas erwidern konnte, sprach Ian einfach weiter.

»Gut. Ich habe es zur Kenntnis genommen und bin dir auch schon einen Schritt voraus. Ich bin mir meiner Schuld und meiner Lage durchaus bewusst und habe bereits Schadensbegrenzung eingeleitet. Zufrieden?«

Ungläubig hob ich eine Braue.

»Und wie soll deine sogenannte Schadensbegrenzung aussehen?«

Ein kleines Lächeln zeichnete sich auf Ians Lippen ab. Ich konnte seine Bedeutung nicht verstehen und stutzte.

»Das lass mal meine Sorge sein. Fakt ist, ich habe in den kommenden Wochen viel zu tun und werde mich mit einer Menge Leute treffen und sie von meinem besseren Benehmen überzeugen müssen. Das war mir vor deinem Auftritt hier schon klar und es wurde bereits alles in die Wege geleitet. Also, wie du siehst, ist all deine Sorge um mich unbegründet. Du kannst wieder beruhigt mit deinen Gangstern und Waffen rumspielen und wer weiß was damit treiben.« Einen Moment lang musterte er mich ernst, dann wandte er sich ab und nahm wieder hinter seinem Schreibtisch Platz. Er ließ mich erneut einfach stehen und arbeitete unbekümmert weiter.

»Schließ die Tür, wenn du gehst«, entgegnete er dann auch noch zur Krönung. *Arroganter Arsch!*

Ich schnaubte wütend und knallte im Gehen die Tür hinter mir zu. So war das alles nicht geplant gewesen. Aber gut, ich hatte meine Pflicht erfüllt. Ich war noch einmal zu ihm gekommen, um ihn zu warnen und meine Hilfe anzubieten. Mehr konnte niemand von mir verlangen.

Dennoch schäumte ich vor Wut. Wie war mein Bruder nur so geworden? So kalt und arrogant? Er hielt sich für was Besseres. Er musste es nicht einmal aussprechen. Ich sah es in seinen Augen, wenn er mich anblickte. Mein älterer Bruder schämte sich ganz offensichtlich für mich und hielt mich für einen Taugenichts. Doch ich ließ ihn lieber in diesem Glauben, als dass er die Wahrheit erfuhr. Das würde alles nur komplizierter machen und mein Leben war schon kompliziert genug. Zumal ich ihn dann nur unnötig in Gefahr bringen würde und das wollte ich auf keinen Fall.

Ich hatte mich bewusst für diesen Weg entschieden. Als mir Filip damals bei der Rache für meine Frau geholfen hatte, wusste ich, ich würde da nie mehr rauskommen. Einmal in die Unterwelt und ihre Düsternis eingetaucht, blieb man in ihr gefangen. Ob man wollte oder nicht.

Man kannte jetzt meinen Namen und mein Gesicht. Ich hatte mir auch einen Ruf gemacht. Hatte mir etwas Kleines aufgebaut. Männer folgten mir und erledigten Aufträge für mich, die ich wiederum von jemand anderem erhielt. Ich war ein Söldner und machte eigentlich fast alles für Geld. Es musste nur der richtige Preis sein. Aber ich war nicht in etwa so geldgeil wie mein Bruder und wusste auch, anders als er, wann Schluss war. Natürlich ließ ich mir meine Dienste gut bezahlen. Immerhin handelte es sich hierbei ja nicht gerade ums Kätzchensitten oder Einkaufengehen.

Die meisten meiner Jobs endeten eher blutig und waren

gefährlich. Fast alle mussten schnell und lautlos geschehen. Wie mein letzter großer Auftrag vor ein paar Monaten. Das war eine knappe Geschichte gewesen, ich gab es ja zu. Ich hatte für einen der größten Bosse der Unterwelt gearbeitet. Er hatte mich und meine Männer angeheuert, mit ihm in eine Art Krieg gegen den berüchtigten Hunter von New York zu ziehen. Es war ein lukrativer Job gewesen. Ich hatte mir bis zu dem Zeitpunkt, als alle draufgegangen waren, eine goldene Nase verdient. Nur mit Mühe hatte ich es dort lebend rausgeschafft. Daher war es momentan auch eher ruhiger. Die Unterwelt New Yorks hatte wohl erst einmal genug vom Krieg. Musste sich neu ordnen. Doch das sollte mir nur recht sein.

Ich war gut in meinem Job und hatte auch nichts gegen das Töten, aber ich musste es auch nicht unbedingt tun, wenn es nicht zwingend nötig war.

»Logan, richtig?«

Ich drehte mich um, war gerade dabei zu gehen und wartete dafür vor dem Aufzug. Lauren stand lächelnd vor mir. *Ups! Dich habe ich ja fast vergessen!*

Aber sie kam mir mehr als gelegen. So konnte ich etwas Druck und Stress abbauen und würde meinem Bruder noch eins auswischen können, wenn er davon erfuhr. Und ich würde schon dafür sorgen, dass er Wind davon bekam.

Ich begann, breit zu grinsen. Lauren strich sich schüchtern eine ihrer blonden Strähnen beiseite. Leicht beugte ich mich zu ihr nach unten und raunte mit rauchiger Stimme:

»Zeig mir einen geeigneten Ort und ich lass dich ein ums andere Mal kommen.«

Sie errötete wieder. Einen Moment lang schien sie zu überlegen. Ich beugte mich noch etwas weiter hinunter und hauchte ihr kleine Küsse hinters Ohr. Sie erschauderte bereits unter meinen zarten Berührungen. Ich frohlockte innerlich. Sie würde das ganze Büro zusammenschreien, da war ich mir sicher. Und diese Erkenntnis machte mich augenblicklich noch schärfer.

Plötzlich nahm sie mich bei der Hand und zog mich mit sich – wieder in Richtung des Büros meines Bruders. Mein Lächeln weitete sich. Sehr schön. Und als könnte es nicht besser für mich laufen, zog sie mich genau eine Tür weiter in einen kleinen Raum. Das musste wohl ihr Geschäftszimmer sein. Ungeduldig zog sie mich hinter sich her komplett in den Raum und zielstrebig auf ihren Schreibtisch zu. Kurz davor blieb sie stehen und drehte sich zu mir um. In ihrem sonst so devoten Blick loderte plötzlich Verlangen auf. Ich zog sie mit einem bestimmenden Ruck an mich und begann sofort, sie gierig zu küssen. Allein das brachte sie zum Keuchen. Bei dem Gedanken daran, wie sich wohl ihr Stöhnen anhören würde, wurde ich steinhart.

»Zieh deine Bluse und deinen BH aus«, befahl ich ihr dicht an ihre vollen Lippen. Sie sah mich einen Moment schüchtern an, dann gehorchte sie aber doch. Ich nahm etwa Abstand von ihr, um einen guten Blick auf sie zu haben.

»Schön langsam«, befahl ich brummend. Sie grinste süß und gehorchte auch hier. *Na, so kann es doch weitergehen.*

Als sie mit nacktem Oberkörper vor mir stand, musterte ich sie noch einen langen Moment. Sie hatte schöne, große Brüste.

»Jetzt dein Höschen.«

Ihre Augen weiteten sich leicht, doch sofort fasste sie sich unter den luftigen, knielangen Rock und zog ihren Slip nach unten. Noch immer stand ich vor ihr und sah ihr dabei zu, wie sie aus ihrem Höschen schlüpfte. Ich nickte ihr zu.

»Geh zum Schreibtisch und setz dich breitbeinig darauf.« Abermals stieg ihr eine süße Röte ins Gesicht. Sie sah sich unsicher zu ihrem Schreibtisch um. Ich blieb einfach nur stehen und ließ sie ihren inneren Kampf mit sich allein ausmachen. Schließlich war es ihre Entscheidung. Doch die

Neugierde, was ich wohl alles noch mit ihr anstellen könnte, siegte. Denn sie ging rückwärtsgewandt auf den Schreibtisch zu und ließ sich dann auf ihm nieder. Die ganze Zeit über unterbrach sie den Augenkontakt nicht.

Als sie saß, presste sie jedoch die Schenkel aneinander und verwehrte mir so den Blick auf ihre Mitte. Ich schüttelte leicht tadelnd den Kopf und sah streng auf ihre Beine. Ihr Atem beschleunigte sich. Sie war nervös, das konnte ich ihr ansehen. Aber das störte mich nicht. Ich hatte Geduld. Zumal ich erfahrungsgemäß wusste, dass sie gleich beim Sex noch richtig aufgehen würde. Das taten die Schüchternen alle.

»Öffne dich für mich«, brummte ich dann doch etwas ungeduldiger. Mein Schwanz presste sich bereits gegen meine Hose, in der es ziemlich eng wurde. Dann tat sie endlich, wie befohlen. Ein zustimmendes Knurren entwich meiner Kehle, als ich ihre Spalte sah. Sie glänzte verdächtig feucht.

»Berühr dich selbst«, befahl ich dunkel. Ich konnte zwar kaum noch an mich halten und es grenzte schon fast an Folter, doch ich wollte das hier in vollen Zügen genießen. Denn die Kleine hier eignete sich perfekt als Sub. Und gut machte sie ihre Sache auch noch. Sie strich sich langsam über ihren nackten Oberkörper, über ihre Brüste, ihren Bauch entlang hinunter unter ihren Rock. Ich folgte ihrer Hand gierig mit meinen Augen. Als sie mit ihren Fingern ihre Schamlippen teilte und ihren Kitzler streifte, keuchte sie leise auf. Sie verharrte länger an ihrer empfindlichen Perle. Stöhnte immer wieder. Ich blieb an derselben Stelle stehen und beobachtete sie nur allzu gern dabei, wie sie ihre Hemmungen verlor.

Dann tauchte sie in ihre Nässe. Ein etwas lauteres Stöhnen glitt über ihre Lippen. Sie schloss die Augen.

»Sieh mich an!«, forderte ich etwas strenger. Sofort riss

sie wieder die Lider auf. Jetzt trat ich auf sie zu, öffnete währenddessen meinen Gürtel. Nun rutschte sie mit ihrem Hintern auf dem Glastisch hin und her. Die Kleine konnte es wohl kaum noch erwarten, dass ich sie endlich fickte. Ich schmunzelte sie breit an.

»Macht dich das hier an?«

Sie nickte sofort eifrig. Mein Lächeln wuchs. Wenige Schritte trennten uns voneinander. Noch immer fingerte sie sich selbst.

»Willst du, dass ich dich um den Verstand vögle?«

Wieder nickte sie.

»Nein. Sag es.«

Sie sah mich wieder schüchtern an.

»Sag es«, forderte ich sie erneut mit dunkler Stimme auf. Ich hatte kaum noch Geduld. Mein Schwanz schrie mich um Erlösung an. Doch er musste sich noch gedulden. Ich hielt in meiner Bewegung, mir meine Hose weiter zu öffnen, inne. Ebenfalls blieb ich stehen.

»Ja«, hauchte sie dann nur leise. Das reichte mir allerdings nicht.

»Was ‚ja'?! Was möchtest du von mir?!« Ich ging weiter auf sie zu und knöpfte mir die Hose komplett auf. Ihr Blick rutschte nach unten und ihre Augen weiteten sich, als sie die große Beule in meinen Boxershorts sah. Ich lächelte frech.

»Willst du ihn? Dann beantworte mir meine Fragen so, wie ich es von dir verlange.«

Noch immer hatte sie ihre Finger in sich. Jedoch bewegten sie sich nicht mehr.

»Ich will dich.«

»Braves Mädchen!«, lobte ich sie und überbrückte die letzten beiden Schritte. Sie begann schon, bevor ich sie überhaupt berührte, zu zittern.

»Fass ihn an«, befahl ich sanft. Sie gehorchte sofort. Mit gierigen Fingern glitt sie in meine Shorts und legte mit bestimmtem Druck Hand an mein bestes Stück. Ich brummte sofort auf. Ihre Bewegungen um meinen Schaft wurden immer schneller. Meine Hände hatten ihren Weg zu ihren Brüsten gefunden. Ich knetete und massierte sie ebenso wie sie meinen Schwanz. Ich konnte mich nicht mehr beherrschen und zerrte ungeduldig ein Kondom aus der Brustinnentasche meiner Lederjacke heraus. Als sie das reißende Geräusch der Packung wahrnahm, ließ sie von mir ab.

Ich zog mir die Hose weiter runter und stülpte mir das Gummi über. Ich positionierte mich mit meiner Spitze direkt vor ihrem Eingang. Jedoch schob ich nur meine Eichel in sie und wartete ab, wartete auf ihre Reaktion, lauschte ihrem hektischen Atmen und blickte in ihre glasigen Iriden. Sie wimmerte und flehte damit um Erlösung. Aber ich hatte doch erst angefangen, mit ihr zu spielen.

»Du hältst dich nicht mit deiner Lust zurück. Ich will dich hemmungslos schreien hören. Verstanden? Merke ich, dass du dich zurückhältst, bestrafe ich dich angemessen dafür. In Ordnung, Schätzchen?!« Bei meinen letzten Worten weitete sie die Augen, nickte aber dann. Das reichte mir ausnahmsweise. Aber nur, weil ich es selbst nicht mehr aushielt. Ich musste mich jetzt in der Kleinen versenken. Daher schob ich meine gesamte Eichel in sie. Sofort schrie sie spitz auf. *Sehr schön. Schrei für mich!*

Zentimeter für Zentimeter drängte ich mich in sie. Verharrte immer wieder kurz, um nach ihrem nervösen Rumgerutschte auf dem Glastisch weiterzumachen. Die Kleine hielt es kaum noch aus, so scharf hatte ich sie vorher schon gemacht. Und ich musste sie nicht einmal berühren. Doch ich wusste, wie ich einer wie ihr einheizen konnte. Sie hatte es mir beinah zu einfach gemacht. Dennoch hatte ich meinen Spaß mit ihr. Und was für einen.

Als ich sie zur Gänze ausfüllte, verharrte ich wieder

einen Augenblick in ihr. Dieses Mal etwas länger. Erneut wimmerte sie flehend auf.

»Was ist los, Schätzchen?«, fragte ich sie belustigt.

»Fick mich doch endlich!«, schrie sie nun fast. Ich schmunzelte frech, zog mich gänzlich aus ihr, nur um mich im nächsten Moment wieder in sie zu stoßen. Sie stöhnte sofort laut und dankbar auf. Krallte sich in meinen Rücken und schlang die Beine noch etwas mehr um meine Mitte. Ich leckte ihr ihren bereits leicht schwitzigen Hals entlang. Dann begann ich, sie im gemächlichen Tempo auf dem Glastisch zu ficken. Ihr blanker Hintern quietschte immer wieder über die glatte Fläche.

Ich küsste mich den Weg hinab zu ihren schönen Brüsten. Als ich einen ihrer Nippel zwischen die Lippen nahm, kam sie laut und ungestüm. Der erste Orgasmus überrollte sie regelrecht, so laut schrie sie. Ich genoss es in vollen Zügen und wurde davon angefeuert. Doch jetzt wollte ich sie anders. Härter. Ich ließ mich aus ihr hinausgleiten. Sie hielt mich fest, dachte wohl, wir wären hier schon fertig. Doch ich war noch lange nicht fertig mit ihr.

»Beug dich über den Tisch«, befahl ich knurrend. Ich nahm etwas Abstand, damit sie sich umpositionieren konnte.

Sie lehnte sich weit über den Schreibtisch, sodass ich mit meiner Größe guten Zugang fand. Mir gefiel, dass sie mitdachte. Sobald sie vor mir lag, mir ihren knackigen Hintern präsentierte, knetete ich ihn kräftig durch. Ich konnte nicht anders, beugte mich herunter und küsste ihre Backen. Liebkoste sie mit meiner Zunge und leichten Bissen. Immer wieder keuchte sie auf. Kannte wohl nicht das Gefühl. Wusste wohl nicht, wie erotisch es sein konnte, dort berührt zu werden. Wie gern würde ich mich heute auch um ihr verbotenes Loch kümmern, aber ich war mir sicher, sie hatte dort keinerlei Erfahrung. Und es würde jetzt zu lange dauern, um sie vorsichtig an die Sache ranzuführen.

Dafür fehlte mir zudem die Geduld. Zumal ich mir sicher war, es würde nicht mehr lange dauern, bis mein werter Bruder donnernd an die Tür klopfte. Also sollte ich mich ranhalten und die Kleine und mich in den Himmel ficken.

Ich nahm meine Hände zurück und drückte meinen Schwanz ohne große Vorwarnung an ihren triefnassen Eingang. Doch statt wie erhofft ein lautes, hemmungsloses Stöhnen zu hören, biss sie sich auf die Lippen. Ich ließ meine flache Hand auf ihren blanken Arsch niedersausen. Ein lautes Klatschen hallte durch den Raum, gefolgt von einem spitzen Aufschrei. Mehr vor Schreck als Erregung. Aber das war beim ersten Mal normal. Ich massierte sofort kräftig die Stelle mit einer Hand. So verging das Brennen schneller.

»Ich sagte dir, halte dich nicht zurück«, mahnte ich sie belustigt. Ich begann sie erneut mit mäßigem Tempo zu ficken. Trotz meiner Anweisung unterdrückte sie ihre Laute. Nach dem dritten Schlag wurde mir klar, dass sie es mit Absicht tat. Die Schläge auf ihren blanken Hintern, gepaart mit dem heißen Sex und der sanften Massage ihrer geschundenen Stelle, machten sie dermaßen heiß, dass sie sich doch beinah schmerzhaft das Stöhnen verkneifen musste. Denn kaum bestrafte ich sie für das Nicht-Stöhnen, schrie sie laut vor Erregung.

Meine Handfläche knisterte bereits elektrisierend und ihre Haut musste in Flammen stehen. Ein Grollen entwich mir, als der nächste Schlag sie traf. Denn kaum landete meine flache Hand peitschend auf ihr, kam sie erneut hemmungslos. Sie wand sich unter mir und reckte mir zur Krönung immer weiter ihren knallroten Hintern entgegen. Der nächste erregte Laut presste sich aus meiner Kehle.

»Gefällt dir das, ja?«

»Jaaa!«, winselte sie und biss sich erneut auf die Lippen, als ich begann, sie unnachgiebiger zu nehmen.

»Wenn ich dich weiter schlage, wirst du morgen nicht mehr sitzen können. Lass es jetzt gut sein, Schätzchen, und gehorche lieber«, sprach ich belustigt. Doch sie wollte nicht hören. Nein, im Gegenteil. Sie gehorchte mit Absicht nicht. Widersetzte sich mir wissentlich. Fast schon trotzig sah sie über die Schulter hinweg zu mir, während ich sie von hinten fickte, und presste demonstrativ die Lippen aufeinander, um keinen Ton von sich zu geben. Ich zog tadelnd eine Braue nach oben. Der nächste Schlag folgte und brachte sie wieder zum Stöhnen. *Heilige Scheiße. Wenn du so weitermachst, kann ich mich überhaupt nicht mehr kontrollieren!*

»Du spielst mit dem Feuer, Kleine! Mir macht die Sache hier viel zu sehr Spaß, um mich noch länger beherrschen können.«

»Dann lass es!«, schnurrte sie. *Shit!*

Meine Stöße wurden gleich eine Spur härter. Ihr Tisch wackelte verdächtig unter meinen kräftigen Pumpbewegungen. Sie zuckte erneut wild und unkontrolliert unter mir. Ich konnte nicht anders und musste dennoch zuschlagen. Sie kam zum dritten Mal. Ihre Wände zogen sich um meinen Schwanz zusammen, molken ihn regelrecht. Auch mein Höhepunkt baute sich immer weiter auf. Mit jedem Stoß, mit jedem Erschüttern ihres Leibes wuchs die Lust ins Unermessliche. Alle meine Muskeln verspannten sich, ein Kribbeln fuhr durch meine Glieder. Zwei weitere Schläge und ich ergoss mich knurrend in das Kondom in ihr.

Sofort sackte sie erschöpft auf ihrem Schreibtisch zusammen. Ich zog mich aus ihr zurück und entsorgte das benutzte Kondom im Mülleimer.

»Wir sind hier noch nicht fertig.«

Irritiert richtete sie sich leicht auf und sah mich fragend an. Ich schaute breit grinsend auf meinen leider immer noch steifen Schwanz. Ich wusste auch nicht, was heute los war.

Heute bekam ich wohl einfach nicht genug.

»Komm schon. Auf die Knie mit dir, meine Hübsche.«

Sie lächelte lasziv. Ich strich ihr noch einmal andächtig über ihre knallroten Stellen, dann ließ ich sie aufstehen. Galant kniete sie sich vor mich, nur um zischend die Luft einzuziehen, als sie endlich saß. Mein Lächeln wuchs und wuchs.

»Ich sagte dir, gehorche lieber. Das wird morgen noch mehr wehtun.«

Sie packte zur Antwort bestimmend an mein bestes Stück. Ich stöhnte sofort auf und warf den Kopf in den Nacken, als sie ihn mit ihrer frechen Zunge umfuhr. Dann nahm sie ihn auch schon in den Mund. Dirigierend legte ich eine Hand an ihren Hinterkopf, schob sie immer weiter auf meine Länge.

Die Kleine machte das gut. Bekam ihn fast zur Gänze in sich. Kurze Zeit später fickte ich ihren Rachen. Immer wieder entwich ihr selbst dabei ein leises Stöhnen. Meins wurde von Stoß zu Stoß immer lauter. Gerade als die Tür mit einem lauten Knall aufging, spritzte ich ab. Ich knurrte laut auf, während mein Bruder hinter mir tobte. Doch das war mir in diesem Moment sowas von egal. Mich riss dieser zweite Orgasmus so dermaßen mit, dass ich einen Moment brauchte, um mich wieder zu sammeln. Zumal die freche Kleine noch mal kräftig an meiner Eichel saugte, bevor sie mir meinen Schwanz komplett sauberleckte, obwohl mein Bruder wütend hinter uns stand.

»Damn, Logan!«, fluchte Ian in meinen Rücken. Ich drehte meinen Kopf breit grinsend in seine Richtung. Nach diesem geilen Fick aber auch kein Wunder. Er schäumte nur noch mehr. Schnell half ich der Kleinen hoch und reichte ihr ihren BH und ihre Bluse.

»Raus!«, herrschte mein Bruder sie an. Sie schaute entschuldigend und beschämt zu ihm, dann huschte sie halb nackt aus dem Raum. Ich sah ihr amüsiert hinterher. Das war definitiv nicht unser letztes Techtelmechtel gewesen. Das war sicher!

Genüsslich schloss ich meine Jeans, ehe ich mich vollends zu meinem Bruder umdrehte.

»Schau nicht so streng. Du wusstest doch, dass ich die Kleine heute ficken würde«, sprach ich belustigt. Mein Bruder stand mit geballten Fäusten vor mir. Ich konnte mir das Dauergrinsen leider nicht verkneifen. Zornig schnaubte er. Ich zuckte nur unbekümmert mit den Achseln. *Was spielst du dich so auf?*

Als hätte er hier noch nie eine seiner Angestellten gefickt.

»Sie ist gut, oder?«, fragte ich ihn dreist. Er mahlte kräftig mit dem Kiefer und kam bedrohlich auf mich zu, wovon ich mich allerdings nicht beeindrucken ließ. Gelangweilt steckte ich meine Hände in die Taschen meiner Lederjacke.

»Du kannst es nicht lassen, oder, Logan? Du musst es immer gleich übertreiben. Es reicht dir heute und gestern nicht, mit mir zu streiten. Nein! Du musst natürlich noch einen draufsetzen und meine beste Sekretärin vögeln. Und das auch noch so schamlos, dass es gleich jeder auf dieser Etage mitbekommen hat und ich sie jetzt deinetwegen feuern muss! Toll gemacht! Ich hoffe, du bist stolz auf dich und dass der Fick es wert war!« Er spuckte mir die Worte verächtlich entgegen. Ich zuckte erneut mit den Schultern, meine Hände noch immer in meinen Taschen.

»Ja, schon etwas.« Als ich den fassungslosen Gesichtsausdruck meines Bruders sah, wanderten meine Mundwinkel noch ein Stück nach oben. Die folgende Aktion war zwar vorhersehbar, dennoch ließ ich sie zu. Ian packte mich grob am Kragen und zog mich bis auf wenige Zentimeter vor sein Gesicht. Leider verging mir mein dreistes Lächeln nicht.

»Logan, es reicht JETZT!«, spie er. Ich hatte es wohl doch etwas übertrieben. Aber mein älterer Bruder ließ sich schon immer leicht von mir ärgern. Schon als Kind hatte ich großen Spaß daran gehabt, ihn auf die Palme zu bringen und ihm kleine Streiche zu spielen. Doch jetzt waren wir beide erwachsen. Jetzt waren die Dinge anders. Komplizierter. Unser Verhältnis war nicht mehr dasselbe von früher.

»Ist ja gut! Ich hab's verstanden! Deine Angestellten sind tabu! Wärst du dann so nett?«

Ian musterte mich noch einen langen Moment kritisch, dann gab er mich aus seinem Griff frei. Ich strich mir über meine geliebte Lederjacke und sah ihn vorwurfsvoll an.

»Logan, so geht das nicht mehr.«

»Was denn jetzt? Ich hab mich doch entschuldigt!«

Mein Bruder schüttelte nur den Kopf. Ich wusste nicht, was er dachte oder damit sagen wollte. Es vergingen einige Sekunden, in denen wir schwiegen. Mein Bruder wandte den Blick von mir ab und etwas hatte sich in seiner Miene verändert.

»Vergiss es. Lassen wir es für heute gut sein. Geh einfach nach Hause, Logan.«

Auf einmal wirkte mein Bruderherz erschöpft und um Jahre gealtert. So kannte ich Ian nicht! Er war immer der emotional betrachtet Stärkere von uns beiden gewesen. Ich hätte nie die harte Schule unseres Vaters bestanden oder gar meistern können.

Mein Bruder verließ ohne weiteren Kommentar den Raum. Ich ließ ihn, wollte nicht wieder einen Streit anfangen. Er hatte ja recht, heute war ich wohl doch etwas zu weit gegangen.

Kurze Zeit später verließ ich Ians Bürogebäude und stieg in meinen Buick auf der anderen Straßenseite ein. Eine ganze Weile lang saß ich einfach hinterm Steuer. Das heute war nicht so gelaufen, wie ich es geplant hatte. Gut, streng genommen hatte ich nichts Genaues geplant und eigentlich auch nichts wirklich Großes erhofft. Ich wusste ja schließlich um das Verhältnis zu meinem Bruder. Aber dennoch, so hätte es auch nicht ablaufen müssen. Ich ärgerte mich über mich selbst.

Das Klingeln meines Handys holte mich wieder ins Hier und Jetzt zurück. Ich zog es aus meiner Jeanstasche und nahm ab.

»Und? Wie ist es heute gelaufen?« Die Stimme meines besten Freundes triefte nur so vor Hohn. Als wüsste er die Antwort bereits. Ich atmete noch einmal tief durch, dann setzte ich zum Sprechen an.

»Ach, na ja, hätte besser laufen können«, versuchte ich, es runterzuspielen.

»Ihr habt euch also gefetzt?«, hakte Filip nach.

»Nein, so würde ich das nicht nennen. Eher dasselbe Endresultat wie gestern, nur dass ich heute noch seine Lieblingssekretärin gevögelt habe.«

Filip begann augenblicklich, am anderen Ende der Leitung zu lachen. *Pisser!*

Ich sah diesen Idioten genau vor mir, wie diesem Schrank von Mann seine braunen, langen Haare wild beim Lachen ins Gesicht fielen. Sein dunkler Vollbart versteckte zwar den Großteil seiner Lachfalten, aber manche blitzten doch ab und zu durch. Ja, Filip hatte einen schwarzen Humor. Ich konnte ihn wirklich gut leiden. Wir hatten schon so viel Scheiße zusammen erlebt und durchgestanden. Ich hatte ihn zwar erst nach der Sache mit Michelle kennengelernt, dennoch hatte er mir geholfen und beigestanden, ihren Tod zu verarbeiten. Anders als mein Bruder. Ian war nicht einmal auf die Beerdigung gekommen. Seine Ausrede: Er hätte zu viel zu tun und es würde zeitlich nicht in seinen Terminkalender reinpassen.

Ja, ich hasste ihn noch heute dafür, dass er mich in der schwersten Stunde alleingelassen hatte.

Filip beruhigte sich allmählich wieder.

»Mann, Logan, das hätte ich gern gesehen. Wie der Spießer ausflippt. Wahnsinn.«

»Haha. Witzig«, murrte ich ins Telefon. Er wurde wieder ernst.

»Okay, also zusammengefasst: Wir sind auf demselben Stand wie gestern. Das heißt, wir müssen uns jetzt an ihn dranhängen – oder was hast du vor?«

Ich rieb mir bei dem Gedanken, über Wochen hinweg meinen Bruder beschatten zu müssen, müde die Augen. Es gab wirklich schönere Dinge, die ich mir vorstellen konnte.

»Nein. Ian meinte, er hätte eine Schadensbegrenzung in die Wege geleitet. Wir halten Augen und Ohren weiterhin offen, aber den Rest muss mein Bruder nun selbst lösen. Ich werde sicher nicht noch einmal bei ihm aufschlagen und ihm meine Hilfe anbieten.«

»Hm«, machte Filip nur. Was sollte er auch sonst sagen? Mein Entschluss stand fest und der meines Bruders ebenso. Wir waren eben doch vom selben Schlag. Stur und temperamentvoll. Durch und durch ein echter Davis.

»Also gibt es sonst nichts zu tun?«

»Nope«, antwortete ich knapp.

»Na sowas, freie Tage. Dass ich das noch erleben darf«, spottete Filip. Ich lachte leise. Dieser Idiot wusste, wie er mich zum Lachen bringen konnte.

»Sieht wohl so aus, ja.« Wir schwiegen noch einen Moment, dann legte ich auf. Ich startete den Motor meines Lieblings und fuhr nach Hause. Ich brauchte dringend eine Mütze Schlaf.

Kapitel 7

Angel

Heute war das erste Geschäftsessen mit Ian. Er hatte mir vor zwei Tagen eine E-Mail mit den wichtigsten Informationen zukommen lassen und mir eine Zusammenfassung unserer Vereinbarung geschickt. Darin war ein Zusatz enthalten, in dem es hieß, keiner dürfte wissen, dass er mich bezahlte. Ich war nun seine neue Begleitung und Frau an seiner Seite. Auch für die Öffentlichkeit. Jeder sollte glauben, es sei echt. Anscheinend wollte Ian damit sein Image wieder aufpolieren, das die letzten Jahre stark unter seinen vielen Partys und Frauengeschichten gelitten hatte.

Sollte mir recht sein, denn er entlohnte mich überaus gut und Sex müsste ich schließlich auch keinen mit ihm oder einem seiner Leute haben. Besser ging es wohl nicht. Dennoch machte mich die Tatsache, ihn heute wiederzusehen, etwas nervös, und ich wusste nicht einmal, warum. Ich kannte mich so überhaupt nicht. Denn Ian Davis war das Paradebeispiel eines Gelwichsers. Er war arrogant und aufgeblasen. Ein absoluter Arsch.

Ich wartete vor meiner Wohnung auf Miguel, denn wir wollten noch eine Kleinigkeit essen gehen, bevor ich mich dann auf den Weg zum Plaza machen musste.

»Angel-Schatz, entschuldige bitte«, begrüßte mich mein bester Freund theatralisch. Ich musste darüber schmunzeln. Er drückte mir einen dicken Kuss auf die Wange, hakte sich bei mir ein und wir schlenderten durch die Straßen Brooklyns.

»Wo willst du hin, Darling?«

»Mir egal. Du darfst entscheiden.«

Miguel kicherte einmal fröhlich und zog mich bestimmend in die andere Richtung.

»Sehr schön. Ich habe gehofft, dass du das sagen würdest. Ich habe da nämlich was Kleines für dich vorbereitet.«

Ich zog fragend die Brauen zusammen. Wenn mein lieber Freund so anfing, konnte es nur in einer Katastrophe enden. Zu oft war eine vermeintliche Überraschung von ihm schon in die Hose gegangen. Also war meine Skepsis berechtigt.

»Miguel, was hast du dir denn jetzt wieder einfallen lassen?«, fragte ich ihn genervt.

»Nichts Schlimmes, Angel-Schatz. Nur ein kleines Essen mit unseren Kollegen. Wir wollen auf dich anstoßen.«

Abrupt blieb ich stehen und schüttelte den Kopf.

»Miguel, das geht nicht! Und was heißt hier anstoßen?! Hast du ihnen etwa von Ian erzählt? Ich habe dir doch gesagt, dass ich das nicht darf! Nicht einmal du darfst es eigentlich wissen. Wenn das rauskommt, verliere ich den Auftrag gleich wieder.«

»Schatz, entspann dich! Natürlich habe ich ihnen nichts erzählt. Und das werden wir auch nicht. Du bist vertraglich daran gebunden und Schluss! Das sind unsere Kollegen, die wissen, wie das abläuft. Aber dennoch kannst du dich doch für den größten Auftrag, den es je in unserer Agentur gab, feiern lassen – oder etwa nicht?«

Mir war nicht wohl bei der Sache. Ich war sowieso nicht unbedingt die Beliebteste unter den Mädchen. Aus dem einfachen Grund, dass ich so oder so schon immer die besten Aufträge bekam und dann auch noch so ein Geheimnis um meine Vergangenheit machte. Nur Miguel hatte ich es zu verdanken, dass ich überhaupt zu irgendwelchen Partys eingeladen wurde. Auch wenn ich jetzt nicht unbedingt traurig deswegen war. Ich konnte mit den meisten von diesen Mädchen einfach nichts anfangen. Entweder – was der häufigste Grund war – waren sie mir zu hohl oder zu arrogant. Mit beidem konnte ich nicht besonders gut umgehen. Aber Miguel zuliebe ließ ich mich immer wieder zu solchen Essen mitschleifen.

Ich wollte jetzt auch nicht mit Anfang 20 in meiner freien Zeit nur zu Hause rumhocken und versauern.

»Und wo soll es hingehen?«, fragte ich ihn und versuchte mich an einem überschwänglichen Lächeln.

»Na, na! Das musst du bis heut Abend aber noch etwas besser üben, Darling!«, verspottete er mich. Ich knuffte ihn in die Seite und wir lachten beide drauflos.

Miguel führte uns zu unserer Lieblingsbar. Hier gab es die besten Drinks weit und breit. Vor allem meinen Lieblingsdrink mixte der Barmann fantastisch. Und auch das Essen war nicht übel.

Miguel führte mich gutgelaunt an unseren Tisch, an dem schon alle seine Lieblingskolleginnen saßen. Miguel verstand sich eigentlich mit allen. Aber die drei Mädchen und Miguels Techtelmechtel-Typ waren ganz in Ordnung. Candy, Mandy und Sandy – und ja, sie hießen wirklich so – winkten uns herbei. Carl, Miguels ›Immer-mal-wieder Freund‹, hielt sich eher im Hintergrund auf. Ich mochte ihn eigentlich, denn ich fand, sie ergänzten sich recht gut. Wo Miguel der bunte, schrille und laute Typ war, war Carl eher der ruhige und bodenständige. Miguel wirkte in seiner Nähe zudem ausgeglichener. Doch heute war wohl wieder so ein Abend, wo sie sich nicht mit dem Arsch ansahen. Zumindest Miguel Carl nicht.

»Was ist denn wieder bei euch beiden los?«, fragte ich Miguel daher leise, als wir uns zu den anderen an den Tisch setzten.

»Nichts, was soll los sein?«, flötete er fröhlich. Ich verdrehte nur genervt die Augen. Das war der Code für: Ich will nicht darüber reden. Also beließ ich es dabei.

»Na, Angel, dann erzähl doch mal, wer dieser mysteriöse und reiche Kunde sein soll?«, fragte mich Sandy abschätzig. Sie konnte ich von den dreien am wenigsten leiden. Sandy fuhr ständig ihre Krallen aus und konnte das Gezicke einfach nicht lassen. Ich warf Miguel meinen strengen Ich-hab's-dir-doch-gesagt-Blick zu.

»Sorry, ich darf leider nicht darüber reden. Ihr wisst doch, wie das bei so speziellen Kunden abläuft!«, versuchte ich, sie zu beschwichtigen. Doch natürlich half es nichts. Sie betrachtete mich noch verächtlicher als vorher. *Super! Na dann auf einen tollen Abend.*

»Das klingt ja doch sehr aufregend. Sieht er wenigstens gut aus?«, mischte sich die süße Mandy ein. Sie war die schüchternste von allen aus der Agentur. Doch das machte sie bei den Männern heißbegehrt. Aufmunternd lächelte sie mich an. Ich nickte.

»Ja, es ist aufregend, das stimmt. Und ja, er sieht sehr gut aus. Und das weiß er auch perfekt einzusetzen.« Das Letzte klang bissiger, als es eigentlich sollte. Alle am Tisch warfen mir komische Blicke zu. Schnell nahm ich einen kräftigen Schluck von meinem Mojito. Ich hatte mir erlaubt, einen zu trinken.

»Ach, das erinnert mich irgendwie an Pretty Woman«, schwärmte Candy laut. Sie war wirklich zu gut und naiv für diesen Beruf. Aber zu meinem Erstaunen machte sie ihre Sache gut und ließ nichts an sich herankommen.

Ich verschluckte mich bei ihrem Vergleich an meinem Drink. Wieder erntete ich von allen am Tisch komische Blicke.

»Darling, ist alles okay mit dir?«, flüsterte mir Miguel zu. Ich nickte nur, denn ich war noch nicht in der Lage dazu, zu sprechen.

Die nächsten zwei Stunden verhielt ich mich eher

bedeckt. Ich aß meinen Burger und trank meinen Mojito. Hin und wieder warf ich etwas in die Unterhaltung ein oder lachte, wenn jemand etwas Witziges erzählte. Doch gedanklich war ich schon bei dem Essen.

Nach einer weiteren Stunde verabschiedete ich mich dann von der Runde. Ich musste los. Miguel bestand darauf, mich bis zum Plaza zu begleiten. Er bemerkte wohl meinen Zustand. Ich war ihm dankbar für seine Beharrlichkeit. Von allein hätte ich ihn wohl nie um Hilfe gebeten.

»Ach, wenn heute alles gut läuft, kann ich dir die erste Rate für das Kleid und die Tasche zurückzahlen«, informierte ich ihn, als wir auf dem Weg zur Subway waren.

»Schatz, mach dir darüber keine Gedanken. Genieß heute doch einfach den Abend.«

Ich verzog das Gesicht.

»Ich weiß nicht, ob ich ihn groß genießen kann. Erstens wird es sterbenslangweilig für mich, da ich ja nur zum Lächeln und Hübsch-Aussehen da bin. Und zweitens: Wie soll ich mich in der Welt der Oberreichen denn nur wohlfühlen? Ich weiß zwar dank meiner gehobenen Kundenkreise, wie ich mich verhalten soll und wie ich notfalls Smalltalk führen kann, aber sonst?!« Ich seufzte frustriert auf. Miguel hakte sich wieder bei mir ein und begann, fröhlich zu lachen.

»Angel-Schatz, siehst du denn nicht das Positive? Du darfst acht Abende lang Cinderella sein. Du wirst atemberaubende Kleider und Schmuck tragen und mit deinem sexy Prinzen tanzen.« Miguel schwärmte es mir richtig vor.

»Könntest du aufhören, ihn meinen Prinzen zu nennen?«, entgegnete ich schmunzelnd. Sein Vergleich hatte ja doch irgendwie etwas an sich.

Klar, welches Mädchen wünschte sich nicht, eine Nacht wie Cinderella leben zu dürfen? Aber ich sah keine große Chance, dass sich Ian als mein Märchenprinz entpuppen würde. Dafür konnte ich seinen eingebildeten Charakter viel zu wenig leiden. Zumal ich auch nicht auf der Suche nach diesem oder überhaupt irgendeiner Form von Prinzen oder Mann war. Ich wollte keins von beidem in meinem Leben. Männer konnten einen nur verletzen. Damit war ich fertig!

Miguel und ich scherzten die gesamte Fahrt über die Super-Schnösel, die ich heute treffen würde. Schließlich hatte ich fleißig gelernt und wusste genau, auf wen ich heute alles am Tisch traf. Der erste war ein Partner von Ians kleinerer Firma. Er musste davon überzeugt werden, dass sich die Skandale um Ian nicht negativ auf sein Unternehmen auswirken würden, nur weil Davis mit im Impressum stand.

Der ältere Mann hieß Miller und war wohl ein betagter Kerl, jedoch mit einer sympathisch wirkenden Frau. Auch er machte auf den Fotos und in den Berichten einen netten Anschein. Für den Anfang wohl was Leichteres. Weiter mit am Tisch waren noch zwei jüngere Kerle. Die Söhne des Firmenchefs Miller. Sie waren wohl etwas schwerer zu knacken. Aber da sie unter 30 waren und ohne Frauen, machte ich mir um die beiden weniger Sorgen als Ian.

»So, Darling, wir sind da. Du schaffst das schon«, sprach Miguel mir Mut zu. Wir umarmten uns noch einmal, er drückte mir einen dicken Kuss auf, dann ging ich hinein. Ich fragte an der Rezeption nach Davis und dessen Zimmer. Aber natürlich wusste das Hotel bestens Bescheid. Eine Zimmerkarte wurde mir in die Hand gedrückt und ich nahm den Aufzug nach oben. Die Nervosität wuchs und wuchs. Was mich wohl dort erwarten würde? Ian meinte zwar, er hätte alles für mich vorbereiten lassen, dennoch hatte ich keine Ahnung oder gar Vorstellung davon.

Ich trat in das Zimmer ein und im ersten Moment schien alles wie sonst auch. Hinter mir schloss ich die Tür ab, ehe ich mich umsah und meinen Blick schweifen ließ. Dann sah ich es: das Kleid. Mit großen Augen ging ich näher zum Bett, auf dem es lag. Fast andächtig fuhr ich mit dem Finger über den feinen und weichen schwarzen Stoff. Ich tippte auf Satin. *Wahnsinn!*

Ich hob es hoch, um es besser betrachten zu können. Es war wirklich ein Traum von einem Kleid. Doch als ich es umdrehte, stutzte ich im ersten Moment. Das hatte mir Ian ausgesucht?! Ich war verwirrt. Es hatte einen noch gewagteren Rückenausschnitt als mein cremeweißes vom letzten Mal. Es handelte sich um ein langes und sehr eng anliegendes Abendkleid. Es würde perfekt meine sexy Rundungen in Szene setzen.

Die Träger und Rückenbänder bestanden aus goldfarbenen Ketten. Am Rücken hinten waren sie besonders aufwendig drapiert worden. Ich verstand wirklich nicht, was sich Ian dabei gedacht hatte. Er hatte meinen Ausschnitt von letztens schon als zu unangebracht empfunden. Dieser Kerl war mir durch und durch ein Rätsel.

Dann entdeckte ich das Preisschild. Auch das kam mir ungewöhnlich vor. Wieso sollte er es vergessen? Als ich den Preis und den Markennamen sah, schnappte ich nach Luft. Dieses atemberaubende Abendkleid in meiner Hand war ein Versace und kostete 5.000 $. Das musste ich dann doch erst einmal sacken lassen.

Wieso zum Teufel kaufte er mir so ein verdammt teures Kleid und ließ auch noch das Preisschild dran, damit ich es ja sah? Ian musste doch wissen, dass mich das noch nervöser machen würde. Was, wenn ich es aus Versehen beschädigte?

Behutsam legte ich es wieder aufs Bett, dann sprang mir etwas anderes ins Auge. Ein schwarzes Spitzenhöschen. Ich zog tadelnd eine Braue nach oben, als ich den Hauch von Nichts hochhob. Na ja, jetzt wusste ich wenigstens, was dem lieben Ian gefiel. Es war so typisch und vorhersehbar, dass es mich eigentlich gar nicht großartig zu wundern brauchte.

Allerdings schien er wirklich an alles gedacht zu haben und das beeindruckte mich dann schon etwas. Ein goldenes Jäckchen und eine kleine schwarze Handtasche lagen auch bereit. Sie waren ebenfalls von Versage und traumhaft schön. Alles passte perfekt zum Kleid. Die Schuhe hatten auf ihrer Spitze jeweils eine vergoldete kleine Schleife, die farblich zu den Ketten an dem Kleid passten. Sie waren schwarz und mindestens 10cm hoch. Doch das war für mich kein Problem. Auch wenn ich es sonst vermied, hohe Schuhe zu tragen, so konnte ich perfekt in ihnen laufen. Ich musste sie sofort anprobieren.

Mir war schleierhaft, wie Ian an meine Schuhgröße gelangt war. Meine Kleidergröße stand sicher in meiner Akte, aber meine Schuhgröße?

Doch zu meiner Überraschung passten sie perfekt. Okay, die Cinderella-Theorie wurde für heute immer wahrscheinlicher. Nur fand sie bei mir ohne Prinz statt. Mir reichte es, den heutigen Abend dieses atemberaubend schöne Outfit tragen zu dürfen. Kein Mann nötig.

Ich riss mich nur schwer von dem traumhaften Kleid los, denn ich hatte nicht mehr viel Zeit und Ian erwartete ein standesgemäßes Aussehen. Ich beschloss, noch eine schnelle Dusche zu nehmen. Als ich jedoch das Badezimmer betrat, kam ich erneut ins Staunen. Er hatte wirklich alles bis ins kleinste Detail vorbereiten lassen.

Auf dem Waschtisch tummelten sich zahlreiche Haar- und Schminkutensilien. Alles, was ich für das perfekte Make-up benötigte, stand mir zur Verfügung.

All das hier musste ein Vermögen gekostet haben. Er war wahnsinnig!

Nach der Dusche begann ich, mich – nur mit dem Handtuch bekleidet – auszutoben. Ich legte dennoch nur leichtes Puder und Rouge auf. Auch hier hatte Ian genau meinen Hautton getroffen. *Wie machst du das nur?*

Trotz der großen Auswahl hatte ich nicht vor, mich zuzukleistern. Bei den Augen wurde ich jedoch etwas mutiger, wollte damit mein heutiges Outfit perfekt abrunden. Daher schminkte ich mir meine saphirblauen Augen mit Wimperntusche, etwas Eyeliner und einem leicht golden schimmernden Lidschatten. Zum Schluss legte ich noch einen matten, dunkelroten Lippenstift auf. Ich war selbst ganz beeindruckt von dem Endresultat und gespannt, wie das Gesamtbild aussehen würde. Doch ich musste mir noch eine Frisur überlegen. Ich sah mich bei den Haarutensilien um und entschied mich dazu, meine schulterlangen, blonden, glatten Haare in eine Lockenpracht zu verwandeln. Ich schaltete den Lockenstab ein und benutzte ihn, sobald er einsatzfähig war. Strähne für Strähne kringelte ich um das Gerät.

Knapp 20 Minuten später war eine Löwenmähne entstanden. Sie gefiel mir so gut, dass ich beschloss, sie offen zu tragen, statt sie wie geplant hochzustecken. Zur Sicherheit packte ich lieber ein paar Haarklammern in meine Tasche, falls Ian anderer Meinung sein sollte. Schließlich musste ich ja ihm gefallen.

Ich hatte noch knapp 15 Minuten. Zurück im Zimmer schlüpfte ich in mein heutiges Outfit. Das Kleid schmiegte sich wie eine zweite Haut an mich. Ich fühlte mich komischerweise und entgegen meiner Vorstellung sofort wohl darin. Meine bronzefarbene Haut kam trotz des Schwarz gut zur Geltung. Vermutlich aufgrund der kleinen goldenen Spielereien. *Ob du tatsächlich alles so geplant hast?*

Ich zweifelte etwas an diesem Gedanken. Denn er kam mir nicht vor wie ein Mann, der für eine Frau das perfekte Outfit zusammenstellen würde, geschweige denn könnte. Da hatte ich mich wohl getäuscht.

Schnell zog ich mir noch die Schuhe an. In meine Tasche wanderte noch etwas Make-up, falls ich es auffrischen musste, und natürlich durfte mein Klappmesser nicht fehlen. Auch wenn ich mit Ian unterwegs war, ging ich nie ohne aus dem Haus.

Dann war ich fertig. Mit der Jacke bewaffnet ging ich nach unten in die Lobby. Ich fühlte mich wie eine Königin. Und so wurde ich auch behandelt. Man hielt mir die Türen auf, lächelte mir charmant zu. Männer unterbrachen meinetwegen ihre Gespräche. Es war herrlich. Ich hatte zwar schon immer eine spezielle Wirkung auf Männer gehabt, aber in diesem Kleid fühlte es sich anders an.

Als ich nach draußen trat, zog ich mir das goldene Jäckchen über. Es war kurz vor 19 Uhr. Ich war pünktlich, so wie von Ian gewünscht. Ich wartete keine zwei Minuten, da fuhr derselbe Wagen, in dem mich James letztens nach Hause fahren wollte, vor. Nun wurde ich doch etwas nervös. Ob ihm mein Aussehen gefiel? Würde er zufrieden sein?

Der Maybach hielt direkt vor mir. James stieg aus und ging eilig um den Wagen, um mir die Tür zu öffnen. Ich fand es albern, dass ich sie nicht einfach selbst öffnen und allein einsteigen konnte, aber so war das Leben der Reichen und Schönen nun mal.

James lächelte mir freundlich zu. Ich bildete mir ein, so etwas wie Anerkennung in seinem Blick gesehen zu haben. Doch so schnell die Emotion gekommen war, so schnell war sie auch wieder aus seinen Augen verschwunden. Schließlich reichte er mir die Hand, damit ich einsteigen konnte. Gut, mit dem engen Kleid war die Hilfe gar nicht schlecht. Ich raffte es leicht und stieg in diese Luxuskarre ein. Doch mir blieb nicht viel Zeit, sie zu bestaunen, denn Ian saß direkt neben mir in dem anderen imposanten Ledersessel. Anders konnte man diese Autositze gar nicht nennen. Ich versuchte, nicht allzu nervös zu wirken, als ich seinem prüfenden Blick unterlag. Er musterte mich ganz genau. Angefangen von meinen Haaren und dem Make-up, bis hin zu meinem

Outfit. Zumindest das, was er im Sitzen und mit der Jacke sah. Ich konnte jedoch nichts aus seiner Miene lesen. Auch in seinen nachtschwarzen Augen war nichts zu erkennen.

Ich kam nicht umhin, zu bemerken, dass auch er unverschämt gut in seinem schwarzen Maßanzug aussah. Dazu trug er eine teuer wirkende Uhr. Seine schwarzen Haare saßen perfekt. Sie waren leicht nach hinten gegelt und doch hatten sie diesen Auf-unordentlich-gemacht-Look.

»Gut«, sagte er nur und wandte seine Aufmerksamkeit wieder seinem Handy zu. Mir klappte die Kinnlade runter. *Gut?! Nur Gut? Dein Ernst???*

»Gut!«, maulte ich nach und verschränkte die Arme vor der Brust. *Du arrogantes Arschloch!*

Ich sah aus dem Fenster und versuchte, mir nichts anmerken zu lassen.

»Du weißt, was du heute zu tun hast?«, fragte er mich nach einer ganzen Weile. Ich sah ihn nicht an. Ich sprach zum Fenster gewandt.

»Ja. Ich weiß, wie mein Job funktioniert, danke. Ich habe deinen Steckbrief für heute auswendig gelernt«, gab ich schnippisch zurück.

»Gut.« Wieder dieses beschissene Wort. *Gut!*

Der Wagen hielt an. Wir schienen da zu sein. Ich konnte jedoch durch die dunklen Scheiben nichts erkennen.

»Ach, ich habe hier noch etwas für dich.«

Jetzt drehte ich mich doch zu ihm um. Die Neugier siegte – mal wieder.

Als ich mich ihm zuwandte, stockte mir kurz der Atem. Ian hielt mir eine große, samtene Schmuckschatulle geöffnet entgegen. Darin befand sich eine goldene, jedoch sehr schlichte, dünne Kette, kurze Ohrringe und ein vergoldetes mit Diamanten besetztes Armband. Zumindest war ich mir sicher, so würden Diamanten aussehen. Ich hatte schließlich keine Ahnung.

Noch immer sah ich ihn mit geöffnetem Mund an. Als ihm jedoch ein leises Lachen entfuhr, schloss ich ihn schnell wieder und sah ihm direkt in die Augen.

»Na los, zieh es an. Wir müssen rein.«

»Aber warum?«, fragte ich dümmlich. Ian zog die Brauen zusammen. Er schien meine Frage nicht ganz zu verstehen. Kommentarlos legte ich ein teures Schmuckstück nach dem anderen an. Ian musterte mich wieder kritisch, nickte zufrieden und stieg aus. Selbstredend wurde mir abermals die Tür geöffnet und die Hand gereicht. Ich erschrak, als sich plötzlich eine kleine elektrische Treppe an dem Wagen für mich ausfuhr, damit ich leichter aussteigen konnte. Einen Moment lang sah ich skeptisch nach unten, ehe ich mit James' Hilfe die Stufen heruntertrat. Ich dachte jedenfalls, es sei James gewesen, doch als ich meinen Blick erhob, sah ich in tiefschwarze Iriden. Ian hakte meinen Arm galant bei sich ein und führte mich in das edle Restaurant. An der Garderobe wurde mir meine Jacke abgenommen. Die Empfangsdame wusste sofort, wer Ian war, und brachte uns an unseren Tisch. Es war ein komisches Gefühl, an seiner Seite einen Raum zu betreten. Alle Blicke waren nur auf uns gerichtet. Oder eher auf ihn.

Am Tisch angekommen fanden wir die drei Geschäftsmänner und die Ehefrau vor. Die Männer schauten alle streng drein, doch die Mitte 50-jährige Dame lächelte uns freundlich an. Ian begleitete mich zu meinem Platz zwischen der Ehefrau und ihm. Er schob mir, wie letztens, ganz gentlemanlike meinen Stuhl zurecht, dann setzte auch er sich. Es wirkte alles sehr kühl und distanziert. Obwohl Ian und Miller schon seit Jahren Partner waren.

»Guten Abend, und schön, dass Sie alle zu diesem Essen erschienen sind. Darf ich Ihnen zuerst meine reizende Begleitung an meiner Seite vorstellen, bevor wir uns ums Geschäft kümmern? Das ist Vivian.« Ein kleines, freches

Schmunzeln legte sich auf seine Lippen, als er den Namen aussprach. Ich unterdrückte mir eine Reaktion darauf und nickte nur devot lächelnd in die Runde. Die beiden jungen Männer musterten mich so, wie ich es von ihnen erwartet hatte. Schamlos und lustvoll. Ihr Vater war da schon etwas professioneller, denn er schmunzelte nur kühl. Seine Ehefrau lächelte noch immer freundlich.

»Vivian, das sind Mr. Miller und die reizende Mrs. Miller mit ihren beiden Söhnen.« Ian machte sich nicht einmal die Mühe, ihre Namen zu erwähnen. Ob das schlau war? Denn so wie die beiden jungen Männer dreinschauten, war es das wohl nicht. Doch Ian schien sich nicht daran zu stören. Er beachtete sie schlichtweg nicht, sah nur zu Mr. Miller.

Die Luft war elektrisierend. Man konnte förmlich die aufgebaute Spannung spüren. Ich wusste nicht, wo dieses Essen hinführen würde, doch ich hoffte, warum auch immer, es würde alles zu Ians Gunsten geschehen.

Kapitel 8

Ian

Ich konnte mich kaum auf eines der wichtigsten Geschäftsgespräche meiner Karriere konzentrieren. *Deinetwegen, Angel!*

Was war nur mit mir los? Ich kannte etliche schöne und attraktive Frauen. Noch nie hatten sie mich aus dem Konzept gebracht oder gar von der Arbeit abgehalten. Mein Imperium war schließlich mein Baby.

Doch sie, Angel, machte mich verrückt. Schon während der Fahrt hatte ich zwanghaft den Blick von ihr abwenden müssen. Hatte unter Folter meine wahre Reaktion auf ihr Aussehen verbergen müssen. Dass sie mir dieses knappe und billige 'Gut' überhaupt abgekauft hatte, wunderte mich. Bei unserer ersten Begegnung hatte sie doch wesentlich feinere Antennen gezeigt.

Auch ihre Reaktion auf den Schmuck war herrlich zu beobachten gewesen. Wie sie völlig überrascht ihre schönen, tiefblauen Augen aufgerissen hatte. Mich naiv nach dem Grund gefragt hatte. *Baby, weil ich es kann.*

Wie gern würde ich ihr meine Welt und die damit verbundenen Möglichkeiten näherbringen. Ihr zeigen, wie reizvoll doch die Welt der Reichen und Schönen sein konnte. Ihr auch die positiven Dinge präsentieren. Ihr verdeutlichen, dass nicht nur alles fake war. Auch wenn es nur ein Teil der Wahrheit gewesen wäre, ich hätte ihn ihr gern gezeigt.

Ebenso musste ich gestehen, dass James mit seinen

Recherchen über Angel's Größen ganze Arbeit geleistet hatte. Das Kleid und Schuhe passten ihr perfekt. Es saß wie angegossen. Als wäre es ihr an ihren wunderschönen, sexy Körper geschneidert worden.

Wir hatten das Abendessen beendet und führten noch immer eine eher hitzige Diskussion darüber, wie unsere Zusammenarbeit in der Zukunft weitergehen würde. Mr. Miller schätzte meinen Lebensstil nicht und die damit verbundenen Negativschlagzeilen. Er fürchtete, dass sich mein Verhalten negativ auf ihn auswirken könnte. Meine Versuche, ihn vom Gegenteil zu überzeugen, waren bis jetzt vergebens gewesen.

Erneut an diesem bis jetzt erfolglosen Abend schwand meine Konzentration, als sich Angel leicht über den Tisch beugte, um interessiert ein Gespräch mit den beiden Neandertalern zu führen. Ihre schönen, straffen Brüste hoben sich bei dieser Bewegung und da sie unter diesem engen Kleid keinen BH trug, hatte ich seitlich sitzend den besten Blick auf diese.

Mir passte es zwar nicht, dass sie sich fast nur ausschließlich mit diesen beiden Hornochsen unterhielt, aber dadurch konnte ich wenigstens ungestört mit deren Vater reden, ohne dass sich Dumm und Dümmer einschalten würden. Angel hatte das genau erkannt. Sie machte ihren Job wirklich gut.

Ein klares Lachen erhellte den Tisch. Bei diesem Klang musste ich unwillkürlich schmunzeln.

»Mr. Davis? Folgen Sie mir noch?«

Erschrocken wandte ich den Kopf in Richtung des alten Millers. *Scheiße!*

Ich hatte die Kleine wohl etwas zu lange angestarrt. *Reiß*

dich zusammen, Ian! Hier geht es schließlich um dein Baby!

Ich lächelte entschuldigend, doch der Alte wirkte nach wie vor mürrisch. Mrs. Miller hingegen sah aufmerksam zwischen mir und Angel hin und her, dann lächelte sie wissend. Beschwichtigend legte sie eine Hand auf den Arm ihres Mannes und flüsterte ihm etwas zu. Die Miene von Mr. Miller erhellte sich augenblicklich und er zog erstaunt die grauen Brauen hoch. *Was erzählst du ihm?*

Auch die anderen am Tisch hatten ihre Gespräche eingestellt und sahen fragend und abwartend zu Mr. und Mrs. Miller. Angel warf mir einen irritierten Blick zu, doch ich konnte ihr jetzt keine Beachtung schenken. Ich durfte mich nicht wieder von ihr ablenken lassen.

»Mr. Miller, könnten wir …«, doch weiter kam ich nicht, denn der Alte hob seine Hand und schüttelte leicht den Kopf. Ich mahlte unmerklich mit dem Kiefer und wappnete mich geistig schon auf das Geschäftsaus. *FUCK!*

»Mr. Davis, ich denke Sie haben mir in den vergangenen Stunden mehr als bewiesen, dass es Ihnen ernst ist und Sie unsere weitere Zusammenarbeit nicht wieder gefährden werden. Ich danke Ihnen daher für das gelungene Essen.« *Wie bitte?*

Ich musste mich verhört haben. Gerade eben hatten wir noch in einer hitzigen Diskussion gesteckt und kaum flüsterte ihm seine Frau etwas ins Ohr, war alles wieder gut, oder was?!

»Mr. Miller, bei allem Respekt … Ich freue mich natürlich über diesen positiven Ausgang, aber ich denke, ich verstehe nicht ganz«, gab ich ehrlich zu. Denn ich verstand wirklich nicht. Und das kam bei mir eigentlich sehr selten bis nie vor. Normalerweise war ich meinem Gegenüber immer einen oder mehrere Schritte voraus. Aber hier konnte ich beim besten Willen nicht folgen. Mr. und Mrs. Miller lächelten mir herzlich entgegen. *Was passiert hier gerade?*

»Vater, was? Du kannst diesem Möchtegern-Ladykiller doch unmöglich noch eine weitere Chance geben wollen? Er wird dich und deine Firma ruinieren!«, echauffierte sich Dümmer erbost und warf mir einen Todesblick zu. Doch ich scherte mich nicht um ihn und sah nur seinen Vater an.

»Mein Entschluss steht fest. Mr. Davis, wir bleiben in Kontakt.«

»Danke, Sir«, war alles, was ich noch hervorbrachte. Ich wusste nicht, was hier abging oder wie dieser Abend eine solch positive Wandlung genommen hatte, aber letztendlich zählte nur das Resultat: Ich hatte tatsächlich den ersten auf meiner Liste überzeugen können. Auch wenn ich keinen blassen Schimmer hatte, wie. *Super!*

Ich verabschiedete mich noch bei allen persönlich. Ebenso wie Angel. Sie gab jedem die Hand und unterhielt sich noch etwas länger mit Mrs. Miller. Mr. Miller nutzte dabei die Gelegenheit, mich etwas zur Seite zu nehmen.

»Mr. Davis – Ian. Ich werde dir jetzt etwas sagen, als ein Mann, der deinen Vater sehr schätzte.«

Ich sah ihn fragend an. Unsere Familien kannten sich schon lange, dennoch hatten wir uns nie geduzt oder gar beim Vornamen genannt. Daher war ich sehr gespannt auf das, was jetzt kommen würde. Mr. Miller legte fast väterlich eine Hand auf meine Schulter.

»Dein Vater ging vielleicht zu früh, um dich auf die wirklich wichtigen Dinge im Leben vorzubereiten.« *Ich versteh kein Wort.*

»Sir?«

»In Wahrheit sind Geld, Macht, Reichtum und Ansehen egal, Junge. Was wirklich zählt, ist das dort.« Er nickte in Richtung seiner Ehefrau und Angel.

Stellte ich mich heute einfach nur dumm an, oder warum begriff ich noch immer nicht?

Ich schüttelte leicht den Kopf, um ihm zu zeigen, dass

der Groschen noch immer nicht gefallen war. Mr. Miller lächelte väterlich.

»Du wirst es noch verstehen, Junge. Noch ein letzter Tipp von mir: Schau, dass du sie hältst. Sie ist schon etwas Besonderes, das muss ich dir lassen.«

Staunend riss ich die Augen auf, als ich endlich begriff. *Das glaubst du?*

Der Alte begann wohl wegen meines entgleisten Gesichtsausdrucks zu lachen und klopfte mir feixend auf den Rücken.

»Guten Abend, Mr. Davis. Miss Vivian, es war mir eine Ehre, sie kennenlernen zu dürfen.« Mr. Miller gab Angel einen galanten Handkuss. Sie schmunzelte breit und bedankte sich ebenfalls für das nette Kennenlernen. Mrs. Miller schlug vor, uns in den kommenden Wochen, wenn ich aus dem Gröbsten raus war, zum Essen bei sich einzuladen. Sie klang so positiv gestimmt, als sei sie sich sicher, dass all meine kommenden Geschäftsgespräche so ablaufen würden. *Wenn du doch nur recht behalten würdest!*

Als Familie Miller dann das Restaurant verlassen hatte, ließ ich mich erschöpft und total verwirrt auf meinen Stuhl zurückfallen. Bei einem Kellner bestellte ich noch zwei Drinks für uns.

Ich stützte meinen Ellenbogen auf der Stuhllehne ab, mein Kinn ruhte auf meiner Faust. Angel setzte sich ebenfalls neben mich und musterte mich eindringlich. Ihr forschender Blick brannte auf meiner Haut. Ich musste nicht einmal hinsehen.

»Das lief doch sehr gut, oder nicht?«, setzte sie vorsichtig an. So schüchtern kannte ich sie bis jetzt nicht. Ich hob den Kopf und lächelte kühl.

»Scheint wohl so.«

Skeptisch zog sie ihre schön geschwungenen Brauen zusammen. Sie verstand wohl nicht, warum ich mich nicht freute und feierte. Aber wie sollte ich das auch bei den letzten

Worten vom alten Miller? Gut, die Zusammenarbeit blieb weiterhin bestehen. Aber warum, das war hier die Frage. Denn was der Alte eben angedeutet hatte, gefiel mir nicht.

Der Kellner brachte uns die Drinks. Für mich meinen Lieblingswhiskey und für sie wieder einen Mojito. Sie lächelte breit, als sie das Getränk erkannte. Ich nahm mein Glas in die Hand und schwenkte die goldbraune Flüssigkeit darin, dann erhob ich es und sah sie an.

»Auf einen gelungenen Abend. Du hast deine Arbeit wirklich gut gemacht.« Ich lächelte und wir stießen an. Einen langen Moment schwiegen wir. Ich schwenkte immer wieder gedankenverloren mein Glas in den Händen.

»Was ist mit dir? Du siehst nicht gerade glücklich aus, dafür, dass du doch deinen Willen bekommen hast«, entgegnete sie unsicher. Ich sah sie erneut an.

»Es ist nichts. Der Alte hat am Ende nur etwas gesagt, was mich beschäftigt. Das ist alles.«

»Was war es?«, hakte sie nach. Ihre Augen bekamen einen leichten Glanz.

»Ein neugieriger Engel also?«, fragte ich frech und zwinkerte ihr zu. Sie versuchte, ihre Reaktion zu überspielen und gleichgültig zu sein, doch ihre Augen verrieten sie. Sie zuckte mit den Achseln.

»Nein. Ich wollte nur nicht unhöflich sein, das ist alles«, gab sie gespielt schnippisch von sich. Ich konnte mir ein Schmunzeln nicht mehr verkneifen.

»Klar«, sagte ich nur feixend. Sie schnaubte einmal auf, dann schwiegen wir abermals.

»Ian?«

Ich musterte sie aufmerksam.

»Warum hast du mir dieses Kleid gekauft? Ausgerechnet dieses?« Kurz runzelte ich die Stirn, dann begriff ich. Sie spielte auf den großzügigen Rückenausschnitt an.

»Wieso? Gefällt es dir nicht?«

»Doch, sehr. Ich habe noch nie so etwas Schönes getragen. Nur verstehe ich trotzdem nicht, warum du es ausgesucht hast. Da dir mein cremefarbenes Kleid nicht gefallen hatte, dachte ich eben, du würdest mir ein weit weniger auffälliges Kleid besorgen.«

Ich schüttelte leicht tadelnd den Kopf.

»Hast du denn selbst nicht den Unterschied bemerkt?«

»Welchen Unterschied denn?«

Ich lächelte wissend.

»Den Unterschied der Blicke und Reaktionen der Menschen um dich herum. Wie sie dich heute behandelt haben. War es nicht anders als beim letzten Mal?«

Sie nickte unsicher.

»Da hast du den Grund. Auf die Gefahr hin, wieder einen bissigen Spruch von dir zu kassieren: Aber es gibt eben solche und solche Rückenausschnitte, wenn du verstehst, was ich meine …«

Sie wog den Kopf leicht hin und her, dann nickte sie schließlich erneut.

»Ich verstehe, dir gefällt mein Geschmack nicht.« Sie konnte den wütenden Unterton nicht verbergen. Im nächsten Moment kippte sie sich den gesamten Drink runter. Ich schmunzelte in mich hinein. Dieses Temperament. Himmlisch. *Woher dieses wohl stammt?*

»Das habe ich so nicht gemeint. Du hast noch keine Erfahrung damit, was dir steht und was eben nicht. Das letzte Kleid sah nicht unbedingt hässlich aus, doch an einigen Stellen war es dir entweder zu groß oder zu eng. Es saß nicht perfekt. Dieses Kleid hingegen sieht aus, als wäre es dir auf den Leib geschneidert worden. Und genau so und nicht anders sollte ein Kleid bei einer Frau wie dir aussehen.«

Ihre Augen weiteten sich leicht bei meinen Worten. *Vorsichtig, Ian!*

Wir sahen uns noch einen Augenblick lang an. In ihren tiefblauen Iriden spiegelte sich eine Neugierde wider, wie ich sie noch nie bei jemandem gesehen hatte. Was dieser Ausdruck in mir weckte, konnte ich nicht beschreiben. Es hatte jedoch nichts mit Verlangen oder gar Lust zu tun, es war etwas anderes. Etwas Gefährlicheres!

Ich unterbrach den intensiven Blickkontakt und kippte mir meinen Drink hinunter, dann stand ich auf.

»Komm. Ich bringe dich nach Hause.«

Sie erhob sich und schüttelte wieder stur den Kopf. Sie wollte zu einer ihrer typisch frechen Erwiderungen ansetzen.

»Nicht hier!«, knurrte ich leise. Ihr Mund blieb offen stehen. Sie schien zu überlegen, etwas zu sagen, doch dann schloss sie die Lippen wieder und musterte mich eindringlich. Ich verdrehte nur leicht die Augen, hakte sie wieder bei mir ein und verließ mit ihr an meiner Seite das edle Gebäude. Sie zog sich nicht ihre Jacke über, als wir auf James warteten. *Warum folterst du mich so?*

Binnen Sekunden stellten sich ihre Nippel dank der kühlen Nachtluft unter dem dünnen Stoff auf. Ich handelte gegen meine Vernunft und holte mir genervt meine Kippenschachtel heraus. Ich rauchte sonst eigentlich nicht in der Öffentlichkeit, ganz einfach, weil es in den gehobenen Kreisen nicht gern gesehen wurde. Doch in solchen Momenten brauchte ich mein heißgeliebtes Nikotin. Nachdem ich mir eine Zigarette angezündet hatte, inhalierte ich genüsslich den Rauch. Angel beäugte mich neugierig von der Seite, sagte aber kein Wort.

»Würdest du dir BITTE deine Jacke anziehen?«, forderte ich rau. Fragend legte sie die Stirn in Falten und tat natürlich nicht, worum ich sie gebeten hatte. *Stures Weib!*

Ich atmete erleichtert aus, als James endlich angefahren kam, schnipste die halbgerauchte Kippe fort und ging auf den Wagen zu. Ich half ihr hinein und stieg ebenfalls ein.

»Wohin, Sir?«, fragte mich James von vorne.

»Ja, wohin, Angel?«

Doch ihre Lippen blieben versiegelt. Es war zum Verrücktwerden mit dieser Frau.

»Soll das jetzt immer so ablaufen? Du widersetzt dich mir in allen Dingen, die nichts mit unserer Vereinbarung zu tun haben? Das wird langsam anstrengend mit dir, kleine Angel!«, mahnte ich sie streng. Mein Blick verdunkelte sich, doch anscheinend ließ sie das unbeeindruckt.

»Tut mir leid, wenn ich nicht so gefügig bin wie deine anderen Weiber. Aber schließlich ist das hier auch kein Vergnügen für mich.«

Abfällig hob ich eine Braue.

»Du willst mir also sagen, der Abend war eine reine Last für dich? Und du hast ihn nicht eine Sekunde genossen? Und sei's nur das Kleid?«

Sie schwieg, tat übertrieben nachdenklich. Ich schnaubte genervt auf.

»Schön! James, zurück zum Plaza.«

Mein Diener sah noch einmal verdutzt in den Rückspiegel, dann fuhr er los.

Eine bedrückende Stille breitete sich im Auto aus. Doch eine Bewegung im Augenwinkel lenkte mich ab. Ich sah zu ihr. Angel war gerade dabei, sich den Schmuck abzunehmen. Feinsäuberlich und behutsam legte sie ihn in die samtene Schatulle zurück. Ich beobachtete sie dabei, sagte nichts. Mit der Kette schien sie wohl ihre Schwierigkeiten zu haben, denn sie bekam den Verschluss nicht auf.

Lächelnd beugte ich mich zu ihr herüber und legte meine Hand auf ihre.

»Komm, ich helfe dir.« Sie erstarrte unter meiner Berührung, nahm aber die Hände runter. Ich strich ihr die blonden, gemachten Locken aus dem Nacken und tat mit Absicht so, als würde ich wie sie mit dem verklemmten

Verschluss kämpfen. Ich konnte nicht anders – ihre samtene Haut fühlte sich zu gut unter meinen Fingern an. Meine Augen glitten gierig über ihren Nacken. Dann blieben sie an einem winzigen Tattoo an ihrem Haaransatz hängen. Es war ein Name. *Maria.*

»Wer ist Maria?«, fragte ich sie, als ich ihr die Kette abnahm. Sie blickte mich über die Schulter hinweg an und warf sich ihre Haare wieder in den Nacken, verdeckte damit das Tattoo. Ich musterte sie neugierig. Ich wollte, nein, musste mehr über sie erfahren. So kannte ich mich nicht. Frauen und ihr Leben sowie ihre Vergangenheit waren mir gleichgültig. Ich glaubte, ich hatte noch nie ein wirklich privates oder intimes Gespräch mit einer Frau geführt. Doch bei Angel verspürte ich den animalischen Drang, alles von ihr zu erfahren und sie darüber hinaus besitzen zu wollen. *Ich muss verrückt geworden sein!*

»Niemand!«, entgegnete sie nach langem Schweigen kühl. Ein trauriger Ausdruck hatte sich für einen kurzen Bruchteil in ihre tiefblauen Augen geschlichen. Ein Schmerz, dessen Ausmaß ich nicht verstand, und doch konnte ich ihn beinah körperlich spüren, so präsent war er gewesen. Ich wollte etwas erwidern. Wollte sie berühren. Sie trösten. Ihr den Schmerz nehmen, den sie wohl schon zu oft erlitten hatte. Und doch tat ich nichts von alledem. Ich wusste nicht, wo dieser Drang plötzlich herkam. Diese magische Anziehungskraft. Diese seltsamen und mir völlig fremden Emotionen. Doch eins wusste ich und es wurde mir immer deutlicher vor Augen geführt, je mehr Zeit ich mit dieser mysteriösen Schönheit verbrachte: Sie war gefährlich!

Ich legte die Kette zurück, unterbrach damit den intensiven Blickkontakt. Doch ich konnte sie nicht länger ansehen, ohne sie nicht auch berühren zu dürfen.

Du darfst es nicht wollen!, mahnte ich mich stumm. Es war so falsch und der schlechteste Zeitpunkt, jetzt die

Kontrolle zu verlieren. Den Fokus aus den Augen zu lassen wegen irgendeines kleinen Dings. Nein! Ich musste fokussiert bleiben. Durfte mich nicht von ihrer Schönheit und ihrer geheimnisvollen Art ablenken lassen. Es stand zu viel auf dem Spiel. *Sorry, Baby, ich bin das kranke Arschloch in diesem Spiel. Nicht dein Märchenprinz auf dem weißen Ross.*

Ich fasste mir in meine Anzuginnentasche und holte ein dickes Bündel Dollarscheine hervor. Im Augenwinkel sah ich, wie sie mich dabei stumm beobachtete. Ich zählte ein paar kleinere Scheine ab, steckte das dickere Bündel wieder zurück und wandte mich an sie.

»Hier. Dein Trinkgeld für heute.« Ich warf es ihr entgegen, konnte nicht noch einmal riskieren, sie zu berühren. Ihre samtene, schöne Haut erneut zu streifen. Nein! Vorbei war der Zauber, die Uhr schlug bereits nach zwölf.

Das kleine Bündel Dollarscheine landete auf ihrem Schoß. Sie sah abschätzig darauf, dann zu mir. In ihrem Blick flammte unbändiger Zorn auf. Ihre schönen Wangen verfärbten sich rot. Ein Teil in mir wollte, nein, verlangte danach, dass sie mich jetzt anschrie. Mich zurechtwies, wo sich sonst keiner traute, mich zurechtzuweisen. Ich bettelte bei ihr fast darum wie ein ungezogenes Kind und doch konnte ich es nicht zulassen.

»Du arroganter …« Gerade als sie zu einer Schimpftirade ansetzen wollte, unterbrach ich sie im nüchternen Ton.

»Schätzchen, wenn es mich interessiert, was du zu sagen hast, würde ich dich dafür bezahlen. Jetzt lass es gut sein, nimm dein viel zu großzügiges Trinkgeld und zahl deine heutigen Drinks oder Drogen davon.«

Fassungslos öffnete sie den Mund. Ich hatte sie wohl tatsächlich sprachlos gemacht. Gut zu wissen, dass das möglich war. Ich hatte bereits mein Handy gezückt und beschäftigte mich mit meinen E-Mails. Na ja, zumindest sollte es für sie so aussehen.

Sie schnaubte wütend.

»¡Tú eres un cerdo asqueroso!«

Langsam ließ ich mein Handy sinken und sah in ihre Richtung, doch da war sie schon aus dem stehenden Wagen gestiegen und knallte die Tür zu.

»Hat mich die Kleine grade 'Mieses Schwein' genannt? Auf Spanisch?«, fragte ich erstaunt in die Stille.

»Scheint wohl so, Sir. Soll ich sie wieder reinholen? Wir sind schließlich noch nicht am Plaza.«

Ich schüttelte den Kopf.

»Nein. Lass sie. Am Ende kratzt sie uns noch die Augen aus.« Ich schmunzelte bei dieser Vorstellung. Jetzt wusste ich wenigstens, woher ihr feuriges Temperament kam. Sie sprach perfekt Spanisch und es klang nicht angelernt.

Ich bemerkte etwas im Augenwinkel. Das Geld. Sie hatte es nicht mitgenommen. Jetzt war ich wirklich erstaunt. Ihr Stolz und die Wut über mein dreistes Benehmen waren ihr wichtiger als das Geld. Sie wollte mir damit verdeutlichen, dass sie keine geldgeile Schlampe war. Aber wieso dann dieser Beruf?

Ja, warum eigentlich? Was machte eine solche Schönheit, eine solche Königin wie sie in dieser düsteren und dreckigen Welt der primitiven Begierde? Wie war sie dort reingeraten? Was hatte sie schon alles erdulden und ertragen müssen? Ich hatte den Schmerz in ihren Augen gesehen. Die Verletzlichkeit. Sie war nicht diese taffe Frau, für die sie sich immer ausgab. Sie war ein kleines, verschrecktes Ding, das früh lernen musste, lauter als die anderen zu sein. *Stopp! Nein, Ian! Mach sie nicht zu deinem Problem! Du hast sie angeheuert, damit sie dir hilft, nicht umgekehrt!*

Ich versuchte, meine kreisenden Gedanken zu sortieren. Doch es gelang mir nicht. Ich verspürte ein seltsam unbekanntes Gefühl. Normalerweise verdrängte ich es, sobald es aufkam. War es nicht gerade kompatibel mit meinem Beruf, mit einem Milliardenimperium. Es brauchte eine eiserne Hand. Aber jetzt gerade wollte es mir einfach nicht gelingen, das schlechte Gewissen zu verdrängen. Beim besten Willen nicht. Ich hatte mich ihr gegenüber gerade unmöglich aufgeführt. Auch das war jetzt eigentlich nichts Neues für mich. Ich war nicht unbedingt unhöflich zu Frauen und wirklich schlecht behandelt hatte ich auch noch keine. Dennoch waren mir Frauen und ihre vielen und nervigen Gefühle egal. Ich scherte mich nicht darum, ob ich sie damit verletzte, wenn ich sie nach einer heißen Nummer aus meiner Wohnung schmiss.

Aber jetzt gerade, als ich die Fassungslosigkeit in ihren Augen gesehen hatte, war etwas mit mir passiert. Ich wollte nicht das kalte Arschloch raushängen lassen und doch musste ich genau das tun.

Glaub mir, kleine Angel, es ist besser für uns alle, wenn du nur das arrogante Arschloch in mir siehst …

Kapitel 8

Angel

So ein arrogantes Arschloch! Ich hasse ihn!« Ich schrie meine spanische Beleidigung in die kühle Nachtluft, als ich die Straße überquerte, um so schnell und weit wie möglich fort von diesem miesen Arsch zu kommen.

Ich schlang meine Arme so fest um meinen Oberkörper, dass es schmerzte, doch ich musste meine Wut irgendwie kompensieren. Mir war noch nie in meinem Leben solch ein aufgeblasener und eingebildeter Möchtegern-Prinz begegnet und ich hatte in meinen jungen Jahren wirklich schon viel gesehen und erlebt. Was mir schon für kranke und arrogante Typen unterkommen waren … ich dachte wirklich, ich hätte schon alles gesehen. Aber dieses Arschloch, Ian Davis, konnte wohl niemand toppen.

Meine Wut schäumte und schäumte immer weiter auf. Wie eine geschüttelte Cola-Dose sprudelte sie nur so aus mir heraus. Ich ratterte alle Beleidigungen in meiner Muttersprache runter, die mir so einfielen. Sie wurden nach einiger Zeit mein Mantra, das ich ständig wiederholte, um mich endlich beruhigen zu können. Nach knapp zwanzig Gehminuten kam ich beim Plaza an. Meine Füße schmerzten höllisch in diesen traumhaft schönen Schuhen. Sie waren wohl nicht für längere Spaziergänge gedacht. Aber dennoch hatten mir die frische Luft und Bewegung gutgetan, denn sie hatten meine hitzigen Gedanken geklärt und mich wieder beruhigt.

Zielstrebig ging ich in mein Zimmer. Ich wollte jetzt

keinen Mann mehr sehen. Keine billigen Komplimente mehr für SEIN Outfit erhalten. Ich wollte nur noch raus aus diesen Klamotten, seinen Klamotten, und unter eine heiße und klärende Dusche steigen.

Als ich kurze Zeit später ungeschminkt und nackt unter dem dampfenden Wasserstrahl stand, ließ ich meine Gedanken kreisen. Mein unbändiger Zorn auf Ian hatte sich zwar allmählich gelegt, doch nun richtete er sich gegen mich selbst. Ich war wütend auf mich, hatte dumm und unüberlegt gehandelt. Ich hätte das Trinkgeld nicht auf dem Sitz liegen lassen dürfen, denn ich brauchte das Geld. Schließlich musste ich doch für heute Abend gleich zwei meiner Kunden absagen, damit ich Ians Auftrag hatte ausführen können. Somit gingen mir gleich zwei fette Trinkgelder durch die Lappen. Ian hätte mir das Dreifache bezahlt, so wie es abgesprochen gewesen war. Ich hätte meine Miete begleichen und Miguel die erste Rate sowie meine Schulden zurückzahlen können.

Ich hatte eine große Summe Schulden bei meinem ehemaligen Zuhälter. Er hatte mich nicht gehenlassen wollen, damit ich den Job bei meiner jetzigen Agentur antreten konnte. Ich hatte einen Deal mit ihm ausgehandelt und geschworen, ihm jeden Monat pünktlich am ersten meine Rate zu zahlen. Setzte ich nur eine Rate aus, musste ich wieder für ihn auf dem Straßenstrich arbeiten. Dieser Dreckskerl hatte natürlich eine exorbitante Höhe ausgehandelt. Ich schuldete ihm insgesamt 5000$ und hatte nicht mal zwei Jahre Zeit, um sie ihm abzubezahlen. Genau genommen blieben mir gerade mal zwei Monate, um ihm die restlichen 3000$ auszuhändigen. Dieses Schwein wusste, dass das fast unmöglich war und ich früher oder später wieder bei ihm arbeiten würden müsste.

Doch ich dachte nicht daran, wieder zurückzugehen. Um das heute verlorene Trinkgeld wieder reinzuholen, blieb mir also nichts anderes übrig, als mehr Kunden als sonst anzunehmen.

Ich lehnte verzweifelt und frustriert meine Stirn an die kühlen Fliesen an. Hoffte, es würde meine schreienden Gedanken und meine Probleme klären. Doch natürlich änderte es nichts. Ich hatte mich bewusst dazu entschieden, sein dreckiges Geld abzuweisen. Aber wie hätte ich es auch annehmen sollen? Wie hätte ich nach dieser erniedrigenden Geste sein Trinkgeld nehmen sollen? Ja, ich war eine Hure und verdiente mein Geld damit, mit Männern zu schlafen, ihnen jeden Wunsch von den Lippen abzulesen. Doch das bedeutete noch lange nicht, dass ich auch meinen Stolz vergessen musste. Das könnte ich bei meinen Genen so oder so nicht. Das Temperament war mir in die Wiege gelegt worden.

Nein! Es war besser so. Ich brauchte Ian Davis nicht, um meine Schulden zu bezahlen, dafür hatte ich meine anderen Kunden.

Auch würde ich mich bei unserem nächsten Treffen nicht von ihm und seinen ständigen Stimmungswechseln provozieren lassen. Ich würde ab sofort nur noch professionell bei diesem arroganten Womanizer reagieren. Sollte er doch seine dummen Spielchen mit seinen vielen billigen Weibern abziehen. Er war ein Kunde wie jeder andere und Schluss. Keine spanischen Beschimpfungen oder Wutausbrüche mehr. Zumal mir sowieso schleierhaft war, warum dieser Kerl solche Emotionen bei mir hervorrief. Ich hatte noch nie bei einem Kunden meine Professionalität vergessen und bei Ian Davis war mir das schon zigmal passiert, obwohl das erst unser zweites Treffen war. Was hatte dieser verwöhnte Prinz nur an sich, dass er mich derart mit seinem Verhalten reizte? Normalerweise waren mir meine Kunden und ihre Charaktere schlichtweg egal. Ich erledigte meinen Job, mehr nicht. Ich scherte mich nicht um ihre Allüren, aber bei Ian war es anders. Ich wusste nicht, warum er mich so dermaßen triggerte. Immer wieder dieses Feuer in mir entfachte. Langsam, aber sicher musste ich mich allerdings endlich in den Griff bekommen. So konnte es nicht weitergehen! Ich war zu gut und professionell in meinem Job, um mir das von diesem Kerl kaputtmachen zu lassen. *Ian Davis, du willst spielen? Aber dann nur nach meinen Regeln!*

Nachdem ich mich abgetrocknet hatte, ging ich zurück ins Zimmer und schlüpfte in meine Klamotten. Das Kleid, die Tasche und die Schuhe legte ich feinsäuberlich zurück, so wie ich alles vorgefunden hatte. Ian bestand zwar darauf, ich solle alle Klamotten und Accessoires mit nach Hause nehmen, falls ich etwas davon für einen anderen Auftrag von ihm gebrauchen konnte, doch das war mir egal. Ich würde sicher nichts von ihm in meiner Wohnung dulden. Nicht nach heute und generell aus Prinzip schon einfach nicht.

Ich versicherte mich noch einmal, dass ich all meine Sachen zusammengesammelt hatte, dann verließ ich das Zimmer. Ich gab die Zimmerkarte unten an der Rezeption ab, ebenso wie eine Nachricht, die an Mr. Davis weitergeleitet werden sollte. Oder eben an die Person, die hier ein Zimmer gebucht hatte. Vermutlich war es James, der sich immer um alles kümmerte. Also würde Ian es wahrscheinlich so oder so nicht erfahren. Umso besser, dann gab es beim nächsten Mal wenigstens keinen Streit darüber.

Ich schrieb während der Fahrt nach Hause Miguel, dass ich mich morgen bei ihm melden würde. Ich bekam wütende sowie schmollende Smileys als Antwort, doch damit konnte ich gut leben.

Als ich nach über einer Stunde Fahrt mit der Subway dann endlich in meiner Wohnung ankam, ließ ich mich sofort erschöpft in mein Bett fallen. Meinen Gedanken verbot ich, in eine gewisse Richtung abzuschweifen. Ich wollte nicht wieder an den verwöhnten Prinzen denken. Die

Uhr hatte bereits nach Mitternacht geschlagen, der Zauber war vorbei. Aus Cinderella mit dem traumhaften Kleid wurde wieder Angel, die Hure. Kein atemberaubender Ball. Kein Märchenprinz. Kein verlorener Schuh und auch kein Happy End für Cinderella und ihren Prinzen.

Kapitel 10

Logan

Mal wieder kam ich blutüberströmt von der Arbeit nach Hause. Meine Muskeln waren noch immer zum Zerreißen angespannt. Wie eigentlich nach jedem Auftrag brauchte ich eine ganze Weile, um wieder runterzukommen. Aber natürlich kannte ich dafür das beste Heilmittel. Es gab doch nichts Besseres, als sich nach so einem harten Tag zwischen den festen Brüsten einer schönen Frau wiederzufinden. Sie zu schmecken und zu liebkosen. Mich tief in ihrer Enge zu vergraben und das wieder und wieder. Das elektrisierende Knistern auf meiner Handfläche, wenn sie klatschend auf ihrem knackigen Hintern landete. O ja, was Besseres gab es wirklich nicht für mich. Allein die Vorstellung, was ich alles mit meiner heutigen Gespielin anstellen würde, beflügelte mich. Ich entledigte mich meiner blutgetränkten Klamotten. Selbstredend stammte kein Tropfen von mir. Ich war gut in meinem Job und wusste genau, was ich tat. Ich behauptete nicht, es gerne zu tun, denn das wäre anmaßend – ich schätzte das Leben sehr. Doch ich war nun mal gut in den Dingen, die ich tat. Das konnte ich nicht ändern. Es war ein Job wie jeder andere auch, nur etwas blutiger und gefährlicher, das war's auch schon.

In Rekordzeit nahm ich eine Dusche und zog mich an. Ich war noch immer völlig aufgekratzt. Filip wollte mir immer unterstellen, ich würde irgendwelche scheiß Drogen nehmen, aber ich war nicht wie mein Bruder. Ich brauchte dieses Gift nicht! Wozu auch? Mein Job putschte mich schon genug auf. Würde ich ihn noch mit irgendwelchen Drogen mixen, würde ich zu einem aufgedrehten, notgeilen Riesen mutieren. Nein! Mir reichte mein Allheilmittel dafür. Eine heißer und williger, nackter Frauenkörper unter mir.

Damit war ich in all den Jahren nach Michelles Tod gut gefahren. Der heiße und harte Sex half mir beim Abschalten und Vergessen. Ich konnte mich in ihm richtig fallen lassen und tun, was ich mich in meinem früheren und braven Leben nicht getraut hatte, zu fordern. Ich stand nun mal nicht auf den niedlichen Kuschelsex. Bei mir musste es auch schon mal etwas wehtun, um es richtig genießen zu können. Ich liebte es, wenn Schmerz und Lust zusammen verschmolzen und eins wurden. Die Schreie der Frauen, ihr immer lauter werdendes Stöhnen turnten mich einfach an. Wenn auch sie sich in der Lust verloren, sich mir und meiner Dominanz richtig hingaben oder sich mir gar unterwarfen. Ja, auch auf die kleinen Dom-Sub-Spielchen stand ich sehr. Aber was gab es auch Schärferes, als eine willige Frau devot vor sich zu haben, die sich dann während des Sex in ihrem Verlangen und ihrer Erregung verlor, all ihre Kontrolle an mich abgab, um endlich hemmungslos sein zu dürfen? Ja, ich liebte es, wenn sie ihre Hemmungen endlich ablegten. Nicht mehr dachten, weil ich es ihnen abnahm. Sich nicht mehr schämten, weil ich ihnen keine Gelegenheit dazu ließ. *Gott, ich brauche jetzt dringend dreckigen Sex.*

Ich machte mich auf den Weg in meinen Lieblingsschuppen hier in der Gegend. Madam X war ein beliebter Puff mit SM-Club-Feeling. Ich ging gern hierher, aber auch nur, weil ich die Puffmutter persönlich kannte. Ich hatte ihr mal vor knapp zwei Jahren ein paar miese Kerle vom Hals geschafft. Die Typen hatten ihren Laden gewaltsam übernehmen wollen. Sie hatte von mir und meinem Ruf in der Underground-Szene gehört und mir den Auftrag gegeben, mich um diese Typen zu kümmern. Ich hatte ihn natürlich angenommen und mich auf meine Art um diese Schweine gekümmert. Die machten keinem mehr Probleme, so viel konnte ich verraten.

Dieser Auftrag hatte einige Vorteile mit sich gebracht. Nicht nur, dass die Bezahlung überaus reichlich gewesen war, die gute Frau bestand ebenfalls darauf, hier bei ihr Stammgast zu werden. Sie lockte mich damit, indem ich mich nicht an die lächerliche Kleiderordnung halten musste. Also mal ehrlich … als würde ich mich in irgendeine Latexscheiße reinzwängen oder gar nackt rumlaufen. Ich wusste, was ich zu bieten hatte, und schüchtern war ich weiß Gott nicht, aber ich – und nur ich – entschied, wann ich nackt sein wollte, und nicht irgendeine dumme Hausregel.

Dreimal Klopfen an der schweren Metalltür und das kleine Fenster wurde geöffnet. Normalerweise würde jetzt der Türsteher mein Outfit checken, ob es zu ihnen in den Laden passte, aber hier kannten mich alle. Security, Bardamen und die Mädchen, die für die Puffmutter arbeiteten.

Er nickte einmal, dann verschloss er das kleine Fenster wieder, nur um Sekunden später die schwere Tür für mich zu öffnen. Er nickte mir erneut höflich zu und ließ mich eintreten. Das Licht war gedämpft, leise Musik drang an meine Ohren. Ich ging den langen Gang entlang, ignorierte die Garderobe, wo man den Großteil seiner Klamotten abzugeben hatte, und betrat den großen Saal.

Hier befanden sich eine große Tanzfläche mit mehreren großen und kleinen Sofas sowie eine Bar. Der Laden war noch ziemlich leer, doch das machte mir nichts. Ich hatte mir gedanklich schon mein heutiges Mädchen ausgesucht. Ich brauchte jetzt etwas Professionelles, um meinen Druck abzubauen und um endlich runterzukommen. Da ich die Chefin kannte, wusste ich, dass die Mädchen hier gut behandelt wurden und sauber waren. Auf beides legte ich großen Wert.

Zielstrebig ging ich auf die Bar zu, um mir wie jedes Mal, wenn ich hier war, erst einmal meinen geliebten Whiskey zu bestellen. Eine Angewohnheit, die ich von meinem Vater und meinem Bruder übernommen hatte. Beide liebten dieses Getränk ebenso sehr wie ich.

Die Kleine hinter der Bar lächelte mich freundlich an und stellte mir in dem Moment, als ich Platz nahm, meinen Drink hin. Ich lächelte sie charmant an, nahm genießerisch den ersten Schluck, drehte mich auf dem Barhocker um und scannte die Umgebung nach meiner heutigen Gespielin ab. Doch leider fand ich sie nicht. Ich ließ meinen Blick durch die spärliche Menge gleiten, beobachtete das heiße Treiben. Das interessierte mich eigentlich nicht. Klar, ich sah ab und an mal zu, aber das gab mir nicht den gewissen Kick. Und ich brauchte diesen Kick. Ich musste selbst aktiv sein und vor allem selbst Hand anlegen dürfen, damit es für mich erregend war.

Noch immer wanderten meine Augen hungrig durch die Menge. Dann sah ich eine Gestalt. Eine wahre Erscheinung. *Das kann doch nicht …*

Sofort stand ich auf und eilte dieser zarten Gestalt hinterher. Sie war gerade in den Gang mit den vielen gut ausgestatteten Playrooms abgebogen. Hier tummelten sich schon mehr Menschen. Ich hatte es schwer, sie nicht aus den Augen zu verlieren, doch das durfte nicht passieren. Ich musste sie einholen. Ich musste mich vergewissern, ob sie es tatsächlich war. Das kleine Ding von damals. Diese engelsgleiche Erscheinung von vor drei Jahren. Angel.

Bist du es? Kann das möglich sein? Nach all den Jahren?

Doch das würde ja bedeuten, sie wäre der Szene noch immer nicht entkommen. Hatte sie es noch immer so schwer?

Meine Konzentration nahm ab, als ich sah, wie sie meinen

Lieblingsraum betrat. Ich eilte ihr nach, um kurze Zeit später vor einem Playroom zu stehen, in dem keine Zuschauer erwünscht waren. Ich bemühte mich um Beherrschung, dann trat ich ein. *Besser hätte es nicht laufen können!*

Meine dreckige Fantasie ging bei dem Gedanken etwas mit mir durch, was ich hier alles mit ihr anstellen könnte. In diesem Raum war ich schon viele Male gewesen. Er bot für mich die beste Ausstattung. Natürlich gab es ein Bett, aber das benutzte ich hier eigentlich nur sehr selten. Mein liebstes Möbelstück war der große Bock in der Mitte des Raumes. Hier konnte ich meine Gespielinnen bäuchlings ablegen und fixieren, um perfekten Zugang zu ihrem Hintern zu haben. In dieser Position konnte ich sie in all ihre verlockenden Löcher ficken sowie meinen Fetisch, das Spanking, ausleben. Mein Schwanz schwoll bei diesem Gedanken sofort an.

Die blonde Schönheit stand mit dem Rücken zu mir. Sie trug einen kurzen Mini-Lederrock, der nur knapp ihren Arsch bedeckte, und ein hautenges, weißes Top. *Du siehst lecker aus …*

Sie war so fasziniert von all den Spielzeugen hier an den Wänden, dass sie mich selbst dann noch nicht bemerkte, als ich dicht hinter ihr stand. *Du bist es!* Ich war mir sicher, das war Angel.

Wie oft sie mir in den letzten Jahren in meinen Träumen erschienen war, mich mit diesen tiefblauen Augen aufmerksam gemustert hatte. Wie sich ihre schönen Lippen wohlwollend zu einem lustvollen Laut geformt hatten. Es bestand kein Zweifel.

Ich trat dicht an sie heran und musterte nur allzu gern ihre Kehrseite. Diese Frau war durch und durch eine Wucht. Noch immer sah sie zum Anbeißen scharf aus. Ich musste meine schmutzigen Gedanken bremsen, sonst würde ich sie noch hier und jetzt hart und schnell von hinten nehmen, ohne dass sie überhaupt wusste, wer ich war.

Ich trat noch etwas dichter an sie heran. Erst als mein heißer Atem ihren schönen Nacken streifte, schien sie mich endlich bemerkt zu haben. Sie zuckte leicht zusammen, rührte sich aber sonst nicht, blieb weiter mit dem Rücken zu mir gewandt stehen und blickte an die Wand vor uns. An dieser hingen allerlei Peitschen und Gerten. Ich hielt nicht viel von ihnen, meine Hände und Zähne waren mir die liebsten Instrumente. Aber wenn eine Frau darauf bestand, griff ich auch zu anderen Mitteln.

Ich konnte dem Drang nicht widerstehen und strich zärtlich ihre blonden Haare beiseite. Ihre bronzene Haut schimmerte in dem gedämpften Licht. Ich legte ihren verführerischen Hals frei. Schon beim letzten Mal hatte ich mich in diesem Anblick verloren. *Wie kann eine Frau so perfekt sein?!*

Erneut ging meine Fantasie mit mir durch.

»Endlich habe ich dich gefunden!« Ich raunte es mehr zu mir selbst, als zu ihr.

Ich beugte mich etwas herunter, um ihren schönen Hals, der mich lockte, zu küssen. Dann hielt ich plötzlich mitten in der Bewegung inne. Ich stutzte. Hier stimmte etwas nicht. Da fehlte doch was. *Dein Tattoo!*

Ich packte sie am Arm und drehte sie mit einem bestimmenden Ruck zu mir herum. Sie keuchte erschrocken auf. Die Erkenntnis traf mich wie ein Faustschlag, als ich dem Mädchen ins Gesicht sah. Sie war schön, keine Frage, doch war sie nicht die, mit der ich gerechnet hatte. Ernüchterung machte sich in meiner Magengegend breit. *Schöne Scheiße!*

Noch immer hielt ich sie am Arm gepackt und noch immer sah sie mich mit ihren grünen Augen erschrocken an. Ich brauchte noch einen Moment, um wieder Herr meiner Sinne zu werden, dann gab ich sie aus meinem Griff frei. Ich nahm einen großen Schritt Abstand. »Sorry! Hab dich verwechselt!« Ich lächelte ihr noch einmal gezwungen zu, dann wandte ich mich ab. *Schnell weg hier!*

Mir reichte es für heute. Die Lust war mir mit dieser Ernüchterung gänzlich vergangen.

»Warte! Bitte geh nicht.« Ich spielte tatsächlich bei dem Klang ihrer Stimme mit dem Gedanken, nicht zu gehen. Sie schnurrte fast schon wie ein kleines, gefügiges Kätzchen. Mein Kopfkino stellte sich augenblicklich wieder an. Ich war eindeutig untervögelt. *Geh einfach! Einfach weitergehen, Logan!*

An der Tür angekommen hielt ich dann doch noch einmal inne, verharrte vor ihr und überlegte einen Moment.

»Bitte!« *Ach, scheiß drauf!*

Ich drehte mich langsam zu ihr um. Sie musterte mich aufmerksam mit ihren großen, grünen Augen und doch spiegelte sich ein kleiner Teil Angst in ihnen wider. Mein Schwanz zuckte bei diesem Anblick gierig in meiner Hose. Auch dass sie sich ausgerechnet meinen Lieblingsraum ausgesucht hatte, machte diese Aktion hier nicht weniger anturnend für mich.

»Du willst also nicht, dass ich gehe? Warum?« Meine Stimme war nur noch ein erregtes Brummen. Ich ging weiter auf sie zu. Noch immer blieb sie, wo sie war, und noch immer musterte sie mich aufmerksam. Sie antwortete mir nicht. In ihrer Miene hatte sich etwas verändert. Ich lächelte wissend.

»Du weißt es nicht?« Ich blieb dicht vor ihr stehen und sah auf sie herab. Sie war nicht gerade klein, aber im Vergleich zu mir wirkten sie alle winzig.

Ich strich ihr eine blonde Strähne beiseite.

»Aber ich weiß es. Du bist heute allein hierhergekommen, um ein Abenteuer zu erleben. Du wolltest auf so einen Mann wie mich treffen, der dir in einen solchen Raum folgt. Du wolltest, dass er über dich und deine Lust bestimmt. Dich hart und hemmungslos fickt und mit dir Dinge anstellt, die du dir nicht einmal in deiner dreckigsten Fantasie ausmalen konntest. Habe ich recht?« Ich war dabei, mit meinem Daumen ihre Unterlippe nachzufahren. Sie erschauderte bei dieser Berührung und öffnete unweigerlich ihre schönen, roten Lippen. Ich hatte recht mit dem, was ich gesagt hatte. *Jackpot!*

Sie sagte noch immer nichts. *Doch so läuft das hier nicht!*

Ich schüttelte leicht den Kopf.

»Habe ich recht?«, fragte ich dominant. Mein Daumen strich noch immer ihre volle Unterlippe nach. Doch statt mir eine Antwort zu geben, ließ sie frech ihre Zunge hervorschnellen. Ihre Zungenspitze strich über meine Daumenkuppe. Ich zog fragend eine Braue hoch, doch ich ließ sie gewähren. Ich war viel zu neugierig auf das, was die Kleine hier mit mir vorhatte, um sie jetzt zu unterbrechen. *Mal sehen, wie weit du von selbst gehen wirst.*

Kurze Zeit später stülpte sie ihre vollen, schönen Lippen über meinen Daumen und begann leicht an diesem zu saugen. Ich konnte mir ein Lächeln nicht verkneifen. Die Kleine war doch irgendwie niedlich. Und sowas von unerfahren in dieser Szene, dass es schon fast verboten gehörte.

Ahnte sie nicht, dass sie hier mit dem Feuer spielte? Ich wusste nicht, ob ich mich bei ihrer Unschuld und Reinheit zusammenreißen können würde. Sie vor Erregung schreien zu hören, würde mir die größte Freude bereiten.

Ich ließ sie noch eine Weile mit meinem Daumen spielen, denn es schien sie locker zu machen, also who cares?!

»Möchtest du nach meinen Regeln spielen? Und, Kleines, das war die letzte Frage, die ich an dich gerichtet habe. Danach gehorchst du auf alles, was ich dir sage. Verstanden?! Also überleg es dir.« Ihre Augen weiteten sich leicht bei meinen Worten, doch in derselben Sekunde bildete sich auch ein neugieriger Glanz in ihnen. Sie wollte mehr erfahren, traute sich aber noch nicht so ganz. Wer wäre ich denn, ihr nicht bei der Entscheidung zu helfen?

Ein wissendes Lächeln stahl sich wie automatisch auf meine Lippen.

»Okay, ich denke, ich muss dir wieder einmal sagen, was du möchtest. Denn du willst nach meinen Regeln spielen! Aber da du es nicht selbst ausgesprochen hast, bekommst du ein Safeword von mir. Und glaub mir, Schätzchen, das mache ich sonst eigentlich nicht. Sobald du STOPP sagst, ist der Spaß vorbei und wir hören sofort auf. Verstanden?!« Sie nickte sofort. Das reichte mir, denn sie hatte mich genau verstanden und schien mir dankbar zu sein, dass ich sie führte.

Ich hatte gerade eben nicht gelogen. Ich benutzte tatsächlich nie ein Safeword. Warum auch?! Ich war schließlich nicht eins von diesen kranken Schweinen, das in diesem Dom-Sub-Spiel seine primitive Lust befriedigen wollte und keine Rücksicht auf seine Gespielin nahm. Hier ging es darum, meine Sub zu führen. Ihr Befehle zu geben und sie in einem respektvollen Maße zu dominieren und sie – wenn sie es brauchte – auch hin und wieder zu erniedrigen, obwohl das eigentlich nicht so mein Ding war.

Ich ging immer genau so weit, wie ich gehen durfte. Und wie weit das war, wusste ich daher, dass ich genau auf die Körperreaktionen meines Gegenüber achtete. Ich hatte mit der Zeit gelernt, wann ein Schlag zu fest war und wann nicht fest genug, ohne mich dabei in meiner eigenen Lust zu verlieren. Denn hier ging es nicht primär um meine.

Als Dom hatte man nicht das Ziel, seine Gespielin sinnlos zu erniedrigen oder grün und blau zu schlagen. Nein, vielmehr hatte man eine Verantwortung gegenüber seiner Sexpartnerin. Sie sollte sich fallen lassen und vertrauen können. Schließlich war man sich meistens fremd. Man kannte den anderen nicht. Daher nahm ich meine Rolle sehr ernst. Konnte aber dennoch meine dominante Seite in vollen Zügen genießen und ausleben. Und bei diesem speziellen Exemplar hier vor mir würde es mir heute ganz besonders viel Spaß machen.

Die Kleine war absolut unerfahren und doch neugierig. Sie bettelte beinah danach, an einen wie mich zu geraten, der ihr zeigte, was sie wirklich brauchte.

»Gut, dann stell dich für den Anfang an die Wand dort. Ach, und zieh diese Schuhe aus! Es könnte sonst ungemütlich für dich werden.« Sie verzog fragend die Brauen und öffnete den Mund zu einer Erwiderung, doch ich kam ihr zuvor.

»Kleines, ab sofort sprichst du nur noch, wenn ich dich dazu auffordere, verstanden? Also stell dich an diese Wand.« Ich nickte mit dem Kopf in Richtung der Spielwand.

Sie musterte mich mit ihren großen, grünen Augen und schien abzuwägen. *Baby, jetzt ist es zu spät! Für die nächsten Stunden gehörst du mir!*

Ich entledigte mich meiner schweren Lederjacke und hängte sie an den Haken neben der Tür. Anschließend lehnte ich mich wartend an die Wand ihr gegenüber. Ich verschränkte die Arme vor meiner breiten Brust und beäugte sie amüsiert, wie sie ihren inneren Kampf mit sich kämpfte. *Jedes Mal dasselbe.* Würden sie denn nie lernen, dass ihnen das viele Denken nichts brachte? Nicht hier! Beim Sex ging es nicht ums Denken oder bedachtes Handeln. Es ging um Lust, Verlangen, Hingabe und meinetwegen auch um Liebe.

Mein amüsierter Zug um meine Lippen nahm zu, als sie sich langsam Richtung Wand in Bewegung setzte. Unsicher, aber sie tat es. *Keine Sorge, die Unsicherheit wirst du gleich verlieren, Kleines!*

An der Wand angekommen sah sie sich diese einmal genau an. Man konnte dort seinen Sexpartner fixieren und fesseln. Sehr praktische Sache. Allerlei schöne Dinge ließen sich dort mit den Frauen anstellen. Ich hatte hierbei immer sehr viel Spaß gehabt und meine Gespielinnen ebenso.

»Schuhe und Shirt nicht vergessen, Kleines!« Langsam wurde ich dann doch etwas ungeduldig. Ich beschloss, dass die Gnadenfrist hiermit beendet war.

Sie drehte sich erneut zu mir herum und beobachtete mich intensiv. Dann schlüpfte sie aus ihren High Heels, ohne den Blickkontakt zu unterbrechen. *So ist es doch schon gleich viel besser.*

Auch ihr Shirt zog sie sich aus, doch dieses um einiges langsamer. Die Kleine wusste ja doch, was sie hier tat.

Als sie endlich fertig war, betrachtete ich ihre schönen und nackten Brüste. Die Kleine hatte unter dem Top nichts weiter getragen. Meine Augen wanderten gierig über ihre bronzene Haut. Ich wunderte mich noch immer über diese Ähnlichkeit. Kein Wunder, dass ich sie für Angel gehalten hatte. Nur das Gesicht und die Augenfarbe unterschieden die beiden, ansonsten waren sie gleich. Der gleiche knackige Hintern, von dem ich seit drei Jahren träumte, mich in diesem zu versenken. Die endlos wirkenden, schönen Beine, die festen, handgroßen Brüste. Diese sinnlichen, vollen Lippen. Sie würden sich gleich hervorragend um meinem Schwanz machen. Die Kleine hier war nicht Angel, aber dennoch würde ich mit ihr voll und ganz auf meine Kosten kommen.

»Zieh dein Höschen aus!« Es wurde immer schwieriger, meine Stimme zu kontrollieren, so erregt war ich bereits. Sie fasste sich unter ihren Rock und zog sich ihren Slip aus. Bis zu den Kniekehlen, dann ließ sie ihn einfach zu Boden sinken.

Ich nickte hinter sie und stieß mich von meiner Wand ab, um langsam auf sie zuzugehen.

»Streck deine Arme über den Kopf und stell dich

breitbeinig hin.« Sie gehorchte sofort. Fast ungeduldig riss sie ihre Arme nach oben. Mein Lächeln weitete sich bei diesem Anblick.

»Breiter!«, brummte ich ungeduldig. Erneut gehorchte sie und öffnete ihre schönen Schenkel noch etwas mehr für mich. Ich blieb dicht vor ihr stehen und blickte auf sie herab. Ihre Arme hatte sie zusammengefasst über ihren Kopf ausgestreckt, so wie von mir gefordert. Ich strich langsam und zärtlich von ihren Achseln hoch bis zu ihren Händen. Ihre Atmung beschleunigte und ihre Lippen öffneten sich.

An ihren Fingern angekommen nahm ich erst ihre rechte, dann ihre linke Hand und befestigte sie an den dafür vorgesehenen Lederfesseln an der Wand. Nun konnte sie nicht mehr weg. Ich hatte sie mit zu beiden Seiten ausgestreckten Armen an die Wand fixiert. Dieses Bild gefiel mir ungemein.

Noch immer stand sie mit weit geöffneten Schenkeln vor mir. Ich ging in die Hocke, band sie auch an ihren Beinen an die Wand und zog die Fesseln schön stramm, ebenso wie bei ihren Armen. Sie sollte ja schließlich nicht den Halt verlieren, so breitbeinig wie sie da nun stand. Ich trat etwas zurück, um mein Werk zu betrachten. Jetzt war sie mir ausgeliefert. Ich war überaus zufrieden mit mir. Sie trug nur noch ihren engen und wahnsinnig kurzen Lederrock. Aber den konnte sie für dieses Spiel gerne anbehalten, er störte mich nicht. Sie musterte mich genau und wartete neugierig darauf, was ich wohl als Nächstes mit ihr tun würde. Doch ich ließ sie erst einmal dort hängen und glitt genießerisch mit meinen Augen über ihren köstlichen Körper. Noch immer stand ich voll bekleidet vor ihr, aber ich hatte auch nicht vor, das großartig zu ändern. Schließlich bestimmte ich hier und nicht sie. Also wozu sollte ich mich ausziehen?!

In ihrer Miene bildete sich langsam Ungeduld gepaart mit Unsicherheit. Ich trat wieder dicht an sie heran, so nah, dass ich sie fast gänzlich berührte. Erneut ging ihre Atmung schneller. Sie sah zu mir hinauf. Ich beugte mich zu ihr herunter und leckte über ihren verführerischen Hals. Sie keuchte auf, als ich mein Zungenspiel ihren Hals hinabwandern ließ, und reckte mir ihre Körpermitte lustvoll entgegen, doch so weit waren wir noch lange nicht.

Meine Hände stützte ich zu beiden Seiten ihres zarten Körpers ab. Ich liebkoste sie nur mit meinem Mund. Mal leckte ich mit meiner Zunge über ihre samtene Haut, mal knabberte ich mit meinen Zähnen an ihren Nippeln. Ihr Keuchen wurde lauter und ihr Körper begann unter meinen Berührungen zu erzittern. Ich liebte es, wenn sie so auf mich reagierten. Ich lächelte an ihrer Brust und setzte mein kleines Spiel fort. Ich saugte, leckte und biss in ihre schönen, festen Brüste. Kümmerte mich ausgiebig um ihre Knospen. Ihr Keuchen war einem leisen Stöhnen gewichen. Die Augen hatte sie bereits geschlossen. Sie verlor sich schon jetzt völlig in diesem noch harmlosen, kleinen Spiel.

Um meine Reise fortsetzen zu können, musste ich mich vor sie knien. Meine Spur an Küssen und Liebkosungen wanderte weiter über ihren flachen Bauch, hinab bis zu ihrer glatten Scham. Sie erschauderte, als sie meinen heißen Atem dort unten spürte. Jetzt nahm ich doch meine Hände dazu. Ich öffnete ihre Schamlippen und legte ihre empfindliche Perle frei. Dann zögerte ich nicht lange und nahm ihre Klit zwischen die Zähne. Sie schrie spitz auf und wölbte sich, soweit es ihre Fesseln zuließen, mir und meinem Mund entgegen.

Erotisch warf sie den Kopf in den Nacken und stöhnte immer lauter auf. Ich war dabei, an ihrer Perle zu saugen, da explodierte sie förmlich. Ich musste mein kleines Spiel früher als gedacht abbrechen, denn ich hatte noch nicht vor, sie zum Höhepunkt kommen zu lassen. Kaum wurde ihr Stöhnen lauter, nahm ich augenblicklich Abstand von ihr und erhob mich. Sie riss erschrocken die Augen auf, sah mir flehend entgegen, zog an ihren Fesseln und bettelte stumm um Erlösung. Ich schenkte ihr mein charmantestes Lächeln und trat wieder etwas näher an sie heran.

»Nicht so ungeduldig, Kleines! Ich habe noch sehr viel mit dir vor.« Sie wackelte ungeduldig mit ihrem Becken hin und her, doch durch ihre gespreizten Beine konnte sie mit ihren Schenkeln keine Reibung erzeugen. Mein Lächeln weitete sich bei ihrem niedlichen Versuch, sich selbst Abhilfe zu verschaffen.

»Ich werde jetzt deine Fesseln lösen und du wirst dich weder selbst berühren noch deine Schenkel zusammenpressen! Verstanden?! Du wirst nichts tun, um dir Erleichterung zu verschaffen, egal was du siehst oder was ich mit dir anstelle. Gehorchst du nicht, folgt eine Strafe.« Ich blickte ihr fest in die Augen, um ihr deutlich zu machen, dass sie mir zu antworten hatte. Sie brachte ein schüchternes: »Ja«, hervor. Ich nickte zufrieden, dann ging ich wieder vor ihr in die Hocke, um ihre Beinfesseln zu lösen. Die Nässe rann bereits ihre Innenschenkel hinab, so erregt war sie. Ich schmunzelte darüber.

»Schön so stehen bleiben!«, befahl ich rau. Ihre verführerische Nässe lockte mich zu sehr. Ich leckte sie ihr von den Innenschenkeln. Erneut keuchte sie laut auf, als ich mit meiner Zunge in die Nähe ihres Lustzentrums kam. Doch ich hatte nicht vor, sie dort zu berühren, zumindest in der nächsten Zeit nicht. Ich ärgerte sie noch etwas mit kleinen Küssen und Bissen an ihren empfindlichen Innenschenkeln. Erneut zuckte sie unkontrolliert auf, die Kleine war jetzt schon kurz vorm Platzen.

Schnell stand ich auf und nahm wieder Abstand von ihr. Ihr entwich ein frustrierter Seufzer. Sie erntete dafür einen tadelnden Blick von mir. Schließlich wollte ich nichts von ihr hören.

Ich ließ sie noch eine Weile an der Wand gefesselt stehen und sah mich gespielt neugierig in dem Raum um. In Wahrheit kannte ich jedes einzelne Spielzeug hier drin auswendig. Doch ich wollte sie noch etwas schmoren lassen. Ich wusste, dass sie es kaum noch aushielt, aber sie durfte sich weder berühren noch sonst wie Erleichterung verschaffen.

Immer wieder sah ich sie im Augenwinkel ungeduldig zappeln. Doch sie gehorchte brav und schloss ihre Beine nicht, obwohl diese frei waren. Ich kam mit einem Vibrator bewaffnet zu ihr zurück. Sie erschauderte nur allein bei dem Anblick dieses Geräts. *Wenn du nur wüsstest, dass ich deine süße Erlösung damit noch weiter in die Länge ziehe.*

Als ich bei ihr ankam, schaltete ich das Gerät an. Es war ein kleiner Handvibrator, der sich vorzüglich dafür eignete, die empfindlichen und erregenden Stellen mit seinen sanften Schwingungen zu stimulieren. Das Gerät surrte nur so in meiner Hand. Ich führte es zu ihren steifen Nippeln und ließ es mit diesen spielen. Mit kreisenden Bewegungen stimulierte ich ihre harten Knospen. Mal die linke, mal die rechte.

Ihr Keuchen wurde lauter, ihre Bewegungen fordernder. In ihrem Ausschnitt hatten sich vor Erregung rötliche Flecken gebildet. Leichter Schweiß lief ihren Hals hinab. Mein kleines Spiel kostete sie viel Anstrengung. Ich konnte nicht widerstehen und musste ihr den süßen Schweiß, der ihr zwischen die festen Brüste gelaufen war, ablecken. Ich folgte der salzigen Spur bis zu ihrem Hals. Den Vibrator ließ ich zu ihren Innenschenkeln sinken, berührte sie jedoch nicht an ihrer Scham. Ich fuhr immer wieder langsam mit ihm hinauf, nur um kurz vor ihrem Lustzentrum wieder nach unten zu wandern. Immer wieder schnaubte sie frustriert auf. Das feuerte mich in meinem Tun jedoch nur mehr an.

Nachdem ich ihr all den süßen, verführerischen Schweiß

fortgeleckt hatte, nahm ich wieder Abstand von ihr. Ich trat zurück an den Spielzeugschrank und ließ mir alle Zeit der Welt, den Vibrator zu säubern. Erst putzte ich ihn mit einem Feuchttuch sauber, dann desinfizierte ich ihn noch. Eigentlich reinigte später das Personal alles, aber ich wollte sie noch etwas quälen. Als ich allerdings ein leises Stöhnen hörte, drehte ich mich sofort wieder zu ihr herum. Sie öffnete zwar schnell ihre Schenkel, doch ich hatte sie erwischt. Ich kam mit drohenden Schritten auf sie zu und baute mich vor ihr auf.

»Was sollte das?«, herrschte ich sie an. Sie sah devot zu mir herauf, doch das brachte ihr nun auch nichts mehr. Sie hatte sich mir widersetzt und würde ihre Strafe erhalten und ertragen müssen. Ich blickte sie noch einen langen Moment an. Die Arme vor der Brust verschränkt, sah ich erbost auf sie herab.

»Es tut mir leid!«, flüsterte sie schüchtern. Ich nickte leicht.

»Gut. Aber dennoch wirst du für deinen Ungehorsam eine Strafe erhalten.« Sie nickte unmerklich. Sie hatte das Spiel wohl doch recht schnell verstanden.

Ich kam noch etwas näher und löste ihre Handfesseln. Als sie frei war, ließ sie unsicher die Hände sinken und sah fragend zu mir herauf. Ich trat etwas zurück.

»Geh zum Bock. Leg dich bäuchlings auf ihn.« Ich nickte streng zum besagten Möbelstück. Sofort gehorchte sie und ging mit schwingenden Hüften durch den Raum.

»Zieh den Rock aus!«, brummte ich ihr hinterher. Abermals tat sie wie befohlen. Sie schlüpfte galant aus dem Minirock, dann beugte sie sich über den Bock. Ich trat dicht hinter sie, doch ihre Position gefiel mir nicht. Dominant packte ich sie an ihrer Hüfte und zog sie etwas weiter nach unten. Sie sollte keine Reibung an ihrer Scham verspüren dürfen. Jetzt ging es nicht um ihre Lust, sondern um ihre

Bestrafung und um mein Vergnügen dabei. *Und wie ich es genießen werde.*

Noch immer blieb ich dicht hinter ihr stehen. Ich wartete noch einen Moment ab, ließ ihre Nervosität die Oberhand gewinnen. Dann folgte der erste Schlag auf ihren blanken Arsch. Sie schrie spitz auf, wagte es aber sonst nicht weiter, sich zu beschweren. Ich wartete nicht ab und verpasste ihr gleich im Anschluss den zweiten Schlag. Dieser war noch etwas fester als der erste. Es bildete sich bereits ein roter Abdruck. Ich knetete die geschundene Stelle, nahm ihr damit etwas den Schmerz. Sie war noch zu unerfahren, um die volle Strafe zu erhalten.

Immer wieder hallte ein lautes Klatschen durch den Raum, gefolgt von einem Schrei. Nach Schlag Nummer vier jedoch wandelte sich das Schreien. Ihr schien das hier zu gefallen. Es erregte sie. Das Tier in mir brach bei dieser Gewissheit hervor, ebenso wie mein Schwanz schmerzhaft gegen meine Hose drückte. Doch es sollte ihr eigentlich keine Freude bereiten, denn das hier war ihre Bestrafung. Da sie neu in der Szene war, sah ich allerdings über meine sonstige Strenge hinweg.

Nach Schlag Nummer acht hörte ich auf. Ihr Hintern würde morgen ordentlich brennen. Ich massierte ihr errötetes Fleisch ausgiebig.

»Ich hoffe, jetzt wirst du gehorchen. Ich war gerade sehr nett zu dir, musst du wissen.«

»Bitte!«, flehte sie. Ich hielt in der Bewegung, sie zu massieren, inne. *Was willst du mir sagen?!*

»Bitte was?«, forderte ich zu wissen. Meine Hand lag noch immer auf ihrem knackigen Hintern. Sie erschauderte unter meiner Handfläche. *Hast du noch nicht genug?*

Ich stutzte tatsächlich.

»Du willst mehr?!«, fragte ich sie belustigt. Sie sah mich nicht an, blickte weiterhin stur geradeaus, dann nickte sie plötzlich.

»Bitte!«, hauchte sie erneut von vorne. Mein Schmunzeln weitete sich. Die Kleine hatte Geschmack am Spanking gefunden, wer hätte das gedacht?

»Du bestimmst hier aber nicht über unser Spiel, sondern ich! Das hier gerade sollte deine Strafe sein, aber dann ist es eben deine Strafe, dass ich jetzt aufhöre und du dich erst einmal ausgiebig um meinen Schwanz kümmern darfst. Komm, hoch mit dir, Kleines.« Nun drehte sie ihren Kopf doch in meine Richtung und musterte mich eindringlich.

»Ich wiederhole mich nicht gerne. Und glaub ja nicht, du konntest mich mit Ungehorsam dazu bringen, weiterzumachen. Ich kenne noch ganz andere Bestrafungsmethoden als das Spanking. Also fordere mich nicht heraus und komm!« Das Letzte glich eher einem unkontrollierten Knurren. Es fiel mir nicht gerade leicht, meine Beherrschung zu behalten. Die Kleine reizte mich ganz schön und forderte ihr Glück zu sehr heraus. Sie schien noch einen Moment zu überlegen, dann glitt sie doch von dem Hocker herunter, drehte sich zu mir herum und musterte mich fragend. Sie wartete darauf, was sie als Nächstes tun sollte. Ich machte eine unmissverständliche Aufforderung, indem ich meinen Gürtel und meine Hose öffnete.

»Auf die Knie«, brummte ich ungeduldig. Sie gehorchte und ließ sich vor mir zu Boden sinken. Nun saß sie mit zusammengepressten Schenkeln vor mir. Doch mich störte etwas an diesem Bild. Sie sollte schließlich noch ihre Bestrafung dafür bekommen, dass sie sich selbst Erlösung hatte verschaffen wollen.

Sie sah zu mir herauf, doch ich schüttelte tadelnd den Kopf.

»Knie dich breitbeinig hin. Du sollst dir weiterhin keine Erlösung verschaffen!« Vor Erstaunen öffnete sie ihren Mund. Damit hatte sie nun wirklich nicht gerechnet. Doch ich machte das hier schon recht lange und mir würden für diese Kleine hier noch Unmengen solcher Gemeinheiten einfallen. Sie hätte nur gehorchen müssen, dann würde ich sie jetzt schon um den Verstand vögeln.

Als ich tadelnd eine Augenbraue hob, positionierte sie sich um und kniete sich breitbeinig vor mich. Ich nickte zufrieden.

»Braves Mädchen. Und jetzt mach den Mund auf.« Dieses Mal gehorchte sie sofort und teilte zügig ihre Lippen für mich. Zuerst nahm sie nur meine Eichel in den Mund und saugte an dieser ebenso zaghaft wie an meinem Daumen zuvor. Ich wurde jedoch schnell ungeduldig, brauchte jetzt dringend Erleichterung. Bestimmend legte ich ihr eine Hand an den Hinterkopf und schob mein bestes Stück tiefer zwischen ihre vollen Lippen. Ich blickte gönnerhaft auf sie herab. Das war ein Bild für die Götter. Mein Schwanz zwischen ihren schönen, weichen Lippen, wie er immer tiefer und tiefer in ihrer Höhle verschwand.

Sie warf mir einen herausfordernden Blick zu, doch ich scherte mich nicht darum, hielt sie weiter am Hinterkopf gepackt und schob mich immer weiter in ihren Rachen. Als sie jedoch mit ihrer Zunge von unten gegen meinen Schwanz drückte, musste ich einmal aufstöhnen, so geil fühlte es sich an. Die Kleine gefiel mir immer besser und besser. In manchen Dingen wusste sie nämlich ganz genau, was sie tat, und in anderen stellte sie sich nur so naiv. Zumindest glaubte ich, das jetzt zu wissen. Vielleicht würde ich sie als Sub behalten. Ihre kleinen Machtspielchen gefielen mir. Es war mal was Neues.

Die Kleine machte mich mit ihrem Zungenspiel verrückt. Ich legte den Kopf in den Nacken und genoss ihren heißen Blowjob. Mit ihrer Zunge drückte sie immer kräftiger gegen mein bestes Stück, machte es so noch enger für mich. Es fühlte sich herrlich an. Doch noch viel erregender war es, dass sie meine imposante Länge zur Gänze in ihre Kehle aufnehmen konnte. Innerlich frohlockte ich regelrecht. Kurz darauf begann ich, sie mit kleinen, sanften Stößen in den Rachen zu ficken. Immer wieder knurrte ich erregt auf. Mein Griff in ihrem Haar nahm zu, meine Stöße ebenfalls. Und als sie dann noch mit mir stöhnte, obwohl sie hiervon nichts hatte, kam ich mit einem kräftigen Ruck in ihrem Rachen. Mein heißer Samen verteilte sich in ihrem Mund. Sie schluckte ihn gierig und leckte danach hingebungsvoll meinen Schwanz sauber. Ich war überaus zufrieden mit ihr.

Ich reichte ihr die Hand und half ihr damit beim Aufstehen. Sie erhob sich galant. Jetzt hatte sich die Kleine ihre Erlösung aber wirklich verdient. Ich nickte in Richtung Bett.

»Leg dich auf den Bauch, die Arme über den Kopf und dort bleiben sie auch!« Sie ging zum Bett und legte sich so hin, wie ich es ihr gerade befohlen hatte. Derweil entledigte ich mich meiner Klamotten, musste sie nun doch ausziehen und ihre samtene Haut spüren! Die Kleine hatte tatsächlich meine ganzen Pläne über Bord geworfen, aber ich kam, wie zu erwarten war, sehr auf meine Kosten mit ihr.

Sie lag schon bereit für mich auf dem Bett. Nackt kroch ich zu ihr, beugte mich über ihren verführerischen Körper und bedeckte ihren Hals mit Küssen. Sie erschauderte, als sie meine Lippen spürte. Ich bahnte mir meinen Weg weiter runter. Küsste jeden einzelnen Wirbel ihrer Wirbelsäule hinab zu ihrem Hintern. An ihrer geschundenen Stelle verharrte ich besonders lange. Ich liebte es, meine Male auf ihrem Hintern betrachten und liebkosen zu können. Ich hatte sie damit gekennzeichnet – und dieser primitive Gedanke gefiel mir.

»Knie dich breitbeinig hin. Die Arme bleiben über deinem Kopf.« Ich raunte es an ihre Haut. Sie gehorchte und reckte mir damit ihren leckeren Po entgegen. Ich musste mich regelrecht zur Beherrschung zwingen, mich nicht sofort in eins ihrer verlockenden Löcher zu versenken. Stattdessen führte ich meinen Weg mit meinen Lippen weiter fort. Ich küsste über ihre rote Backe hinweg, weiter runter zu ihrem verbotenen Loch. *Nur mal kurz ausprobieren …*

Ich verharrte auch hier und leckte um ihr Loch herum. Sie begann leise zu seufzen. *Ein versautes Luder bist du ja schon.*

Noch eine ganze Weile stimulierte ich ihr verbotenes Loch. Leckte mit kreisenden Bewegungen drumherum. Streichelte mit meinen Fingern darüber. Abgeneigt war sie keineswegs. *Oh, yes!*

Ich grinste breit, doch dafür war später auch noch Zeit. Ich fand mit meiner Zunge ihren bereits triefnassen Eingang und tauchte ohne Vorwarnung hinein. Sie stöhnte sofort laut auf und wölbte sich mir wie ein gefügiges Kätzchen entgegen. Verführerisch warf sie den Kopf in den Nacken und stöhnte immer lauter, als ich meine Zunge nicht wieder zurückzog. Ich ließ sie tief in ihrer Enge und begann sie nach kürzester Zeit mit ihr zu ficken. Sie schmeckte unfassbar gut. Die Kleine drehte fast durch und als sie dann endlich kam, schrie sie das gesamte Haus zusammen. Ich grinste breit an ihre Scham, dann richtete ich mich wieder auf und stülpte mir sofort ein Gummi über, doch noch brauchte ich es nicht. Ich nutzte die Gelegenheit, dass sie noch völlig in ihrem intensiven Höhepunkt gefangen war, verteilte ihre Nässe an ihrem Hintereingang und drückte mit meinem Finger gegen den Schließmuskel. Sie reagierte nicht einmal darauf, so benommen war sie noch immer von ihrem Orgasmus. Ich konnte spielend leicht eindringen, da sie völlig entspannt war. Aber nach der Explosion gerade auch kein Wunder. Ich nahm gleich einen zweiten Finger dazu, um sie besser dehnen zu können. Als dieser in ihr steckte, versteifte sie sich etwas. Nun schien sie wieder völlig bei sich zu sein. Sofort legte ich meine andere Hand an ihre Klit und stimulierte sie wieder. Die Finger, die ihre Wände dehnten, zog ich vor und zurück. Ich bewegte mich in ihrem verbotenen Loch. Dehnte sie so für mich. Sie begann wieder wie ein Kätzchen unter mir zu schnurren. Reckte mir jetzt sogar willig ihren Hintern entgegen. *Fuck!*

Ich konnte nicht mehr an mich halten. Ich musste mich in sie stoßen und da sie mir ihren köstlichen Hintern schon so verführerisch anbot, konnte ich nicht widerstehen. Ich musste sie in ihren süßen Arsch ficken.

Vorsichtig zog ich meine Finger aus ihr zurück, nur um sofort meine Spitze gegen ihren Schließmuskel zu pressen. Als sich meine Eichel in sie schob, zog sie scharf die Luft ein. Ich rieb mit meiner anderen Hand kräftiger ihre Perle. Versuchte sie so etwas abzulenken. Es gelang mir auch ziemlich gut, denn kaum übte ich gezielt Druck aus, stöhnte sie hemmungslos auf. Zentimeter für Zentimeter schob ich mich in ihren Hintern. Ich stöhnte immer wieder laut auf. Ihre heiße Enge presste meinen Schwanz beinah aus. Es war herrlich. Ich genoss es in vollen Zügen und als ich mich endlich voll und ganz in sie versenkt hatte, verharrte ich nicht lange. Ohne Umschweife begann ich, sie von hinten zu ficken. Immer wieder glitt ich zur Gänze aus ihr, nur um mich im nächsten Moment wieder in sie zu stoßen.

Die Kleine schrie nur so vor Erregung unter mir. Zwar kümmerte ich mich noch um ihre Klit, doch nicht mehr so konzentriert wie zu Anfang. Dieser Fick war einfach zu göttlich. Und ihr schien es wohl ebenso zu gefallen. Kaum nahm ich etwas Fahrt auf, überrollte sie gleich der zweite Orgasmus. Wie davon angefeuert wurden meine Stöße immer härter. Ich fickte sie tief in ihren Arsch und genoss es über alle Maße. Ich war so in meiner Erregung gefangen, dass ich meine Handfläche wie von selbst auf ihren blanken Arsch niedersausen ließ. Sie stöhnte sofort laut und geil auf.

Immer wieder vermischten sich Vergangenheit und Traum mit Realität. Bilder von einem zierlichen Engel schoben sich in meinen Kopf. Tiefblaue Augen sahen von Lust geschwängert zu mir herum. Ihre blonden Haare warf sie in den Nacken und ließ sich in diesen intensiven Fick fallen. War sie Angel oder doch nur das kleine, graue Mäuschen? Fickte ich sie oder Angel? Ich wusste es in diesem Moment nicht mehr, und genau das trieb mich an. Der Gedanke, mich tief in *ihr*, in Angel zu versenken, beflügelte mich regelrecht.

Angetrieben von ihrem Stöhnen und den Bildern in meinem Kopf, kam auch ich mit einem letzten kräftigen Stoß. Ich krallte mich in ihren saftigen Hintern, um nicht von diesem intensiven Höhepunkt mitgerissen zu werden.

Unsere Atmung ging schnell. Unsere Körper waren überzogen von einem leichten Schweißfilm. Ich verharrte noch etwas in ihrer verführerischen Enge, ließ meinen Schwanz noch etwas in ihr nachpochen und genoss noch einmal dieses Gefühl, von ihr ausgepresst zu werden. Schließlich zog ich mich doch aus ihr zurück. Sie sackte sofort erschöpft auf die Matratze. Ich entsorgte das Kondom und sammelte meine Klamotten zusammen, dann wusch ich mir meine Hände in dem kleinen Waschbecken, das sich hier – wie in allen anderen Räumen – befand.

Ich war gerade dabei, mich anzuziehen, da erhob auch sie sich wieder vom Bett. Breit grinste ich ihr entgegen, als ich ihr befriedigtes Gesicht sah. Auch sie machte sich auf die Suche nach all ihren Klamotten, die wild im Raum verteilt lagen.

»Es war wirklich sehr spaßig mit dir. Und dein Safeword hast du gar nicht gebraucht«, scherzte ich. Sie begann leise zu lachen und trat völlig bekleidet auf mich zu. Sie zog etwas aus ihrer Arschtasche und hielt es mir entgegen. Es war eine Serviette mit einer Nummer darauf. Ich sah sie fragend an.

Wo hast du die denn jetzt auf die Schnelle hergezaubert?

Sie begann breit zu grinsen, als sie meinen fragenden Gesichtsausdruck sah.

»Ruf mich doch einfach an, wenn du wieder etwas Spaß haben willst.« Mit diesen Worten zwinkerte sie mir noch einmal zu, dann verließ sie mit schwingenden, sexy Hüften den Raum.

Oh, und wie ich dich anrufen werde, Schätzchen.

Kapitel 11

Ian

Mir schwirrte so viel im Kopf herum, es war mir kaum möglich, mich zu konzentrieren. Immer wieder korrigierte ich mich bei der Arbeit. Besserte Zahlen aus oder löschte versehentlich noch nicht bearbeitete E-Mails. *Damn!*

Ich ließ meine Fäuste frustriert auf meinen Schreibtisch fallen. Es hatte keinen Sinn, ich konnte so nicht arbeiten. Zu viel Ungeklärtes irrte in meinem Hirn herum. Fragen über Fragen, auf die ich doch keine Antwort wusste. Was sollte beispielsweise Logans lächerliche Anspielung auf James? Ich hatte noch immer nicht nachgefragt, das sah mir eigentlich nicht ähnlich. Doch es war immerhin mein Bruder, der mich gewarnt hatte. Was hätte Logan für einen Grund, mir auf diese Weise schaden zu wollen? Ich wusste, wir hatten nicht das beste Verhältnis, aber mir meinen treusten Mann streitig machen? Wozu?

Ich beschloss, die Sache mit James später auf der Heimfahrt ein für alle Mal aus der Welt zu schaffen. Dann würde Logan vielleicht auch endlich mal Ruhe geben und ich könnte wieder konzentriert arbeiten. Wäre da nicht noch ein gewisser blonder, wahnsinnig sturer Engel.

Angel. Sie machte mich beinah verrückter als mein Bruder. Schwachsinn! Sie übertraf Logan bei weitem.

Gut, aber ich hatte sie bei unserem ersten Geschäftsessen auch wirklich beleidigt. Sie nahm es mir noch immer übel. Hatte sogar das teure Kleid einfach im Hotelzimmer hängen lassen, mit allem, was dazugehörte. Plus einer Nachricht für mich. In dieser hatte gestanden, ich könne mir mein vieles Geld sonst wo hinstecken, ihr Körper sei zwar käuflich, aber ihr Stolz nicht.

Ich konnte darüber nur den Kopf schütteln. Was anderes blieb mir auch nicht übrig.

Als mir jedoch James erzählt hatte, was er in der kleinen Tasche gefunden hatte, war ich doch sprachlos gewesen. Die Kleine hatte tatsächlich ein Klappmesser dabeigehabt. Bei meinem Geschäftsessen!

Ich hatte sie bei unserem nächsten Treffen gleich als erstes darauf angesprochen. Vor Essen Nummer zwei.

Ihr Gesichtsausdruck war ihr für einen Moment entglitten, als ich das Messer hervorgezogen hatte. Ich hatte sie gefragt, weshalb sie es bei sich führte. Da hatte sie nur unbekümmert mit den Achseln gezuckt und im nüchternen Ton geantwortet:

»Ich habe schon genügend Zeit mit mächtigen Männern verbracht, um zu wissen, dass sie noch so gut erzogen sein können, man sollte sie nie unterschätzen und immer vorbereitet sein!« Das war Angel's Antwort für mich gewesen. Egal, was ich auch versuchte, sie verriet mir nichts über sich. Diese Frau war mir durch und durch ein Rätsel. Sie wollte partout nichts von mir annehmen, was nicht in unserer Vereinbarung stand. Auch weigerte sie sich noch vehement dagegen, dass sie James mit meinem Wagen nach Hause fuhr. Noch immer stieg sie nach jedem Essen vor dem Plaza Hotel aus, ging rein, zog sich um und ließ ein Kleid nach dem anderen dort oben im Zimmer hängen, um dann allein mit der Subway nach Hause zu fahren. Egal, wie spät es war. Es war zum Verrücktwerden mit ihr!

Und trotz allem verzauberte sie mich von Mal zu Mal mehr. Ihr Aussehen war immer perfekt. Egal, was ich ihr zum Anziehen gab, sie sah aus wie eine Königin. Immer!

Gut, sie bekam von mir auch nur das Schönste und Feinste, aber dennoch trug sie es mit Anmut und Stolz.

Auch ihr Verhalten den Kunden und mir gegenüber bei den Treffen war tadellos. Die Kunden vergötterten sie. Es war wie verhext.

Mrs. Miller würde wohl doch recht behalten. Durch Angel gewann ich einen Kunden nach dem anderen zurück. Wir hatten schon drei Geschäftsessen hinter uns gebracht und ebenso wie die Millers zwei weitere Kunden überzeugen können. Es war beinah zu einfach. Angel wickelte alle spielend leicht um den Finger. Mal, indem sie fröhlich lachte oder anregende Gespräche mit ihnen führte. Mal, indem sie sich verführerisch gab. Hierbei verhielt sie sich jedoch nie billig und immer so, dass ich mich mit ihr sehen lassen konnte. Denn in meiner Welt hatte sich die neue Frau an meiner Seite schnell rumgesprochen. Ich wusste zwar, dass der Verdacht aufkommen könnte, dass sie meine neue Freundin wäre, doch ich dachte, es würde sich schnell wieder im Sande verlaufen. Leider nicht! Gezielt sprachen mich Frauen sowie auch Reporter auf sie an. Wer sie war, woher sie kam, warum sie so oft an meiner Seite zu sehen war. Denn ein solches Verhalten kannte man eigentlich nicht von mir. Noch nie hatte ich so lange dieselbe Frau bei meinen Geschäften an meiner Seite gehabt.

Langsam, aber sicher wurde die Sache doch etwas gefährlicher als zuvor angenommen. Auch gingen mir allmählich die guten Antworten bezüglich Angel's Herkunft aus. Ich konnte den Leuten ja schlecht sagen: »Sorry, Leute, sie ist nur eine Hure und ich hab leider null Plan, wo die Kleine herkommt, weil sie verschlossener als der Papst ist!« Also war ich gezwungen, meiner Welt das zu geben, was sie sehen wollten. Der ewige Womanizer, der sich nun doch gebunden hatte. Und was sollte ich sagen …? Die Leute liebten diesen Scheiß! Sie verkauften es in der Klatschpresse als 'Manhattan

Lovestory'. Ziemlich kitschig, aber was verstand ich schon davon? Meine Beliebtheit nahm dadurch zu, mehr interessierte mich nicht.

Auch hatten sie zum Glück noch kein Bild von mir und Angel schießen können. Ich hatte genau darauf geachtet, dass man uns nicht gemeinsam erwischte.

Ich musste mir allmählich einen Plan B überlegen. Doch irgendwie schob ich ihn immer wieder auf. Denn sie hatte nicht nur meine Kunden und deren Anhang verzaubert, sondern auch mich. Mit ihrem Charme, ihrem Feuer und klugen Köpfchen. Nur stand ich so null auf ihrer Hitliste. Sobald der Vorhang fiel und die Show vorbei war, wir erneut in meinem sicheren Wagen saßen, distanzierte sie sich von mir. Sie sprach nur das Nötigste mit mir und höchstens übers Geschäft. Ich hatte es mir bei ihr mit meiner arroganten und gönnerhaften Art wirklich verscherzt. Doch das war eigentlich gut so, oder nicht? Hatte ich nicht genau das damit erreichen wollen? Dass sie mich hasste und wir hier nur eine perfekte Show ablieferten? Warum erwischte ich mich dann immer öfter dabei, dass ich an sie dachte? Durchgehend und rund um die Uhr? Wieso konnte ich unser nächstes Treffen kaum erwarten und hätte gerne andere Gründe, sie zu sehen?

Auch hatte ich mich das letzte Mal nur mit Müh und Not zurückgehalten, ihr den Schmuck, den ich sonst immer für die Essen mitbrachte, zu schenken. Trotzdem versuchte ich sie mit dem, was ich zu bieten hatte, zu bezirzen. Aber natürlich biss ich damit bei ihr auf Granit.

Auch missfiel es mir immer mehr, sie dafür zu bezahlen. Ich wollte sie nicht bezahlen müssen, damit sie an meiner Seite stand. Ich wollte, dass sie an meiner Seite stand, weil *sie* es wollte. *Schluss jetzt, Ian! Spinn nicht rum! Du kannst keine Frau an deiner Seite gebrauchen! Du siehst doch, sie machen nur Ärger!*

Ich betete es mir in Dauerschleife vor, doch kaum dachte oder sah ich sie wieder, waren die Gedanken und mir selbst auferlegten Schwüre wie weggeblasen. Wenn ich nicht bald die Reißleine ziehen würde, wäre ich verloren. Ich würde in die Tiefe stürzen und kein Fallschirm könnte mich vor dem harten Aufprall retten. Doch wollte ich überhaupt gerettet werden? Vielleicht war es einfach an der Zeit, mein Leben zu ändern. Vielleicht brauchte ich solch einen temperamentvollen Engel wie sie, um endlich aufzuwachen? Klang das logisch? Sicher nicht! Klang es nach mir? Weiß Gott nicht, aber komischerweise störte es mich nicht.

Das Surren meines Handys holte mich zurück in die Realität. James war unten und wartete auf mich. Ich hatte beinah den gesamten Nachmittag verplempert und war kein Stück weitergekommen. *Und da sagt man, hinter jedem erfolgreichen Mann steht eine strenge Frau. Ja, klar! Frauen können nur eins: uns ablenken und manipulieren! Schrecklich, diese Teufelsweiber!*

Ich schaffte noch schnell etwas Ordnung auf meinem Schreibtisch, dann verließ ich mein Büro. Meine neue Chefsekretärin war schrecklich unorganisiert. *Danke, Logan!*

Ich ignorierte die erneut aufkommende Wut auf meinen jüngeren Bruder und verließ mein Bürogebäude. James parkte mit meinem Maybach direkt vor der Tür. Ich verzichtete heute auf das nervige Tamtam und stieg selbst ein. Auch etwas, das ich an Angel bewunderte: Sie war so herrlich bodenständig. Gut, aber ich tippte auch darauf, dass sie nicht mit einem goldenen Löffel im Arsch aufgewachsen war – so wie ich. In meiner Familie ging es immer nur ums Geld und Ansehen, das schien bei Angel wohl anders gelaufen zu sein.

Ach, damn! Ich weiß einfach viel zu wenig über dich geheimnisvolle Schönheit!

Doch meine Neugierde auf Angel und ihre Vergangenheit mussten einen Augenblick warten. Erst einmal war ich dazu gezwungen, Logans lächerlichen Verdacht aus dem Weg zu schaffen.

»James, wir müssen uns unterhalten«, begann ich streng. Mein treuer Diener sah fragend in den Rückspiegel.

»Sir?«

»Nicht hier. Sie begleiten mich noch mit nach oben. Dann besprechen wir alles.« James nickte, dann konzentrierte er sich wieder aufs Fahren. Ich legte mir während der verbliebenen Fahrt die passenden Worte zurecht.

Als wir ankamen, stieg ich erneut ohne seine Hilfe aus. Mich langweilte dieser ganze Chichi. James überspielte seine Verwunderung und folgte mir nach drinnen. In meinem Penthouse angekommen schenkte ich uns beiden einen Whiskey ein. Erneut musterte mich James fragend.

»Setzen Sie sich und trinken Sie mit mir! Wir werden es wohl beide brauchen.«

»So?« Er hatte das Sir weggelassen, das hatte er noch nie getan. Ich musste ihn wohl eiskalt erwischt haben. Ich wurde neugierig.

Wir nahmen beide an meinem imposanten Esstisch Platz. Auch beäugten wir uns intensiv. Als ich zum Sprechen ansetzte, ließ ich ihn nicht aus den Augen.

»James, Sie müssen jetzt ehrlich zu mir sein. Ich werde Ihnen auch ganz direkt und geradeheraus sagen, was ich von Ihnen hören will.« Ich ließ eine kurze Pause entstehen. James beobachtete mich regungslos. Seine Miene war unergründlich.

»Mein Bruder hat verlauten lassen, ich könnte Ihnen nicht vertrauen. Auch dass Sie wüssten, wie mir mein Bruder helfen könnte. Womit er sein Geld verdient. Und ich sollte hinterfragen, was Sie so in Ihrer Freizeit tun. Normalweise schere ich mich um solche Belange nicht, aber Logan hat mich vermehrt darauf hingewiesen und er will diesbezüglich auch nicht lockerlassen. Also?«

Während meiner Rede hatte sich nichts in seiner Miene verändert. Er hatte brav gewartet, bis ich fertig war, dann erst umspielte ein feines Lächeln seine Züge. Ich stutzte.

»Ich hatte mich schon gefragt, wann meine Vergangenheit mich wohl einholen würde. Es ist nur sehr interessant, dass es gerade Ihr Bruder ist, der Sie darauf aufmerksam gemacht hat, Sir. Ich dachte, er würde es nicht riskieren, mit seinem Doppelleben bei Ihnen aufzufliegen. Aber da habe ich mich wohl getäuscht.« Ich sah ihn fragend an, hatte kein Wort verstanden. James begann leise zu lachen, als er meinen Gesichtsausdruck sah.

Auch den Engländer lachen zu sehen, war ein seltenes Schauspiel.

»Entschuldigen Sie, Sir. Ich wollte nicht um den heißen Brei herumreden. Sie wissen hoffentlich, dass ich gern für Sie arbeite und alles für Sie und Ihre Firma tun würde?« Ich nickte verwirrt, wusste in diesem Moment nicht viel, doch da war ich mir sicher.

»Gut! Danke, Sir!«

»James, könnten Sie BITTE zur Sache kommen? Denn ich verstehe kein Wort!« Erneut lächelte der Engländer wissend und nickte eifrig.

»Natürlich! … Okay dann geradeheraus, ja?« Eine erneute Pause entstand. Er schien zu überlegen. Ich wurde langsam ungeduldig und nahm zur Nervenstärkung einen kräftigen Schluck meines Whiskeys.

»Die Wahrheit ist, ich kann Ihnen leider nicht viel zu meiner Vergangenheit sagen, Sir. Es tut mir leid! Aber es wäre zu gefährlich für Sie! Ich kann Ihnen nur so viel verraten: Damals, vor vielen Jahren, arbeitete ich für die Unterwelt New Yorks. Alles, was illegal ist, läuft dort unten ab. Ich war nicht schlecht in dem, was ich tat, und hatte mir einen guten Ruf aufgebaut. Den habe ich noch. Er hat auch Ihnen schon einige Male geholfen, Sir. Daher kennt Ihr Bruder mich wohl auch, durch meinen Ruf. Er hat sich über die Jahre verselbständigt und Sie wissen ja, wie die Leute sind – sie reden zu viel und glauben noch mehr. Die Hälfte der Geschichten ist völliger Schwachsinn, aber ich korrigiere die Leute nicht, da sie mich dadurch fürchten und ich schneller an meine Informationen rankomme.« Er zuckte entschuldigend mit den Achseln, als er fertig war. Ich dagegen sah ihn einfach nur entgeistert an.

»Sie wollen mir also sagen, dass Sie und mein Bruder tief mit der Unterwelt und ihren illegalen Aktivitäten verstrickt sind?! Dass Sie deshalb die besten Kontakte zu Sicherheitsfirmen sowie zur Presse haben?« Er nickte unsicher.

»Aha. Und was hat mein Bruder genau damit zu tun? Wie weit ist er in all die Scheiße verwickelt? Wie tief steckt er drin?«

»Sehr tief, Sir. Was bei meinem Ruf erfunden ist, ist bei seinem wahr. Er hat sich einen noch größeren Namen als ich gemacht. Viele Männer folgen ihm.« Ich schüttelte fassungslos den Kopf. Mein kleiner Bruder … ein Killer?! Auch wenn James es nicht aussprach, ich wusste, was all seine kleinen Codes bedeuteten. Er sowie mein kleiner Bruder waren Söldner.

»Sir, wenn ich Ihnen noch einen letzten Rat geben dürfte …? Sprechen Sie Ihren Bruder nicht darauf an. Tun Sie weiterhin so, als wüssten Sie von nichts. Keiner aus seiner Welt und Ihrer dürfen wissen, was er tut und dass sie beide Brüder sind! Das ist äußerst wichtig!« Ich nickte nachdenklich. Vermutlich hatte James recht. Ich sollte es auf sich beruhen lassen. Logan hatte auch mehrfach betont, dass er mir nicht sagen könnte, als was er arbeitete, denn es wäre zu gefährlich. Vielleicht sollte ich in diesem speziellen Fall mal auf meinen kleinen Bruder hören. Ihn mich beschützen lassen, wenn es dadurch auch gleichzeitig ihn schützte.

»Sir, es war mir eine Ehre, für Sie …«

»James, lassen Sie den Scheiß! Ich feuere Sie nicht und ich vertraue Ihnen noch immer. Es hat sich nichts geändert.« Der Engländer stutzte bei meinen Worten. Für einen kleinen Moment hatte er seine glatte Maske abgelegt und echte menschliche Reaktionen gezeigt.

»Danke, Sir!« Er nickte mir noch einmal anerkennend zu, dann wandte er sich zum Gehen ab, doch ich brauchte ihn noch.

»James?« Er blieb augenblicklich stehen und kehrte zu mir zurück.

»Sir?«

»Beantworten Sie mir nur noch eine Frage zu diesem Thema, dann werden wir nie wieder darüber sprechen.« Er musterte mich intensiv, doch dann nickte er leicht.

»Warum haben Sie ihren Job in der Unterwelt aufgegeben und sich bei mir beworben?« Ich musste ihm diese Frage stellen. Ein kleines Lächeln umspielte seine sonst so ernsten Züge, bis es wieder verflog.

»Weil ich raus aus der Szene, mich aber dennoch nützlich machen wollte. Da kam Ihr Jobangebot genau richtig. Ich war mir sicher, Sie würden meine Hilfe und meine Erfahrung brauchen. Schließlich standen Sie noch ganz am Anfang. Ich wusste, meine Vergangenheit würde Ihnen helfen und meinen Ruf in der Unterwelt weiter aufrechterhalten, sodass ich gefürchtet genug blieb, damit mir und auch Ihnen keiner ans Bein pisste. Das ist die ganze Wahrheit, Sir.« Ich sah ihn einfach nur mit großen Augen an. Nicht nur, weil sich auch seine Ausdrucksweise für einen Bruchteil geändert hatte, und mir damit zeigte, dass alles wahr sein musste, sondern auch, weil mich seine Geschichte faszinierte.

»Danke für Ihre Ehrlichkeit.« James nickte devot.

»Kann ich sonst noch etwas für Sie tun, Sir?« Ich bejahte, denn es gab tatsächlich etwas, dass er für mich tun konnte. Und da ich nun über seine Quellen Bescheid wusste, war ich richtig beflügelt. Mein treuer Diener musste mehr für mich über Angel herausfinden. Ich konnte nicht länger warten, bis sie endlich so weit war, sich mir zu öffnen. Ich musste mehr über sie erfahren, jetzt!

»Ich denke, ich beanspruche dann gleich mal Ihre guten Kontakte. Ich möchte, dass Sie mehr über Miss Angel herausfinden. Kann doch nicht sein, dass man nichts über sie findet?! Keinen Nachnamen oder Sonstiges! Nichts! Also möchte ich, dass Sie sich schlaumachen und ein wenig in ihrer Vergangenheit stöbern.«

»Das habe ich schon, Sir. Jedoch ohne Erfolg.« Ich verzog erstaunt die Brauen. James hatte Angel ohne meinen Befehl noch einmal überprüft? Und das auch noch ohne jeglichen Erfolg? Wie konnte das sein? Doch das spielte jetzt keine Rolle. Ich wollte Antworten und James war dazu da, sie mir zu beschaffen.

Mein Blick nahm an Strenge zu, als ich fortfuhr.

»Mein Auftrag bleibt derselbe für Sie. Beschaffen Sie mir die gewünschten Informationen!«

»Wie Sie wünschen, Sir.« Das war James Standardspruch, wenn ihm mein Anliegen missfiel, doch dieses Mal scherte ich mich nicht um seine unausgesprochenen Einwände. Ich schickte ihn fort. Ich war müde und erschöpft, doch ich musste für morgen wieder fit sein. Das nächste Geschäftsessen und damit das nächste Treffen mit meinem störrischen Engel stand an. Ich musste doch irgendwie an sie herankommen?! Es musste doch möglich sein, ihr näherzukommen, ohne Gefahr zu laufen, dass sie mir die Augen auskratzte oder ich erneut einen ihrer pfeffrigen Sprüche abbekam.

Ein kleines Schmunzeln stahl sich auf meine Lippen, als

ich an ihre spanische Beleidigung zurückdachte. Vielleicht war ihre Muttersprache ein Weg, zu ihr durchzudringen? Ich war mir bei dem fließenden Spanisch, das sie sprach, als hätte sie die Sprache erfunden, sicher, dass es ihre Muttersprache war. Nicht einmal ich sprach so fließend und zügig Spanisch, und das mochte bei mir schon was heißen! Ich beherrschte sechs Sprachen fließend. Es fiel mir ausgesprochen leicht, diese zu lernen.

Angefangen natürlich mit Englisch und Spanisch, beherrschte ich auch Mandarin, Deutsch, Französisch und Russisch. Ich brauchte all diese Sprachen für meinen Job. In all den Ländern verkaufte ich meine Waffen oder kaufte Teile ein. Natürlich verhandelten wir eigentlich grundsätzlich nur auf Englisch, dennoch war es nicht schlecht, die jeweiligen Muttersprachen zu können. So verstand ich zum Beispiel, wenn sich die Verkäufer untereinander noch einmal besprachen, was sie sagten, und war dadurch im Vorteil.

Vielleicht war das hier mit Angel genauso? Vielleicht sollte ich meinen Vorteil geschickt ausspielen und lieber abwarten, statt ihn zu verspielen? Vielleicht würde sie mir von ganz allein etwas über sich verraten, unabsichtlich, weil sie dachte, ich würde sie nicht verstehen?

Alle anderen Versuche und Ideen hatte sie ja erbarmungslos abgeschmettert. Ob ich ihr mit teurem Schmuck und schicken Kleidern imponierte, sie in die edelsten und nobelsten Restaurants dieser Stadt mitnahm … nichts. Ihr sagte nichts davon zu. Dabei dachte ich, eine wie sie würde auf den ganzen Chichi stehen. Sich nur danach sehnen, dass ein reicher Prinz sie mit auf sein Schloss nahm und ihr die Welt zu Füßen legte?! Doch Angel schien noch viel komplizierter zu sein als jede Frau, die ich je kennengelernt hatte. Sie spielte nicht nach den herkömmlichen Regeln. Und genau das hob sie so von der Masse ab. Genau diese Einstellung sowie ihre natürliche Art lockten mich.

Aber vielleicht hatte sie auch tatsächlich kein Interesse an mir? Vielleicht war das hier wirklich nur ein Job für sie, so wie sie es von Anfang an immer wieder gesagt hatte? Aber hatte ich mir dann ihre kurzen, beinah unmerklichen körperlichen Reaktionen auf mich nur eingebildet? Hatte ich halluziniert, als sie bei unserem Kennenlernen ganz offensichtlich und schamlos mit mir geflirtet hatte? Hatte ich mir ihr Erschaudern nur eingebildet, als ich ihr letztens die verhakte Kette abgenommen hatte? Hatte ich nicht bei den letzten beiden Treffen immer wieder ein niedliches Lächeln durchblitzen sehen, wenn ich bei Tisch einen frechen Spruch losgelassen hatte? Oder war sie tatsächlich so gut in ihrem Job? Wickelte sie auch mich geschickt um ihren Finger und ich merkte es nicht einmal?!

Jagte ich einer trügerischen Illusion nach? Ich wusste auf all diese Fragen im Moment keine Antworten. Allerdings würde ich ganz sicher herausfinden, was für ein Spiel Angel spielte und nach welchen Regeln sie dies tat. Immerhin war ich zum Gewinnen erzogen worden.

Aufgepasst, kleine Angel, die Jagd ist hiermit eröffnet. Und ein Prinz bekommt immer seinen Willen!

Kapitel 12

Angel

Ich sah seine Augen noch immer deutlich vor mir. Diese gefühllosen Iriden. Dieser endlose Abgrund. Sie zogen mich in eine Tiefe aus Schmerz und Isolation!

Ich spürte noch immer seine Lippen auf meinem Körper. Das Brennen meiner Haut. Der Schmerz ließ mich nicht los! Hielt an mir fest, als wären wir eins. Noch immer! Es gab keinen Ausweg. Tief in meinem Inneren wusste ich, ich könnte ihm niemals entkommen! Er würde mich eines Tages finden, und wenn er das täte, wäre ich verloren.

Also lernte ich, mit der Angst im Nacken zu leben. Ich lernte sie sogar zu schätzen, denn die Angst vor ihm ließ mich meine Wachsamkeit niemals vergessen. Ließ mich niemals vergessen, wie grausam Liebe und deren Versprechen doch waren! Ich hielt mich all die Jahre daran fest. Hatte nur wegen der Angst vor ihm und wegen der Liebe meine fünf goldenen Regeln aufgestellt. Und ich hielt mich an diese. Immer!

Nicht ein einziges Mal hatte ich sie gebrochen. War nicht einmal versucht gewesen, sie jemals für jemanden zu brechen! Wozu auch?! Kein Mann würde mir dadurch jemals wieder wehtun können! Das würde ich nicht zulassen. Zu lange hatte er mich gebrochen. Zu lange hatte er mir die trügerische Liebe vorgelogen. Zu lange hatte ich ihm jedes Wort geglaubt. Jede Entschuldigung! Jede Zärtlichkeit! Jede Liebesbekundung!

Nein! Niemals wieder würde ich mich von einem Mann

zerstören lassen, so wie er es getan hatte. Und wie er mich zerstört hatte! Wie ein Chaosgott, wie ein Gott der Zerstörung war er über mich hinweggefegt. Hatte mir Stück für Stück alles genommen, was mir wichtig gewesen war. Bis zum Schluss nichts mehr von mir übrig geblieben war. Bis ich ihm am Ende alles gegeben hatte. Alles! Angefangen bei meinem Körper bis hin zu einem Versprechen. Einem Versprechen, was ich ihm hätte niemals geben dürfen. Einem Versprechen, das er sich durch einen hinterhältigen Trick von mir ergaunert hatte.

Denn dieses Versprechen war der Anfang vom Ende gewesen. Ich hatte ihm einen Schwur gegeben, einen ewigen Schwur. Ich konnte ihn nicht brechen, denn er war heilig! Also war mir nichts anderes als die Flucht übrig geblieben, nachdem ich nichts mehr gehabt hatte, worum es sich zu kämpfen lohnte. Nachdem er mir selbst meinen einzigen Lichtblick genommen hatte. Nachdem er Maria getötet hatte!

Es waren nur die Flucht oder der Tod geblieben. Doch ich hatte mich für *sie* und damit für das Leben entschieden. Ich musste leben, damit ihr Tod nicht völlig vergebens war. Das war ich ihr schuldig. So hatten wir es uns versprochen.

Also war ich gerannt und gerannt. In die tiefste Nacht und darüber hinaus immer weiter – meinem neuen Leben entgegen. War geflüchtet und hatte mich in einer Stadt versteckt, wo es doch nicht nötig gewesen wäre, sich zu verstecken. Hier fiel ich nicht auf. Flog unter dem Radar. Hier hatte ich mein zweites Ich erschaffen.

Angel. Ich war zu ihr geworden. Hatte sie belebt und damit meinen Namen und mein altes Ich begraben. Denn keiner durfte meinen Namen erfahren. Auch wenn ich hier in einem fremden Land mit anderen Sitten war, so wusste ich, dass man auch hier in den dunkelsten Ecken *seinen* Namen kannte. Abschaum zog Abschaum magisch an. Sie fanden sich immer wieder. Daher hatte ich alles abgelegt, was mit meinem früheren Leben zu tun hatte. Angefangen mit meinem Nachnamen. Meinen Vornamen hätte ich zwar streng genommen nicht ändern müssen, aber es war mir sicherer vorgekommen. Ich hatte alles, wirklich alles von meinem früheren Leben vergessen und hinter mir lassen wollen. Auch wenn dies bedeutet hatte, den Namen, den mir meine Mutter gegeben hatte, ablegen zu müssen und nie wieder verwenden zu dürfen, so hatte ich es dennoch getan. Ich hatte es tun müssen, um endlich frei zu sein. Frei von ihm!

Das hatte ich zumindest gedacht. Doch auch hier in New York verfolgte er mich, ohne mich bisher wirklich gefunden zu haben. Bestimmte über mich, ohne das Wort an mich richten zu können. Lenkte mich, ohne mir Gewalt angedroht zu haben.

Ich sah in jedem Mann, in jedem Kunden und in jedem halbwegs anständigen Kerl *ihn*. Ich war machtlos dagegen. Er verfolgte mich noch immer und ließ mich noch immer nicht los. Denn er hatte meine erste Liebe geprägt und sie auch gleich wieder zerstört. Sie in ihren Grundmauern erschüttert, sodass kein einziger Stein mehr stand. Nicht einen kleinen Brocken Hoffnung auf Liebe und Glück hatte er mir gelassen.

Er hatte mich mit seiner tödlichen Liebe vergiftet. Mein Herz war erkaltet und die Eisprinzessin geboren. Ich hatte eine schützende Eismauer um mein Herz errichtet. Ließ keinen mehr an mich heran. Ließ generell nichts mehr an mich heran, was mich nur ansatzweise verletzen könnte. Daher fiel es mir leicht, meinen Beruf auszuüben. Immerhin war ich all die Jahre bei ihm auch nichts anderes gewesen als seine Hure! Also wieso nicht jetzt wenigstens gutes Geld damit verdienen?

Diese Männer konnten mich nicht mal annähernd so

sehr verletzen, wie er es getan hatte. Egal wie hart sie mich nahmen oder wie fest sie mich schlugen … Kein Stoß und kein Schlag konnten so fest und grausam wie seine sein! Denn diese Männer liebte ich nicht. Ich wünschte mir auch nicht, dass sie mich liebten. Bei ihnen flehte ich nicht stumm, während sie mich gewaltsam nahmen, dass sie doch endlich liebevoll zu mir sein sollten. Nein! All diese Männer, meine Kunden, waren mir egal! Es war mir gleich, was sie mit mir anstellten, denn ich hatte ihn überlebt! Hatte seine trügerische Liebe überlebt! Mich könnte kein Mann mehr so sehr verletzen, wie er es in all den Jahren getan hatte.

Doch ein Gutes hatte es: Er hatte mich unbewusst stärker gemacht! Er hatte mich durch eine harte Schule geschickt, ohne es überhaupt zu wissen. Nur durch seine jahrelange Grausamkeit und seine vergiftete Liebe mir gegenüber konnte ich die Scheiße, die ich in dieser Stadt erlebt hatte, überstehen, ohne noch mehr geschädigt zu werden. Konnte mit all diesen Männern, meinen Kunden, diese Art von Sex haben, weil ich wusste, dass er – und nur er – die Macht hatte, mir wirklich wehzutun.

Auch diesen schrecklichen Tag von vor knapp drei Jahren hatte ich nur überleben können, weil er mir weit Schlimmeres angetan hatte. Doch jener Tag war seltsam verlaufen. Ich hatte einen Mann kennengelernt, der anders gewesen war als andere. Er war mein Ritter gewesen, der mich selbstlos gerettet hatte. Mir sogar eine Menge Geld geschenkt hatte, ohne dass er etwas dafür verlangt hatte. Noch nie war mir so ein Mann begegnet.

Da merkte man, mit was für kranken Psychopathen ich mich sonst abgab, wenn ich einen Mann als meinen Ritter hinstellte, der ebenfalls in diese schreckliche Spelunke gekommen war, um sein primitives Verlangen zu stillen. Der nichts anderes mit einem der Mädchen vorgehabt hatte als dieser schreckliche Widerling von damals mit mir.

Und doch konnte ich ihn noch immer nicht vergessen. Nach all den Jahren suchte ich in der Menge unbewusst nach meinem Ritter. Sah mich in Bars und Kneipen unwillkürlich nach ihm um. Ich wusste nicht einmal, wieso ich den Drang verspürte, ihn wiederzusehen. Ihn zu finden. Immerhin hatte ich doch kein Interesse mehr am männlichen Geschlecht! Dennoch suchte ich ihn unterschwellig. Vielleicht wäre er ja doch anders als meine trügerische erste Liebe? Vielleicht würde er mich besser behandeln als Alexey all die Jahre? Oder vielleicht würde ich an den nächsten Alexey geraten? Ich wusste es nicht … Ich wusste nur, dass ich vor knapp vier Wochen geglaubt hatte, ihn vor mir sitzen zu haben, meinen Ritter. Als Ian bei unserem Kennenlernen dieselbe beschwichtigende Geste gemacht hatte wie er damals. Ich war mir sicher gewesen, ihn gefunden zu haben, und doch war er es nicht. Ian und mein Ritter sahen sich unglaublich ähnlich, aber sie waren nicht dieselbe Person. Das hatte ich von Anfang an gewusst.

Ian war zur Gänze anders als mein Ritter. Niemals hätte dieser arrogante, verwöhnte und aufgeblasene kleine Prinz mich damals gerettet. Ganz abgesehen davon, dass er niemals auch nur einen Fuß in diese Absteige, in der ich damals gearbeitet hatte, gesetzt hätte. Das war weit unter Ians Würde. Wie alles, was sich unter den gehobenen 100.000 bewegte. *Du arroganter … Argh!*

Allein an ihn und seine gönnerhafte Art zu denken, brachte mich zur Weißglut. Da konnte Ian noch so unverschämt attraktiv aussehen, sein Charakter war der eines aufgeblasenen und verwöhnten Prinzen. Ich hasste Männer wie ihn. Männer, die meinten, sich mit ihrem vielen Geld alles kaufen zu können, was sie wollten. Das Elend und die Armut der Leute auszunutzen, um ihren Willen zu bekommen. So war Ian! Durch und durch Geschäftsmann. Kaltblütig. Egoistisch und geldgeil. Etwas anderes machte ihn nicht aus, auch wenn mir bei den letzten beiden Geschäftsessen nicht entgangen war, dass Ian sich schon zwanghaft bemühte, mir zu imponieren. Ich wusste nur nicht, wieso er das tat. Für unsere Show? Damit es glaubwürdiger rüberkam? Doch er tat es eigentlich nur, wenn wir allein waren. Nur wenn seine Partner bereits gegangen waren oder wir allein in seinem Wagen hinten saßen, bemühte er sich, ein Gespräch mit mir zu beginnen.

Ian war aufmerksam und interessiert an allem, was ich sagte. Er wollte mehr über mich und meine Vergangenheit erfahren und doch drängte er mich nicht. Er lächelte sanft, wenn ich bei einem seiner Versuche, mehr herauszubekommen, verneinte. Es war eigenartig und ergab keinen Sinn, wieso er so anders war, wenn wir allein waren. Ich verstand seinen Plan dahinter einfach nicht. Und doch war ich neugierig. Ich wollte mehr wissen, wollte in Erfahrung bringen, warum Ian sich mal so, mal so benahm. Warum er binnen Sekunden zwischen dem kalten und arroganten Prinzen und dem trotteligen, fast sympathischen Kerl hin und her wechselte. War es eiskalte Berechnung? Für sein Imperium, seinen Ruf? Oder wusste Ian selbst nicht so recht, was er da tat? Brachte ich ihn ebenso aus dem Konzept wie er mich mit diesem widersprüchlichen Verhalten?

Was bezweckte er nur damit? Mit diesem trotteligen Verhalten, das so gar nicht zu ihm passen wollte? Auch dieses wusste ich nicht. Doch ich war mir sicher, dass ich es früher oder später noch herausfinden würde. Ob ich wollte oder nicht. Es standen schließlich noch mindestens fünf Essen an und so wie Ian in der Klatschpresse gefeiert wurde, könnte es sogar sein, dass er mich noch länger brauchte. *Gott steh mir bei!*

Ians Plan schien voll und ganz aufzugehen. Mit mir an seiner Seite schien er die vielen Negativschlagzeilen der vergangenen Jahre ausbügeln zu können. Sie schrieben sogar etwas von einer neuen Manhattaner Lovestory. Die hatten sie doch nicht mehr alle! Wie kamen sie auf diesen Bullshit?! Aber gut, wenn es ihm half und er das bekam, was er wollte, sollte es mich doch eigentlich nicht stören. Schließlich bedeutete das mehr Geld für mich und dass ich meine Schulden schneller abbezahlen könnte. Dafür war Ians Auftrag gut, denn bei den beiden anderen Essen hatte ich sein großzügiges Trinkgeld sehr wohl angenommen. Nur ließ ich weiterhin die vielen teuren und schönen Kleider, Schuhe und Taschen im Hotelzimmer zurück. Ian bat mich vermehrt darum, sie mitzunehmen, doch ich hörte nicht auf ihn. Ich wollte nach wie vor nichts von ihm in meiner Wohnung haben!

Auch nahm ich noch immer nicht sein Angebot an, mich von James nach Hause fahren zu lassen. Aus ganz einfach Gründen:

Erstens wollte ich nicht, dass er wusste, wo und wie ich wohnte. Denn ich hatte nun herausgefunden, dass Ian im traumhaften One57 lebte. Es war ein heimlicher Wunsch von mir, einmal meine geliebte Skyline von New York von dort oben erwachen zu sehen.

Und zweitens konnte ich mich noch immer nicht in dieser Protzkarre in meiner Gegend blicken lassen. Doch Ian wollte das einfach nicht verstehen. Ihm fehlte, was das betraf, wirklich der Weitblick. Obwohl Ian nicht dumm war, im Gegenteil. Ian war ein unglaublich intelligenter und gebildeter Mann. Das hatte ich beim letzten Essen bemerkt, denn er hatte mehrere Auszüge aus verschiedenen Gedichten und Geschichten der unterschiedlichsten Epochen zitiert. Ich war fast schon begeistert, wenn ich nicht wüsste, dass das alles nur der Show diente. Alles, was dieser Mann tat, sagte oder dachte, galt seiner Sache. Auch wenn ich immer wieder einen kleinen Kern Gutes in ihm durchblitzen sah. Immer wenn er versuchte, mir zu gefallen, sah ich ihn. Aber

Ian machte bei seinen Avancen so ziemlich alles falsch, was man nur falsch machen konnte. Denn statt mir mit seinem Reichtum zu imponieren, könnte er mir auch seine Schwächen zeigen. Oder einfach seine Menschlichkeit.

Aber ich hatte ja so oder so kein Interesse an ihm. Ian war mir einfach zu geleckt. Zu perfekt. Ein Gelwichser, wie er im Buche stand.

Alles in seinem Leben hatte seinen Platz und durfte nicht aus der Bahn geraten. Auch sein ewig perfektes Aussehen mit seinen auf den Leib geschneiderten Maßanzügen. Von seinen übertrieben teuren Uhren wollte ich gar nicht erst anfangen. Seine ganze Sammlung könnte halb Afrika ernähren, da war ich mir sicher! Dann noch seine schwarzen Haare, die immer akkurat zurechtgemacht waren. Konnte dieser Mann nicht auch mal echt sein?! Musste er sich immer hinter seinem Ansehen und dem vielen Geld verstecken? Oder war da nicht mehr? Gab es nur diesen Ian?

Was mache ich mir überhaupt darüber Gedanken?

Er war ein schrecklich arroganter Mensch, den ich genau richtig einschätzte! Hinter Ians gelecktem Aussehen gab es nichts weiter zu erfahren. In ihm schlummerte kein anderer Mann. Über ihn gab es nicht mehr zu wissen, was ich nicht bereits schon wusste. Nein! Ian Davis war genau der Mann, den er mir zeigte. Nicht mehr und nicht weniger. Keine mysteriösen Geheimnisse oder seelischen Verletzungen. Ian war als verwöhnter Prinz in einer behüteten Familie aufgewachsen und würde auch ein solcher bleiben. Kein Drama. Kein Schmerz. Keine Gewalt oder körperliche Züchtigung, wenn man mal nicht spurte. Da war ich mir sicher! Und ich lag mit meiner Menschenkenntnis eigentlich nie daneben.

Kapitel 13

Angel

Es klingelte an meiner Wohnungstür, doch ich wusste, dass es Miguel war, der mich für mein nächstes Essen mit Ian abholen und wie jedes Mal ins Plaza begleiten wollte. Schnell öffnete ich ihm.

»Angel-Schatz, na endlich. Ich warte hier schon eine gefühlte Ewigkeit«, begrüßte er mich mal wieder theatralisch, eben typisch Miguel. Ich umarmte ihn schmunzelnd und drückte ihm einen Kuss auf die Wange. Er lachte lebensfroh auf.

»Wofür war der denn, Darling? Und was strahlst du so? Freust du dich so sehr darauf, deinen heißen Prinzen wiederzusehen? Ich kann es dir nicht verdenken, Angel-Schatz. Die Bilder in den Klatschblättern waren mal wieder extrem heiß von ihm«, plapperte mein bester Freund quirlig drauflos und fächerte sich gespielt Luft zu. Ich lachte auf. Was Miguel wieder dachte. Durfte man denn nicht einfach mal gute Laune haben, ohne dass gleich ein gewisser verwöhnter Prinz dafür verantwortlich gemacht wurde?!

Miguel schwärmte und schwärmte immer weiter über Ian. Er hatte sich sogar eines von diesen Klatschmagazinen gekauft. Ich konnte darüber nur tadelnd den Kopf schütteln. Ich brauchte den Scheiß darin gar nicht zu lesen, wusste schließlich, wie es wirklich war, und daran war überhaupt nichts lovestorymäßig. Aber gut, solch eine Geschichte verkaufte sich nun mal besser als die Wahrheit. Hunderte Filme dieser Art hatten bewiesen, dass die Leute genau so etwas sehen wollten. Oder dachten wir doch alle mal an die traumhafte Lovestory von Prinz Harry und seiner bürgerlichen Meghan mit teilweise afroamerikanischen Wurzeln zurück?! Die Welt hatte vor dem Fernseher gejubelt und geheult, als sich die beiden feierlich das Jawort gegeben hatten.

Miguel hatte mich damals sogar dazu gezwungen, es mit ihm zu schauen. Aber so schlimm war es dann doch nicht gewesen. Die beiden schienen sich wirklich aufrichtig zu lieben. Nur weil ich solch schlechte Erfahrungen mit der Liebe gemacht hatte, bedeutete das ja nicht, dass jedem ein solches Schicksal widerfahren müsste. Manche hatte eben auch Glück. Wie die liebe Meghan mit ihrem Prinzen. Dieser Prinz war sicher nicht so, wie der, den ich an der Backe hatte. Aber selbst wenn, sollte das nicht meine Sorge sein, schließlich hatte ich schon genügend davon.

»Hast du dir das eigentlich mal durchgelesen?«

»Warum sollte ich? Ich weiß doch, wie es wirklich ist. Und du eigentlich auch. Deshalb versteh ich nicht, wieso du dir diesen Blödsinn überhaupt kaufst, geschweige denn liest?« Ich sah ihn zweifelnd an.

»Lies es«, forderte mich Miguel ungewohnt streng auf. Ich nahm ihm die Zeitschrift, die er mir entgegenhielt, ab und blätterte zu Ians Artikel. Ich verstand nicht ganz, warum Miguel jetzt so einen Aufstand machte, aber wenn es ihm so wichtig war …

Ich begann zu lesen und konnte nicht glauben, was dort geschrieben stand. Ian hatte ein Interview gegeben. Er redete zu Anfang über seine vielen vergangenen Negativschlagzeilen und die zahlreichen Frauengeschichten. Er meinte, er sei eben noch jung und dumm gewesen und hätte die richtige Frau noch nicht gefunden. Die Reporterin hakte bei ihm nach, ob denn die mysteriöse Frau an seiner Seite nun die Richtige sei.

Sie schrieben, dass Ian bei dieser Frage schüchtern

gelächelt hätte, bevor er geantwortet hatte. *Du und schüchtern lächeln?! Wer's glaubt!*

Seine Antwort überraschte mich dann jedoch:

»Ganz ehrlich? Ich weiß nicht, ob sie die Richtige ist. Wir kennen uns ja noch nicht einmal besonders lange. Wissen im Grunde nichts über den anderen, außer das, was wir ihm anvertrauen. Leider ist sie im Anvertrauen nicht so gut«, gesteht Ian im verschwörerischen Tonfall und zwinkert der Reporterin frech zu.

Ian weiter: »Nein, Spaß beiseite. Ich kann diese Frage leider nicht so beantworten, wie es deine Leser gerne hören würden.«

»Warum nicht?«, hakt die Reporterin erneut nach.

Ian: »Ich weiß nicht. Ich war noch nie verliebt. Also kann ich dazu nicht viel sagen. Ich weiß nur, dass es sehr schön ist, Zeit mit ihr zu verbringen. Sie lachen zu hören. Oder einfach nur ihrer schönen und klaren Stimme zu lauschen. Mehr kann ich dazu leider nicht sagen.«

Die Reporterin lacht:

»Das hört sich aber stark nach Verliebtsein an, Ian.«

Ian: »O je. Na, ein Glück, dass ich sicher weiß, dass sie das hier niemals lesen wird. Sonst würde ich mich jetzt in Grund und Boden schämen.«

»Warum bist du dir so sicher, dass deine Auserwählte das hier nicht lesen wird? Meinst du nicht, dass sie sich freuen würde, das zu lesen?«, fragt die Reporterin.

Ian: »Na, weil das nicht ihre Art von Leselektüre ist, ganz einfach. Sie ist anders als jede Frau, die ich bis dato kennenlernen durfte. Sie interessiert sich nicht für all den Chichi und das Blingbling. Glaub mir, ich musste es schmerzlich erfahren. Generell ist es sehr schwer, ihr eine Freude zu machen. Ob sie sich über meine aufrichtigen Worte hier freuen würde, weiß ich ehrlich gesagt nicht. Ich denke, so weit ist sie noch nicht, aber das ist okay.«

Ich sah entgeistert zu Miguel, der mich aufmerksam gemustert hatte. Ich wusste ehrlich nicht, was ich dazu sagen sollte. *Das kannst du unmöglich alles ernst gemeint haben, Ian!*

»So ein Bullshit!«, maulte ich dann und pfefferte die Zeitschrift auf die Couch neben mich, auf der Miguel und ich saßen.

»Glaubst du ihm etwa nicht? Meinst du, er hat das nur gesagt, um sein Image aufzubessern? Alles?«, hakte Miguel nach. Ich verschränkte wütend die Arme vor meiner Brust und nickte zustimmend.

»Also bitte … du etwa nicht?! Als hätte sich Ian in mich verliebt?! In MICH? In seine Hure, die er beauftragt hat, dass er neben ihr in ein besseres Licht gerückt wird. Ganz sicher!« Ich schäumte vor Wut. Was sollte dieser Scheiß? Was hatte sich Ian dabei gedacht? Ach, er hatte einfach gar nicht gedacht. Und wie er gesagt hatte, hatte er sicher geglaubt, dass ich es nie lesen würde, daher konnte er auch solch einen Bullshit verzapfen, weil ich es ja nie erfahren würde. *Du Penner!*

»Angel-Schatz, warum denn nicht? Hatte er nicht die Idee mit deinem Namen aus Pretty Woman? Da sieht man doch, dass er eine romantische Seite an sich hat, oder nicht? Warum lässt du dich nicht einfach darauf ein?« Ich zog bei Miguels Worten die Brauen zusammen. Ian und eine romantische Seite? Das war genauso unrealistisch wie der Gedanke, dass eine Hure ihr Happy End bekam! Und da das hier kein Film, sondern das echte Leben war, ergab hiervon nichts Sinn!

Ich schüttelte tadelnd den Kopf. Doch ich hatte jetzt keine Lust mehr, mit meinem besten Freund das 'Was-wäre-wenn-Spielchen' zu spielen, ich musste mich langsam auf den Weg ins Plaza machen.

»Wie du meinst. Ich werde es ja so oder so nicht erfahren.

Also von daher … und jetzt komm, ich muss los.« Ich erhob mich und schnappte mir meine kleine Tasche mit meinen wichtigsten Sachen darin.

Miguel tat es mir gleich, doch seine Miene sprach Bände. Für ihn war die Sache hier noch lange nicht erledigt. Ich schnaufte frustriert auf, als er erneut zum Sprechen ansetzte.

»Aber du könntest ihn doch einfach danach fragen. Ich wette, es war alles ernstgemeint. Ach, wäre das nicht romantisch, Darling? Du und ein gutaussehender Prinz?« Ich verdrehte genervt die Augen, sagte aber nichts mehr dazu.

Wir verließen beide meine Wohnung und machten uns auf den Weg zur nächsten Subway-Station. Miguel kaute mir die gesamte Fahrt ein Ohr darüber ab, wie toll es doch wäre, wenn ich mit Ian mein Happy End bekäme. Ich ließ ihn einfach reden. Es brachte ja doch nichts, mit ihm darüber zu streiten. Miguel hatte sich jetzt nun mal in den Kopf gesetzt, dass Ian in seinem Artikel nicht gelogen hatte, Ende der Geschichte.

Ich und meine – laut Miguel – Anti-Liebe-Einstellung hatten hier nichts mehr zu sagen. Also schwieg ich.

Am Plaza angekommen überredete mich Miguel noch, ihn mit nach oben zu nehmen. Er wollte einmal sehen, wie das Plaza von innen aussah, und natürlich mein heutiges Outfit begutachten. Miguel meinte, nach diesem Artikel wäre es sicher etwas ganz Besonderes.

Ich stimmte alldem widerwillig zu, aber auch nur, weil wir eigentlich zu früh waren und ich dadurch keine Zeit verlieren würde. Ich könnte mich noch in Ruhe duschen, zurechtmachen und mein heutiges Outfit anziehen.

Miguel machte Luftsprünge und hüpfte fröhlich auf den Eingang zu. »Miguel! Benimm dich jetzt bitte!«, mahnte ich ihn streng, dann gingen wir hinein. Er zwang sich zu einem tadellosen Benehmen, na ja, zumindest, bis wir im Aufzug angekommen waren. Denn sobald die Türen sich schlossen und wir wieder allein waren, quiekte er erneut fröhlich drauflos.

»Ach, Darling, das ist ja alles so aufregend!« Ich musste über seine Euphorie schmunzeln. Mir war es am ersten Abend ja auch nicht anders gegangen. Ich hatte mich auf meine Art und Weise ebenso gefreut wie er jetzt.

»Was er dir wohl heute zum Anziehen mitgebracht hat?«, überlegte Miguel laut. Ich hatte immer ein Foto für Miguel gemacht. Er bestand darauf, jedes meiner von Ian ausgewählten Outfits zu sehen. Mein bester Freund liebte Mode und kannte sich auch ziemlich gut aus. Er wusste auf den ersten Blick, von welcher Marke ein Kleid war, die die Stars auf den roten Teppichen immer trugen, und den ungefähren Preis.

Wir gingen den langen Gang des edlen Hotels entlang. Ich hatte mich schon an seinen Anblick gewöhnt, Miguel hingegen bekam den Mund vor lauter Staunen gar nicht mehr zu. Schon seltsam, wie verschieden Leben doch sein konnten. Wir, mein Freund und ich, lebten das 'normale' Leben, mussten Miete bezahlen, Essen kaufen, Wäsche waschen und einfach überleben. Ian dagegen lebte ein Leben im größten Luxus, er konnte sich alles leisten, was er sich wünschte, und sicherlich noch mehr. Na ja, aber so war das Leben nun mal, die einen gewannen, die anderen verloren.

Wir kamen vor der schicken, dunkeln Holztür zum Stehen. Dieses war Ians Zimmer. Es war immer dasselbe. Ich öffnete es mit der Schlüsselkarte, dann traten wir ein. Miguel drängte sich gleich an mir vorbei und riss erstaunt den Mund auf, als er das herrschaftliche und geschmackvoll eingerichtete, große Zimmer sah.

»Wow, Angel, das ist ja traumhaft schön!«, schwärmte Miguel begeistert. Ich nickte schmunzelnd. Er hüpfte vergnügt durch das Zimmer und betrachtete alles ganz genau. Von dem gigantischen Kingsize-Bett über die niedlichen

Nachttische bis hin zum edlen Eichenholz-Schreibtisch. Ich hingegen verzog fragend meine Brauen.

»Wo ist denn mein Outfit?«, dachte ich laut. Miguel hielt in seiner Entdeckungstour inne und musterte mich fragend.

»Wo ist es denn sonst immer? Nicht im Schrank?« Er eilte zu diesem und öffnete ihn. Doch er war leer. Ich schüttelte verwirrt den Kopf.

»Nein, es lag immer alles auf dem Bett und im Bad standen immer Make-up und Haarzeug. Komisch!« Ich wunderte mich tatsächlich sehr darüber.

Bin ich beim letzten Mal zu streng mit dir gewesen, Ian? Willst du nicht mehr mit mir zusammenarbeiten?!

»Na, dann lass uns doch einfach mal ins Bad gehen und dort nachsehen? Ja?«, versuchte mich Miguel aufzuheitern. Ich nickte und ging vor, um ihm zu zeigen, wo sich das Badezimmer befand. Die Tür war heute geschlossen. Im ersten Moment kam es mir komisch vor, aber ich war zu durcheinander, um wirklich darauf zu achten. Grübelnd drückte ich die Klinke herunter und ging hinein. Den heißen Wasserdampf, der überall in der Luft hing, bemerkte ich zu spät. Ich war zu sehr in meinen Gedanken versunken gewesen, um rechtzeitig und angemessen reagieren zu können. Denn plötzlich stand ich mitten im Badezimmer und starrte wie hypnotisiert auf den viel zu nackten und zu meiner größten Überraschung völlig tätowierten Männerkörper in der Dusche. *Shit!*

Ian stand in der verglasten Dusche mit dem Rücken zu uns. Das Wasser rann seinen breiten Rücken hinab und umspielte seine Tätowierungen. Es waren unzählige kleine und größere Symbole und Bilder. Ich konnte sie auf die Entfernung und den ersten Blick nicht ausmachen, sah nur, dass es sehr viele verschiedene waren.

Meine Augen glitten neugierig über seine Gestalt. Als ich gerade dabei war, seinen knackigen Hintern zu begutachten, drehte er sich plötzlich um. Ich wusste nicht, ob Ian uns vorher bemerkt hatte, wenn nicht, ließ er es sich nicht anmerken. Intensiv musterte er mich mit seinen dunklen Augen. Mein Blick huschte über seinen definierten Oberkörper. *Wie kann ein Mann so viele Muskeln besitzen, ohne dass es überladen wirkt?!*

An seinen ausgeprägten Bauchmuskeln angekommen konnte ich mir einen kleinen Blick auf sein bestes Stück nicht verkneifen. *Wahnsinn!*

Als Ian jedoch das Wasser abstellte, kam ich zu mir. Ich war wieder Herr meiner Sinne. Meine Augen glitten zurück in sein Gesicht, überflogen noch einmal seine vielen schwarzen Symbole und Bilder, die seine ausgeprägten Muskeln perfekt in Szene setzten.

Ich wandte mich schnell ab und legte schützend und sowas von peinlich berührt eine Hand auf meine Augen.

»En– …. Entschuldige!«, stotterte ich. Dann packte ich Miguel an der Hand und eilte mit ihm nach draußen. Mein bester Freund hatte Ian natürlich schamlos angegafft. Gut, ich war auch nicht besser gewesen, aber dieses Bild, das sich mir eben geboten hatte, verwirrte mich noch immer. Nicht nur, dass Ian nackt noch besser aussah als angezogen. Nein! Ich hätte nie vermutet, dass sich über seinen gesamten Oberkörper Tätowierungen zogen. Überall dort, wo ein Hemd es zu verstecken wusste, zierte Tinte seine Haut. Ich war ehrlich erstaunt. Ich hatte gerade einen anderen Ian kennengelernt, wo ich doch dachte, es gäbe über ihn nichts mehr zu wissen oder zu erfahren. Da hatte ich mich wohl gewaltig getäuscht.

»Wow, Angel! Der ist ja mal lecker! Noch besser als auf den Bildern in der Presse. Und diese Tattoos erst!« Miguel hechelte beinah.

»Du sabberst ja schon!«, verspottete ich ihn flüsternd. Ich wollte nicht, dass Ian uns hörte. Zumal er mir sicher gleich eine Predigt halten würde, da ich jemanden mitgebracht und damit eigentlich gegen unsere Abmachung verstoßen hatte.

Ich drehte mich schnell zu Miguel um und zog ihn weg von der Tür.

»Miguel, du musst jetzt gehen! Du darfst nicht mal hier sein! Er wird sicher gleich toben vor Wut, dass ich dich eingeweiht und dann auch noch mitgebracht habe!« Miguel zog eine Schnute.

»Aber Angel-Schatz, das kannst du mir doch nicht antun! Ich muss doch die Gelegenheit nutzen und ihn kennenlernen!«, beschwerte er sich lautstark.

»Sssscht!«, mahnte ich ihn streng.

Doch plötzlich ging die Tür zum Badezimmer erneut auf. Ich kniff die Augen zusammen und holte zur Stärkung tief Luft, dann drehte ich mich in seine Richtung. Ian sah auf den ersten Blick nicht besonders happy aus. Seine Mimik war eher ausdruckslos. Seine Körperhaltung angespannt. Und verdammt! Konnte er sich nicht endlich etwas anziehen? Er stand nur mit einem Handtuch um die Hüften geschlungen vor uns. Ich beäugte den Knoten skeptisch, denn er sah mir nicht gerade vertrauenswürdig aus, nicht dass Ian erneut nackt vor uns stehen würde! *Obwohl?!*

Ihm liefen noch immer vereinzelte Wassertropfen seinen Oberkörper hinab. Ich verfolgte diese unwillkürlich auf ihrem Weg nach unten. Mich selbst mahnend schüttelte ich den Kopf, um wieder klar denken zu können. Ich hatte durch meinen Beruf ja schon einige attraktive und überaus heiße Männer gesehen, aber dieses besondere Exemplar hier vor mir übertraf sie alle!

Ich machte mir sonst eigentlich nichts aus ihren vielen Muskeln. Klar, schön anzusehen waren sie immer, aber sie gaben mir nichts, hatte ich zumindest bis gerade eben gedacht!

Ian hatte eine Statur wie Hercules und Adonis zusammen und doch war es nicht zu aufdringlich. Alles schien perfekt abgestimmt zu sein.

Ich riss erneut meinen Blick von den vielen Symbolen weg und sah ihm direkt in seine schwarzen Augen. Sie verdunkelten sich noch etwas mehr, wohl, weil ich noch immer nichts gesagt hatte.

»Entschuldige! Wir sind auch gleich wieder weg!«

»Wir?«, fragte Ian. Der tiefe und unheilvolle Klang seiner Stimme ging mir sofort durch Mark und Bein. Ich verzog fragend die Brauen. Ich war mir sicher gewesen, Ian würde mich hiermit feuern. Zumal kein Outfit für mich vorbereitet war.

Plötzlich trat Miguel an meine Seite. Ich wollte ihn noch zurückhalten, doch das wäre so ausweglos gewesen wie der Versuch, die Luft mit bloßen Händen fangen zu wollen.

»Ich muss mich entschuldigen, Schätzchen! Ich habe Angel quasi dazu gezwungen, mich mitzunehmen. Sei ihr nicht böse, ja?!« *Das hast du jetzt nicht gesagt, oder?!*

Ich schlug mir bei Miguels Worten imaginär gegen die Stirn. Sehr fest und sehr oft.

»Aha. Und du bist wer?«, fragte Ian beinah belustigt. Ich wunderte mich über seine Stimmung. Ich hätte gedacht, er wäre kurz vorm Platzen, doch nun kam mir Ian eher amüsiert vor.

»Ich bin Angel's bester Freund … und es kränkt mich jetzt schon ein bisschen, dass du nichts über mich weißt!« Miguel warf mir einen bitterbösen Blick zu. Ian schnaubte, dann sah er an Miguel vorbei direkt in meine Augen. Sein Blick war so intensiv, dass ich ihm nicht lange standhielt und beschämt wegsah.

»Ehm, also wir gehen dann mal. Und sorry fürs Spannen!« Ich grinste gezwungen. Ich wollte Miguel erneut an der Hand packen und mit mir schleifen. Wollte einfach nur raus aus dieser superpeinlichen Situation. Weg von diesen dunklen und unheilvollen Augen, die mich bis in meine Tiefe zu ergründen versuchten. Doch da setzte Ian schon zum Sprechen an und hielt mich mit seiner rauen Stimme zurück.

»Ich denke nicht, dass du jetzt gehst!«, raunte er, ohne den amüsierten Zug um seine Lippen zu verlieren.

»Nein?!«, fragte ich perplex und versuchte, mich ausschließlich auf sein Gesicht zu konzentrieren, was leichter gesagt als getan war.

Ian schüttelte den Kopf. Seine nassen, schwarzen Haare fielen ihm dabei wild in die Stirn. Irgendwie gefiel mir dieser Ian viel besser als der ewig geleckte und perfekte Ian. *Schluss jetzt! Du bist immer noch ein Kerl und immer noch mein Kunde! Ich muss mich zusammenreißen! Die Eisprinzessin lässt keinen an sich heran!*

»Na, dann werd ich mal gehen und euch zwei Hübschen allein lassen. War schön, dich kennengelernt zu haben, Ian«, zwitscherte Miguel. Ian nickte ihm nur knapp zu.

»Angel bringt mich nur noch schnell zur Tür!« Mit diesen Worten zog mich Miguel eilig mit sich. Ich sah noch einmal entschuldigend zu Ian. Dieser lächelte mir jedoch bloß hinterher.

»Red mit ihm über den Artikel! Und hör endlich auf, die Eisprinzessin zu spielen! Das steht dir nicht! Ach, und genieß noch etwas sein heißes Aussehen, ja?!« Miguel sprach auf Spanisch, damit Ian uns nicht verstand. Eigentlich keine schlechte Idee. Ich wäre nicht draufgekommen. Mein Hirn war, seitdem ich Ian nackt gesehen hatte, wie leergefegt.

»Ich werd ganz sicher nicht mit ihm über sein Beinah-Liebesgeständnis in dieser dämlichen Zeitschrift reden. Vor allem nicht, wo ich ihn gerade nackt gesehen habe! Du spinnst doch! Und jetzt geh!« Ich blickte kurz über die Schulter, doch Ian hatte sich schon von uns abgewandt und tippte irgendetwas auf seinem Handy herum.

Noch immer sprachen wir spanisch miteinander.

»Feigling!«, verspottete mich Miguel, dann gab er mir noch einen Kuss auf die Wange und verließ endlich das Zimmer. Ich schloss schnell die Tür, atmete einmal tief durch und drehte mich wieder zu ihm herum. Ian stand wieder an derselben Stelle, an der wir ihn zurückgelassen hatten. Als hätte er gewusst, wann das Gespräch beendet war.

Ich trat unsicher an ihn heran und versuchte, seine interessanten und mich lockenden Tätowierungen zu ignorieren. Ich stand einfach auf die Tintenmalereien, dagegen konnte ich nichts machen. Doch ich blickte ihm tapfer nur ins Gesicht. Ich konnte jedoch nichts in seiner Miene lesen und wusste nicht, ob er verärgert war.

»Ian, es tut mir leid. Ich hätte Miguel nicht mitnehmen dürfen! Ich kann verstehen, wenn du mir den Auftrag jetzt entziehen willst. Falls du es nicht schon getan hast.« Er verzog fragend seine schwarzen Brauen.

»Wieso sollte ich es denn schon getan haben? Sonst wäre ich doch nicht hier, oder?« Jetzt war ich es, die ihre Augenbrauen fragend zusammenzog. Ein feines Lächeln stahl sich auf seine sinnlichen Lippen.

»Ich dachte, weil du nichts für mich vorbereitet hast, willst du nicht mehr, dass ich dich begleite.« Ian stutzte, dann erhellte sich seine Mimik wieder und er begann leise zu lachen. Ich mochte es, wenn er lachte. Es stand ihm besser als diese strenge und ernste Maske.

»Ah, jetzt verstehe ich. Deshalb seid ihr auch wie selbstverständlich ins Badezimmer reinmarschiert. Du hast das Ankleidezimmer noch nicht entdeckt, kann das sein?« Ich war mir sicher, bei der Erwähnung der Badezimmer-Szene rot anzulaufen. Ich? Ich und rot anlaufen? *Was zum Teufel ist nur los mit mir?! Ich bin noch nie besonders schüchtern gewesen. Warum stelle ich mich dann jetzt so an?!*

Ians Grinsen weitete sich, dann nickte er neben mich. Da war tatsächlich eine Tür, die ich noch nicht bemerkt hatte. Ich ging auf sie zu und öffnete sie. Ich staunte nicht schlecht, als ich die Ausstattung sah. Hier hingen alle Kleider und Accessoires der letzten Abende, plus das komplette heutige Outfit. Auch prangte dort einer seiner Maßanzüge. Hätte ich dieses Zimmer früher entdeckt, wäre mir einiges an Ärger, aber vor allem an Unannehmlichkeiten erspart geblieben. Ich schloss peinlich berührt die Augen, ehe ich mich kurze Zeit später wieder zu ihm umdrehte. Ian war etwas dichter an mich herangetreten. Seine dunklen Augen durchbohrten mich fast, so intensiv war sein Blick. Erneut konnte ich ihm nicht lange standhalten und wich ihm aus. Ich räusperte mich, um den Kloß in meinem Hals zu vertreiben.

»Ehm, also was machst du eigentlich hier?«

Ian lächelte mich weiterhin an. Dann kam er auf mich zu. Ich verkrampfte mich, als er nähertrat.

»Ich hatte heute ein Meeting hier. Da erschien es mir praktischer, gleich hierzubleiben.«

»Und der Anzug?«, fragte ich skeptisch. Ian lächelte mir anerkennend zu.

»Der hängt hier schon seit dem ersten Abend. Aber da du das Zimmer nie entdeckt hast …« Er zuckte breit grinsend mit den Achseln.

»Das heißt, du hast dieses Zimmer hier dauerhaft belegt? Bis unsere Vereinbarung nicht mehr ist? Was das kosten muss?!« Ich war ehrlich fassungslos! Ian lachte einmal herzlich auf, legte den Kopf leicht schief und kratzte sich verlegen am Hinterkopf. Seine starken Arme kamen bei dieser Pose besonders gut zur Geltung.

»Darüber habe ich mir ehrlich gesagt noch keine Gedanken gemacht«, gab er entschuldigend zurück.

Du musst dir diese Gedanken auch nicht machen … so als MILLIARDÄR!, dachte ich bitter.

Er musterte mich einen langen Moment stillschweigend, dann trat er unerwartet zur Seite.

»Ich wollte dich nicht abhalten. Bitte, lass dich von mir nicht stören und mach dich zurecht, so wie sonst auch immer.« Er machte eine einladende Handbewegung in Richtung Badezimmer. Doch ich konnte noch nicht auf sein Gesagtes reagieren. *Du bist nicht sauer auf mich?*

»Du willst also, dass ich weiterhin für dich arbeite?«, beschloss ich daher, meine Frage laut zu stellen. Ian sah mich irritiert an und nickte schließlich.

»Ja! Warum denn nicht? Weil du es deinem besten Freund verraten hast? Mir war durchaus bewusst, dass du dir eine vertrauenswürdige Person aussuchen würdest, mit der du über unsere Treffen sprechen möchtest. Zumal ich es dir auch nicht gerade leicht mache, habe ich recht?« Er zwinkerte mir bei seinen letzten Worten frech zu und wandte sich von mir ab. Ich blieb noch einen Moment unschlüssig stehen, beschloss dann aber doch, ihm schnell zu folgen.

Ich verabschiedete mich ins Badezimmer und verschloss hinter mir die Tür. Immerhin wollte ich ihm jetzt nicht gerade die Chance für eine Revanche geben. Ich nahm eine Blitzdusche, plante, nicht länger als nötig hier drinnen zu verweilen. Nackt!

Danach trocknete ich mich grob ab, legte mir einen der kuscheligen Bademäntel um und trat an die Tür. Ich hielt dort noch einen langen Augenblick verunsichert inne, wusste nicht ganz, wie ich jetzt mit Ian umgehen sollte. Die Sache war mir immer noch schrecklich peinlich. Ich wusste selbst nicht, warum ich mich bei Ian so anstellte? Schließlich hatte ich schon unzählige nackte Körper gesehen und gespürt. Das war mein Job! Also was zierte ich mich gerade bei ihm so? Er war ein Kunde wie jeder andere auch! *Oder etwa nicht?!* …

Doch! Ian Davis war ein Kunde wie alle anderen vor ihm

und wie die, die noch nach ihm kommen würden. Ich nickte mir zur Bestätigung selbst einmal zu, trat hinaus und ging schnurstracks ins Ankleidezimmer. Doch ich bereute mein Handeln in der Sekunde, als ich über die Schwelle schritt. Wieder einmal blickte ich auf einen überaus attraktiven und tätowierten wie nackten Ian! *Verflucht!*

Abermals legte ich schützend eine Hand auf meine Augen und wandte mich ab.

»Sorry! Schon wieder!« Das Letzte presste ich zwischen zusammengebissenen Zähnen hervor! Das konnte doch alles nur ein schlechter Scherz sein! Ich wandte ihm den Rücken zu und wartete darauf, dass er sich in Gottes Namen irgendetwas über seine imposante Männlichkeit ziehen würde.

»Wird das jetzt unser Ding?«, sprach er belustigt in meinen Rücken.

»Also nicht, dass es mich stören würde, aber dann finde ich, solltest du bei nächster Gelegenheit nachziehen. Du weißt schon, damit es fair bleibt.« *Machst du dich etwa gerade über mich lustig?*

»Sorry, kein Interesse und auch nicht Teil unserer Abmachung.« Ian lachte als Antwort auf meine Aussage.

»Das sah gerade aber noch ganz anders aus. So, wie du mich mit deinen Augen verschlungen hast.«

»Ich habe deine Tattoos bewundert. Sonst nichts! Wenn du nicht willst, dass man sie angafft, dann stich sie dir nicht«, gab ich schlagfertig zurück. Er schnaubte. Nach kurzer Stille blickte ich leicht über die Schulter, um zu sehen, ob er sich endlich bekleidet hatte. Ian trug jetzt tatsächlich Boxershorts und war gerade dabei, sein Hemd zuzuknöpfen. Knopf für Knopf verbarg er dadurch wieder seine geschmückte Haut vor der Außenwelt.

»Wieso weiß eigentlich niemand von deinen Tätowierungen?«, fragte ich ihn so beiläufig wie möglich. Ich nahm mir die für mich vorbereitete Unterwäsche und stellte mich hinter eine hübsche Trennwand, die praktischerweise hier im Ankleidezimmer stand.

»Was heißt hier niemand? Und wer sollte das deiner Meinung nach wissen wollen?« Es lag eine Spur Neugierde in seiner Stimme, gepaart mit leichtem Spott.

Ich schlüpfte während des Redens in die Unterwäsche.

»Dass deine vielen Frauengeschichten davon wissen, ist mir klar. Ich meinte beispielsweise die Medien … und so. Es wird doch sonst auch alles über dich, den Ladykiller und Milliardär, in der Klatschpresse breitgetreten. Mich wundert es einfach nur, dass dieses kleine Detail bis jetzt zurückgehalten wurde.« Erneut lachte Ian laut auf. Ich blickte hinter der Trennwand hervor, um ihn ansehen zu können.

»So interessant bin ich nun auch wieder nicht, dass ich wie Brad Pitt oder sonst wer rund um die Uhr abgelichtet werde. Aber gut zu wissen, dass du meine Beiträge und Artikel verfolgen zu scheinst. So wenig Interesse hat die kleine Eisprinzessin wohl doch nicht an mir, wie sie vorgibt.« Er wandte sich mir zu und zwinkerte frech. Ich schnaubte spöttisch auf und verschwand wieder hinter der Trennwand. *Wie hast du mich gerade genannt?*

Woher wusste Ian von meinem Spitznamen? Den kannten nur meine Kolleginnen und Miguel.

Ich versuchte, mir meine erneute Unsicherheit Ian gegenüber nicht anmerken zu lassen.

»Sorry, da muss ich dich enttäuschen. Nicht ich verfolge alles, was so über dich geschrieben wird, sondern mein bester Freund Miguel. Ich kann euch aber gerne verkuppeln, wenn du das möchtest?« Langsam fing mir die Sache an, Spaß zu machen, vor allem, als ich Ians eingefrorene Miene sah, als ich hinter der Trennwand hervortrat. Ich ging nur in Unterwäsche bekleidet auf ihn zu und an ihm vorbei. Immerhin musste ich mich noch schminken und zurechtmachen, die Zeit drängte langsam.

Im Augenwinkel beobachtete ich Ian dabei, wie er mich von oben bis unten musterte. Ihm schien zu gefallen, was er sah, denn er gab keine seiner üblichen schlagfertigen Antworten zurück. Ian blieb sprachlos im Ankleidezimmer zurück, als ich mit überschwänglichem Hüftschwung ins Badezimmer schlenderte. *Wenn du Adonis meinst, nur du kannst mich aus dem Konzept bringen, dann hast du dich geschnitten.*

Ich wusste um meinen Körper und seine Wirkung auf Männer. Sie waren doch alle gleich. Kaum kam eine halbwegs attraktive Frau um die Ecke, die ihre Reize einzusetzen wusste, dachten sie nicht länger mit ihrem Gehirn.

Ich ließ mich auf dem Hocker vor dem Schminktisch in dem geräumigen Badezimmer nieder und begann mir wie bei jedem unserer Treffen mein leichtes Make-up und Puder aufzulegen.

»Du weißt also von meinem Interview in diesem Klatschmagazin?« Ian lehnte mit vor der Brust verschränkten Armen im Türrahmen und blickte mir über den Spiegel entgegen. Ich ließ den Pinsel sinken und sah ihn ebenfalls durch den Spiegel an. Ich versuchte, nicht zu sehr auf sein in dieser Pose ausgeprägtes Muskelspiel an seinen starken Armen zu achten. Daher zuckte ich unbeteiligt mit den Achseln.

»Ja, ist doch nichts dabei. Du hast eine gute Show abgeliefert. Die Leute haben deine Geschichte super gefressen.« Ian sah mich im ersten Moment erstaunt an, doch plötzlich wandelte sich seine Miene. Die altbekannte Strenge legte sich zurück auf seine Gesichtszüge. Dann nickte er schließlich knapp, stieß sich grob vom Türrahmen ab und verließ kommentarlos das Badezimmer. Ich sah noch einige Sekunden lang zu der Stelle, wo er gerade noch gestanden hatte. *Was ist mit dir?*

Doch ich hatte jetzt keine Zeit, mich darum zu kümmern. Ich musste mich fertig machen, damit wir pünktlich zu seinem Geschäftsessen kamen.

Heute schminkte ich mich etwas natürlicher und legte nur dezent Wimperntusche, Lidschatten und einen natürlichen Lippenstift auf. Ich hatte ehrlich keine Geduld, mich großartig zu schminken. Auch meine Haare steckte ich lediglich zum Teil locker mit einer wunderschönen Klammer zusammen. Sie glitzerte und funkelte nur so in meinen Haaren am Hinterkopf. Sie sah wirklich sehr hübsch aus.

Zufrieden mit meinem doch sehr natürlichen Werk ging ich zurück ins Zimmer. Ian stand am Fenster und blickte hinaus. Er wirkte sehr gedankenverloren. Ich beschloss, ihn nicht weiter zu stören und mir mein heutiges Outfit anzuziehen, und betrachtete mich schließlich im Spiegel, als ich es angezogen hatte.

Es war ein traumhaft schönes goldfarbenes Abendkleid. Am Oberkörper war es enganliegend und mit kleinen Glitzersteinen und Stickereien verziert. Diese liefen dann in einem breiten Tüllrock langsam aus. Die Betonung bei diesem Kleid lag ganz klar auf meinem Ausschnitt, denn meine Brüste wurden stark nach oben gedrückt. Gut, dann musste dafür mein Verhalten heute eher zurückhaltender sein, sonst könnte es in Verbindung mit diesem Kleid brenzlich werden. Und da Ians Plan langsam aufzugehen schien, wollte ich nichts riskieren, indem ich mich zu aufreizend gab.

Oder vielleicht sollte ich Ian bitten, ein anderes Kleid von den Abenden zuvor tragen zu dürfen? Eines, das weniger zeigte und damit weniger auffällig war? Sicherer wäre es bestimmt. Ich drehte mich schnell um, damit ich Ian meine Idee unterbreiten konnte, doch ich kam nicht weit. Noch in meiner Drehung stieß ich gegen eine breite Männerbrust. Ich keuchte erschrocken auf, als ich rückwärts taumelte und dabei den Halt verlor. Ian packte mich schnell am Handgelenk und zog mich mit einem kräftigen Ruck zurück an seine starke Brust. Wie von selbst krallte ich mich in sein Hemd, um nicht wieder den Halt zu verlieren.

Ian hatte eine Hand um meine Taille gelegt und mich damit nah an sich gepresst. Ich sah erschrocken zu ihm herauf. Ein feines Lächeln lag auf seinen schönen Lippen. Ich war ihm noch nie so nah gewesen, und ich wusste auch noch nicht so ganz, ob das etwas Gutes oder Schlechtes war. In diesem Moment wusste ich gar nichts. Mein Hirn war wie leergefegt. Sein unbeschreiblicher Duft stieg mir in die Nase und nahm mir damit jegliche Form des Denkens. Ian roch unglaublich gut, nach teurem Parfüm, nach ihm und nach Wald. Erdig und doch auch süß.

Noch immer lang meine freie Hand auf seiner breiten Brust. Ich konnte unter den vielen und starken Muskeln sein Herz schlagen spüren. Kräftig und ruhig schlug es in seiner Brust.

»Du siehst wunderschön aus«, raunte Ian mit einer unglaublich sexy klingenden Stimme zu mir herunter.

Ich wusste auch nicht, wie er das machte, doch er hatte eine unheimliche Wirkung auf mich. Ein starker und leider viel zu attraktiver Riese, der mich beinah mit seinen schwarzen Iriden verschlang. Ich konnte nie etwas in seinen Augen lesen. Was in ihm vor sich ging, blieb mir immer versperrt.

»Du warst es, der mir dieses Kleid ausgesucht hat. Du hast eben guten Geschmack. Ich fülle es nur aus«, wagte ich mich damit an den schwachen Versuch, von seinem Kompliment und diesem Moment der Intimität abzulenken. Dieser wurde mir auch allmählich unangenehm. Ich wollte ihm nicht so nahe sein und doch sehnte sich etwas in mir danach. Ich wusste nicht so ganz, wie ich mit diesem ungewohnten Kontrast umgehen sollte, denn ich kannte solch ein Verhalten nicht von mir. Seit Jahren hatte ich nicht mehr das Bedürfnis gehabt, einem Mann nahe sein zu wollen, und doch war der Gedanke, dass er mich nun wieder freigab, das Beste und Schlimmste zugleich. Machte das Sinn? Mit Sicherheit nicht. Doch machte hiervon überhaupt irgendetwas Sinn …?

Ian begann leise zu lachen. Das Vibrieren, das dadurch von seinem Körper auf mich überging, setzte beinah mein Nervensystem lahm. Meine Lippen öffneten sich bei diesem Gemisch aus Emotionen und mir gänzlich unbekannten Empfindungen wie von selbst. Ich sah erschrocken zu ihm herauf. *Was machst du hier mit mir?*

Panik überkam mich! Ich wusste nicht, wieso, doch mein Instinkt schrie mich regelrecht an. Ich hatte keine Ahnung, was hier gerade passierte. Was Ian hier mit mir anstellte.

Ich wusste nur, dass ich so schnell wie möglich Abstand von ihm brauchte. Ich musste von diesem starken Berg von Muskeln weg. Seinem unglaublichen Duft entfliehen und vor allem musste ich von diesem entwaffnenden Lächeln weg, das Ian auf seinen verführerischen Lippen trug. *Herrgott, diese Lippen!*

»Ich denke, du unterschätzt deine Schönheit, kleine Angel.« Seine Stimme glich nur noch einem sexy Brummen. Ich ignorierte, was der Klang mit mir und meinem Körper anstellte. Na ja, oder eher versuchte ich es, zu ignorieren.

»Und ich denke, wir müssen allmählich los.« Ich drückte leicht gegen seine starke Brust, da er noch immer keine Anstalten machte, mich freizugeben. Ian sah mir noch einen Moment in die Augen. Wieder blieb mir die wahre Bedeutung seines Blickes verwehrt. Er nahm die Hand von meinem Gelenk und strich mir zärtlich eine von dem Beinah-Sturz verirrte Haarsträhne aus dem Gesicht.

»Eisprinzessin … hm?« Ich wusste nicht, ob er zu mir sprach, klang es eher danach, als würde er laut denken. Doch da sich Ian nach seinem Gemurmel von mir löste, dachte ich nicht mehr großartig darüber nach. Ich nahm schnell zwei Schritte Abstand von ihm. Dankbar, endlich seiner verführerischen Nähe entkommen zu sein, schaltete ich all meine schreienden und absolut verwirrenden Gedanken aus! Weder war jetzt der richtige Augenblick dafür, noch hatte ich die Zeit dazu. Also strich ich stattdessen mein Kleid zurecht. Da mir Ian gerade ein Kompliment zu meinem Outfit gegeben hatte, musste ich ihn wohl nicht nach einem Kleiderwechsel fragen.

Ian hatte sich schon von mir abgewandt und zog sich sein edles Jackett über. Natürlich sah er wie immer tadellos perfekt aus. Seine Haare erneut akkurat gestylt. Jedes Haar saß perfekt, ebenso wie sein edler und schicker Anzug. Er kostete – wie die breite Luxusuhr an seinem Handgelenk – sicher ein Vermögen.

Da stand er wieder, der geleckte und viel zu perfekte Ian. Keine Spur mehr von dem Mann von vor ein paar Sekunden. Ian war wieder voll in seine Rolle eingetaucht. Nämlich in die eines verwöhnten Prinzen.

»Bist du fertig? Hast du alles?«, fragte er mich. Ich griff nach meiner ebenfalls von ihm ausgesuchten Handtasche, dann nickte ich und folgte ihm aus dem Zimmer. Kaum hatten wir dieses verlassen, hakte Ian bestimmend meinen Arm bei ihm unter. Sollte es doch so aussehen, als wären wir ein Pärchen. Ich folgte seiner stummen Anweisung und spielte wie er wieder meine Rolle, so wie er es wollte. Arm in Arm verließen wir galant das Hotel und steuerten geradewegs auf Ians Maybach zu, der schon für uns bereitstand. James wartete bereits an der Tür darauf, sie für uns zu öffnen. Kaum traten wir näher, tat er dies auch sofort. Er hielt mir hilfsbereit die Hand entgegen, damit ich würdevoll einsteigen konnte. Ich hatte mich noch immer nicht an diesen lächerlichen Chichi gewöhnt, zeigte meinen Unmut darüber jedoch nicht. Dafür wurde ich schließlich nicht bezahlt.

Als Ian ebenfalls eingestiegen war, fuhren wir kurze Zeit später los. James lenkte diese riesige Luxuskarre gekonnt durch den New Yorker Straßenverkehr. Ich war immer wieder aufs Neue beeindruckt von seinem guten Fahrstil.

»Hier, für dich«, raunte Ian leise. Ich drehte mich in seine Richtung. Wie immer, wenn wir in seinem Wagen saßen und auf dem Weg zu seinen Geschäftsessen waren, hielt er mir eine samtene Schmuckschatulle entgegen. Heute fiel sie im Vergleich zu den letzten Malen jedoch sehr klein aus. Ich nahm das Döschen an und öffnete es gespannt. Vor Ian wollte ich es nicht zugeben, aber ich mochte seinen Klamotten-, aber vor allem seinen Schmuckgeschmack sehr. Ian hatte bis jetzt mit allem ins Schwarze getroffen.

»Ich dachte mir, bei diesem Kleid braucht es eigentlich nicht mehr viel«, erklärte er unnötigerweise. Ian hatte recht, das Kleid allein hätte eigentlich voll und ganz gereicht, doch als ich die kleinen Diamantohrringe hervorholte, änderte ich meine Meinung. Sie würden das Outfit perfekt ergänzen. Ich strahlte ihm entgegen und steckte sie mir sofort an. Ian musterte mich genau von der Seite. Er nickte zufrieden, als ich ihm das Endresultat präsentierte.

»Sehr schön!«, gab er anerkennend an mich gewandt.

»Ich habe auch mit Absicht dieses Outfit mit seinen Vorzügen gewählt, falls du dir hierzu Gedanken gemacht hast. Heute treffen wir uns nämlich mit einem arroganten Oberarsch der Extraklasse. Ich kann diesen Kerl nicht ausstehen und er mich nicht! Dennoch brauchen wir leider Gottes einander. Ich ihn, weil er ein alter Hase in der Waffenbranche ist und meine Firma die meisten Teile über sein Unternehmen billiger einkauft als sonst wo. Sollte ich ihn kränken oder in irgendeiner Art und Weise verärgern, ziehen wieder mehrere Geschäftsmänner mit und wir würden abermals von vorne anfangen. Außerdem würde ich auch eine Menge Geld verlieren, weil ich die

Teile dann woanders einkaufen müsste. Und er braucht mich, weil seine Geschäfte momentan nicht so rosig laufen, wie er allen weismacht. Der gute Mr. Stone ahnt nur noch nicht, dass ich sein kleines, schmutziges Geheimnis bereits kenne. Das ist mein heutiger Trumpf, na ja … und du in diesem Outfit. Ich denke nämlich, er wird sich heute eher in deinem Ausschnitt verlieren, als mich zu provozieren. Ich wollte dich nur schon einmal vorwarnen, damit du weißt, wie du damit umzugehen hast und was ich heute von dir erwarte.«

Ich sah ihn im ersten Moment perplex an. Damit hatte ich nach den heutigen Ereignissen mit Ian im Hotel nun wirklich nicht gerechnet! Doch ich fing mich schnell wieder und setzte die Maske der Eisprinzessin auf. Was hatte ich auch anderes erwartet? Schließlich saß Ian Davis neben mir und schließlich war ich noch immer seine Hure!

Ich schlug mir imaginär gegen die Stirn, weil ich auch nur eine Sekunde geglaubt hatte, einen anderen Ian Davis als den knallharten und aalglatten Geschäftsmann gesehen zu haben! Es gab keine andere Version, als die des verwöhnten Prinzen! Nur weil der Kerl sexy Tattoos auf der Haut trug, als wolle er damit ein Statement abgeben, hieß das noch lange nicht, er wäre deswegen tiefgründig oder mysteriös! Nein! Ian Davis war und blieb das arrogante, verwöhnte Prinzchen!

»Gut. Dann weiß ich ja jetzt, was zu tun ist!«, antwortete ich kühl. Ian verzog bei der Strenge in meiner Stimme die Brauen.

»Alles okay mit dir? Du hast doch kein Problem damit, oder?«

»Nein! So war es ja abgesprochen! Ich spiele jede Rolle, die du dir für die verschiedenen Essen ausgedacht hast. Nicht mehr und nicht weniger! Also was sollte schon mit mir sein?«

Ian verzog fragend eine seiner schwarzen Brauen, sagte jedoch nichts mehr dazu. Ich verschränkte wütend die Arme vor der Brust und sah seitlich aus meinem Fenster. Immer wieder schüttelte ich unmerklich den Kopf.

Wie konnte ich nur so dämlich naiv sein und glauben, etwas anderes in Ian gesehen zu haben?! Ich ärgerte mich über mich selbst. Natürlich war alles von Ian geplant gewesen! Jedes Outfit, jeder Schmuck! Selbst sein Interview in der Klatschpresse. Das wusste ich jetzt. Alles war fake! Alles war genau durchdacht, damit es ihm nutzte.

Tja, so sah die reale Cinderella-Version nun mal aus. Keine verzauberten Ballkleider, magische Kutschen und kein perfekter Märchenprinz, der nur auf einen wartete. Nein! In der Realität hieß es tittenpräsentierende Kleider, Protzkarren und ein arroganter Oberarsch, der sich als Prinz ausgab. Ja, das kam meiner Realität schon sehr nahe, nur noch mit dem feinen Unterschied, dass ich keine Tochter eines Edelmannes war, sondern …

… ach, lassen wir diese Geschichte. Sagen wir, mein Vater kam aus einer ganz anderen und weitaus brutaleren Gesellschaft als deiner.

Kapitel 14

Ian

Ich betrachtete sie nachdenklich von der Seite. Sie war sauer auf mich, das war kaum zu übersehen, nur wusste ich beim besten Willen nicht, wieso? Und ich würde es auch nicht aus ihr herausbekommen, so viel wusste ich bereits über Angel. Sprach sie es nicht sofort und auf der Stelle direkt und von selbst an, und zwar mit ihrem zügellosen und feurigen Temperament, blieb es unausgesprochen zwischen uns stehen. Ja, der Spitzname Eisprinzessin, wie ihr bester Freund sie vorhin genannt hatte, passte leider viel zu gut zu ihr.

Angel konnte keine Nähe und Intimität zulassen, das hatte sich schnell gezeigt. Vorhin im Ankleidezimmer, als sie mir nahezu in die Arme gestolpert war, hatte es diesen einen Moment zwischen uns gegeben. Einen Moment der Nähe und Verbundenheit, ich hatte es deutlich gespürt. Auch sie war nicht abgeneigt gewesen, zumindest zu Anfang. Ihre körperlichen Reaktionen auf mich waren beinahe niedlich gewesen, doch von der einen auf die andere Sekunde hatte sich das plötzlich geändert. Ich wusste nicht, woran es lag. Eigentlich hatte ich doch nichts Falsches getan … Nicht einmal geküsst hatte ich sie.

Aber ich wollte sie küssen und ich hätte es getan, wäre da nicht der panische Ausdruck in ihren schönen tiefblauen Augen entstanden. Doch ich konnte es nicht! Nicht so! Nicht, wenn sie mich anblickte, als wolle ich sie vergewaltigen! Sie verletzen! Ich wollte Angel nicht verletzen. Ich wollte sie beschützen. Sie halten. Sie vor allem Bösen dieser Welt retten, doch ich konnte nicht! Durfte es nicht. Sie hatte mir klargemacht, dass sie es nicht wollte.

Also musste ich das akzeptieren und ihr den Raum geben, den sie brauchte. Früher oder später würde sie sich mir schon öffnen. Heute hatte sie immerhin den ersten Schritt getan. Sie hatte mich, nachdem sie mich nackt gesehen hatte, mit anderen Augen betrachtet. Ich wusste nicht, was sich in ihrem Blick geändert hatte, doch ich hatte den Glanz darin deutlich sehen können. Ihre Neugierde war erwacht. Sie wollte mehr über mich erfahren. Auch hatte sie mir heute zum ersten Mal persönliche Fragen gestellt. Wenngleich es sich hierbei nur um Themen wie meine Tätowierungen und die Presse gehandelt hatte, immerhin es war ein Anfang, und ich würde geduldig weiter warten, bis sie so weit war. Bis sie bereit war, den nächsten Schritt zu gehen.

Ich war kein Mann der Geduld. Nein! Aber für sie, für Angel würde ich der Dinge harren. Ich hatte auf den ersten Blick gesehen, dass sie viel mit sich herumschleppte. Allein schon die vielen kleinen Narben an ihren Innenschenkeln und am Bauch zeigten, dass es Angel nicht immer leicht gehabt haben muss. Der Drang, sie danach zu fragen, wäre beinah übermächtig geworden, aber ihre samtene, nackte Haut und ihren heißen Body betrachten zu können, hatte mein Gehirn ehrlich kurz aussetzen lassen.

Sie hätte mir so oder so nicht ehrlich darauf geantwortet. Aber gut, so war Angel nun mal. Sie trug eine Düsternis in sich, wie ich es bei keinem Menschen je zuvor gesehen hatte. Ein dunkler Engel. Eine Eisprinzessin. Ja, all das war sie und doch war ich mir sicher, noch so viel mehr in ihr und ihren tiefblauen Augen erkannt zu haben. Eine innere Sehnsucht, verlorene Träume, ein gebrochenes Mädchen.

Angel verschloss sich aus einem bestimmten Grund gezielt vor zwischenmenschlicher Nähe. Ich wusste nur nicht, wieso ... Was war diesem jungen Ding so Furchtbares widerfahren, dass sie meinte, der Liebe jetzt schon abschwören zu müssen?!

Nicht einmal Logan hatte das nach seinem schrecklichen Schicksalsschlag getan. Auch wenn er immer so hart und unnahbar wirkte, wusste ich es als sein älterer Bruder besser.

Was war also Angel widerfahren? Was war passiert? Selbst der gute James mit all seinen Kontakten konnte nichts über sie herausfinden. Nichts! Über Angel's Vergangenheit konnte man rein gar nichts in Erfahrung bringen, fast so, als gäbe es sie nicht! Nicht einmal ihren richtigen Namen! James war es ein Rätsel, wie das kleine Ding es geschafft hatte, ihre gesamte Vergangenheit zu verschleiern! Aber wollte ich es wirklich wissen? Wollte ich den wahren Grund für ihren Schmerz und ihre Düsternis wirklich erfahren?

Wollte ich wirklich wissen, was ihr Grauenhaftes angetan worden war? Allein die Vorstellung, jemand würde Hand an sie legen, ließ mich augenblicklich meine Fäuste ballen. Auch gefiel mir der Gedanke ganz und gar nicht, Angel gleich diesem Widerling Stone vorzuführen. Wenn ich nur daran dachte, wie dieser alte Greis sich in ihrem Ausschnitt verlor, schäumte ich vor Wut. Ich öffnete schnell meine Fäuste wieder, denn ich wollte nicht riskieren, dass Angel etwas bemerkte. Wir hatten nun mal eine Vereinbarung und ich eine Mission. Ich musste jeden auf meiner Liste davon überzeugen, dass man mir weiterhin vertrauen konnte. Dass ich mich geändert hatte und ihre Firmen und Vermögen durch mich nicht in Gefahr gerieten.

Angel war mir hierbei wirklich eine große Hilfe gewesen. Ich konnte nicht riskieren, sie und mein dadurch neu erworbenes gutes Image zu verlieren. Nein. Daher war es wohl doch besser so. Es war besser, dass sie mich nicht an sich heranließ. Wir führten eine geschäftliche Beziehung, noch. Denn lange würde ich ihr nicht mehr widerstehen können. Lange würde ich mich nicht mehr zurückhalten können. Aber wer könnte es mir bei dieser Schönheit hier neben mir verdenken? *Zier dich nur weiter, Kleines. Früher oder später verfallen sie mir alle.*

»Wir sind da, Sir.« James riss mich aus meinen wirren Gedanken. Mein Kopf schoss nach oben und ich sah mich fragend um. Als ich nach links sah, trafen mich zwei tiefblaue und wunderschöne Augen. Angel musterte mich fragend von der Seite. *Wie lang du mich wohl schon beobachtest?*

Schnell räusperte ich mich und stieg aus. James half ihr dieses Mal aus dem Wagen. Ich ging um meinen Maybach herum und reichte Angel den Arm. Wie selbstverständlich hakte sie sich bei mir ein. Es war ein gutes Gefühl, sie wieder so nah bei mir zu haben. Sie zu führen und dieses edle Lokal mit ihr an meiner Seite zu betreten. Mir kam es so vor, als wären alle Augen auf sie gerichtet. Aber auch das wunderte mich nicht, so fabelhaft wie sie aussah.

Arm in Arm schritten wir durch das noble Lokal. Die Empfangsdame führte uns an unseren Tisch. Wir waren als Erste vor Ort. Ich schob ihr ganz gentlemanlike den Stuhl zurecht. Angel schien sich wohl auch langsam an dieses vornehme Geplänkel gewöhnt zu haben. Sie spielte ihre Rolle wirklich gut.

Im Augenwinkel bemerkte ich, wie sie sich vermehrt nervös das Kleid zurechtzupfte. Ihr schien die Vorstellung, als Frischfleischablenkung zu dienen, nicht sonderlich zu gefallen. Auch das konnte ich ihr nicht verübeln, mir gefiel es ja ebenso wenig, aber es musste nun mal sein. Es war der leichteste Weg, diesen alten Perversling zu besänftigen.

»Du brauchst nicht nervös zu sein«, sprach ich sanft. Sie stoppte in ihrer Bewegung, zum gefühlt hundertsten Mal ihr Kleid zurechtzuzupfen, und sah mich mit erhobener Augenbraue an.

»Ich bin nicht nervös«, entgegnete sie kühl. Sie hatte wohl nicht vor, mehr dazu zu sagen, doch mir reichte das nicht.

»Was ist dann mit dir? Irgendetwas stimmt nicht. Wir sollten das jedoch schnell klären, schließlich sind wir hier aus einem bestimmten Grund.« Bei meinen Worten schnaubte sie verächtlich auf. *Was ist nur mit dir los?! So habe ich dich noch nie erlebt! Da versteh einer mal die Frauen!*

»Du musst mir meinen Job nicht erklären! Ich weiß, was ich heute zu tun habe. Du warst gerade im Wagen überdeutlich, was du von mir verlangst!«, gab sie schnippisch zurück. Ich verstand kein Wort und verlor langsam die Geduld bei ihrem Verhalten.

»Angel«, begann ich gezwungen sanft, um was auch immer es ihr hierbei gerade ging, es musste bis später warten.

»Ich weiß nicht, welche deiner schönen Federn dir gerupft worden sind, aber ich habe jetzt keine Zeit dafür. Stone hat gerade das Lokal betreten. Also egal, was es ist, heb es dir für später auf!« Sie schürzte missbilligend die Lippen, sagte jedoch nichts mehr dazu. In ihrem Blick loderte ein Feuer, das ich nur allzu gerne ausgereizt hätte, um endlich hinter ihre Eismaske blicken zu dürfen, doch jetzt war nicht der richtige Augenblick dafür. Jetzt verlangte ich von ihr absolute Professionalität. Doch heute schien es Angel schwerer zu fallen als sonst. Während des gesamten Essens wirkte ihr Lächeln falsch, was es auch war, aber merken durfte man es eben nicht. In ihren Iriden lagen Desinteresse und Abneigung – gepaart mit ihrem feurigen Temperament.

Immer wieder warf sie mir kleine wütende Blicke zu. Wenn allerdings jemand am Tisch sprach, oder das Wort an sie gerichtet wurde, wanderten ihre Mundwinkel gezwungenermaßen wieder nach oben. Ich versuchte ihr Benehmen, so gut es ging, zu überspielen, aber allmählich riss mir der Geduldsfaden. Ich hatte Glück, dass die unterwürfige und viel zu junge Begleitung von dem Alten nichts am Tisch zu sagen hatte und Stone selbst, dieser perverse Penner, nichts von alledem mitbekam, denn er hatte seine Augen natürlich, wie zu erwarten war, gleich zu Beginn an Angel's Dekolletee gehaftet. Ungeniert starrte er unentwegt auf dieses, während er mit mir oder auch mit ihr sprach.

Zu den wirklich wichtigen Themen kamen wir nicht, ich war zu unkonzentriert. Angel's kleine provokante Blicke machten mich rasend. Was erlaubte sie sich hier für eine Nummer mit mir? Ich konnte kaum noch an meiner Beherrschung festhalten, und normalerweise war ich ein sehr besonnener Typ Mann, der sich ganz sicher nicht von einer Frau aus dem Konzept bringen ließ. Aber die Mischung machte es heute aus. Stone's zügelloses und lüsternes Verhalten und Angel's Versuch, mich zu provozieren, wobei ich den Grund dafür noch nicht herausgefunden hatte, machten mich wahnsinnig. Auch seine widerlichen Sprüche, was für eine Granate ich mir doch hier geangelt hätte, trieben mir fast den Schaum vor den Mund.

Als sich Angel dann auch noch, beinah unhöflich, aus der Runde verabschiedete, nachdem ihr der Alte mal wieder eines seiner schmierigen Komplimente gemacht hatte, verlor ich vollends die Beherrschung. Ich entschuldigte mich für ihr Benehmen, unter dem Vorwand, sie fühle sich heute nicht besonders und ich müsse nach ihr sehen, dann folgte ich ihr zur Toilette.

Als ich kurze Zeit nach ihr den Raum betrat, stützte sie sich zu beiden Seiten am Waschbecken ab und sah zu diesem herunter. Ich versuchte mit aller Macht, ruhig zu bleiben. So kannte ich mich nicht. Noch nie war mein Bedürfnis, eine Frau zurechtzuweisen und sie mir zu unterwerfen, so groß gewesen wie bei ihr in diesem Augenblick.

Hinter mir verschloss ich leise die Tür. Angel hatte mich

noch immer nicht bemerkt und sich keinen Zentimeter gerührt.

»Was sollte das gerade?«, herrschte ich sie an, als ich dicht hinter ihr zum Stehen kam. Sie zuckte hart zusammen, drehte sich jedoch nicht zu mir herum, hob den Kopf und funkelte mich über den Spiegel herausfordernd an. *Ruhig, Ian!*

»Was meinst du?«, fragte sie mich gespielt unschuldig.

»Du weißt genau, was ich meine! Dein Benehmen heute ist inakzeptabel! Dafür …« Ich sprach den Satz nicht zu Ende. Ich wollte sie nicht als meine Hure deklarieren, auch wenn sie es strenggenommen war. Doch für mich war sie leider so viel mehr. Dennoch verlangte ich von ihr weiterhin Professionalität.

Bei meinem unausgesprochenen Satz wandte sie sich mir endlich zu und funkelte mich wütend an.

»Dafür was? Bezahlst du mich nicht? Wieso sprichst du es nicht aus, dass ich nur deine kleine Hure bin?« Ihr Blick war die reinste Herausforderung. Ich verspannte mich bei ihren Worten. Sie zwang mich damit, etwas auszusprechen, das besser unausgesprochen blieb, und doch musste ich es hinausschreien!

»Ich WILL NICHT, dass du meine kleine Hure spielst! Verstehst du das nicht?! DAMN!« Entgeistert sah sie mich an. Ich drehte mich schnell von ihr weg und fuhr mir mit den Fingern grob durch mein schwarzes Haar. Krallte mich beinah schmerzhaft in diesem fest, nur um diese verzweifelte Geste, die ich so nicht von mir kannte, immer und immer wieder zu wiederholen. *Ich hätte das nicht zu dir sagen dürfen!*

Als ich mich halbwegs beruhigt hatte, blickte ich wieder zu ihr. Angel war von dem Waschbecken weg in Richtung Wand gewandert. Es wirkte fast so, als wolle sie den Abstand zwischen uns wahren. Noch immer musterte sie mich aufmerksam. Sie hatte noch nichts dazu gesagt, und so, wie ich sie kannte, würde sie auch nichts mehr dazu sagen. Ich seufzte einmal laut auf, bevor ich erneut zu sprechen begann.

»Komm, wir müssen wieder zurück. Der Alte wartet sicher schon auf uns – oder eher auf dich!« Es sollte ein Scherz sein, aber als ich sie mit einem schiefen Grinsen ansah, wich alle Farbe aus ihrem schönen, bronzenen Gesicht. Eilig trat ich an sie heran und beäugte sie besorgt.

»Angel, was ist mit dir?«

»Nichts!« *Die Antwort war ja zu erwarten. Okay, dann noch einmal genauer!*

Ich trat noch etwas dichter an sie heran, drängte sie damit an die Wand in ihrem Rücken und wollte ihr deutlich machen, dass ich hier und jetzt eine Antwort von ihr verlangte!

»Angel, du sagst mir JETZT, was mit dir ist. Und ich werde mich nicht noch einmal wiederholen!« Mein Blick ruhte streng auf ihr. Sie blickte mir erneut kämpferisch entgegen und reckte sogar ihr Kinn. Ich stützte zu beiden Seiten ihres Kopfes meine Hände an der Mauer ab, kesselte sie damit ein.

Ich beugte mich zusätzlich noch etwas zu ihr herunter, sodass unsere Lippen dicht voreinander lagen und unser heißer Atem gegeneinanderstieß.

»Es ist nichts!«, hielt sie weiter stur daran fest. Ich kämpfte sichtlich um meine Beherrschung. Diese Frau trieb mich noch in den Wahnsinn mit ihrer mysteriösen und verschlossenen Art. Nichts gab sie preis und mit nichts kam sie einem entgegen! Es war zum Verrücktwerden.

»Angel!« Es klang eher wie ein unkontrolliertes Knurren als ein Wort. Ich war noch nie so nah daran, meine Fassung zu verlieren, wie jetzt gerade bei ihr. Ich wusste nicht einmal, wie sie es schaffte, überhaupt solche Gefühle in mir zu wecken, mir solche Reaktionen zu entlocken. Schlicht und ergreifend kannte ich mich so nicht. Ich war durch und durch zum Gentleman erzogen worden und verlor deshalb niemals die Kontrolle bei einer Frau. *Was machst du nur mit mir?!*

»Es liegt nicht an dir, es liegt an ihm! Zufrieden?!«, maulte sie mir bissig entgegen, doch ich verstand leider kein Wort.

»An wem? Stone? Kennst du ihn etwa?!« Doch als Angel meinem strengen Blick auswich und sich ertappt auf die Unterlippe biss, begriff ich endlich.

»Du hast? Er war? … Was hat er getan?« Ihre Reaktion und ihr unmögliches Benehmen ihm gegenüber konnten nur eins bedeuten: Stone war ein noch größeres Schwein, als ich geglaubt hatte.

Unbändiger Zorn stieg in mir auf, und als sie mir noch immer nicht antwortete, geschweige denn mich ansah, brannte mir eine Sicherung durch.

Ich packte sie grob an beiden Armen, riss sie zu mir heran und schüttelte sie leicht, als ich ihr das Nächste regelrecht entgegenschrie.

»ANGEL, SAG MIR, WAS ER GETAN HAT!« Erschrocken sah sie zu mir herauf. Ich schnaufte wütend und gab sie noch immer nicht aus meinem dominanten Griff frei. Bevor sie nicht antwortete, würde sie hier nicht rauskommen. Das erkannte Angel dann auch, wahrscheinlich an meiner strengen Körperhaltung und Miene. Denn nachdem sie mir einen langen Moment trotzig entgegengeblickt hatte, atmete sie unerwartet geräuschvoll aus und ließ anschließend die Schultern hängen.

»Ich denke nicht, dass du wissen solltest, auf was für perverses Zeug dieses kranke Schwein steht! Das wäre nicht gut fürs Geschäft!« Ich ließ bei dieser Information von ihren Armen ab und gab sie damit frei. Sie sprach ohne jegliche Emotion, als würde sie sich so selbst schützen, indem sie dem Ganzen nicht zu viel Bedeutung gab. Für ihren Job sicher keine schlechte Taktik, nur ich konnte in dieser

Situation überhaupt nicht damit umgehen. Im Gegenteil! Es sorgte dafür, dass ich außer mir war vor Wut, denn mir war klar, dass Angel es weiterhin runterspielen würde, obwohl es eigentlich nicht zum Herunterspielen war.

Meiner Kehle entwich ein animalischer Laut und ich schlug unbedacht mit meiner Faust in die Mauer dicht neben ihrem Arm. Sie stand somit wieder zwischen mir und der Wand eingekeilt und zuckte heftig zusammen. Schnell nahm ich einen großen Schritt Abstand von ihr, aber noch immer konnte ich den gewaltigen Zorn in mir nicht bändigen.

Die Vorstellung, was dieses Schwein alles mit ihr angestellt hatte, ließ das Tier in mir frei. Ich konnte es weder bändigen noch zurückpfeifen. So etwas war mir noch nie passiert. Erneut handelte ich völlig unkontrolliert und räumte die kleinen Parfümfläschchen und Seifen mit einer schnellen Handbewegung vom Waschtisch direkt neben uns ab. Abermals schreckte sie bei meiner, für mich völlig untypischen, aggressiven Handlung zusammen.

Es schepperte und klirrte laut um uns herum, doch das war mir egal. Mein Atem ging schnell und heftig. Ich brauchte tatsächlich einige Minuten, um den Gedanken, diesen kranken, alten Sack nicht doch noch umzubringen, zu vertreiben.

Noch einmal fuhr ich mir durchs Haar, dann wandte ich mich ihr wieder zu. Sie lehnte noch immer an der Wand und musterte mich wachsam.

»Geht's dir jetzt besser?«, fragte sie ruhig. Es klang beinah routiniert, als hätte sie Erfahrung mit aggressiven Männern. Ich verscheuchte schnell die Bilder ihrer Narben, die ich heute auf ihrer schönen, bronzenen Haut entdeckt hatte. Damit konnte ich mich jetzt nicht auch noch beschäftigen, sonst drohte ich, zu zerreißen!

»Nein!«, knurrte ich übellaunig.

»Passiert dir wohl öfter, hm?« Ich wandte mich ihr wieder zu und schüttelte leicht den Kopf. Ein kleines entschuldigendes Lächeln stahl sich auf meine Lippen.

»Nein. Tatsächlich ist mir so etwas noch nie passiert! Noch nie habe ich im Beisein einer Frau oder sonst jemandem – abgesehen von meinem jüngeren Bruder – die Beherrschung verloren!« Sie sah bei meinem Geständnis überrascht aus, als hätte sie mir solche Ausbrüche zugetraut. *Aber wieso?*

»Wieso siehst du so aus, als würdest du mir das nicht abkaufen?«, fragte ich sie belustigt. Meine Nerven kühlten allmählich ab.

Sie zuckte mit den Achseln und stieß sich von der Wand ab.

»Keine Ahnung. Vielleicht deswegen?« Sie zeigte mit einer ausgiebigen Handbewegung einmal meinen gesamten Körper hinauf und wieder hinab. Mein Schmunzeln weitete sich.

»Kleines, nur weil ich viele Muskeln besitze, heißt das noch lange nicht, dass ich sie auch neandertalermäßig gegen andere einsetze. Ich powere mich an einem Boxsack oder Gewichten und nicht an sonst wem aus! Und ganz sicher vergreife ich mich nicht an Frauen!« Ich war erneut dicht an sie herangetreten, ich wusste nicht, wieso, aber ich brauchte jetzt ihre Nähe. Sie zog mich magisch an und klärte meine wirren Gedanken.

Ich legte meine Hand auf ihre weiche Wange und begann, sie zärtlich mit dem Daumen zu streicheln. Dabei sah ich ihr tief in die Augen.

»Erzählst du mir jetzt davon?« Sie hob skeptisch eine Braue.

»Damit du gleich weitermachen kannst, die Badezimmereinrichtung zu demolieren?! Nein danke! Ich verzichte!« Wir hielten den intensiven Blickkontakt bei. Ich trat nach ihren Worten noch etwas dichter an sie heran, dann umschloss ich mit beiden Händen behutsam ihr Gesicht. Mein Blick wurde sanft, meine Stimme ebenso.

»Bitte, Angel, ich muss es wissen! Ich verspreche dir, nicht auszurasten. Aber ich muss wissen, mit was für einem Schwein ich am Tisch sitze und wie ich weiter mit ihm verfahren soll!« Irritiert runzelte sie die Stirn, noch immer ruhte ihr schönes Gesicht in meinen Händen. Ich hätte noch ewig hier mit ihr stehen können, aber die Zeit drängte langsam. Lange würde der Alte nicht mehr warten!

»Was meinst du mit ‘weiterverfahren’? Du würdest doch wegen dieser Sache nicht deine Zusammenarbeit mit ihm beenden? Ian, das wäre furchtbar dumm und absolut unnötig!« Ich hob erstaunt die Brauen.

»Wieso wäre es unnötig?«

»Weil das mein Job ist, Ian! Ich weiß, du versuchst, es auszublenden! Aber ich bin und bleibe nun mal eine Hure, die ihr Geld damit verdient, Männer zu beglücken, auf welche Weise auch immer. Du musst nicht meinen Ritter in schillernder Rüstung spielen und meine Ehre verteidigen. Damit würdest du dich nur vor ihm lächerlich machen!« Ich hatte während ihrer Rede von ihr abgelassen, stand jedoch noch immer dicht vor ihr.

Sie hatte recht, ich wollte es ausblenden, dass sie eine Hure war. Wollte ausblenden, dass andere Männer sie noch immer berührten und für ihre Perversionen benutzten! Angel betreute noch andere Kunden. Es gab nicht nur mich. Und sie musste reichlich haben, denn jedes Mal, wenn ich ihre Dienste benötigte, sagte sie gleich zwei oder manchmal sogar drei ihrer Kunden ab.

Ich wollte das nicht. Wollte nicht, dass sie noch andere Männer hatte. All das wollte ich nicht hören oder wissen! Ich wollte, dass sie mein Mädchen war! Wollte, dass niemand außer mir sie berührte! Ja, ich wollte, dass sie ganz und gar mein war!

Missbilligend verzog ich die Mundwinkel, meine Körperhaltung hatte sich erneut verspannt.

»Also soll ich es einfach ignorieren? So tun, als wäre nichts, und ihn weiter seine unangebrachten Sprüche klopfen lassen?! Das ist dein Rat an mich? Super!« Ich konnte mir den Spott in der Stimme nicht verkneifen. Was sie hier von mir verlangte, war Irrsinn und so überhaupt nicht meine Art!

Sie schüttelte leicht den Kopf und begann frech zu lächeln. *Was kommt denn jetzt?*

»Vertraust du mir, Ian?« Ich sah sie überrascht an. Mit dieser Frage hatte ich nun wirklich nicht gerechnet. *Vertraue ich dir?*

Ich wusste es nicht, jedoch wollte ich sie mit meiner Unsicherheit nicht verletzen, also nickte ich zögerlich. Ihre Miene erhellte sich augenblicklich und sie strahlte mir breit entgegen.

»Du wirst es nicht bereuen. Ich habe nämlich eine Idee, wie du durch seine kranken Spiele sogar noch als Gewinner aus diesem Essen herausgehen kannst!« Angel hatte mit ihren Worten meine Neugierde geweckt, denn ich konnte mir nicht vorstellen, wie sie diesen Abend noch retten wollte? Wenn Stone überhaupt noch drinnen auf uns wartete?

»Und wie willst du das anstellen?«, fragte ich sie leicht misstrauisch.

»Du wirst schon sehen. Ich wette mit dir, du wirst mir danach sehr dankbar sein.« Ich lachte laut auf.

»So? Gut! Wenn du dir so sicher bist, dass es funktionieren wird, und ich als Gewinner aus der Sache rausgehen werde, wie wäre es mit einer kleinen Wette oder sagen wir eher Belohnung?« Sie zog die Stirn kraus und musterte mich skeptisch.

»Belohnung? Wie meinst du das?!«, fragte sie misstrauisch. Ich setzte mein entwaffnendes Lächeln auf.

»Ganz einfach: Wenn du es tatsächlich schaffen solltest, dass ich als Gewinner aus diesem Essen gehe, dann bekommen wir beide etwas von dem anderen. Ich für mein blindes Vertrauen in dich – schließlich bestimmst du hier gerade über mein Baby! – und du für den Sieg. Na, was hältst du davon?«

Sie schien zu überlegen, auf den Deal einzugehen.

»Ich und du dürfen von dem anderen verlangen, was wir wollen?«, fragte sie unsicher. Ich wusste gleich, worauf sie anspielte, daher weitete sich mein Lächeln noch etwas mehr, ich hob jedoch schnell beschwichtigend die Hände.

»Natürlich nur anständige Dinge. Nichts Sexuelles! Versprochen! Also von meiner Seite her nicht, du kannst es natürlich gern von mir verlangen.« Frech zwinkerte ich ihr zu, was ihr ein süßes Lächeln entlockte.

»Und was ist, wenn ich es nicht schaffe?!«, versicherte sie sich noch einmal. Ich zuckte mit den Achseln.

»Nichts. Dann gehen wir beide leer aus.«

»Wieso tust du das? Was hast du davon?« Erneut zuckte ich mit den Achseln.

»Nichts habe ich davon. Du wolltest wissen, ob ich dir vertraue, und ich vertraue dir, dass du das schaffst! Also haben wir einen Deal?« Ich streckte ihr meine rechte Hand entgegen, damit sie einschlagen konnte. Sie beäugte diese noch einmal skeptisch, ehe sie die Geste erwiderte. Den verschmitzten Ausdruck im Gesicht konnte ich mir nicht verkneifen.

»Na dann komm, sonst ist er nicht mehr da und dann ist mein schöner Deal futsch«, scherzte ich und zog sie amüsiert aus der Damentoilette. Sie folgte mir nicht ganz so begeistert, wie ich es war, dennoch lächelte sie mir entgegen.

Ich war wirklich gespannt, wie sie plante, den Alten besänftigen und das Ding hier noch so zu drehen, damit ich bekam, was ich wollte.

Wir traten beide an unseren Tisch, Stone saß zu meiner Überraschung noch immer dort, seine junge Gespielin hatte er allerdings fortgeschickt. Er war allein und warf uns boshafte Blicke zu, als wir uns wieder zu ihm setzten.

»Mr. Davis, in meinem ganzen Leben bin ich noch nie so beleidigt und schlecht behandelt worden! Ich habe auch nur noch hier auf Sie gewartet, um Ihnen mitzuteilen, dass weder Sie noch Ihre Firma etwas von mir zu erwarten haben!« Er wollte sich gerade erheben, da fegte eine strenge Frauenstimme über den Tisch. Ich war selbst über ihre Härte erstaunt.

»Mr. Stone!« Der Alte erstarrte in seiner Bewegung und beäugte Angel abschätzig. Doch sie ließ sich davon nicht beeindrucken und fuhr unbekümmert weiter fort.

»Mr. Stone, ich rate Ihnen, sitzen zu bleiben und sich das Folgende genau anzuhören. Sonst könnte es unschön für Sie werden!« Kurze Stille herrschte am Tisch, dann begann der Alte, der sich wieder gefangen zu haben schien, übertrieben inbrünstig loszulachen. Sein Lachen war so laut, dass andere Gäste bereits über uns zu murmeln begannen. Doch sie konnten uns in unseren separaten Nischen zum Glück nicht sehen, nur sein lautes Lachen konnten sie hören und ich ihr Getuschel.

Ich schüttelte erbost den Kopf, unterließ es jedoch, mich in Angel's Plan einzumischen. Sie wusste schon, was sie tat, zumindest wirkte sie sehr selbstsicher.

Als sich der Alte wieder beruhigt hatte, setzte er atemlos vom vielen Lachen zum Sprechen an. Angel hatte ihn einfach machen lassen und schien noch immer nicht die Ruhe zu verlieren.

»Und was glaubst du, kleine Hure, mir hier androhen zu können? Ja, genau! Ich weiß, wer oder was du bist! Ich habe dich nicht vergessen! Mr. Davis, Sie sollten ihrer Nutte wohl besser einen Maulkorb anlegen, sonst könnte ich gewillt sein, der Presse etwas Hübsches zu zwitschern.« Ich verzog tadelnd eine Augenbraue. *Drohst du mir etwa? DU … MIR?!*

Ich wollte gerade zu einer schlagfertigen Erwiderung ansetzen, da kam mir Angel zuvor. Kräftig biss ich die Zähne zusammen, um ihr nicht unwirsch ins Wort zu fallen. Wir waren schließlich ein Team.

Sie lächelte charmant.

»Mr. Stone, sollte das gerade wirklich eine Drohung sein? Das wäre aber unklug, denn wissen Sie, die Sache mit dem Erinnern läuft immer zu beiden Richtungen. Denn ich habe Sie auch nicht vergessen. Nichts habe ich vergessen. Soll ich Mr. Davis darüber aufklären? Oder Ihren Vorschlag übernehmen und mich heute noch an die Presse wenden? Wollen Sie das wirklich? Dass ALLES ans Licht kommt?« Ich verstand kein Wort von dem, was Angel ihm da sagte, doch es schien zu funktionieren, so wie der Alte dreinschaute.

»Ich würde sagen, das ist eine Pattsituation«, versuchte er sich kläglich zu retten. Angel lachte glockenklar auf und schüttelte den Kopf.

»Das denke ich nicht. Vergessen Sie unseren letzten gemeinsamen Abend nicht, Mr. Stone. Ich habe bis jetzt meinen Mund gehalten, doch ich denke, es ist an der Zeit, damit doch zur Polizei und zur Presse zu gehen. Sowas verjährt nämlich nicht, müssen Sie wissen!« Dem Alten wich nach Angel's kryptischer Andeutung alle Farbe aus dem Gesicht. Ich musterte sie fragend und hatte keine Ahnung, wovon sie sprach, aber so, wie er reagierte, war es etwas Größeres.

»Sie haben gewonnen! Was wollen Sie?« Angel hatte es tatsächlich geschafft, ich war beeindruckt. Sie lächelte mir triumphierend zu und bedeutete mir mit einer Handbewegung, dass ich jetzt am Zug war. Ich räusperte mich und übernahm das Gespräch.

»Gut, dann wäre das ja geklärt. Was ich von Ihnen will,

ist ganz einfach. Verkaufen Sie Ihre Firma an mich und waschen Sie meinen Namen wieder rein und wir vergessen alles, was war.« Stone sah mich fassungslos an. Damit hatte er wohl nicht gerechnet, doch ich hatte gelernt, keine halben Sachen zu machen. Wenn ich dieses Geschäft richtig abschloss, könnte ich damit sicher zwei bis drei Gespräche von meiner Liste streichen. Mit einem Schlag würden sich die meisten meiner Partner und Unternehmen, die ich aufkaufen wollte, mit mir gutstellen. Mein Ruf wäre wieder hergestellt und ich hätte nur noch die beiden Geschäftsessen mit Conners und seiner Partnerfirma zu führen. Ich könnte Angel für ihre Raffinesse küssen!

»Haben wir einen Deal, Mr. Stone?! Eine Milliarde für Ihre Firma und meinen feinen Ruf«, fragte ich etwas strenger nach. Er mahlte kräftig mit dem Kiefer, doch er musste sich geschlagen geben.

»Gut gespielt, Davis! Die Kleine zu benutzen, um Ihren Willen zu bekommen. Das traf mich unverhofft. Ich gebe es zu. Aber ja, wir haben einen Deal. Sie werden nichts mehr von mir im Bezug auf Ihre reizende Begleitung hören, ebenso wenig, wie ich jemals wieder von ihr hören werde. Sie wird meinen Namen aus ihrem Gedächtnis löschen. Dann haben wir einen Deal.« Er sah zu Angel, als er sprach, und diese nickte ihm zustimmend zu.

Mein Siegerlächeln weitete sich. Ich wusste, dass der Alte bei dieser Summe sicher nicht nein sagen würde, auch wenn ich damit einen kleinen Verlust erlitten hatte, das war's mir wert gewesen. Für meinen Plan, Conners Intrigen gegen mich endlich auffliegen zu lassen, tat ich es gern. Denn dieser Penner hatte überall herumgesprochen, dass ich mein Milliardenimperium heruntergewirtschaftet hätte, was definitiv nicht stimmte.

Nur weil ich seine 'unschuldige' Tochter auf der Herrentoilette vernascht hatte und wegen ihres billigen

Erpressungsversuchs das Video hatte online stellen müssen, mein Lebenswerk anzugreifen, war doch etwas kleinlich. Aber das war jetzt egal.

Durch Angel's Plan und dank dieser Summe würden die Leute nicht mehr an mir oder meiner Firma zweifeln. Sie würden nicht denken, dass ich all mein Geld verloren, verzockt, versoffen oder sonstiges hätte.

Also bitte! Wenn man nur allein mein Privatvermögen nahm, hätte ich mir Stones lächerliche kleine Firma noch mindestens sechsmal leisten können und selbst dann hätte ich immer noch das Vermögen meiner Firma. Ich war also noch sehr weit davon entfernt, jemals wirklich pleite zu sein. Dass die Leute mein wahres Vermögen nicht kannten, war mir allerdings recht. Sollten sie doch denken, ich besäße nur das, was meine Firma wert sei. Hauptsache, sie hielten mich nicht mehr für einen Trottel, der sein Imperium nicht mehr führen konnte, denn das war ich ganz sicher nicht! Und dank Angel hatte ich den lästigen Stempel des ewigen Ladykillers auch weg. Man nahm mich wieder mehr ernst, weil ich eine Frau an meiner Seite hatte und geerdeter für die Menschen rüberkam. Auch das sollte mir recht sein, immerhin kam es mir zugute.

»Schön! Ich lasse Ihnen alle wichtigen Papiere zukommen. Den Rest lassen wir unsere Anwälte klären, in Ordnung?« Er nickte und schlug ein. Damit war der Deal besiegelt.

Der Alte verließ ohne weiteren Kommentar das Lokal. Ich sprang freudestrahlend auf und zog Angel in meine Arme. Ich musste jetzt einfach mit ihr feiern. Dieses Essen lief um das Hundertfache besser, als ich es mir jemals hätte ausmalen können, und das alles nur dank ihr!

Sie kicherte niedlich, als ich sie leicht anhob und mich einmal mit ihr drehte. Zum Glück hatten wir eine private Nische, sodass die Leute nicht direkt zu uns hereinsehen konnten.

»Ich könnte dich küssen!« Kaum sprach ich es aus, drückte ich ihr einen dicken Kuss auf die Wange. Sie lachte ihr schönes Lachen, das mein Herz erwärmte. Als ich sie absetzte, hielt ich sie nach wie vor im Arm. Ich wollte sie noch nicht wieder freigeben, wollte meine Hände noch nicht von ihrem verführerischen Körper nehmen.

Wir sahen uns einen langen Moment tief in die Augen. Ich verlor mich fast wieder in ihnen, doch dann rutschte mein Blick wie von selbst auf ihre schönen und vollen Lippen. Sie lockten und riefen mich mit ihrer Sinnlichkeit. Ich bemerkte, dass sich Angel's Atmung beschleunigt hatte, beugte mich leicht zu ihr nach unten und führte meine Lippen an die ihren. Ich konnte sie schon beinah schmecken, so nah war ich ihnen. So nah waren die meinen endlich ihrem Ziel. Wenige Millimeter trennten mich noch von ihr.

»Nicht!« Ich stoppte und sah zu ihr auf, blickte Angel in ihre tiefblauen Augen. Abermals spiegelte sich dort ein Funken Angst wider. Fragend zog ich die Brauen in die Höhe und entfernte mein Gesicht von ihrem. Ich musterte sie verwirrt.

»Ich kann nicht!«, raunte sie leise und senkte den Blick.

»Was kannst du nicht? Mich küssen?«, hakte ich nach. Sie nickte, ohne mich dabei anzusehen. Ich legte zwei Finger unter ihr Kinn und hob ihr Gesicht an. Sie tat mir den Gefallen und ließ es zu. Meine Finger verweilten unter ihrem Kinn, berührten ihren schönen, mich lockenden Hals.

»Angel?«

»Es tut mir leid, ich kann nicht! Ich habe meine Regeln nicht umsonst.« Ihre Worte schlugen wie eine schallende Ohrfeige auf mich ein. *Das ist ein Scherz? Oder?*

Doch ihre Miene sah nicht nach einem Scherz aus. Ich ging ihre drei von fünf Regeln noch mal gedanklich durch, die mir Angel genannt hatte. Regel Nummer drei wusste ich noch genau, da sie mich betraf. Sie lautete, Angel würde immer nur einen Kunden gleichzeitig betreuen. Ebenso wie Regel Nummer eins. Diese besagte, dass Angel nun mal Angel hieße, daher ihr von mir gegebener Deckname für meine Kunden oder die Presse, nämlich Vivian. Als ich mir Regel Nummer zwei ins Gedächtnis rief, konnte ich mein Erstaunen und meine Missbilligung nicht verschleiern. Angel küsste keine Kunden! Verärgert schüttelte ich den Kopf und gab sie aus meiner Umarmung frei. Angel hatte mich aufmerksam gemustert, doch als ich meine Hände von ihr nahm, schlich sich ein Ausdruck in ihre schönen Augen, den ich nicht deuten konnte.

»Das soll ein Scherz sein?! Du kannst mich nicht küssen wegen deiner lächerlichen Regel? Obwohl ich nicht DIE Art von Kunde bin? Oder willst du es einfach nicht? In dem Fall musst du das nur sagen. Aber ich dachte …« Sie schüttelte schnell den Kopf und trat etwas dichter an mich heran.

»Ian, Nein! Das hat nichts mit wollen zu tun. Oder doch, irgendwie auch schon. Ich weiß auch nicht … aber bitte, Ian.« Doch ich ließ sie nicht weitersprechen. Mein Blick wandelte sich ins Strenge. Ich wollte nichts mehr hören.

»Lass gut sein! Ich versteh schon. Dann bleib deinen heiligen Regeln treu. Komm, ich bringe dich zurück ins Hotel!« Ich hatte die Nase voll und konnte nicht glauben, dass sie mich in dieselbe Schublade steckte wie diese Schweine. Missmutig wandte ich mich von ihr ab und war dabei, unsere separate Nische zu verlassen, doch plötzlich legte sich eine zierliche Hand auf meinen Arm und hielt mich davon ab, zu gehen. Ich stoppte in meiner Bewegung, drehte mich allerdings nicht zu ihr herum. Ich wusste, sobald ich in diese tiefblauen Augen blicken würde, wäre ich Angel wieder verfallen, doch so leicht wollte ich es ihr dieses Mal nicht machen.

»Ian, es tut mir leid, sollte ich dich damit gekränkt haben.

Aber du musst verstehen, ich habe diese Regeln schon so lange. Ich stellte sie damals zu meinem Schutz auf. Ich kann sie nicht einfach brechen und über Bord werfen. Verlang das bitte nicht von mir! Das wäre nicht fair!« Noch immer lag ihre Hand auf meinem Unterarm und noch immer stand ich seitlich zu ihr und sah sie nicht an. Ich verstand eigentlich nichts von dem, was sie mir sagte. Langsam wandte ich ihr nun mein Gesicht zu. Ich wollte sie ansehen, wollte versuchen, Antworten zu finden. Doch auch hier blieb mir die Wahrheit versperrt.

»Du weißt hoffentlich, dass ich nichts von dem verstanden habe, was du mir damit sagen wolltest, oder? Du bist mir ein einziges Rätsel, Angel … Nicht einmal deinen richtigen Namen kenne ich. Ich weiß im Grunde nichts von dir.« Bedauern schlich sich in meine Miene. Es war wahr. Ich kannte sie im Grunde nicht. Wusste nichts von ihr und ihrem Leben.

Sie nahm ihre Hand zurück und blickte entschuldigend zu mir herauf.

»Ich weiß nicht, was du jetzt von mir hören willst? Wenn es jedoch um meine Vergangenheit geht, dann muss ich dich enttäuschen. Niemand weiß etwas darüber! Nicht einmal Miguel! Und das ist auch besser so. Deshalb all meine Regeln. Bitte, kannst du es nicht einfach so hinnehmen? Und dann …« Wieder musste ich sie unterbrechen. Ich konnte nicht anders, sprach forsch dazwischen.

»Und dann was, ANGEL?! Was ERWARTEST du denn jetzt von mir? Ich soll nichts hinterfragen? Soll mir keine Sorgen um dich und deine Vergangenheit machen? Soll dich nicht küssen, obwohl da etwas zwischen uns ist? Nicht einmal, was mit dem alten Stone ablief, wolltest du mir erzählen. Ich habe nur diese nebulöse Aussage bekommen, als du ihn überzeugt hast. Und damit soll ich mich zufriedengeben? Das erwartest du von mir? Für was?«

Ich hatte mich ihr gegenüber erneut in Rage geredet, aber das war bei diesem sturen und komplizierten Mädchen auch nicht schwer. Noch nie hatte mich eine Frau so an meine Grenzen gebracht wie Angel!

Plötzlich wandelte sich ihr Blick. Da war nur noch Gleichgültigkeit.

»Ian, ich werde dir nichts über meine Vergangenheit sagen! Akzeptier es oder lass es, mir egal! Ich habe meine Gründe!« Sie verschränkte ihre Arme vor der Brust und drückte den Rücken durch. Ich verzog nur tadelnd eine meiner schwarzen Brauen.

»Aha. Haben deine Gründe vielleicht etwas mit deinen Narben auf deinen Innenschenkeln und am Bauch zu tun? Oder mit deiner Ruhe und Routine im Bezug auf aggressive Männer? Oder mit deinem panischen Ausdruck in den Augen, wenn man dir Nähe und Intimität entgegenbringt, statt Hass und Verachtung? Könnten diese Dinge vielleicht mit deiner mysteriösen Vergangenheit zu tun haben?« Sie sah angesichts meiner Beobachtungsgabe tatsächlich erstaunt aus, doch ich war noch lange nicht fertig mit ihr!

»Angel, ich bin nicht dumm! Es ist offensichtlich, dass du eine harte Vergangenheit mit dir herumschleppst. Und das darfst du auch! Mir geht es nicht darum, dass ich von dir verlange, mir deine gesamte Lebensgeschichte nach der kurzen Zeit, seit der wir uns jetzt kennen, auszubreiten. Nein. So etwas braucht Zeit und ich geb sie dir auch gerne. Aber du musst mir schon ein bisschen entgegenkommen. Denn so kann und will ich nicht weitermachen. Ich mache mich seit Wochen zum Trottel für dich, damit du mich irgendwie beachtest, die Eisprinzessin schmelzen lässt, und dann kommst du mir mit immer neuen Ausreden um die Ecke, die mir sagen sollen, dass das hier zwischen uns nicht funktionieren kann? Auch gut! Dann nenn mir einen klaren Grund und ich lass dich mit dem privaten Zeug in Ruhe!

Nur einen Grund! Okay?!« Ich beobachtete sie genau. Ich hatte sie mit meiner Ansprache aus der Fassung gebracht, man sah es ihr an.

Sie öffnete immer wieder den Mund, nur um ihn nach kurzem Überlegen erneut zu schließen. Ich ließ ihr die Zeit, die sie brauchte. Ich musste sie nicht drängen, wollte nur die Wahrheit, egal wie sie auch aussah.

»Du hast recht.« Ich sah sie verblüfft an, denn mit dieser Antwort hatte ich als Letztes gerechnet.

»Ich brauche Zeit. Wahrscheinlich sehr viel Zeit. Und du auch.« Ich verzog abermals fragend die Brauen.

»Wieso brauche ich denn Zeit?«

»Ian, du hast nicht einmal eine genaue Vorstellung von meiner Vergangenheit, meinen Altlasten oder meines Alter Egos! Im Grunde weißt du, wie du schon sagtest, nichts von mir. Ach was, weniger als nichts! Und das wird sich auch so schnell nicht ändern. Ich KANN dir einfach momentan nicht mehr geben. Es tut mir leid!« Ich nickte.

»In Ordnung.«

Sie weitete die Augen.

»In Ordnung?!«

Ich nickte erneut.

»Ja. Ich arbeite mich einfach mit deiner Erlaubnis Stück für Stück weiter hoch. Angefangen damit, dass ich dich heute endlich nach Hause fahren darf.« Sie schüttelte sofort stoisch den Kopf, woraufhin ich sie mit einem tadelnden Blick bedachte. *Nicht schon wieder!*

»Angel!«, brummte ich genervt. Dennoch blieb sie dabei und schüttelte weiter ihren Kopf, um zu verneinen.

»Ian, Nein! Das geht nicht!«

»Und warum nicht?«, fragte ich sie forsch.

»Du verstehst es ja wirklich nicht!« Entgeistert sah sie mich an. *Was versteh ich nicht?!*

Doch sie ließ mir keine Gelegenheit, danach zu fragen.

»Okay, ich erkläre es dir gern. Du KANNST mich in dieser Protzkarre nicht nach Hause fahren! Das geht gar nicht! Nicht in das miese Viertel, in dem ich wohne. Deine Karre wäre schneller Schrott, als du bis drei zählen könntest, und wenn mich jemand erkennt, hast du nicht nur am nächsten Tag die Presse am Hals, sondern ich kann mit zahlreichen Einbrüchen in meiner Bude rechnen. Da kann ich gut und gerne drauf verzichten! Sie ist vielleicht nicht das One57, in dem du lebst, aber meine Wohnung ist mir heilig! Sorry, das ist es mir nicht wert!« Verwundert riss ich die Augen auf. Ich hätte ja mit allem gerechnet, aber nicht damit. Doch dann konnte ich nicht mehr ernst bleiben. Ich prustete lautstark drauflos. Sie musterte mich skeptisch.

»Aah. Jetzt wird mir einiges klar. Deshalb behältst du auch keine der Kleider, man sollte dich damit nicht in deiner Gegend sehen, richtig?«

Sie wog den Kopf leicht hin und her.

»Auch. Aber eigentlich WILL ich die Kleider auch nicht annehmen! Auch das scheinst du noch nicht ganz verstanden zu haben.«

Ich ignorierte ihren Einwurf einfach.

»Warum hast du das denn nicht gleich gesagt? Denkst du, ich besitze nur solche Luxuskarren? Ich kann James bitten, für deinen Heimweg einen anderen, nicht so auffälligen Wagen zu nehmen. Plus, dass alles in schäbige Tüten eingepackt wird. Kein Problem!«

»Ich hätte immer noch einen Fahrer! In meiner Welt besitzt man aber keinen Fahrer!«

Erneut begann ich zu lachen.

»Hast du eigentlich immer eine Ausrede parat, um meine Hilfe abzulehnen? Aber auch dafür gäbe es eine ganz einfache Lösung.«

Sie beäugte mich skeptisch.

»Die da wäre?«

Mein Lächeln wurde breiter.

»Na, ganz einfach, ich fahre dich nach all unseren Treffen persönlich in einem unauffälligeren Wagen nach Hause.« Dieses Mal war sie es, die lauthals auflachte. Sie steckte mich damit unwillkürlich an. Dann schüttelte sie belustigt den Kopf.

»Du wirst ja doch nicht lockerlassen. Na gut. Aber du kommst heute nicht mit rein!«

»Heute?«, neckte ich sie. Sie lächelte süß.

»Schritt für Schritt, schon vergessen?!« Ich hob beschwichtigend, jedoch breit grinsend die Hände hoch.

»Wir müssen aber noch etwas warten, bis James die Autos getauscht hat. Stört es dich? Wir könnten dann noch auf deinen Sieg anstoßen?«, versuchte ich sie zu locken. Es funktionierte auch recht gut, denn sie willigte ein.

Umgehend informierte ich James, dann bestellte ich uns die Drinks. Natürlich für sie ihren geliebten Mojito und für mich einen Whiskey.

Nach kurzer Zeit kam der Kellner mit unseren Getränken. Wir stießen an und nahmen dankbar unseren ersten Schluck. Beide jagten wir einen Moment unseren Gedanken hinterher.

»Weißt du eigentlich schon, was du von mir verlangst? Wegen unseres Deals?«, fragte ich sie neugierig. Sie schwenkte abwesend die Flüssigkeit in ihrem Glas und sah gedankenverloren an mir vorbei. Ihre Miene erhellte sich nach ein paar Minuten, doch in derselben Sekunde biss sie sich auf die Unterlippe, als wäre es keine gute Idee. Ich wurde neugierig.

»Was? Du kannst es mir ruhig sagen!«, versuchte ich sie sanft zum Reden zu bringen. Noch immer biss sie sich verführerisch auf die Unterlippe. Dann schüttelte sie leicht den Kopf.

»Schon gut. Ich denke mir etwas anderes aus. Das wäre

irgendwie unpassend!« Ich grinste sie schelmisch an, was sie leise zum Lachen brachte.

»Nicht, was du jetzt denkst!«, verbesserte sie meine schmutzigen Gedanken sofort. Ich zog gespielt einen Schmollmund, ehe ich schnell wieder ernst wurde.

»Angel, das hatten wir doch gerade eben schon. Du kannst es mir ruhig sagen.« Erneut begann sie nervös auf ihrer Unterlippe herumzukauen.

»Ich weiß nicht so recht, wie ich dich das fragen soll, ohne dass es komisch rüberkommen könnte.« Noch immer schien sie mit sich zu ringen. Ich wurde immer neugieriger auf das, was jetzt wohl kam.

»Einfach direkt sagen. Nein sagen kann ich schließlich nicht.« Ich grinste sie spitzbübisch an.

Sie seufzte einmal laut auf, dann war sie wohl so weit, mich zu fragen.

»Okay, aber du darfst nicht lachen!« Ich nickte eifrig.

»Gut. Also, ehm, einer meiner größten Wünsche war es schon immer, in einem solchen Zuhause wie deinem aufzuwachen. Über der Skyline von New York. So weit oben. Das wäre mein Wunsch an dich. Natürlich nicht in deinem Bett oder so. Ich schlaf auch auf deiner Couch, wenn du überhaupt fremde Leute in deine Wohnung reinlässt?! … Ach – weißt du was? – vergiss es einfach schnell wieder. Das war dumm von mir!« Sie redete sich um Kopf und Kragen und ich durfte nicht lachen. Es war wirklich gemein von ihr gewesen, das vorher von mir zu verlangen. Daher versuchte ich, mein breites Schmunzeln, so lange es ging, zu verstecken. Doch als ich zu sprechen begann, hielt ich es nicht mehr aus.

»Ganz ruhig, Angel. Ist doch kein Problem. Ich lad dich recht herzlich zu einer Übernachtung in mein Penthouse ein. Wann immer du möchtest. Ich stelle dir als Gentleman sogar mein Bett oder auch dein eigenes Gästezimmer zur freien Verfügung. Du entscheidest.«

»Danke!«, gab sie schüchtern zurück. Kurze Zeit später strahlte sie bis über beide Ohren. Diese Frau erstaunte mich doch immer wieder, wie sie in den kleinen Dingen das Schöne und Besondere sah. Ich wohnte schon bestimmt zwei Jahre in dem Wolkenkratzer und hatte mir nie wirklich etwas aus seiner Aussicht gemacht. Sie war einfach da, gehörte dazu. Angel hätte sich fast alles von mir wünschen können, und doch wählte sie, eine harmlose Nacht bei mir zu Hause zu verbringen. Und das nicht einmal wegen des Luxus, nein, sondern weil sie den Sonnenaufgang über der Skyline sehen wollte. *Wahnsinn! Du bist einfach nur der Wahnsinn, Angel!*

Ich könnte ihr noch so viel von meiner Welt zeigen, und sie mir sicher auch. Mir wieder die kleinen Dinge im Leben bewusst machen, die ich durch all mein Geld und meinen Reichtum aus den Augen verloren hatte. *Das wäre schön.*

Ja, das würde mir sehr gefallen. Ich wollte sie außerhalb unserer Vereinbarung kennenlernen. Wollte wissen, wer sie wirklich war, wie sie lebte und ihre Zeit verbrachte. Ich wollte einfach jedes noch so kleine Detail über sie erfahren. Da kam mir eine Idee für meinen Teil des Deals, doch ich wartete noch damit, ihn ihr zu unterbreiten.

Wir verließen, nachdem wir unsere Drinks getrunken hatten, erneut Arm in Arm das Lokal durch den Hinterausgang. James hatte den Wagen hinter der nächsten Ecke geparkt, damit kein Paparazzo sah, welche Fahrzeuge ich in meiner Freizeit noch alles benutzte. Es war einer meiner unauffälligsten Wagen, denn dieses Auto könnte man sich auch mit einem mittelguten Job leisten. Es war der neuste BMW, ein mattschwarzer X7. Ich mochte dieses deutsche Auto, er fuhr sich ausgesprochen gut.

Ich beobachtete Angel genau, als wir auf den BMW zusteuerten. Sie verzog spöttisch eine Augenbraue und sah mich an.

»Das nennst du unauffällig?!« Ich grinste ihr breit entgegen.

»Baby, unauffälliger kann ich nun mal nicht. Tut mir leid!« Ich zuckte jungenhaft mit den Achseln und öffnete ihr die Beifahrertür. Ich freute mich darauf, sie neben mir sitzen zu haben, wenn ich gleich fahren würde. Ich liebte das Autofahren, doch schickte es sich nun mal nicht, in meinen Kreisen selbst zu fahren. Zumindest nicht, wenn es um Geschäftliches ging oder die Presse vor Ort war. Daher kostete ich den Moment richtig aus.

Ich war gerade ein einfacher Mann, der sein Mädchen nach Hause fuhr, wie jeder andere es nun mal auch tat. Irgendwie hatte diese Vorstellung etwas.

Als sie saß, schloss ich die Beifahrertür, ging um den Wagen herum und ließ mich breit grinsend hinterm Steuer nieder. Ich stellte noch alles genau ein, dann startete ich den Motor dieses Schätzchens. Sogleich schnurrte er wie ein kleines Kätzchen los. Ja, die Deutschen verstanden etwas von Autos und Waffen, das musste ich ihnen lassen.

»Bereit?«, fragte ich sie schelmisch grinsend, dann raste ich, ohne auf ihre Antwort zu warten, los. Die Reifen quietschten laut beim Anfahren, doch als wir um die nächste Ecke bogen, drosselte ich mein Tempo. Ich wollte diese Fahrt hier schließlich genießen.

Angel hatte mir nur ihr Viertel genannt und meinte, den Rest würde sie mich lotsen. Mir missfiel dieser Vorschlag zwar, aber was blieb mir anderes übrig?

Sie musterte mich genau von der Seite.

»Was ist? Was geht in deinem hübschen Köpfchen vor?«, fragte ich sie nach einiger Zeit der Stille belustigt. Immer wieder warf ich ihr kleine Seitenblicke zu, jedoch verlor ich die Straße dabei nie aus den Augen und blieb weiter konzentriert.

»Nichts. Ich frage mich nur, ob das alles echt ist.« Ich verzog fragend die Brauen. Ich wusste nicht, was sie meinte.

»Was genau meinst du?«

»Du. Das alles hier. Miguel hatte eine passende Bezeichnung dafür.«

»Aha? Was meinte er denn?« Ich wusste nicht, ob mir gefallen würde, was sie mir gleich sagen würde. Sie begann leise zu lachen und schüttelte nachdenklich den Kopf.

»Er verglich unsere Situation mit Cinderella.« Ich begann herzlich zu lachen.

»Und was ist mit dir? Glaubst du an Märchen? An den Prinzen, die gute Fee und all das?« Ich beobachtete sie einen Moment im Augenwinkel, ich wusste, ich hatte mich mit dieser Frage weit aus dem Fenster gelehnt, aber wenn sie mir solch eine Vorlage schon mal anbot …

»Ich habe schon lange aufgehört, an Märchen und ihre Magie zu glauben. Aber irgendwie fühlt es sich mit dir dann doch so an, als wäre man mitten in eine Märchenwelt gestolpert. Nur weiß ich noch nicht so genau, ob mich in dieser Welt mein Prinz erwartet, oder doch nur wieder ein weiteres Monster.« Sie sprach zum Seitenfenster gewandt, in ihrer Stimme lag eine tiefe Trauer. Jene Trauer breitete sich im ganzen Wagen aus, drückte einen nieder und ließ keinen Platz für Freude. Es war bedrückend.

»Vielleicht solltest du anfangen, wieder an die Magie zu glauben, wer weiß, was dann für Wunder entstehen können?« Ich lächelte ihr breit entgegen. Als sie mich ansah, entschlüpfte auch ihr ein kleines Schmunzeln.

»Wir werden sehen«, gab sie leise zurück.

Erneut breitete sich die Stille im Wagen aus, doch es war keine unangenehme. Beide jagten wir unseren verschiedenen Gedanken hinterher.

Als ich das nächste Mal abbog, musste sie mich ab dort lotsen. Angel hatte mit ihrem Viertel wirklich nicht übertrieben, hier wäre mir sicher mein geliebter Maybach unter dem Arsch weggeklaut worden. Wie konnte ein junges und zierliches Ding wie sie hier allein wohnen? Als sie dann noch auf ihr Haus zeigte, musste ich mir zwanghaft irgendeine Reaktion verbieten. Das ging gar nicht! Es war ein absolut heruntergekommenes Sechs-Parteien-Haus, in einer Reihe solcher Klötze. Alle sahen gleich schäbig und baufällig aus. *So kann doch keiner leben?*

»Guuut«, begann ich gedehnt, um mir meinen Unmut nicht anmerken zu lassen. Ich parkte direkt vor ihrem Haus und stellte den Motor ab. Angel folgte meinem Blick, dann begann sie erneut leise zu lachen.

»Ja, ich weiß, es ist nicht gerade das Ritz, aber meine Wohnung ist eigentlich ganz schön. Und etwas anderes kann ich mir nun mal nicht leisten.« Ich musterte sie fragend.

»Ich dachte in deiner Agentur verdient ihr nicht schlecht?!«

»Ja, das denken die in der Agentur auch. Aber wie du siehst, ist dem nicht so.« Sie deutete mit einem Kopfnicken in die Richtung ihres Hauses.

»Dann such dir doch etwas anderes?«, schlug ich unschuldig vor. Ihre schön geschwungenen Brauen wanderten noch etwas höher. Ich hob bei ihrem strengen Blick schnell entschuldigend die Hände und grinste sie dementsprechend an.

»Ich mein ja nur. Wenn einem etwas an seinem Leben nicht passt, sollte man es ändern. Ganz einfach!« Ich zuckte mit den Achseln. Sie dagegen schnaubte.

»Danke für den Tipp, Mr. Milliardär! Was verstehst du schon davon?!« Wütend verschränkte sie die Arme vor der Brust. Ihre schönen Brüste quollen bei dieser Geste noch weiter aus ihrem sowieso schon sehr freizügigen Ausschnitt, denn sie trug noch immer das Kleid. Ich versuchte, meine Aufmerksamkeit nicht auf ihre mich lockenden Brüste zu lenken, und sah ihr zwanghaft nur ins Gesicht.

Ich drehte mich zu ihr herum und legte einen Arm auf ihrer Kopfstütze ab.

»Ich wollte dich nicht verurteilen. Ich habe dir lediglich meine Meinung dazu gesagt. Schließlich verstehe ich ein bisschen was davon, bei null anzufangen und sich etwas mit seinen eigenen Händen aufzubauen. Aber jeder, wie er will und kann!« Jetzt lachte sie ungläubig.

»Das kann man doch überhaupt nicht vergleichen! Du hast das Unternehmen deines Vaters verkauft und DAMIT dein Imperium aufgebaut. Nicht von null an, mit keinem Cent Geld in der Tasche. Du magst ein guter Geschäftsmann sein, aber du verstehst rein gar nichts von dem einfachen Leben.« Ich hob erneut beschwichtigend die Hände.

»Schon gut! Du hast mich entlarvt«, scherzte ich und grinste. Sie schnaufte abermals auf, konnte sich ein feines Lächeln aber nicht länger verkneifen.

Ich wollte nicht wieder mit ihr streiten. Sie hatte recht, wir kamen aus völlig verschiedenen Welten und sicherlich würden wir uns noch öfter deswegen in die Haare bekommen, aber jetzt wollte ich nicht mehr über Dinge diskutieren, die wir nun mal nicht ändern konnten, zumindest nicht über Nacht.

Ich strich ihr erneut an diesem Abend zärtlich über die Wange. Sie drehte ihr Gesicht wieder in meine Richtung und sah mich mit großen Augen an. Als mein Daumen schließlich ihre Unterlippe fand und nachfuhr, öffnete sie unweigerlich ihren Mund für mich. Ihre Augen bekamen einen geheimnisvollen Glanz, dessen Bedeutung mir mal wieder verwehrt blieb.

Ein warmer Schauer nach dem anderen jagte durch ihren Körper, ich konnte sie spüren. Dieses Mal verhielten sie und ihr Körper sich ganz anders auf meine Berührungen. Ich wusste nicht, was sich verändert hatte, doch ich hatte nicht vor, hier weiterzugehen und es herauszufinden, auch wenn mich ihre verführerischen Lippen magisch anzogen.

»Jetzt würde ich gern meine Belohnung einfordern«, raunte ich leise. Ihre Augen weiteten sich leicht panisch, doch sie sagte nichts und rührte sich nicht. Ich lächelte ihr sanft zu, noch immer streichelte mein Daumen ihre weiche Haut unter ihrer Lippe.

»Ich würde gern ein richtiges Date mit dir haben. Mit allem Drum und Dran. Du bist eine einfache Frau und ich irgendein Kerl. Keine Vereinbarung, keine Abmachungen. Einfach ein Mann, der seine Angebetete zu einem Date ausführt. Was sagst du dazu?«

Ihr Mund öffnete sich noch etwas mehr, jedoch dieses Mal vor Erstaunen. Damit hatte sie wohl nicht gerechnet. Ich musste breit darüber schmunzeln, doch dann nahm ich die Hand von ihrer Wange, damit sie sich fangen konnte. Ich gab ihr den Raum und Platz, um sich zu entscheiden.

»Wieso fragst du mich? Ich kann doch so oder so nicht nein sagen?!«, entgegnete sie kleinlaut.

»Ich habe dich aber nun mal gefragt. Und für diese Frage gibt es zwei Optionen. Option A, du sagst ja und hast einen traumhaften Abend mit mir. Option B, du sagst nein und verpasst etwas.« Ich zwinkerte ihr frech zu, was sie sogleich zum Lachen brachte. Ich mochte es, wenn sie lachte, sie tat es viel zu selten.

»Na, bei dieser großen Auswahl an Optionen, nehme ich … Option A.« Mein Lächeln weitete sich, ohne dass ich es wollte. Ich musste wie ein liebestoller Trottel aussehen, doch das war mir komischerweise gerade völlig egal. Zum ersten Mal in meinem Leben scherte ich mich nicht darum, wie etwas bei jemanden ankam oder ob ich mich mit meinem Verhalten zum Deppen machte. *Komisch, was du aus mir machst …*

»Gute Wahl«, scherzte ich. Wir sahen uns zum wiederholten Male intensiv in die Augen. Noch immer lag ein feines Lächeln auf ihren schönen Lippen. Wie gerne würde ich ihr jetzt einen Abschiedskuss geben, doch sie hatte mir klargemacht, dass sie es nicht wollte. Also tat ich es auch nicht. Stattdessen beugte ich mich zu ihr herüber und gab ihr einen kleinen, unschuldigen Kuss auf ihre weiche, bronzene Wange. Ihre Haut war so samten und fühlte sich so gut unter meinen Lippen an, dass ich sie am liebsten ewig weiter liebkost hätte.

Angel's Atmung hatte sich erneut beschleunigt, ihr heißer Atem traf mein Gesicht und setzte die Stelle sofort unter Strom. Unsere Körper zogen sich magisch an und doch entfernte ich mich unter innerem Kampf langsam von ihr und setzte mich zurück auf meinen Sitz. Ich griff blind nach hinten und legt ihr eine große Tüte auf den Schoß. Angel schien wie in Trance zu sein, erst als das Plastik laut zu rascheln begann, riss sie ihren Blick von mir los und sah in ihren Schoß.

»Deine Klamotten und Tasche aus dem Hotel. Ich denke, dort wird dein Schlüssel drin sein und den wirst du wohl jetzt brauchen, oder?« Noch immer sah sie perplex auf die Tüte in ihrem Schoß, dann nickte sie wie ferngesteuert. Ich musste über ihr eigenartiges Verhalten schmunzeln.

»Dann gute Nacht, kleine Angel. Bis zu unserem nächsten Treffen.«

»Gute Nacht«, hauchte sie leise, stieg aus und verschwand kurze Zeit später in ihrem Haus. Mein Dauergrinsen verging mir nicht. Nicht die Fahrt über nach Hause oder als ich daheim ankam. Ich lächelte unaufhörlich ihretwegen und wieder musste ich mich fragen … *Was macht diese Frau nur mit mir?!*

Kapitel 15

Angel

Ich spürte samtene Lippen, die meinen Nacken liebkosten, gefolgt von starken Händen, die mich sanft berührten, die zärtlich meine nackte Haut hinabstrichen, mich streichelten und verwöhnten.

Ein genüsslicher Seufzer nach dem anderen entfuhr meiner Kehle, auch wenn ich es nicht wollte. Ich durfte diese Zärtlichkeiten nicht genießen, nicht nach seinen Schlägen und Erniedrigungen, und doch tat ich es. Ich genoss diese Art von Entschuldigungen zu sehr. Auch so zu erwachen, war immer besonders schön. Ich liebte es, wenn er zärtlich zu mir war. Liebte es, wenn er mir seine Liebe in solchen Momenten wie diesen zeigte.

Seine Küsse wanderten über meinen Rücken, weiter runter zu meinen blanken Backen, über seine zahlreichen kleinen Wunden und blauen Flecken hinweg, zielstrebig zu meinem Lustzentrum. Ich reckte ihm ungeduldig meinen nackten Po entgegen, öffnete mich sehnsuchtsvoll für ihn. Ein lauter Seufzer entwich mir, als er mit seiner Zunge in mich glitt. Ich krallte mich ins Bettlaken und stöhnte meine Lust heraus. Er verwöhnte mich mit seiner Zunge, als wäre er dazu geboren worden.

Immer wieder tauchte er tief in meine feuchte Spalte, drückte mit seiner Zungenspitze gegen meine empfindlichen Innenwände, reizte mich damit bis zum Äußersten. Seine Finger wanderten noch immer gierig meine nackte Haut entlang, bis sie meine empfindliche Perle fanden. Gezielt übte er Druck auf ihr aus und ließ mich damit, gepaart mit seinem heißen

Zungenfick, laut und hemmungslos kommen. Gekonnt leckte er mich zu einem intensiven Höhepunkt.

Kaum war dieser verebbt, stieß er sich in mich. So zärtlich er gerade eben noch zu mir gewesen war, so grob nahm er mich jetzt von hinten, und doch stöhnte ich laut, als ich seine imposante Länge in mir spürte. Stöhnte, als ich beinah durch seine kräftigen Stöße vornüberkippte. Er packte mich mit dominantem Griff an meiner Hüfte und hielt mich damit an Ort und Stelle, damit er seinen heftigen Takt beibehalten konnte. Ich stöhnte, obwohl es schmerzte, tat so, als würde es mir gefallen, damit er glücklich war, damit er mich nicht wieder schlug. Damit er vielleicht wieder zärtlich zu mir war und mir seine Liebe zeigte.

Doch er war beim Sex nicht sanft zu mir, verwöhnte mich meist nur, wenn er mich zuvor geschlagen hatte.

Er fickte mich so, wie es ihm gefiel und so, wie er es brauchte, achtete dabei nicht auf meine Lust.

Ich wandte mich von ihm ab, sah nach vorne und biss mir schmerzhaft auf die Lippe, um nicht zu schreien.

»Sieh mich an!«, befahl er mit seinem rauen Spanisch. Ich gehorchte und blickte ihm wieder über die Schulter entgegen, während er mich immer gröber nahm. Ihm zeigte ich es nicht, dass er mir wehtat, es würde auch nichts nützen, denn es interessierte ihn nicht. Hier ging es um ihn und sein primitives Verlangen.

Seine Stöße wurden noch eine Spur härter, er würde gleich kommen, das wusste ich, doch ich konnte nicht mehr mitspielen. Ich wandte mich erneut von ihm ab, drehte mein Gesicht nach vorne und biss mir auf die Lippen. Plötzlich schrie ich spitz auf, als er mich grob an meinem Haar packte und meinen Kopf so nach hinten zog.

»Ich sagte, sieh mich an!«, knurrte er unheilvoll. Ich wimmerte in seinem unbarmherzigen Griff sowie Fick.

Tief schaute er mir in die Augen, während er mich noch

immer grob am Haar gepackt hielt, mich damit zwang, ihn anzusehen. Dann kam er dankenswerterweise mit einem lauten Brummen. Er ergoss sich tief in mir. Ich spürte, wie sich sein heißer Samen in mir zerteilte, und betete wieder einmal, wie jedes Mal, dass nichts passieren würde.

Noch immer zuckte sein Schwanz gierig in mir, füllte mich noch immer bis zur Gänze aus. Zuerst ließ er mein Haar los, dann meine Hüfte.

Plötzlich erzeugte er wieder den perfekten Kontrast, indem er mich nur zärtlich streichelte, seine Finger spielerisch über meine zahlreichen blauen Flecke wandern ließ. Er küsste meine Wirbelsäule hinauf bis zu meinem Nacken, um an meinem Ohr zu enden.

»Giulia, meine Schöne, reiz mich doch nicht immer so. Ich möchte deine samtene, bronzene Haut nicht so verunstalten müssen.« Er knabberte und leckte mir mein Ohr, begann mich erneut mit leichten Stößen zu ficken. Er war dieses Mal so sanft und liebevoll, dass ich einfach erregt seufzen musste. Auch wenn dort alles schmerzte, dieser Kontrast ließ mich all das vergessen. Seine Liebe ließ es mich ignorieren und genießen. Ich erlaubte mir, genießerisch die Augen zu schließen, da er noch immer mit meinem Ohr und Hals beschäftigt war. Noch immer leckte und knabberte an mir, entlockte mir damit ein leises Stöhnen.

»Gefällt dir das, wenn ich zärtlich zu dir bin?«, raunte er mit seinem dunklen und perfekten Spanisch dicht an mein Ohr. Gänsehaut breitete sich bei diesem Klang aus. Ich nickte stumm.

Seine Hände fanden in dem Moment meine Brüste, strichen zärtlich meine Nippel, ließen mich, gepaart mit seinen sanften Stößen, erneut erregt seufzen.

»Willst du, dass ich immer so zu dir bin?!« Erneut nickte ich und stöhnte gleichzeitig laut auf, als er meinen geheimen Knoten tief im Inneren meines Lustzentrums traf. Seine Hände wanderten langsam zurück zu meinem Schritt. Ich erzitterte

unter seinen sanften Berührungen, war ich diese so nicht gewöhnt. Er gab mir nur sehr selten Gelegenheit, meine Lust auszukosten, und meist wollte er dann etwas von mir. Doch ich fiel jedes Mal wieder darauf herein, er war zu gut in dem hier, darin, mich zu verführen. Jeder Druck, Kuss, Stoß oder Biss war perfekt, als wäre er der geborene Sexgott.

Seine Finger fanden erneut meine Perle. Er umkreiste sie zuerst spielerisch, neckte und ärgerte mich mit seinen langsamen Bewegungen. Seine Stöße blieben sanft, immer wieder zog er sich vorsichtig aus mir zurück, nur um sich dann wieder genauso behutsam tief in mich zu versenken, um dann auf meinen geheimen Knoten zu drücken.

Er verharrte in mir, quälte mich nun damit, sich nicht zu bewegen. Auch meine Perle umkreiste er nur, berührte sie jedoch nicht. Er machte mich damit verrückt. Ich reckte mich ihm entgegen, begann nun selbst mein Becken zu bewegen. Sein Schwanz zuckte bei meinen kreisenden Bewegungen gierig in mir auf, ein weiteres Brummen entwich seiner Kehle.

»Oh, Giulia, gib mir endlich, was ich will, und es wird immer so sein.« Ich wollte auf sein Gesagtes reagieren, wollte mich von ihm lösen, vor ihm flüchten! Ich wollte und konnte ihm nicht geben, was er wollte! Doch zu all dem kam ich nicht, denn er ließ mich nicht! Indem er mich auf die perfekte Art und Weise einfach weiterfickte, war ich nicht in der Lage, zu widersprechen. Als dann noch seine Finger auf meine Perle drückten, drohte ich, zu zerreißen.

Seine Lippen wanderten abermals zu meinem Ohr.

»Wirst du ja sagen?!« Ein zustimmendes Stöhnen entwich mir. Ich wollte es nicht, und doch tat ich es!

»War das dein JA?!«, raunte er mir amüsiert ins Ohr. Seine Stöße wurden noch intensiver, sein Druck auf meiner Perle ebenso. Alles darauf bedacht, mein Denken auszustellen. Der Orgasmus baute sich bereits in mir auf, drohte schon, mich zu überrollen. Ich konnte nicht mehr antworten, doch das war

gegen seinen Plan. Kurz bevor ich mich in diesem intensiven Höhepunkt verlor, zog er sich augenblicklich aus mir zurück, nur um mich dominant zu packen und mich herumzuwirbeln, sodass ich zum Schluss unter ihm lag. Er stützte seine starken, muskulösen Arme links und rechts neben mir ab und sah mit seinen dunklen Augen unheilvoll zu mir herab. Sein gesamter muskelbepackter und perfekter Körper presste mich in die Matratze, nagelte mich somit fest.

»Bitte, Alexey«, flüsterte ich erstickt. Doch mein Bitten und mein Flehen halfen nichts. Natürlich nicht!

Sein Blick verdunkelte sich noch mehr, zog mich damit in eine endlose schwarze Tiefe, aus der es kein Entkommen gab. Dann umfasste er meinen Hals. Ich riss erschrocken die Augen auf, trat und schlug wild um mich. Versuchte erneut, ihn anzuflehen, doch ich konnte nicht mehr sprechen.

»Ich habe dich gewarnt, Giulia! Wieso willst du einfach nicht hören?! Aber das wirst du noch!« Sein Griff um meine Kehle wurde fester, mein Gurgeln lauter. Kaum hatte er seinen Satz beendet, drückte er mir ohne jede Emotion seine Lippen auf die meinen. Er küsste mich grob und hart, während er mich würgte. Sterne taten sich vor meinen Augen auf. Die blanke Panik hatte Besitz von mir ergriffen, doch plötzlich war er fort. So schnell wie Alexey mich unter sich gezwungen hatte, so schnell war er verschwunden.

Er hatte sich bereits aus unserem Bett erhoben und war gerade dabei, nackt wie er nun mal war, unser Schlafzimmer zu verlassen.

»Morgen, meine Schöne, bist du mein!«, raunte er noch über die Schulter, dann verschwand er aus dem Zimmer.

»Morgen, meine Schöne, bist du mein!« Mit diesen Worten schreckte ich aus einem meiner vielen Albträume. Ich brauchte einen langen Moment, um zu verstehen, was Realität und was Traum war. Denn wie nach jedem Albtraum spürte ich noch immer seine Küsse und Berührungen auf meiner Haut. Sah seine dunklen, unheilvollen Augen direkt vor meinen, wie sie mich in einen tiefen Abgrund zogen. Nahm seinen heißen Atem an meinem Ohr wahr, als er mir all diese Dinge zuflüsterte.

Ich fasste mir wie automatisch an meinen Hals, als hätten tatsächlich noch vor ein paar Sekunden seine Hände dort gelegen und gewaltvoll zugedrückt. Ich bildete mir ein, dass sich meine Haut dort heiß anfühlte. *Was zum Teufel?!*

Mein Herz raste noch immer wie wild in meiner Brust. Schweißgebadet saß ich in meinem Bett und sah mich verängstigt um. *Ganz ruhig! Du wirst mich nicht finden! Niemals!*

Ich betete es mir immer und immer wieder vor. Versuchte mich damit wieder zu beruhigen, bis mich das Surren meines Handys vor Schreck zusammenfahren ließ. Mit zittrigen Händen nahm ich es an mich. Ich hatte eine Nachricht erhalten. *Ian!*

Ian hatte mir geschrieben.

»Hallo schöne Frau,

wie stehen denn die Chancen, dich morgen Abend spontan auf ein Treffen mit mir einzuladen? ;)

Traust du dich?

- Ian«

Ein feines Lächeln stahl sich auf meine Lippen. Ich freute mich nach gestern darüber, von Ian so schnell wieder zu hören. Er hatte mich mit seinem Verhalten überrascht. Ich hätte nie vermutet, dass hinter dem verwöhnten Prinzen solch ein Mann steckte. Ian war rücksichtsvoll und zärtlich zu mir gewesen, obwohl seine Neugierde so groß auf mich und meine Vergangenheit war, ebenso wie sein Verlangen nach mir. Ich hatte es in seinen Augen gesehen, und doch hatte er mir nur einen unschuldigen Wangenkuss zum Abschied gegeben. Ian hatte meine Bitte und Unsicherheit ernst genommen und gab mir die Zeit, die ich brauchte. *Morgen, meine Schöne, bist du mein!*

Die Worte und Bilder schoben sich wie von selbst in meinen Kopf zurück. Ich konnte nichts dagegen tun, sie flackerten plötzlich vor meinem inneren Auge auf. Seine Worte hallten in meinem Schädel nach, immer und immer wieder hörte ich seine tiefe, männliche Stimme. Dieses rauchige Spanisch, das mich so oft verletzt sowie besänftigt hatte.

Ich schüttelte verzweifelt den Kopf, um all das Böse daraus zu verjagen. Um ihn endlich daraus zu vertreiben! Ich wollte nicht mehr an ihn denken, ihn nicht mehr vor meinem inneren Auge sehen, und schon gar nicht wollte ich seine Berührungen auf meiner Haut spüren. Und doch tat ich all das! Ich saß wie erstarrt in meinem Bett und war gezwungen, all die schrecklichen Dinge, die er mir angetan hatte, noch einmal im Geiste zu erleben.

Es lief wie ein Film ab. Unaufhaltsam spielten sich diese immer gleichen Szenen ab, wie er mich verführte, und das nur, um zu bekommen, was er von mir wollte. Wie er mich so oft gewaltsam nahm, meine stummen Tränen sowie Flehen nicht beachtete, nur um mich danach wieder in seine starken und schützenden Arme zu ziehen, mir somit seine Liebe zeigte.

Tränen bildeten sich in meinen Augen, die Panik kehrte zurück. Ich fasste mir an den Kopf, wippte mit meinem Oberkörper vor und zurück. Ich wollte all das nicht mehr sehen, wollte es nicht noch einmal erleben müssen. Nein!

Was, wenn Ian auch so war wie er? Was, wenn der nächste Alexey nur auf mich wartete und ich, ohne es zu wissen, in den nächsten Albtraum stolperte?!

Die Zweifel schnürten mir die Luft ab. Ein riesiger Kloß hatte sich in meinem Hals gebildet und hinderte mich am ruhigen Atmen. Ich versuchte, mich zu beruhigen, um keine Panikattacke zu bekommen. Nach Minuten der Qual und Angst, gelang es mir, meine Lunge wieder regelmäßig mit Sauerstoff zu füllen, doch mein Herz raste noch immer.

Hatte ich mich in einer Märchenwelt verirrt? Ließ ich mich tatsächlich von all dem Luxus und seiner Schönheit wie Attraktivität blenden? Ausgerechnet ich? Oder ließ ich meiner Vergangenheit – Alexey – noch immer die Macht, über mein Leben zu bestimmen? Würde ich endlich von ihm loskommen, nicht indem ich allen Männern oder der Liebe abschwor und mich streng an meine Regeln hielt, sondern indem ich mich wieder für sie öffnete? War das der Weg in die Freiheit? Konnte das sein? …

Kapitel 16

Logan

Ich wartete ungeduldig in diesem 'Man-of-the-universe-Büro' darauf, dass der feine Herr sich mal blicken ließ. Die neue, noch heißere Sekretärin meines Bruders hatte mich zwar gebeten, draußen zu warten, weil Ian nicht im Haus sei und sie nicht wisse, wann er wiederkommen würde, aber ich hatte ihr nicht geglaubt. Ich war mir sicher gewesen, sie sollte das sagen, weil mein Bruderherz mich nicht empfangen wollte. Doch nach knapp 30 Minuten beschlich mich das Gefühl, dass die Kleine nicht gelogen hatte. *Schöne Scheiße. Er ist tatsächlich noch immer beleidigt!*

Ich wollte mich gerade aus dem imposanten Stuhl meines Bruders erheben, da öffnete sich die Tür. Leider war es nicht mein werter Bruder, sondern die scharfe Kleine. *Verdammt! Wo bekommt mein Bruder die nur immer her?*

Sie schritt mit überschwänglichem Hüftschwung auf mich zu, sah mich jedoch mit strengem Blick an. Devot war sie keineswegs, sie wusste genau, was sie wollte. *Nein, Logan! Von ihr lässt du schön die Finger!*

Auch wenn das leichter gedacht als getan war, denn allein ihr Outfit sollte in einem solchen Büro verboten werden.

Sie trug einen engen, langen, schwarzen Rock, der ihre sexy Rundungen perfekt in Szene setzte. Dazu noch eine ebenso enge, weiße Bluse, die sich nur so über ihre korpulente Oberweite spannte. *Was man mit den Dingern alles machen könnte?! Nein, Logan, aus!*

Ich lächelte ihr nicht mein charmantestes Lächeln zu, nur

um auf Nummer sicher zu gehen. Dicht vor dem Schreibtisch blieb sie stehen und blickte streng auf mich herab.

»Mr. Davis. Dürfte ich Sie erneut höflichst bitten, zu gehen? Ihr Bruder wird, denke ich, heute nicht mehr in sein Büro kommen.« Ich sah sie fragend an. *Ian wird nicht mehr ins Büro kommen? Das gab es noch nie!*

»Sind Sie sicher? Es ist nicht mal 14 Uhr. Mein Bruder lebt quasi hier und Sie wollen mir erzählen, er kommt heute nicht mehr?!« Sie verzog tadelnd eine Augenbraue, als ich mich langsam aus dem Stuhl meines Bruders erhob und sie von oben herab frech angrinste. Sie war recht klein, ohne Schuhe wahrscheinlich keine 1,60 m.

Gezwungen, mein Kopfkino zu ignorieren, trat ich neben sie.

»Gut, dann werde ich bei ihm zu Hause nach ihm sehen. Danke für ihre freundliche Betreuung.« Die Ironie in meiner Stimme war ihr nicht entgangen, so streng, wie sie mich anblickte. Ich schmunzelte ihr noch einmal verschmitzt zu, dann wandte ich mich ab und verließ ohne Umwege das Bürogebäude meines Bruders. *Schöne Scheiße! Jetzt darf ich auch noch durch die halbe Stadt zu Ian nach Hause fahren. Wieso ist er nicht hier?*

Grübelnd ließ ich mich in meinem Buick hinters Steuer fallen und fuhr los. Nervenaufreibende 30 Minuten später, stand ich vor dem imposanten One57. Diese Art, zu wohnen, war überhaupt nicht meins, viel zu protzig und aufgeblasen. Aber so war mein Bruder nun mal.

Mir war die Lust, nach ihm zu sehen, eigentlich komplett vergangen, jedoch nagte ein wenig das schlechte Gewissen an mir. Unsere letzten Treffen waren allesamt nicht besonders positiv verlaufen, und ich wollte es auch nicht so stehen lassen. Zumal ich nicht nur privat hier war. In der Unterwelt brodelte die Gerüchteküche ordentlich. Es hieß, mein Bruder hätte sich mit dem alten Stone, dem heimlichen Big

Boss des Rotlichtmilieus von Manhattan, angelegt. Stone wäre angeblich außer sich vor Wut gewesen. Der Sache musste ich dringend nachgehen. Denn mit diesem kranken Psychopathen legte man sich nicht an. Selbst meine Leute und ich machten um ihn einen großen Bogen.

Ich betrat das edle Gebäude und ließ mir von der Empfangsdame den richtigen Weg lotsen. Der private Fahrstuhl brachte mich direkt in Ians Penthouse, wenn er denn für Besuch offen war. Anscheinend war er es, denn die Aufzugtür glitt auf und schon stand ich mitten in seinem schicken Heim. Doch keine Spur von meinem Bruder. *Ich dachte, die Empfangsdame hat mich angekündigt?!*

Ich trat aus dem kleinen Flur komplett in sein Reich ein.

»Ian?«, rief ich in die Stille. Ich betrat sein gigantisches Wohnzimmer und rief seinen Namen erneut. Gerade als mich ein ungutes Gefühl beschlich und ich an die Waffe in meinen Rücken greifen wollte, ging die Schlafzimmertür auf. Ian trat nur mit einem Handtuch bekleidet und pfeifend heraus. *Pfeifend?!*

Als er mich sah, stoppte er jedoch und sah mir überrascht entgegen.

»Was machst du denn hier?«, fragte er mich nicht so kühl, wie ich erwartet hatte. Generell sah Ian irgendwie nicht so streng wie sonst aus.

»Deine Empfangsdame unten hat mich hochgeschickt, nachdem sie hier angefragt hat, ob ich kommen dürfte. Ich dachte, du wüsstest somit, dass ich hier bin?!« Ian verzog kurz fragend die Brauen, dann erhellte sich seine Miene wieder. Plötzlich wandte er den Kopf und rief quer durch die Wohnung etwas auf Spanisch. Ich verstand nicht ganz, was das sollte. Doch als kurze Zeit später eine mexikanische Schönheit aus einer der angrenzenden Räume zu uns trat, war mir das ganze Drumherum herzlich egal. Diese Frau war eine wahre Sexbombe. *Heilige Scheiße!*

Ian sprach noch kurz mit ihr auf Spanisch – natürlich war es perfekt und fließend. *Was sonst?!*

Als sie ging, verlor ich mich beinah in ihrem viel zu kurzen Minirock für diese Arbeit. Ich bemerkte nicht, wie Ian an mich herangetreten war, erst als er mir kräftig auf die Schulter schlug, hatte er wieder meine Aufmerksamkeit.

»Den Sabber kannst du aber schön selbst aufwischen, ja?! Das tue ich ihr nicht an«, scherzte mein Bruder ungewohnt fröhlich. Ich war noch immer fassungslos, mit was für Frauen mein Bruder tagtäglich in Berührung kam. *Dass du dich überhaupt konzentrieren kannst?!*

»Mann, Ian, wo bekommst du die denn immer her? Eine schärfer als die andere!« Er begann ausgelassen zu lachen und führte mich in die Küche.

»Die Vorzüge eines prallgefüllten Bankkontos. Aber um ehrlich zu sein, es verliert irgendwann seinen Reiz.«

»Okaaay … Was ist mit dir los? Du bist wie ausgewechselt. Ist irgendetwas passiert?« Ian war wirklich anders, allein schon die Art, wie harmonisch er mit mir umging. Ich glaubte, seit Jahren nicht mehr so ein entspanntes Aufeinandertreffen mit ihm gehabt zu haben. Schon irgendwie seltsam.

»Was soll mit mir sein? Kaffee?« Ich stützte meine Arme auf der Granitkücheninsel ihm gegenüber ab und sah ihm dabei zu, wie er noch immer im Handtuch bekleidet und bester Laune durch die Küche schwebte. Über sein Verhalten schüttelte ich nur den Kopf.

Nachdenklich starrte ich auf seinen breiten und mit Tinte verzierten Rücken. So bedeckt seine Kehrseite auch war, dennoch konnte man die vielen verblassten Narben, die unser strenger Vater Ian verpasst hatte, ausmachen.

»Also, was willst du von mir?«, fragte er noch immer sanfter, als ich es von ihm gewohnt war, als er meinen schwarzen Kaffee auf die Theke vor mir abstellte. Ich nahm erst einmal einen kräftigen Schluck des Gebräus, bevor ich mich in dieses Gespräch mit ihm stürzte.

»Also erstens wollte ich mich bei dir entschuldigen … wegen Lauren und ja … du weißt schon. Ich bin zu weit gegangen.« Ian hatte sich mit dem Rücken an der Arbeitsplatte mir gegenüber angelehnt und musterte mich bedrohlich. Ich hasste es, wenn er die Schwärze in seinen Iriden für sich arbeiten ließ, nichts konnte man aus ihr lesen. Wie bei unserem Vater damals. Man wusste nie, woran man bei ihm war. Ob er einen nun schimpfen oder normal mit einem umgehen würde. Ian beherrschte diesen Trick genauso, da er die gleichen Augen wie unser strenger Vater besaß. Generell hatte Ian mehr als ich von ihm geerbt: Das Aussehen, die Strenge, den Fleiß, seinen Charakter, fast alles war gleich. Ich hingegen kam vom Äußerlichen her nach unserer Mutter, charakterlich konnte dieser sanften und gutmütigen Frau allerdings keiner das Wasser reichen. Mutter Theresa wäre neidisch auf sie, so gut und rein war sie gewesen.

»Und was ist Zweitens?« Ich sah Ian verwirrt an, da er nichts zu meiner Entschuldigung gesagt hatte.

»Was?«

»Du sagtest: 'Also erstens', dann muss es ja auch ein Zweitens geben. Also?«

»Ja, schon, nur dachte ich, wir reden noch kurz über die Sache von letztens?« Ian stellte seine Tasse hinter sich ab, stieß sich von der Arbeitsfläche ab und ging an mir vorbei in Richtung Wohnzimmer.

»Was gibt es da noch groß zu reden? Du hast mich genervt und die beste Sekretärin, die ich je hatte, gefickt und ich musste sie feuern. Ende der Geschichte.« Ich stellte ebenfalls meine Tasse ab und ging ihm hinterher, damit ich mich weiter mit ihm unterhalten konnte.

»Okay, mehr als mich zu entschuldigen kann ich nicht.«

»Nein. Also, was ist Zweitens?« Er verschwand in sein Schlafzimmer. Ich lehnte mich in den großen Türrahmen und sah ihm hinterher, wie er in seinem gigantischen, begehbaren Kleiderschrank abtauchte.

»Ganz der Geschäftsmann, immer gleich zur Sache kommen. Aber da du es wohl direkt wissen willst, bitte. Ich bin hier, weil du mal wieder Scheiße gebaut hast, Ian.« Er kam nur in einer Jeans bekleidet wieder zurück. *Mein Bruder und eine Jeans?! Okay, jetzt sollte ich wohl beunruhigt sein!*

Ian blieb mitten in seinem geräumigen Schlafzimmer stehen und musterte mich streng. Es war nach so vielen Jahren immer noch seltsam, meinen Bruder derart tätowiert zu sehen. Unser Vater hätte ihn allein dafür enterbt, wenn er gewusst hätte, was sein Musterknabe unter seinen feinen Hemden trug.

Ian verzog seine schwarzen Brauen. *Und da bist du wieder ...*

Ich lehnte noch immer im Türrahmen, die Arme jetzt vor der Brust verschränkt und beäugte ihn ebenso kritisch. Er sollte ruhig merken, dass die Sache hier ernst war.

»Wie meinst du das?«

»So, wie ich es gesagt habe. Du hast Scheiße gebaut! Und zwar gewaltige! Mir ist zu Ohren gekommen, dass du dich mit dem alten Stone angelegt hast. Üble Sache, Bro!« Ian lächelte schief, als würde er sich über mich lustig machen.

»Woher kennst du den Alten? Der ist in der Waffenbranche tätig. Was verstehst du von Waffen?« Wenn er wüsste, dass ich gerade zwei an meinem Körper trug. Ich zuckte mit den Achseln.

»Ist das wichtig? Fakt ist, dass du da in etwas reingeraten bist, in das du nicht reingeraten willst. Glaub mir das einfach!« Ian trat an mich heran.

»Natürlich ist das wichtig! Logan, du kommst hierher, unangemeldet wohl bemerkt, entschuldigst dich lahm und dann kommst du mir wieder mit deiner 'Ich-kann-dir-nicht-mehr-sagen-sorry-Bro-Nummer' an. Und das soll ich dann ernst nehmen?! Entschuldige, aber nein!« Ich mahlte kräftig mit dem Kiefer, auch wenn es mir nicht passte, mein Bruder hatte recht. Ich konnte nicht von ihm erwarten, dass er mir immer und immer wieder glaubte und blind vertraute, wenn ich ihm doch nichts Genaueres dazu sagte.

»Hast du mit deinem Engländer geredet?« Ian stöhnte genervt auf und wandte sich von mir ab, um zurück in seinen Kleiderschrank zu gehen.

»Fang nicht schon wieder an, Logan!«, maulte er schlecht gelaunt über die Schulter.

»Also hast du mit ihm geredet«, mutmaßte ich.

Kurze Zeit später kam Ian wieder heraus, vollständig bekleidet – und das abermals ziemlich untypisch für ihn. Mein Bruder trug selbst an einem Sonntag einen Anzug, zumindest vermutete ich das, war ja nicht so, als würden wir uns ganz brüderlich jedes Wochenende zum Brunchen verabreden.

Sein Blick war wieder ernst geworden.

»Und wenn es so wäre? Du erzählst mir ja doch nichts!«

Scheiße! Hat der Alte geredet?

»Da der Engländer offenbar gezwitschert hat, ist die Katze doch jetzt eh schon aus dem Sack«, gab ich im nüchternen Ton zurück. Ian nickte nachdenklich. Die Karten lagen offen auf dem Tisch, es war kein Bluff mehr notwendig, das sah wohl mein Bruder genauso.

»Was macht Stone in deiner Welt?«, fragte er mich direkt. Ich war erstaunt, dass er es so gefasst aufnahm, denn ich hatte mich ehrlich gesagt auf eine Moralpredigt und eine Fragestunde von ihm eingestellt. Aber die könnte ja auch noch kommen.

»In deiner Welt ist er wohl ein anständiger Geschäftsmann«, gab ich amüsiert zurück. Ian schnaubte verächtlich, woraufhin ich dann ernster fortfuhr:

»In unserer Welt ist er der heimliche Big Boss des

Rotlichtmilieus. Na ja, zumindest hier unter den Reichen und Schönen. Die Straßenstrichs interessieren ihn nicht, die führt ein anderer. Dennoch sollte man ihn nicht verärgern, was du wohl getan hast!« Ian sah mich entsetzt an. Mit dieser Information hatte er anscheinend nicht gerechnet.

»Scheiße!«, fluchte er leise.

»Was hast du gemacht?«, fragte ich ihn streng. Ian sah an mir vorbei, als er zum Sprechen ansetzte.

»Ich eigentlich gar nichts. Meine Begleitung kannte ihn von früher und sie hatten wohl eine nicht so schöne, gemeinsame Vergangenheit. Sie hat ihm ordentlich Feuer unterm Hintern gemacht und ihn mit einer kleinen Erpressung dazu gebracht, mir seine Firma für eine Milliarde zu verkaufen. Er war einverstanden und lobte mich noch für meinen guten Spielzug. Scheiße, Logan!« Meine Kinnlade klappte bei Ians Story runter. *Fuck!*

»Fuck, Ian! Weißt du, was du da getan hast?! Du hast Stone gerade von einer Frau vorführen lassen. Das endet böse!« Verflucht, wie konnte mein Bruder auch so dumm sein? Gut, er hatte ja nicht gewusst, wer Stone wirklich war, aber dennoch war die Kacke am Dampfen, und zwar richtig.

»Ich werde einfach mit ihm reden und den Deal auflösen. So schwer wird es schon nicht sein, den Alten zu beschwichtigen!«, spielte mein Bruder es runter. Er hatte ja keine Ahnung!

Ich schüttelte tadelnd den Kopf.

»Du machst gar nichts! Verstanden? Wegen deiner Leichtsinnigkeit und deiner Geldgier muss ich mich jetzt darum kümmern. Da kann ich es nicht gebrauchen, dass du alles verschlimmbesserst!« Meine Stimme war meinem Bruder gegenüber ungewohnt streng. Normalerweise hielt er mir die Moralpredigten, aber dieses Mal musste er auf mich hören. Doch so wie mein älterer Bruder schaute, war er wohl nicht sehr begeistert davon. *Und schon geht's los!*

»Wie bitte?! Logan, spinn nicht rum, du legst dich nicht mit irgendwelchen Gangstern an, nur weil du in dieser Szene hin und wieder vertreten bist. Das ist mein Ding und das kläre ich auch allein! Aber danke für die Warnung!«

Ich stieß mich grob von dem Türrahmen ab und schüttelte erneut tadelnd den Kopf, als ich nähertrat.

»Dein Engländer hat dir wohl doch nicht alles über mich erzählt. Ist vielleicht auch besser so. Aber dennoch habe ich mehr Ahnung und Erfahrung darin, wie mit diesen Pissern umzugehen ist, als du! In meiner Welt helfen dir Höflichkeit und Manieren nicht weiter. Glaub mir. Also bleib in deinem hübschen Schloss hier und lass mich die Drecksarbeit machen.« Ich hatte mich direkt vor ihm aufgebaut.

Ian begann zynisch zu lächeln. Ich hasste es, wenn er das in einer solchen Situation tat.

»Dann hatte er doch recht! Ich wollte es ja bis zum Schluss nicht glauben. Mein kleiner Bruder … ein eiskalter Killer. Ein Mörder!« Er trat einen großen Schritt zurück und strafte mich mit seinem kalten Blick. Ich versuchte, cool zu bleiben, es würde nichts bringen, wenn die Sache hier jetzt eskalierte.

»Übertreibst du da jetzt nicht ein wenig? Und wenn du mich verurteilst, musst du deinen heißgeliebten Engländer ebenso hassen. Wir sind aus demselben Holz geschnitzt. Na ja, nicht ganz, aber ähnlich!«

»Ich weiß, was James tut oder getan hat. Er hat es mir selbst erzählt, als ich ihn darauf angesprochen habe. Du jedoch nicht!« Ich lachte einmal laut auf.

»Mein Gott, Ian, was hätte ich dir denn sagen sollen?! Hey, Bro, nach Michelles Tod – als du mich wie die CIA und meine Kollegen null gestützt hast – habe ich mich selbst auf die Jagd nach ihren Mördern gemacht und sie erledigt. Als ich dann letztendlich in ihrem Blut badete, wusste ich, es gibt kein Zurück mehr für mich. Ja, gutes Gespräch!«

Meine Stimme triefte nur so vor Spott, aber was erwartete er auch anderes von mir?

Ian sah mir fassungslos entgegen.

»Damn, Logan!« Ich verdrehte nur die Augen. Eine kleine Dramaqueen war er ja schon manchmal.

»Komm, spar's dir Ian. Du bist auch nicht so unschuldig, wie du immer tust. Deine Geschäfte laufen auch mehr im grauen Bereich ab, als du zugeben willst. Aber das ist dein Ding. Also akzeptier auch meins. Und nein, ich bin kein eiskalter Killer, der wahllos Leute erschießt! Haben wir das dann hiermit geklärt? Denn mehr wirst du nicht über mich erfahren!«

»Ja, ich war ein Arschloch, als Michelle gestorben ist. Ich weiß! Aber musstest du deswegen gleich zum Killer mutieren? Du hättest doch mit mir reden können?!« Ian war aufgebracht, doch das interessierte mich gerade null. Mich packte bei seinen Worten die Wut! *Das hast du jetzt nicht gerade gesagt, oder?!*

»Vorsichtig, Ian! Ganz dünnes Eis! Ich habe dich um Hilfe gebeten und du hast es abgetan und meintest, ich sollte das die Stümper der Polizei regeln lassen. Das war's! Das war die Hilfe meines großen Bruders, als ich meine Frau, abgestochen und missbraucht, tot in unserem Ehebett gefunden hatte! Und da sag du mir noch einmal, ich hätte ja nur mit dir reden sollen!« Meine Stimme hatte sich in ein tiefes Knurren gewandelt. Ich kämpfte sichtlich um meine Beherrschung und ich war darin nicht so gut wie mein feiner Bruder. Ich würde ihm bei dem nächsten dummen Spruch definitiv eine verpassen!

»Logan, du bist doch kein irrer American-Psycho-Verschnitt! Du kannst nicht einfach willkürlich Leute jagen und nach Belieben abschlachten! Was ist nur los mit dir?! Das mit Michelle war tragisch, aber deswegen kannst du doch nicht zum Killer werden! Du …« Ich unterbrach ihn, indem ich ihm meine Faust direkt in seine Fresse rammte! Ian taumelte rückwärts und stieß grob mit dem Rücken gegen eine Kommode, die in seinem Schlafzimmer stand.

Es schepperte und polterte nur so wegen der vielen kleinen Gegenstände, die von dem Stoß zu Boden fielen. Ich hatte ihn ordentlich erwischt, seine Lippe blutete stark, und wenn er nicht mein Bruder wäre, hätte ich jetzt meine Waffe gezogen. Stattdessen schrie ich ihm entgegen.

»Halt die Fresse, Ian! Du hast keine Ahnung, wie das mit Michelle wirklich war. Du weißt nichts darüber, was ich deswegen durchmachen musste oder was ich erfahren habe, warum sie wirklich sterben musste! Also halt einfach dein Maul und sprich ihren Namen nie wieder in meinem Beisein aus, sonst ramm ich dir das nächste Mal was ganz anderes in deine Fresse als meine Faust!« Ich versuchte krampfhaft, nicht noch mehr auszurasten.

Ian hatte sich bereits wieder aufgerichtet und war dabei, mit seinem Handrücken das viele Blut von seinem Kinn wegzuwischen. Er schüttelte fassungslos den Kopf und sah mich mit seinen schwarzen Iriden unheilvoll an.

»Das bist du jetzt, ja?! Das ist aus meinem kleinen Bruder also geworden?!« Ich lachte kalt auf. *Das ist jetzt nicht dein Ernst, oder?!*

»Dasselbe hätte ich dir nach dem Tod unserer Eltern auch sagen können! Du bist auch nicht mehr derselbe wie früher, Ian. Du bist nicht mehr der wohlerzogene Musterknabe, den unser Vater aus dir hatte machen wollen. Also was meinst du? Von wem wäre unser werter Vater wohl mehr enttäuscht? Von dir? Seinem Goldschatz, der alles verkauft und verraten hat, wofür Generationen von Davis-Männern hart gearbeitet haben? Oder von mir, dem unbedeutenden zweiten Sohn, der hin und wieder mal wirklich schlechte Menschen killt, um sein Leben zu finanzieren?« Ich lächelte bissig und verschränkte die Arme vor der Brust, wartete auf einen seiner schlagfertigen Sprüche.

Doch statt zu kontern oder erneut auszuflippen, lachte Ian plötzlich. Ich verzog fragend die Brauen, denn es war ein echtes Lachen.

»Ja, wir haben es weit gebracht! Vater wäre stolz auf uns!« Er prustete los. Noch immer quoll ihm Blut aus der Lippe. Ich hätte nicht so fest zuschlagen dürfen!

Seine bescheuerte Art entlockte auch mir ein leises Lachen. Wie konnte er jetzt so gelassen sein?!

Beklemmende Stille hatte sich über uns gelegt, als wir unseren albernen Lachanfall beendet hatten. Kommentarlos ging Ian an mir vorbei in die Küche. Er wusch sich das Gesicht, dann besorgte er sich Eis, um seine Lippe zu kühlen. Ich folgte ihm stumm und blieb mit verschränkten Armen vor der Brust mitten im Raum stehen und wartete darauf, was als Nächstes passieren würde.

»Du hast einen ordentlichen Schlag drauf. Ich denke, jetzt gibt es wohl doch einen Stärkeren von uns beiden«, scherzte mein Bruder noch immer, während er sich das Tuch mit dem Eis darin auf die Lippe presste. Ich mahlte mit dem Kiefer und bereute den harten Schlag.

»Ian …« Mein Bruder unterbrach mich mit einer Wegwerf-Handbewegung.

»Spar's dir! Die hatte ich schon lange verdient. Ich war damals und heute wenig für dich da. Mich interessiert nur mein Imperium und Vermögen. Es tut mir leid! Und wegen deinem Job, ich werd's wohl akzeptieren müssen. So wie du meinen Schritt akzeptiert hast, in eine andere Richtung, als Vater es gewollt hatte, zu gehen.« Ich nickte stumm, etwas anderes konnte ich gerade nicht tun. Mein großer Bruder hatte sich bei mir entschuldigt und das auch noch nach dem verdienten, dennoch zu harten Schlag. Ich war wirklich beeindruckt von ihm. Ian war anders als sonst, nur wieso?

»Jetzt schau nicht so ernst. Ich werd es überleben! Komm,

wir trinken erst mal einen.« Erneut nickte ich stumm und folgte Ian in sein Wohnzimmer. Er schenkte uns beiden unseren Lieblingswhiskey ein, ich ließ mich währenddessen schon auf seine imposante und edle Couch fallen. Ian reichte mir kurze Zeit später mein Glas und setzte sich mir gegenüber auf einen seiner Sessel. Er hatte aufgehört, seine Lippe zu kühlen, doch es hatte so oder so nicht viel gebracht, sie war schon ordentlich angeschwollen. Der Anblick trieb mich dazu, mein Glas zu exen. Ich kippte mir die goldbraune Flüssigkeit mit einem Mal hinunter. Ian musterte mich, dann stand er jedoch erneut auf, nahm mir kommentarlos mein Glas, füllte es auf und reichte es mir im Anschluss wieder. Ich nickte ihm dankbar zu.

»Also«, begann Ian gedehnt, um die beklemmende Stille zwischen uns zu vertreiben.

»Ich nehme mal an, du warst die letzten Male nicht deswegen bei mir, um nach mir zu sehen. Was wolltest du wirklich von mir? Da wir ja jetzt ehrlich zueinander sein können.« Er zwinkerte mir frech zu und grinste schelmisch. Ich schüttelte schmunzelnd den Kopf. Diesen Gesichtsausdruck bei meinem Bruder zu sehen, tat unglaublich gut. Ich hatte ihn schon so viele Jahre nicht mehr gesehen.

»Ja und nein. Ich war wirklich bei dir, um nach dir zu sehen, und das mit meiner Hilfe war auch ernst gemeint. Jetzt weißt du ja ein bisschen besser, wie diese genau aussieht.«

»Nein, eigentlich weiß ich das noch immer nicht so genau. Denn ich denke, es reicht nicht, wenn du den bösen Jungs einen harten Schlag verpasst«, spottete Ian schlecht.

»Nein, das reicht nicht aus, da hast du recht. Meine Hilfe sieht tatsächlich etwas anders aus. Aber das müssen wir jetzt nicht alles durchkauen. Erzähl mir lieber von deiner Kleinen und was sie mit dem alten Stone zu schaffen hat.« Bei ihrer Erwähnung verzog Ian seine schwarzen Brauen streng.

»Wieso? Was hat sie damit zu tun?« Ich schmunzelte breit.

»Sie ist also wirklich deine Kleine? Und dir liegt etwas an ihr?« Doch statt zu antworten, kippte Ian seinen Drink hinunter und stand auf, um sich nachzuschenken. Erst als er mit dem Rücken zu mir an seiner kleinen Bar stand, um sein Glas aufzufüllen, sprach er.

»Lassen wir das Thema, ja?! Und wegen ihrer Vergangenheit mit dem Alten kann ich dir leider nichts sagen. Sie ist schlimmer als du und redet über nichts. Ich weiß nur, dass sie wohl eine unschöne Begegnung miteinander hatten. Sie drohte ihm mit der Polizei und der Presse, denn so etwas würde nicht verjähren. Mehr weiß ich nicht.« Ian setzte sich mir wieder gegenüber und musterte mich interessiert. Ich hingegen wurde nachdenklich, denn ich konnte mir aus dieser kryptischen Scheiße keinen Reim bilden.

»Das ist ja nicht gerade viel. Und sie hat dir gar nichts erzählt? Schon komisch, oder nicht?!« Ian zuckte mit den Achseln.

»Wieso? Du hast mir doch auch nichts von dir und deinem Job erzählt und du bist immerhin mein Bruder!« Ich begann zu lachen. Er hatte mich erwischt. Aber das half mir bei seinem Problem mit Stone nicht weiter.

Einen langen Moment überlegte ich, was ich jetzt tun sollte. Ich konnte mich nicht einfach mit Stone anlegen, aus so vielen Gründen. Der wichtigste war, dass keiner die Verbindung zu mir und meinem Bruder wissen durfte. Der andere, dass man sich nicht mal eben mit Stone und seinen Leuten anlegte. Er war ein hohes Tier in der Unterwelt, mit viel Einfluss und Macht. *Fuck! Die Sache könnte wirklich knifflig werden!*

»Okay, ich kümmere mich um Stone. Ich brauche aber Zeit. Das heißt für dich, du machst nichts, was mir meine Arbeit erschweren könnte! Du wirst keinen Kontakt zu Stone aufnehmen. Leb einfach weiter dein Leben und genieß die

Zeit mit deiner Kleinen und ich überleg mir währenddessen einen guten Plan. Ich werde auch im Hintergrund ein Auge auf dich haben, falls Stone vorher schon etwas aushecken sollte – wovon ich allerdings nicht ausgehe, da du momentan zu sehr im Fokus der Presse stehst. Es würde zu viele Fragen aufwerfen, sollte dir jetzt etwas passieren. Also sieh zu, dass du interessant bleibst. Aber das sollte dir ja nicht sonderlich schwerfallen.« Meine Anweisungen waren klar und meine Stimme duldete keine Widerworte. Ian blickte skeptisch drein, er kannte diese Seite nicht an mir.

»Das ist ein Scherz, oder?! Das hört sich hier gerade wie in einem scheiß Gangster-Film an.« Ich schüttelte den Kopf.

»Sorry, Bro, das hier ist real. Und ich habe es für dich noch sehr nett umschrieben. Du steckst wirklich in Schwierigkeiten, Ian, und solltest es ernst nehmen! Aber wie gesagt, ich kümmere mich darum. Gib mir etwas Zeit.« Ians Blick verdunkelte sich.

»Und was ist mit ihr?« Ian schien sich wirklich Sorgen um seine Kleine zu machen, das gab es noch nie. Meinem Bruder waren Frauen in der Regel egal. Die Kleine musste wirklich was Besonderes sein, wenn sie es geschafft hatte, meinem Bruder, dem großen Ian Davis, dem ewigen Ladykiller, den Kopf zu verdrehen.

»Ich weiß nicht, was es mit deiner Kleinen auf sich hat, da ich die Hintergrundgeschichte zwischen ihr und Stone nicht kenne. Aber es muss etwas Übles sein, wenn der Alte überhaupt klein beigegeben hat, das steht fest. Sie will dir wirklich überhaupt nichts darüber erzählen?« Ian schüttelte den Kopf, ein feines Schmunzeln bildete sich auf seinen Lippen.

»Nein, Mann! Diese Frau ist der sturste, verschlossenste und geheimnisvollste Mensch, den ich je gesehen habe. Gegen sie wirkst du wie ein redseliger Typ.« Ich musste über seinen Vergleich lachen. Na, da hatte sich Ian ja eine geangelt. Die würde ich gern mal kennenlernen. Da kam mir die Idee.

»Wie wär's, wenn du sie mir vorstellst? Dann kann ich ihr ein paar Fragen stellen und herausfinden, was mit Stone wirklich lief.« Abermals wog Ian den Kopf hin und her.

»Sie wird dir nichts sagen. Wieso sollte sie auch? Sie kennt dich nicht einmal.« Ich legte mein charmantestes Lächeln auf.

»Frauen vertrauen mir nun mal. Ich weiß schon, wie ich sie fragen muss, damit sie singt.«

»Versuch dein Glück, aber sei nicht zu sehr enttäuscht, wenn du dir an der Kleinen die Zähne ausbeißt. Außerdem … was willst du ihr sagen?« Ich zuckte unbekümmert die Achseln.

»Na, die Wahrheit. Damit soll man, habe ich gehört, am besten fahren. Außerdem sollte sie schon wissen, mit wem sie sich da angelegt hat. Es ist auch für sie nicht ganz ungefährlich.« Ian nickte nachdenklich, dann willigte er ein.

»Gut, morgen Abend treffen wir uns zum Essen. Aber reiß dich zusammen, ja?« Ich musste erneut breit über meinen Bruder schmunzeln.

»Die hat dich ja ganz schön am Haken«, verspottete ich ihn.

»Halt die Klappe, Logan, und benimm dich morgen einfach, okay?!«, murrte Ian. Ich begann laut zu lachen, was mir eine Fernbedienung an den Kopf bescherte.

»Aua! Ist ja schon gut. Ich werd mich benehmen! Also, dann bis morgen.« Schnell exte ich noch mein Glas, stellte es auf dem kleinen Glastisch vor mir ab, dann erhob ich mich zum Gehen. Ian begleitete mich nicht zum Aufzug, das war nicht so unser Ding. Ich kannte ja schließlich den Weg.

Kaum glitten die Fahrstuhltüren zu, verschwand mein Lächeln jedoch. Ich zückte sofort mein Handy und wählte die Nummer meines besten Freundes. Der einzige Mensch, der mir jetzt sicher helfen würde.

»Hey, ich bin's. Können wir uns treffen? Ich brauch deine Hilfe!« Filip stimmte mürrisch zu, sich mit mir in unserer Stammkneipe zu treffen. Ich stieg also in meinen Buick und fuhr auf direktem Wege dorthin.

Während der Fahrt zermarterte ich mir das Hirn, wie ich Ian helfen könnte, denn egal was die Kleine von Ian wusste oder nicht wusste, er steckte in Schwierigkeiten.

Ich hatte keine Ahnung, wie lange sich Stone ruhig verhalten würde. Es war kein Problem, einen Mord wie einen Selbstmord aussehen zu lassen – schon gar nicht bei so jemandem wie Ian. Stone hatte genug Männer, die solch eine Drecksarbeit für ihn erledigten. Ich musste mir also schnell etwas einfallen lassen, wie ich Ian aus der Schussbahn bekam, und das am besten, ohne mich groß mit dem Alten anzulegen. Der Kerl war ein Psychopath, der keine halben Sachen machte. Deshalb wunderte es mich umso mehr, dass Ians Kleine etwas gegen Stone in der Hand hatte und überhaupt noch lebte. Keiner überlebte den Alten, wenn er es nicht wollte. Also, was machte sie so besonders?

Ich betrat unsere Lieblingskneipe. Eigentlich war es eine Spelunke, aber man kannte uns und ließ uns damit in Ruhe. Der Whiskey war hervorragend und die Weiber heiß und willig. Was wollte Mann mehr?

Filip saß natürlich schon an unserem Tisch, er wohnte auch nur ein paar Gehminuten von hier, und hatte schon eine Flasche Whiskey für uns bestellt. Für den Anfang gar nicht schlecht. Der Alkohol half mir beim Einschlafen, ebenso wie eine nackte Frau in meinem Bett. Aber die konnte ich mir auch noch später besorgen, jetzt brauchte ich den Rat meines Freundes.

»Was war denn jetzt so wichtig, dass es nicht bis morgen warten konnte, Logan?«, begrüßte mich mein Freund murrend. Ich ließ mich auf den freien Stuhl ihm gegenüber fallen und schnappte mir erst einmal mein Glas. Nach einem kräftigen Schluck sprach es sich doch gleich viel besser.

»Ich weiß ja nicht, ob du dich heute ein bisschen umgehört hast, aber es brodelt ordentlich in der Unterwelt.«

»Ja, hab schon gehört, irgendein Trottel soll so lebensmüde gewesen sein und den Psychopathen Stone an die Karre gepisst haben. Was interessiert dich das? Du hältst dich sonst aus all dem Scheiß immer raus.«

»Stimmt, normalerweise halte ich mich immer raus, weil es mir wirklich am Arsch vorbeigeht, wer wem an die Karre pisst. Aber leider ist es hier nicht ganz so einfach. Denn der lebensmüde Trottel ist mein Bruder.« Filip klappte bei meiner Info die Kinnlade runter.

»Scheiße!«, keuchte er leise und sah sich wie automatisch um, ob uns jemanden zuhörte, aber ich hatte natürlich schon darauf geachtet, dass sich niemand für unser Gespräch interessierte.

»Ja, Scheiße trifft es ziemlich gut.«

»Und was willst du jetzt machen, Logan?« Ich zuckte mit den Achseln und nahm noch einen kräftigen Schluck meines Whiskeys.

»Ich dachte, du hättest eine deiner verrückten Ideen für mich«, scherzte ich. Filip lachte kalt auf.

»Ja, ich habe einen Tipp für dich. Halt. Dich. Raus!« Ich zog tadelnd eine Braue hoch.

»Das ist dein Rat an mich? Meinen Bruder im Stich lassen und mich raushalten?! Dein Ernst?!« Er seufzte laut auf, dann zog er missmutig seine geliebten Kippen hervor und zündete sich erst einmal eine an. Als würde ihm das Nikotin beim Denken helfen, zumindest sah er so aus.

»Na ja, dann bleibt ja nicht mehr viel zur Auswahl. Ehrlich gesagt gibt es da mal wieder nur zwei Optionen. Option A: Du bringst den Alten um, bevor der deinen Bruder umbringen kann. Oder Option B: Du versuchst, mit dem Alten zu reden, riskierst aber dadurch, dass dein kleines Geheimnis auffliegt und jeder in der Unterwelt dann weiß, wer ihr seid. Also?«

»Das sind ja tolle Optionen, danke, Filip!«, brummte ich übellaunig. Er zuckte nur entschuldigend mit den Achseln. *Idiot!*

»Was erwartest du? Du weißt, anders läuft das hier bei uns nicht. Und wie genau sollte ich dir hierbei jetzt eigentlich helfen?«

»Keine Ahnung. Ich hatte auf eine geniale Idee von dir gehofft, die mir den unausweichlichen Weg abnimmt.« Filip verzog missmutig das Gesicht.

»Der da wäre?«

»Na, den Alten umbringen und hoffen, damit keinen Krieg in der Unterwelt anzuzetteln!«, antwortete ich trocken.

»Das ist dein Plan? Einfach schneller zu schießen als die anderen? War schön, dich gekannt zu haben, mein Freund!«, spottete er dunkel. Ich schnaubte belustigt auf. *Du Idiot.*

»Na, ein bisschen schlauer werd ich mich schon anstellen. Aber danke für deine Unterstützung, Bro!«

»Hey, nein! Komm mir nicht mit der Bro-Scheiße! Ich bin doch nicht lebensmüde und … obwohl, ich bin's doch, also was soll ich für dich tun?!« Ich schmunzelte über Filips Art. Ich wusste einfach, was ich an ihm hatte und konnte mich immer auf ihn verlassen.

»Meine Augen und Ohren sein, so wie immer. Behalt Stone und seine Männer im Auge. So wie ich das sehe, werden sie die nächste Zeit, solange mein Bruder im Fokus der Presse steht, nichts unternehmen. Da bin ich mir sicher. Sollte sich an der Lage etwas ändern, werd ich wohl mit Stone reden müssen. Oder mich bei seinen Männern einschleusen. Keine Ahnung, das entscheid ich spontan. Das liegt mir am besten, wie du weißt.«

»Das ist dein Plan? Abwarten und Tee trinken? Wow, du

musst deinen Bruder ja lieben, Mann.«

»Haha. Wieso, was hast du gegen meinen Plan? Schlag doch einen besseren vor.« Beschwichtigend hob Filip die Hände und schüttelte den Kopf. Sein Zopf schwang dabei albern hin und her. Warum er sich dieses Kraut an Haaren nicht endlich abschnitt, musste man nicht verstehen.

»Nein, ich mein ja nur. Du zockst ganz schön um das Leben deines Bruders. Es ist riskant. Aber ja, eigentlich bleibt dir nichts anderes übrig. Alles andere würde dich nur verdächtig machen.«

»Eben. Ich will eigentlich so wenig Aufsehen wie möglich erregen. Das wird schon. Also hilfst du mir?« Filip nickte und erhob sein Glas.

»Auf dass wir dabei nicht draufgehen werden. Aber wenn doch, wollte ich dir noch sagen: Du bist ein Arschloch, Logan, und ich kann dich echt gut leiden.« Er grinste breit und stieß sein Glas klirrend gegen meins. Ich musste lachen. Dieser Idiot war doch immer für einen blöden Spruch gut.

Wir tranken und lachten noch einige Zeit lang. Irgendwann hatte uns Filip ein paar heiße Weiber angeschleppt. Zwei für jeden von uns. Dieser Teufelskerl, mit ihm wurde es wirklich nie langweilig.

Da saßen wir beide mit einem vollen Glas, einem breiten Lächeln auf den Lippen und auf jedem Schoß zwei Girls. Was wollte man mehr? Filip hatte mir zwei junge, knackige Blondinen besorgt. Was sollte ich sagen, der Mann kannte mich einfach.

Die beiden waren schon ordentlich auf meinem Schoß zugange. Sie wetteiferten nur so darum, wer nun auf meinem Schwanz sitzen dufte. Ich konnte darüber nur schmunzeln – als würde es heute entweder oder geben. Ich würde sie einfach beide mitnehmen und meinen Spaß mit ihnen haben. Und sie miteinander sicherlich ebenso.

Als eine der beiden bereits meinen Gürtel mitten in der

Bar öffnen wollte, verabschiedete ich mich schnell von Filip und überredete die beiden dazu, eine kleine Privatparty bei mir zu Hause zu schmeißen, nur für uns drei. Sie willigten sofort ein. Mein bester Freund grinste mir verschmitzt hinterher, er würde sicher heute auch noch auf seine Kosten kommen.

Ich führte die beiden zu meinem Auto, immerhin fühlte ich mich noch absolut in der Lage dazu, zu fahren. Außerdem würde ich mein geliebtes Auto sicher nicht in dieser Gegend stehenlassen.

Die beiden Weiber verfrachtete ich nach hinten auf die Rücksitzbank. Kichernd stiegen sie ein, doch keine zwei Minuten später kletterte eine der beiden plötzlich zu mir nach vorne auf den Beifahrersitz.

»Was soll das denn werden?«, fragte ich sie breit grinsend. Als sie an meinen Gürtel griff und mit ihrem Kopf abtauchte, wusste ich dann auch, was das hier werden sollte.

»Ich muss fahren und mich dabei konzentrieren also … Oh, fuck!« Ich konnte meinen billigen Protest nicht einmal zu Ende sprechen, sie hatte sofort meinen Schwanz zwischen ihre vollen Lippen genommen und begann heftig an ihm zu saugen. Sie wusste definitiv, was sie da tat, vor allem hatte sie ein Zungenpiercing, was die Sache noch viel heißer machte. Binnen Sekunden stand mein Schwanz. Ich versuchte zwanghaft, mich auf die Straße zu konzentrieren, was leichter gesagt als getan war, bei dem, was die Kleine dort mit meinem Schwanz anstellte. Sie blies mich um den Verstand!

Ich krallte mich an meinem Lenkrad fest und brummte immer wieder erregt auf. Plötzlich legten sich zwei Arme von hinten um meinen Hals und Lippen begannen meinen Nacken zu liebkosen. Scheiße, diese Weiber machten mich noch verrückt.

»Sachte, Ladys, wir sind gleich da.« Meine Worte klangen

nur noch wie ein unkontrolliertes Knurren, so geil machten sie mich.

Dankbar, endlich vor meinem Wohnhaus angekommen zu sein, parkte ich schnell meinen Wagen und stellte ungeduldig den Motor aus. Endlich konnte ich mich ganz auf den geilen Blowjob einlassen. Ich legte der Kleinen meine Hand auf den Hinterkopf, um ihr zu bedeuten, ihn tiefer in sich aufzunehmen. Die andere drehte ungeduldig meinen Kopf zu sich und küsste mich fordernd. Der erste Orgasmus bahnte sich an, mein Schwanz begann ungeduldig in dem Rachen der Kleinen zu zucken. Ich fickte sie mit ein paar kleinen Stößen von unten in den Mund, dann zogen sich plötzlich meine Hoden zusammen und ich kam. Mein Stöhnen ging in den wilden Küssen der anderen unter.

Gierig schluckte sie meinen heißen Samen und leckte anschließend meinen Schwanz anständig sauber.

»Los jetzt, hoch mit euch«, befahl ich den beiden ungeduldig. Ich hielt es kaum noch aus. *Verdorbene Luder.*

Nachdem die beiden ausgestiegen waren, führte ich sie in meine Wohnung. Sie sahen sich neugierig um, aber dafür waren sie ja schließlich nicht hier.

»Mein Schlafzimmer ist dort hinten. Zieht euch doch schon einmal aus und macht es euch zusammen bequem, ich komme dann gleich nach, ja?« Verschwörerisch grinsend nickten sie und verschwanden in mein Schlafzimmer. Immer wieder hörte man eine oder beide kichern. Ich beschloss, noch eine schnelle Dusche zu nehmen, dann folgte ich ihnen. Was ich dort sah, gefiel mir sehr. Beide lagen bereits nackt in meinem Bett und befummelten sich heftig. Ich lehnte mich in den Türrahmen und beobachtete dieses sexy Treiben nur allzu gern. Zungenpiercing-Girl war gerade dabei, die andere mit ihrem Mund zu verwöhnen, so wie sie mich zuvor verwöhnt hatte. Sie ließ ihre freche Zunge zwischen ihren Schenkeln verschwinden. Die andere stöhnte heiß auf, bei dem, was da mit ihr angestellt wurde.

Ich hielt es nicht mehr aus und musste dazustoßen. Vorfreudig kletterte ich zu ihnen aufs Bett und fuhr mit meiner Hand die Wirbelsäule von Zungenpiercing-Girl nach. Sie hatte wirklich eine verführerische Haltung, kniete zwischen den Schenkeln der anderen und reckte mir ihren knackigen Hintern nur so entgegen. Schnell schnappte ich mir ein Kondom aus meinem Nachttisch, dann positionierte ich mich hinter ihr.

»Du wirst nicht aufhören, deine Freundin zu lecken, egal wie oft sie kommt oder was ich mit dir anstelle. Verstanden, Schätzchen?« Sie nickte in die Scham der anderen. Ich grinste zufrieden, griff an ihre Hüfte und rückte sie zurecht, damit ich von hinten in ihre verführerische Nässe eintauchen konnte. Noch einmal fuhr ich mit meinen Fingern zwischen ihre Schamlippen, stimulierte ihre Perle, bis sie leise Seufzer von sich gab. Dann zog ich mich mit meinen Fingern zurück und schob augenblicklich ungeduldig meine Spitze in ihre Enge. Laut stöhnte sie. Ihre Freundin unter ihr war gerade zum ersten Mal gekommen, doch Zungenpiercing-Girl hörte, wie ich ihr befohlen hatte, nicht auf, sie zu lecken.

Währenddessen schob ich mich weiter und weiter in ihre Enge, und verdammt, war die Frau eng. Als ich zur Gänze in ihr war, verharrte ich noch einen langen Moment, kostete es voll und ganz aus, von ihren Innenwänden ausgepresst zu werden. Sie wackelte ungeduldig mit ihrem Hintern. Ich schmunzelte breit darüber, dann tat ich ihr jedoch gern den Gefallen und nahm Fahrt auf. Dominant packte ich sie an der Hüfte und begann sie mit kräftigen, jedoch mäßigen Stößen von hinten zu ficken. Immer wieder warf sie den Kopf in den Nacken, um laut und hemmungslos zu stöhnen. Doch jedes Mal, wenn sie das tat, wurde ich langsamer, um ihr zu bedeuten, weiterzumachen. Die Kleine unter ihr zuckte nur noch unkontrolliert auf und kam aus dem Stöhnen nicht mehr raus. Die wäre sicherlich für die nächste Zeit bedient.

Wie davon angefeuert wurden meine Bewegungen und Stöße immer schneller. Ich krallte mich in ihrem knackigen Hintern fest und knetete ihn ordentlich durch. Als die Kleine unter ihr dann das fünfte Mal laut kam, dachte ich, es wäre Zeit, die Sache zu Ende zu bringen. Ich führte eine Hand nach vorne und rieb mit dem Daumen ihren Kitzler, währenddessen fickte ich sie kräftig von hinten. Sie kam schneller als gedacht, doch ihre Innenwände pressten meinen Schwanz so fest zusammen, dass mich der zweite Höhepunkt unverhofft überrollte. Ich grollte und krallte mich dankbar in ihrem Hintern fest. Stieß mich noch zweimal fest und grob in sie. Versenkte mich tief in sie und ergoss mich dann. Die Kleine sackte völlig erschöpft auf der anderen zusammen. Ich entsorgte das Kondom, gab Zungenpiercing-Girl einen spielerischen Klaps auf den Po, da sie noch immer mit dem Arsch nach oben auf der anderen lag. Sie rutschte zur Seite, somit konnte ich mich zwischen beide betten. Diese grinsten gesättigt und kuschelten sich links und rechts an meine Seite. *Heute werde ich gut schlafen können.*

Wie ich es vermutet hatte, schlief ich die Nacht über wie ein Baby. Aber so wie sich die zwei die Nacht über an mich gekuschelt hatten, war es auch kein Wunder.

Ich schälte mich dennoch aus dem warmen Kokon aus Decke und nackter Haut und ließ die beiden Frauen schlafend in meinem Bett zurück. Erst einmal beschloss ich, eine ausgiebige Dusche zu nehmen, schließlich hatte ich sie nach der Session gestern bitternötig.

In der Dusche angekommen ließ ich mich dankbar von

dem heißen Wasserstrahl umspülen. Genoss die Wärme auf meiner Haut. Ich seifte meinen Körper ein, nur um mich erneut unter den heißen Wasserstrahl zu stellen. Gerade als ich das Wasser ausstellen und aussteigen wollte, legten sich zwei zierliche Hände von hinten auf meinen Bauch, nur um binnen Sekunden nach unten zu wandern. Ich begann breit zu grinsen, als sie mit ihrer Hand meine Länge nachfuhr. Schnell erweckte sie damit mein bestes Stück zum Leben. Ich hatte eigentlich nicht vorgehabt, heute noch einmal eine von ihnen zu ficken, aber wenn es mir die Kleine hier so anbot, konnte ich ja schlecht nein sagen.

Ich drehte mich zu ihr herum, erkannte, dass es nicht Zungenpiercing-Girl war. *Na umso besser.*

Ihre Hand glitt sofort wieder zu meinem Schwanz. Ich zog sie unter den Duschstrahl, ließ das Wasser mit ihrer samtenen Haut spielen. Meine Hände fuhren gierig über ihre weiche Haut. An ihren Brüsten angekommen massierte und knetete ich sie ausgiebig, zwirbelte ihre Nippel, was sie entzückend keuchen ließ. Meine andere Hand bewegte sich nun ebenfalls nach unten zwischen ihre Schenkel. Geduldig teilte ich ihre Schamlippen. Ein leises Stöhnen entwich ihr, als ich ihren Kitzler fand. Ihr Griff um meinen Schwanz wurde bestimmter, ihre Bewegungen immer fordernder. Ich spielte mit ihrer Perle, umrundete sie immer wieder, neckte sie mit meiner Ruhe. Sie begann mir immer schneller einen runterzuholen. Ich brummte zustimmend auf und tauchte einen Finger in ihre Nässe, woraufhin sie ebenfalls wohlige Laute von sich gab. *Okay, genug gespielt.*

Ich konnte mich nicht mehr zurückhalten, packte sie an ihrer Taille, hob sie hoch und setzte sie auf meine Hüfte. Sofort schlang sie gierig ihre Beine und Arme um mich. Meine Spitze berührte bereits ihren Eingang. Wir stöhnten beide willig auf, als meine Eichel in sie eindrang und sie dehnte. Ich hielt sie unter ihrem Arsch in meinem Griff, drückte sie auf meine Länge. Sie krallte sich in meinen Rücken und wurde immer lauter. Genießerisch bewegte ich mich in ihr, kostete es voll aus. Kurz bevor ich sie ganz ausfüllte, zog ich mich noch einmal vollends aus ihr zurück, nur um mich in derselben Sekunde wieder komplett in sie zu stoßen. Lüstern stöhnend reckte sie mir ihr Becken entgegen. Ich lehnte sie an der Wand an und begann sie gegen diese zu ficken. Meine Stöße wurden immer härter. Das heiße Wasser lief unsere nackten Körper entlang, umspülte uns und unser Lustspiel. Ihre lustvollen Schreie hallten nur so von den Wänden wider.

Ich fickte sie grob gegen die Fliesen, bis sie in einem lauten und hemmungslosen Orgasmus endete. Ehe meiner mich überrollte, zog ich mich aus ihrer Enge zurück und wichste schnell meinen Schwanz, bevor ich in die Dusche abspritzte. Auch wenn es nicht die sicherste Methode der Verhütung war, besser als nichts. Schließlich hatte ich nicht unbedingt Lust darauf, mir ein Kind anzulachen.

Unser Atem ging schwer. Das war ein geiler Quickie gewesen. Nach kurzer Zeit stellte ich sie wieder auf ihre Füße. Noch einmal ließ ich mich von dem warmen Wasser umspülen, dann stieg ich aus der Kabine. Ich reichte ihr ein Handtuch und wickelte mir ebenfalls eins um die Hüfte.

»Wo ist deine Freundin?«, fragte ich die Kleine.

»Die schläft noch.«

»Na, jetzt wohl nicht mehr, bei dem Krach, den du gemacht hast«, neckte ich sie. Sie lächelte süß. Wir gingen zurück in mein Schlafzimmer und tatsächlich war ihre Freundin wach. Verführerisch schmunzelte sie, als sie mich sah, doch ich war nun wirklich bedient und wollte ehrlich gesagt meine Ruhe.

»Du kannst gern auch noch duschen, wenn du möchtest.«

»Wenn du auch noch mal mitkommst?«, fragte sie mich frech und räkelte sich extra heiß auf meiner Matratze. Ich grinste, dennoch schüttelte ich den Kopf.

»Sorry, ich habe leider keine Zeit mehr, um mit euch zu spielen, ihr müsstet dann auch bitte gehen.« Beide sahen mich entgeistert an. Ich hasste diesen Moment, wenn die Weiber zu anhänglich wurden und nicht verstanden, dass das hier eine einmalige Sache war.

Ich wandte mich von ihnen ab und ging zu meinem Kleiderschrank. Als ich mich anzog, hörte ich sie schon leise fluchen. *Immer dasselbe!*

Nachdem ich mir Kleidung übergeworfen hatte, trottete ich ins Wohnzimmer, da waren sie gerade dabei, zu gehen.

»War nett mit euch.« Mit einem lauten Knall flog meine Wohnungstür ins Schloss. *Gut, dann nicht.*

Unbekümmert ging ich in meine Küche und machte mir erst einmal einen Kaffee. Ich nahm dankbar den ersten Schluck Koffein, als plötzlich mein Handy in meiner Gesäßtasche surrte. Neugierig zog ich es heraus und lugte darauf – ich hatte eine Nachricht von meinem Bruder erhalten. Er teilte mir mit, dass ich heute Abend gegen 18 Uhr in eines seiner Lieblings-Schickimicki-Lokale kommen sollte, um sein Mädchen kennenzulernen. Er erinnerte mich noch einmal unnötigerweise daran, mich auch wirklich zu benehmen. Ich schickte ihm ein knappes »OK«, nur um ihn zu ärgern. Nach meinem Kaffee bezog ich mein Bett neu, wie nach jeder Nummer. Ich hatte noch etwa vier Stunden Zeit, daher beschloss ich, mein tägliches Training zu absolvieren. Ich brauchte den Sport nicht nur für meinen Beruf, sondern auch als meine eigene kleine Therapie.

Ich rotierte immer mit den Übungen. Heute waren Gewichtheben, Bauchtraining, Rücktraining und dann noch eine längere Runde auf dem Laufband an der Reihe. Klar, ich könnte auch draußen joggen und manchmal tat ich das auch, aber es sparte doch Zeit, wenn ich hier drinblieb.

Ich absolvierte eine Übung nach der anderen. Immer

drauf bedacht, alle ausführlich und genau auszuführen. Nach drei Stunden, davon 45 Minuten auf dem Laufband, war ich für heute fertig. Meine Muskeln brannten schön. Heute hatte ich sie richtig gefordert.

Noch schnell einmal unter die Dusche gesprungen, dann musste ich auch schon allmählich los. Ich hatte heute einfach zu lange mit den beiden Girls im Bett verbracht.

Schließlich machte ich mich auch schon auf den Weg zu unserem Treffen.

Ich war wirklich auf die Kleine, die Ian den Kopf verdreht hatte, gespannt. Sie musste etwas Besonderes sein, wenn sie meinem älteren Bruder dazu brachte, sich so ins Zeug zu legen. Ian hielt doch eigentlich im Allgemeinen nichts von der Liebe oder einer Beziehung. Ich konnte ihn mir ehrlich gesagt auch immer noch nicht in einer vorstellen. Dieses Bild von einem verliebten Ian wollte einfach nicht in meinen Schädel.

Aber ich würde sie ja gleich kennenlernen. Kurz vor 18 Uhr kam ich bei dem edlen Schuppen an. Ich war selbst über meine Pünktlichkeit überrascht. Ian würde sich freuen.

Ich parkte meinen Buick, dann ging ich auch schon ohne große Umschweife hinein. Die Empfangsdame beäugte mich erst einmal kritisch wegen meiner für diesen Laden unpassenden Kleidung, doch ich machte mir nichts daraus. Sobald ich ihr den Namen meines Bruders nannte, erhellte sich ihre Miene und sie lotste mich ganz nach hinten in einen separaten Raum. Ian musste natürlich wieder übertreiben – obwohl, vielleicht war es gar nicht so schlecht, wenn unser Gespräch unbelauscht blieb.

Ich bedankte mich bei der süßen Empfangsdame und ging hinein. Ian kam mir ungewohnt breit lächelnd entgegen. Seine Lippe war noch immer dick und mit einem Cut versehen. Ich machte bei dem Anblick ein zerknirschtes Gesicht.

»Sogar pünktlich. Ich bin beeindruckt. Aber etwas schicker anziehen hättest du dich schon können«, scherzte Ian und klopfte mir zur Begrüßung kräftig auf die Schulter. Ich hatte wie immer meine geliebte Lederjacke an, darunter ein graues Shirt und eine normale Jeans, nicht mal zerrissen war sie. Ich wusste ehrlich nicht, was sich Ian so anstellte? Reichte ja schon, wenn er wie geleckt aussah.

»Nachdem du mich so genervt hast, wie wichtig dir mein gutes Benehmen heute ist, dachte ich, es wäre angebracht, dich heute mal nicht zu ärgern … na ja, außer mit meinem Outfit«, spottete ich breit grinsend. Ian führte mich zum Tisch.

»Na, wo ist jetzt deine Kleine?«

»Könntest du sie bitte nicht meine Kleine nennen? Sie heißt Angel und da kommt sie auch schon.« Entgeistert sah ich Ian an. *Habe ich mich verhört?*

»Wie heißt sie?«, fragte ich zur Sicherheit noch einmal nach.

»Angel. Ich weiß, ein komischer Name, aber so heißt sie nun mal.«

»Aha«, war alles, was ich noch herausbrachte. *Das kannst unmöglich du sein.*

Der Zufall wäre zu groß und das Schicksal wäre zu grausam, wenn das Mädchen von damals, das mir noch immer im Kopf herumspukte, wirklich das Mädchen meines Bruders wäre. Wenn sie es wäre, die das Herz meines Bruders erobert hätte. Nein! Das konnte unmöglich sie sein.

»Hallo, Angel, schön, dass du gekommen bist. Darf ich vorstellen? Mein Bruder Logan.«

»Dein Bruder? Das nenne ich mal eine Überraschung.« Sofort versteifte ich mich. Ich musste mich nicht einmal umdrehen und wusste es. Diese Stimme würde ich unter tausenden wiedererkennen, so schön und klar war sie. *Fuck!*

»Logan, das ist Angel.« Nur langsam wandte ich mich ihr

zu und versuchte so, das Unvermeidliche hinauszuzögern. Ich wollte sie nicht wiedersehen, nicht so und sicher nicht an der Seite meines Bruders.

Doch als ich in diese tiefblauen Augen sah, waren meine Gedanken wie weggefegt. Mein Hirn arbeitete nicht mehr. *FUCK!*

Sie sah sogar noch schöner aus als früher.

Meine Augen glitten langsam, beinah gierig, über ihre Erscheinung. Sie hatte nun gesunde und viel zu sexy Rundungen, die sie in einem engen, schulterfreien, dunkelblauen Kleid mit einem viel zu verführerischen hohen Beinschlitz perfekt in Szene setzte.

Okay, cool bleiben! Ian darf nicht merken, dass wir uns bereits kennen. Und niemals darf er erfahren, wieso wir das tun!

»Hallo, Angel. Schön, dich kennenzulernen.« Wie ferngesteuert hielt sie mir die Hand entgegen. Ich ergriff sie und lächelte gespielt freundlich. Sie sah mich nur entgeistert an. *Okay, du erinnerst dich wohl auch noch an mich.*

Doch sie fing sich wieder und begann freundlich zurückzulächeln.

»Hallo, Logan, ja, es freut mich auch.«

»Schön. Da wir uns nun alle kennen, setzen wir uns doch erstmal«, entgegnete mein Bruder fröhlich. Wir folgten ihm beide zum Tisch. *Scheiße, ich will einfach nur noch hier weg!*

Stattdessen nahm ich gegenüber von Angel Platz und versuchte, mir mein Unbehagen nicht anmerken zu lassen.

Na, dann auf einen tollen Abend, dachte ich bitter und verfluchte den Schicksalsengel dafür, dass er so fucking Spaß daran hatte, mich zu quälen.

Kapitel 17

Angel

»Angel-Schatz, schläfst du immer noch?!« Ich schreckte hoch, war kurz etwas orientierungslos. *Habe ich mir das gerade nur eingebildet?*

Als es allerdings erneut an der Tür klopfte, krabbelte ich aus dem Bett und ging mit noch verschlafenen Gliedern zum Wohnungseingang. Ich entriegelte all meine vielen Schlösser, um Miguel hereinzulassen, doch ich stutzte, als ich ihn ansah. Ich erkannte von ihm nur seine wilden, dunkelbraunen Haare, der Rest seines Körpers wurde durch einen großen Kleidersack verdeckt.

»Was ist das, Miguel?«, fragte ich ihn verwirrt.

»Lässt du mich erst einmal rein?«

»Ja, klar.« Ich machte ihm Platz, damit er mit dem Kleidersack eintreten konnten. Er ging direkt ins Wohnzimmer und ich folgte ihm. Behutsam legte Miguel den Sack auf meine Couch.

»Puh, geschafft. So, jetzt erstmal: Hallo, Darling.« Er wandte sich mir zu und drückte mir meinen üblichen, dicken Kuss auf die Wange. Ich sah ihn erwartungsvoll an, denn ich platzte gleich vor Neugierde.

»Verrätst du mir jetzt, was in dem Sack ist? Und was du hier damit willst?« Miguel lächelte mich breit an, dann nickte er Richtung Sack.

»Sieh selbst, es hängt ein Zettel dran.« Ich stutzte, folgte jedoch seiner Anweisung und nahm den kleinen Umschlag, der an dem Sack befestigt hing, an mich. Schließlich angelte ich einen Zettel daraus und klappte die Nachricht auf.

Hallo schöne Frau,

ich hoffe, du hast nichts dagegen. Ich hab mir mal wieder das Recht herausgenommen, dir dein heutiges Outfit zu besorgen, und ich würde mich sehr freuen, wenn du es tragen würdest. Ich bin mir sicher, du wirst umwerfend aussehen.

Ich freue mich schon auf dich.

P.S. James wird dich gegen 17:30 Uhr abholen kommen.

- Ian

Ich sah von der Nachricht auf zu Miguel, der mich nur breit angrinste.

»Angel-Schatz, du musst deinem Prinzen aber ordentlich den Kopf verdreht haben, wenn er dir ständig solche Kleider schenkt. Zeig doch mal her.« Ich nickte wie ferngesteuert, legte den Zettel auf meinem kleinen Couchtisch ab und öffnete den Kleidersack.

»Wo hast du das eigentlich her?«, fragte ich Miguel über die Schulter, während ich den Sack öffnete, um meine Nervosität zu überspielen.

»Das hing an deiner Tür und draußen steht ein mattschwarzer BMW.« Ich ließ von dem Sack ab und drehte mich schnell zu ihm um, mein Mund stand weit offen.

»Was? Wann? Wo?« Ich eilte zum Fenster, zog meine Vorhänge beiseite und sah zur Straße hinaus, doch genau in diesem Moment fuhr der Wagen im rasanten Tempo davon.

»Was ist denn, Angel? Wonach schaust du?«

»Ian hat mir persönlich das Kleid gebracht. Er hat nicht seinen Diener geschickt.« Ich ließ meinen schweren Vorhang wieder vor mein Fenster fallen und wandte mich Miguel zu. Fragend sah er mich an. Er verstand wohl nicht, was für eine große Sache das war. Ian machte eigentlich nichts allein. Alles ließ er James erledigen. Doch er hatte mir mein Kleid höchstpersönlich vorbeigebracht und es mir an die Tür gehängt. Nicht einmal geklingelt hatte er, weil er wusste, ich war noch nicht so weit, ihn in meine Wohnung und somit noch tiefer in mein Leben zu lassen.

Ein echtes Lächeln stahl sich auf meine Lippen. Ian gefiel mir immer besser und besser, und das ängstigte mich auch ebenso, wie es mich überraschte.

»Kann es sein, dass du mir von eurem letzten Treffen nicht alles erzählt hast?«, fragte mich Miguel streng und beäugte mich dabei genau. Ich winkte ab und ging wieder zur Couch, um endlich das Kleid ansehen zu können.

»Was meinst du? Ich habe dir alles erzählt.«

»Aha. Also hast du nicht mit Ian geschlafen?!« Bei seiner direkten Frage ließ ich vor Schreck den Sack zurück auf die Couch fallen. Ich drehte mich erneut zu ihm um und schüttelte erstaunt den Kopf.

»Nein! Wie kommst du denn darauf?!«, fragte ich ihn ehrlich verwirrt. Miguel trat näher an mich heran und musterte mich streng.

»Weil du dich so komisch verhältst und ich bei ihm den Haken suche. Du weißt, ich mag Ian und ich würde mich freuen, wenn du wirklich deinen Prinzen bekommen würdest, aber langsam denke ich, er ist doch zu perfekt!« Ich runzelte die Stirn und war für einen Moment baff. So misstrauisch kannte ich meinen besten Freund nicht.

»Miguel, das ist wirklich süß von dir, aber ich denke, es gibt keinen Haken. Ian möchte mir eben eine Freude machen. Das ist alles!«, versuchte ich ihn zu beruhigen. Miguel verzog nur tadelnd eine seiner schönen Brauen, sagte jedoch nichts mehr dazu. Ich sah ihm noch einmal aufmunternd entgegen, dann widmete ich mich endlich meinem Kleid. Als ich den Reißverschluss öffnete und den Stoff freilegte, kam ich aus dem Staunen nicht mehr heraus. Ian hatte sich dieses Mal wirklich selbst übertroffen.

Mein Mund stand weit offen, während ich das Kleid herausholte, um es in seiner vollen Pracht zu sehen. Miguel war näher an mich herangetreten und auch er staunte nicht schlecht. Ihm fehlten ebenso die Worte wie mir.

»Los, probier es an!«, drängte er mich nach Sekunden, in denen wir nur auf das Kleid in meiner Hand gestarrt hatten. Ich nickte stumm, legte das Kleid wieder behutsam auf die Couch zurück und entledigte mich meines Schlaf-Shirts. Ich schämte mich nicht vor meinem besten Freund, zumal er ja auch nicht auf Frauen stand.

Zügig eilte ich zu meinem Kleiderschrank und holte mir einen trägerlosen BH, dann schlüpfte ich in das Kleid. Es war dunkelblau, lang, eng und schulterfrei. Der Stoff umschmeichelte meine Rundungen, als wäre es meine zweite Haut. Der hohe verführerische Beinschlitz war die Kirsche auf der Torte. Würde er auch nur ein bisschen weiter oben enden, so könnte man ihn fast als unanständig bezeichnen. Doch dort, wo er war, war er perfekt.

Ich bewunderte mich im Spiegel. Dieses Kleid war bis jetzt das mit Abstand schönste von allen. Ich erkannte mich nicht wieder. Und wie es meine Kurven in Szene setzte, gehörte verboten. Ian traf wirklich immer ins Schwarze. *Wie machst du das nur, Ian?!*

»Woooow, Angel! Du siehst fantastisch aus! Geschmack hat der Junge, das muss ich ihm lassen!« Ich nickte stumm, Miguel hatte recht, ich sah toll aus.

»Sieh mal, dort ist noch etwas in dem Sack.« *Du hast doch*

nicht?

»WAHNSINN! Angel, hier ist Schmuck drin! … Sind das echte Diamanten?!« Das Letzte quiekte Miguel mit hoher Stimme.

Er hatte es getan. Ich schmunzelte breit und trat an Miguel heran. Er hielt die samtene Schmuckschatulle in der Hand und sah erstaunt hinein. Im Inneren befanden sich ein Diamantenarmband, eine Kette und die dazu passenden Ohrringe. Ian war verrückt!

»Was das kosten muss … Angel, ich sag nur: Jackpot!« Ich schüttelte breit grinsend den Kopf.

»Miguel! So ist das nicht«, mahnte ich ihn streng und nahm ihm die Schatulle ab. Ich schloss sie und legte sie auf meine Kommode.

»Hilfst du mir bitte mit dem Reißverschluss?«, fragte ich ihn. Miguel kam mir sofort zur Hilfe und öffnete mein Kleid.

»Nein, jetzt mal ehrlich, Angel, da muss doch ein Haken dran sein! Ist ja schön und gut, dass er dich in solche Kleider und Schmuck steckt, wenn ihr eines seiner Geschäftsessen habt. Aber privat? Meinst du nicht, er erwartet dafür heute Abend etwas?!« Ich war, während Miguel geredet hatte, aus dem Kleid geschlüpft und hängte es nun zurück auf seinen samtenen Bügel.

»Selbst wenn es so wäre – was es nicht ist –, heißt es ja nicht, dass ich ihm auch was dafür geben muss. Also mach dir keine Sorgen!«

»Nein, Angel, jetzt mal ehrlich. Prinz hin oder her. Er kann doch unmöglich echt sein? Der Schmuck, die Klamotten?! Und dann erwartet er nichts? Ian Davis, der Ladykiller? Bist du dir sicher?!« Ich sah ihn verblüfft an.

»Miguel, was hast du denn jetzt plötzlich gegen Ian? Du hast mich doch dazu ermutigt! Du wolltest, dass ich Cinderella spiele und dass ich es genießen soll. Jetzt höre ich endlich auf deinen Rat und nun rätst du mir davon ab? Was soll das denn jetzt?« Miguel trat an mich heran und legte beschwichtigend eine Hand auf meinen Arm. In seinen Augen spiegelte sich echte Sorge.

»Nein! Ich sage nicht: Hör auf! Ich sage: Sei vorsichtig und wachsam! Das ist alles. Ich finde es einfach nur komisch. So perfekt ist kein Mann! Und vor allem kein Ladykiller. Ian Davis hat nicht umsonst seinen Ruf, Angel-Schatz! Pass einfach auf dich auf, okay? Ich habe bloß Angst, dass er dich verletzen könnte, du scheinst ihn sehr zu mögen.« Ich lachte bei seinen Worten ehrlich auf.

»Miguel, übertreibst du da nicht ein wenig? Ja, ich genieße seine Aufmerksamkeiten und Geschenke sehr, aber mehr auch nicht. Ian ist ein interessanter Mann, den ich völlig falsch eingeschätzt habe, aber dennoch werde ich nichts mit ihm anfangen. Ich brauche keinen Mann in meinem Leben!«

»Wenn du das sagst! Ich glaube jedoch, dass du dir selbst etwas vorspielst! Ich glaube, dieser Kerl hat es geschafft, deine Eisschicht zu schmelzen. Aber das ist deine Sache, ich werde mich nicht einmischen! Ich will nur, dass du vorsichtig bist, okay?!« Ich nickte und verdrehte gleichzeitig die Augen.

»Ich muss dann auch schon wieder los. Ich habe im Gegensatz zu dir noch zu arbeiten. Ach so, du solltest vielleicht auch nicht mehr so schnell einen Kunden für deinen Prinzen absagen! Es kam nicht besonders gut an. Nur, dass du Bescheid weißt«, mahnte er mich.

»Oh, shit. War es schlimm?!« Miguel schüttelte schnell den Kopf.

»Nein. Da es sich hierbei um Ian Davis handelt, nicht. Ich wollte dich nur vorwarnen. Dass er dich für das Date nicht bezahlt, werden unsere Chefs nichts besonders gut finden.«

»Hm … okay, danke, dass du mich vorwarnst«, gab ich nachdenklich zurück. Miguel gab mir einen Abschiedskuss auf die Wange, dann machte er sich auf den Weg. Nachdenklich verschloss ich hinter ihm wieder meine Wohnungstür. *Shit!*

Ich hatte weder an meine Agentur und noch an die Konsequenzen dafür gedacht, dass ich wegen Ian Kunden absagte. Das passte eigentlich nicht zu mir. Mein Job war mir unglaublich wichtig! Ich wollte nämlich nie wieder auf den Straßenstrich zurück und das müsste ich, wenn ich meine Schulden bei meinem Ex-Zuhälter nicht bald abbezahlte. Was hatte ich mir nur dabei gedacht? Wie konnte ich so unbekümmert alles stehen und liegen lassen? Und das auch noch für einen Kerl? Was war nur los mit mir?

Hatte Miguel vielleicht doch recht? Stimmte mit Ian etwas nicht? War er wirklich der perfekte Prinz, für den er sich gerade ausgab? Zu Anfang war er schließlich auch nicht so gewesen. Ian war ein arroganter Kotzbrocken gewesen, der meinte, mit seinem vielen Geld könne er sich alles kaufen, was auch immer er wollte. Hatte er sich wirklich für mich geändert? So schnell? *Ach, verdammt!*

Unsicherheit machte sich in mir breit, doch ich wollte sie nicht gewinnen lassen. Ian war anders als die Männer, die ich sonst kannte. Er hatte mich und meine Ängste verstanden und akzeptierte meine Grenzen. Hatte er nicht allein deswegen schon eine Chance verdient?

Ich wusste auf all meine vielen wirren Fragen keine Antworten, würde heute zu dem Treffen gehen und mich einfach überraschen lassen.

Um die Zeit rumzubekommen und mich abzulenken, entschied ich mich, joggen zu gehen. Die frische Luft würde mir hoffentlich guttun und die Bewegung meine wirren Gedanken klären.

Ich zog mir meine Laufklamotten und Laufschuhe an. Ich liebte das Joggen, so bekam ich am besten den Kopf frei.

Kaum hatte ich mein Haus verlassen, lief ich auch schon

ohne einen Plan oder einen bestimmten Weg einfach drauflos, schließlich hatte ich noch ein paar Stunden Zeit, bis mich James abholen würde. Ich lief und lief, mein Tempo beschleunigte sich komischerweise immer mehr, statt langsamer zu werden. Ich hatte sicher schon mehr als sechs Meilen geschafft und noch immer war ich nicht außer Puste. Also rannte ich weiter. Meine schreienden Gedanken ließen langsam nach, ebenso wie meine Zweifel. Ich würde heute einen fantastischen Abend mit Ian haben und ihn besser kennenlernen.

Nach weiteren drei Meilen entschied ich mich dazu, wieder umzukehren. Ich hätte zwar heute ewig weiterlaufen können, aber die Zeit drängte nun langsam doch. Immerhin musste ich mich noch zurechtmachen und dringend duschen. Ich war von dem vielen Laufen schweißgebadet. Knapp eine Stunde später kam ich wieder zu Hause an. Mein Puls raste und meine Atmung ging ebenfalls schnell, allerdings fühlte ich mich unglaublich gut!

Mir blieb noch eine Stunde, um mich fertig zu machen, doch ich ließ mich nicht aus meiner neu gewonnenen Ruhe bringen. Ich schälte mich aus meinen verschwitzten Klamotten, nahm eine ausgiebige, heiße Dusche und ließ meine müden Knochen das warme Wasser genießen. Nachdem ich fertig war, legte ich leichtes Make-up auf. Bei diesem atemberaubenden Kleid war es nicht nötig, mich groß zu schminken. Daher unterstrich ich wie immer meine blauen Augen mit etwas Wimperntusche und Kajal und meine Lippen schminkte ich in einem tiefen Rot – als Kontrast zum Kleid. Meine Haare ließ ich mir zurechtgeföhnt und offen über die Schulter fallen. Noch schnell in das Kleid geschlüpft und den wunderschönen Schmuck angelegt – fertig war mein heutiges Outfit. Passende Schuhe und Tasche hatte Ian natürlich mit dazugelegt.

Ich betrachtete das Endresultat noch einmal im Spiegel

und war sehr zufrieden damit.

Als ich wenige Minuten später meine Wohnung verließ und auf die Straße trat, wartete James schon auf mich.

»Miss Angel, schön Sie wiederzusehen.« Erneut musste ich über James' Anrede schmunzeln.

»Hallo, James, ich freue mich ebenfalls, Sie wiederzusehen.« Er lächelte knapp, dann gab er mir mit einer galanten Handbewegung zu verstehen, ihm zu folgen.

»James, wäre es möglich, dass Sie hier nicht den unterwürfigen Diener spielen? Es reicht schon, dass ich in diesem Kleid hier herumlaufe.« Er blickte mich kurz fragend an, dann nickte er schließlich und ging zielstrebig voraus. Ich folgte ihm über die Straße, langsam wurde ich dann doch nervös, war dieses schließlich das erste private Treffen zwischen mir und Ian.

»James, wissen Sie, was er heute geplant hat?«, fragte ich in seinen stocksteifen Rücken.

»Nein, Miss. Ich soll Sie nur chauffieren. Mehr weiß ich nicht.« James hielt an einem blauen Ford und öffnete mir die Beifahrertür. Ich stutzte, als ich den unscheinbaren Wagen sah, nicht nur, weil ich sonst etwas anderes von Ian gewohnt war, sondern weil mir James die Beifahrertür anbot. Ich kannte es eigentlich nur so, dass man hinten saß. Aber das hier war mir sowieso um Längen lieber.

»Kommen Sie, Miss?« Ich nickte stumm und stieg ein. James fuhr augenblicklich, nachdem er sich hinter das Steuer gesetzt hatte, los. Er manövrierte uns wie immer geschickt durch den chaotischen Berufsverkehr.

Ich begann angespannt meine Finger zu kneten, wurde von Minute zu Minute nervöser und wusste nicht einmal, wieso. Dieses Treffen würde auch nicht groß anders verlaufen als die Geschäftsessen von Ian, außer dass wir allein waren und viel Zeit zum Reden hatte. *Ist das hier wirklich eine gute Idee?!*

»Alles in Ordnung, Miss?« James beäugte mich kurz von der Seite. Augenblicklich ließ ich meine Finger in meinen Schoß sinken, beendete damit mein nervöses Kneten und nickte zaghaft.

»James, könnten Sie jetzt wirklich bitte dieses unterwürfige Dienergehabe sein lassen? Das ist bei mir absolut nicht nötig.«

»Tut mir leid, Miss, aber nein, das kann ich nicht!« Ich seufzte laut auf und schaute aus dem Fenster. Die vielen Lichter, die diese Stadt so erhellten und zu dem machten, was sie war, flogen nur so an mir vorbei.

»James? Wie lange arbeiten Sie schon für Ian?« Er antwortete nicht sofort, als würde er überlegen, ob er darüber überhaupt sprechen dürfte.

»Knapp sechs Jahre, Miss.«

»Also kennen Sie ihn gut, nicht wahr?« Erneut ein prüfender Seitenblick des Engländers, doch ich ließ mich dadurch nicht entmutigen. Er nickte nur.

»Macht er sowas öfter für jemanden?« James runzelte fragend die Stirn. Wieder überlegte er genau, was er darauf antworten sollte.

»Was meinen Sie, Miss? Ob Mr. Davis öfter Frauen einlädt? Ich denke, die Antwort kennen sie bereits.« Ich nickte abermals stumm. Diese Aussage war ziemlich ernüchternd. Aber was hatte ich auch anderes erwartet?!

Eine unangenehme Stille breitete sich im Wagen aus, doch traute ich mich nicht, erneut das Wort zu ergreifen. Ich wusste auch nicht wirklich, über was ich mit James reden sollte – oder eher durfte.

Nach knapp 45 Minuten Fahrt, die meiste Zeit davon schweigend, fuhr James in eine Tiefgarage. Vor einer großen Aufzugtür blieb er stehen und stellte den Motor ab, doch statt wie sonst auszusteigen und mir die Tür zu öffnen, blieb er einfach sitzen und drehte sich zu mir herum. Sein Blick wirkte zu meiner Überraschung sanft. Ich versuchte, meine Unsicherheit zu verstecken, und blickte ihm mit neutraler Miene entgegen.

»Miss, ich weiß, was Sie mich vorhin damit fragen wollten. Und eigentlich steht es mir nicht zu, solch ein Gespräch mit Ihnen zu führen, doch ich denke, Mr. Davis wird hier in diesem Fall ein Auge zudrücken … oder es vielleicht auch gar nicht erst erfahren.« Er zwinkerte mir bei seinen letzten Worten verschwörerisch zu, dann sprach er weiter.

»Die Antwort ist nein. Mr. Davis macht so etwas wie mit Ihnen nicht öfter. Er kauft Frauen grundsätzlich keinen Schmuck oder Kleider. Er gibt sein hart verdientes Geld nicht für solche Dinge aus.« Ich sah ihn einfach nur an. Mein Hirn war nicht in der Lage dazu, darauf zu reagieren, hatte ich schließlich mit allem gerechnet, nur nicht damit. James musterte mich noch einen Augenblick, dann schlüpfte er zurück in seine Rolle. Er stieg aus, eilte um den Wagen herum und half mir hinaus.

»Danke, James«, raunte ich erstickt, als er dicht vor mir stand und noch immer meine Hand in seiner hielt, um mir zu helfen. Ein kleines Lächeln stahl sich auf seine sonst so strengen Züge, dann nickte er wieder in seiner typischen Manier und gab meine Hand frei.

»Den Aufzug nach oben, dritte Etage und dann nur geradeaus. Sie werden dort empfangen. Ich wünsche Ihnen einen schönen Abend, Miss.« Zum Dank lächelte ich ihm noch einmal freundlich zu, dann folgte ich seinen Anweisungen. Im Aufzug angekommen überprüfte ich noch schnell mein Outfit. *Warum bin ich nur so nervös? Und was zum Teufel mache ich hier überhaupt?*

Es passte so gar nicht zu mir, mit einem Kerl – einem meiner Kunden! – auszugehen. Und doch tat ich genau das. Jetzt war es allerdings zu spät, einen Rückzieher zu machen, denn die Aufzugtür sprang auf.

Ich trat hinaus auf den edlen Marmorboden und folgte James Anweisungen einfach geradeaus. Schon sah ich das Schild des schicken Lokals.

Ich trat unsicher hinein. Sonst war ich immer an Ians Seite in solch einen Schickimicki-Laden gegangen, jetzt jedoch musste ich allein dadurch.

Die Empfangsdame lächelte mir freundlich entgegen und fragte mich, wie sie mir weiterhelfen könnte. Ich nannte ihr den Namen Ian Davis und schon forderte sie mich höflich auf, ihr zu folgen. Sie lotste mich durch das gesamte Lokal, an allen Tisch vorbei, bis ganz nach hinten in einen separaten Raum. An der Tür angekommen bedankte ich mich bei ihr, um allein hineinzugehen und damit noch einmal kurz die Zeit zu haben, durchatmen zu können.

Ich sprach mir ein letztes Mal Mut zu, dann öffnete ich die Tür und trat selbstbewusst ein. Zu meiner Überraschung war Ian nicht allein hier. Er unterhielt sich breit grinsend mit einem Muskelprotz von Kerl.

Als Ian mich bemerkte, lächelte er noch eine Spur breiter und kam auf mich zu, Hercules dagegen blieb mit seinem überaus breiten Rücken zu mir gewandt zurück.

»Hallo, Angel, schön dass du gekommen bist. Darf ich vorstellen? Mein Bruder Logan.« Ian gab mir einen unschuldigen kleinen Wangenkuss zur Begrüßung, doch ich interessierte mich gerade herzlich wenig für sein gutes Benehmen, denn ich war noch immer damit beschäftigt, seine Aussage zu verarbeiten.

»Dein Bruder? Das nenne ich mal eine Überraschung.« Ich versuchte, so gefasst wie möglich zu klingen, auch, weil seine Lippe dick und aufgeplatzt war.

Ian lächelte mich wissend an, so als wüsste er genau, was in meinem Kopf vor sich ging, aber er ließ es im Raum stehen.

Unerwartet legte Ian den Arm um meine Taille, beugte

sich zu mir herunter und raunte dicht an mein Ohr.

»Verzeih, ich wollte dich nicht täuschen. Ich dachte nur, es wäre leichter und du würdest dir keinen Druck machen, wenn du nicht weißt, wen ich dir heute vorstellen wollte.« Der rauchige Klang seiner Stimme allein ging mir schon wieder durch Mark und Bein.

»Nein, ich freue mich sehr, aber was ist denn mit deiner Lippe passiert?«, antwortete ich ehrlich, denn es stimmte – ich freute mich darüber, dass Ian mich seiner Familie vorstellte.

»Logan, das ist Angel«, sprach Ian an Hercules gewandt, ließ währenddessen wieder von mir ab und ging überhaupt nicht auf meine Frage bezüglich seiner Lippe ein.

Ich blickte neugierig auf Mr. Geheimnisvoll, denn er hatte sich noch immer nicht umgedreht. Doch als er es tat, entgleisten mir augenblicklich meine Gesichtszüge. *Das kann nicht sein!*

Ich starrte ihn regelrecht an, konnte es nicht glauben. Das hier vor mir konnte unmöglich mein Ritter von vor drei Jahren sein?! Ians Bruder?! Nein!

Lächelnd trat er auf mich zu und streckte mir seine Hand entgegen. Und plötzlich wurde mir mit einem Mal klar, wieso ich mich so sehr zu Ian hingezogen fühlte! Die beiden Männer sahen sich bis auf die unterschiedlichen Augen- und Haarfarben unglaublich ähnlich. *Shit!*

»Hallo, Angel. Schön, dich kennenzulernen.« Seine Stimme hatte sich nicht verändert und ich würde sie immer wiederkennen. So rau, sexy und zugleich samten konnte nur ein Mann sprechen. *Logan.*

Auch scannte ich seine Erscheinung in Sekundenschnelle. Sein Gesicht war noch genauso schön, wie ich es in Erinnerung hatte, mit seinen sinnlich geschwungenen Lippen, dem markanten Kinn und den ebenen Gesichtszügen. In seinen dunkelbraunen Augen blitzte bei meinem intensiven Blick etwas auf, ich konnte es jedoch nicht deuten. Seine braunen Haare fielen ihm wild und ungebändigt in die Stirn und spiegelten ihn damit perfekt wider. So wie Ians schwarze und akkurat sitzenden Haare ihn eindeutig widerspiegelten. Die Brüder waren so gleich vom Aussehen, und doch so verschieden. Ian, der geleckte Traumprinz, und Logan, der wilde Jäger. *Ja, das passt.*

Er trug auch noch immer diese Lederjacke, ein einfaches Shirt und eine schwarze Jeans. Schon allein deswegen konnte ich mir ein feines Schmunzeln nicht verkneifen, da Logan tatsächlich selbst hier in diesem Etablissement seinem Style treu blieb.

»Hallo, Logan, ja, es freut mich auch.« Als sich unsere Hände zur Begrüßung berührten, durchzuckte mich ein Stromschlag. Wie damals, als er mich geküsst hatte. Es fühlte sich an wie ein heißer Schauer, der meinen Körper von innen erhitzte. Ich konnte kaum noch klar denken.

»Schön, da wir uns nun alle kennen, setzen wir uns doch erstmal.« Ians Stimme drang nur gedämpft an meine Ohren. Erst als Logan mir seine Hand entzog, kam ich wieder in der Realität an. Bestimmend legte mir Ian eine Hand an meinen Rücken und führte mich zum Tisch, da ich mich nach seinen Worten nicht gerührt hatte. Logan war schon vorausgegangen und saß mir genau gegenüber.

In meinem Kopf schrien meine Gedanken nur so wirr. Ich konnte mich kaum konzentrieren, so laut und durcheinander gingen sie. Doch einen bekam ich deutlich zu fassen: Ian würde niemals erfahren dürfen, dass wir uns bereits kennen!

Ich versuchte, wieder klar zu werden und mir nichts anmerken zu lassen. Irgendwie musste ich diesen Abend jetzt durchziehen.

Ian hatte sich direkt neben mich gesetzt. Nach kurzer Zeit beugte er sich leicht zu mir herüber und raunte mir mit seiner rauchigen Stimme zu.

»Du siehst übrigens wunderschön in dem Kleid aus. Falls man das überhaupt noch erwähnen muss.« Ich lächelte bei seinen Worten und senkte den Blick. Als ich ihn kurze Zeit später jedoch wieder erhob, zuckte ich zusammen. Logan musterte uns mit einem solch intensiven Ausdruck, dass es mich schwindelte. Und doch konnte ich nichts aus seiner Miene lesen. Er blickte uns nur mit seinen dunklen Augen entgegen. Schnell breitete sich Unbehagen in mir aus und doch konnte ich den intensiven Blickkontakt nicht unterbrechen, denn jetzt sah mich Logan direkt an.

Ich hielt es nicht mehr aus und räusperte mich schließlich, bis ich dann, ohne groß darüber nachzudenken, das Wort ergriff, einfach um der beklemmenden Situation zu entfliehen.

»Du bist also Ians Bruder. Dann kannst du mir sicher verraten, was mit seiner Lippe passiert ist? Da Ian mich diesbezüglich vortrefflich ignoriert.« Ich zwinkerte ihm frech zu, dann sah ich wieder zu Logan. In dessen Miene hatte sich etwas verändert. Zuerst hatte sie sich verdunkelt, nur damit sich dann ein spitzbübisches Grinsen in seinem Gesicht bildete. Fragend runzelte ich die Stirn und war sehr gespannt, was nun kommen würde.

Logan lehnte sich auf seinem Stuhl zurück, noch immer trug er dieses Lächeln auf seinen Lippen.

»Das geht wohl auf meine Kappe.« Ich hob tadelnd eine Braue. Logan legte daraufhin seinen Kopf leicht schief und kratzte sich verlegen am Kinn. Ich blickte irritiert zu Ian, dieser machte beinah dieselbe Geste, nur dass er sich über seine dicke Unterlippe strich, dann zuckte er mit den Achseln.

»So ein Brüderding. Nichts Wildes also«, entgegnete Ian schmunzelnd.

»Aha«, war alles, was ich dazu sagen konnte. *Männer.*

»Keine Angst, Kleines, ich werd deinem Prince Charming schon nicht mehr verletzen. Versprochen!«, spottete Logan, doch mir entging der bittere Unterton nicht. *Was ist nur mit dir? Was soll das hier?!*

Ian lachte daraufhin laut, sodass ich meine bissige Erwiderung hinunterschluckte und meine eigentlichen Gefühle überspielte.

Die beiden Männer verfielen in ein freundschaftliches Wortgefecht. Als jedoch eine Kellnerin mit unseren Getränken hereinkam, verstummten sie wieder.

»Für dich natürlich wieder dein Lieblingsgetränk.« Ich lächelte bei Ians Worten. Ich fand es unglaublich süß, dass er sich das gemerkt hatte.

»Mojito. Sehr interessant. Aus deiner Heimat?«, fragte mich Logan und traf mich damit unvorbereitet. Mir entgleiste für einen Bruchteil einer Sekunde mein Gesichtsausdruck. Als mich dann noch beide Männer auf ihre eigene Art und Weise anfingen zu mustern, weil ich nicht sofort antwortete, tat ich etwas unfassbar Dummes. Ich nickte.

»Du kommst aus Kuba?«, fragte Ian erstaunt. Erneut nickte ich und schlug mir währenddessen vermehrt imaginär gegen die Stirn. *Wie kann man nur so dumm sein?*

»Interessant. Das wusste ich gar nicht.«

»Es ist ja auch nichts Besonderes«, versuchte ich es schnell abzutun. Ian beäugte mich fragend und interessiert und Logan brennend und dunkel. Mit beidem konnte ich gerade nicht wirklich umgehen.

»Daher das perfekte Spanisch. Ich hatte mich schon gewundert.« Ich lächelte Ian zur Antwort nur entgegen. Ich wollte nicht länger über mich sprechen.

»Und was ist mit euch?«, fragte ich, um endlich das Thema zu wechseln.

»Was soll mit uns sein? Du weißt doch sicher schon alles über unsere tragische Familiengeschichte. Allein schon aus den ganzen Klatschblättern, die meinen Bruder so gerne ablichten, obwohl er nichts groß tut, außer viel Geld zu verdienen und Frauen flachzulegen.« Nach Logans direkten Worten konnte man beinah körperlich spüren, wie sich die Luft auflud. Ian hatte sich neben mir verspannt. Logan hingegen lehnte noch immer entspannt in seinem Stuhl und schaute ausdruckslos drein.

»Okay, dann sollten wir wohl über etwas anderes reden«, schlug ich gedehnt vor und sah zwischen den beiden hin und her. Ian nickte, ohne den strengen Blick von seinem Bruder zu nehmen.

»Gute Idee. Wie wäre es, wenn du mir etwas über deine Vergangenheit erzählen würdest? Etwas ganz Bestimmtes.«

»Wie bitte?«, fragte ich überrumpelt.

»Logan!«, mahnte auch Ian ihn. Doch das interessierte ihn anscheinend nicht, denn Logan wirkte nach wie vor amüsiert.

»Was denn? Du steckst wegen ihr in der Scheiße, Ian! Und ich will wissen, warum das so ist und was sie gegen den Alten Stone in der Hand hat.« Ians Blick verdunkelte sich, ebenso wie seine Körperhaltung sich verspannte.

»Angel, entschuldige bitte das Benehmen meines Bruders! Er kommt nicht oft unter Leute, musst du wissen!« Ians Stimme klang streng. Ich sah zwischen beiden Männern hin und her. *Was läuft hier?*

Ich verstand Logans Verhalten mir gegenüber nicht. Und wieso wollte er etwas über meine Vergangenheit wissen? Sollte das eine Anspielung auf unsere Vorgeschichte sein? Wollte Logan, dass Ian von unserem damaligen Aufeinandertreffen erfuhr?

Ich wusste nicht, was ich von all dem hier halten sollte, eins wusste ich jedoch sehr genau: Wenn Logan glaubte, ich würde mich so von ihm behandeln und vorführen lassen, dann hatte er sich getäuscht!

»Findest du es nicht etwas anmaßend, mich direkt nach meiner Vergangenheit auszufragen? Wenigstens den ersten Drink hättest du höflichkeitshalber abwarten können. Oder besitzt der große Hercules keinen Anstand?« Nach meiner strengen Rede sah ich Logan frostig an, er hingegen lächelte amüsiert. *Idiot!*

»Wieso so geheimnisvoll, kleine Angel? Ich wollte nur wissen, was du mit dem alten Stone zu schaffen hast. Woher du ihn kennst. Oder viel interessanter, was du gegen ihn in der Hand hast. Es wäre auch in deinem Interesse, wenn ich es wüsste, denn es würde mir meine Arbeit, euch den Alten vom Hals zu halten, ehrlich erleichtern.« Schon allein, wie er meinen Spitznamen aussprach, trieb die Gänsehaut über meinen Körper, doch ich durfte nicht so auf ihn und seine verflucht sexy Stimme reagieren. Vor allem, weil sich Logan so dermaßen bescheuert aufführte!

»Und was hast du mit ihm zu schaffen? Du scheinst ihn ja recht gut zu kennen, so interessiert, wie du an ihm bist!« Ich verschränkte meine Arme vor der Brust, langsam machte mich dieser Kerl wütend.

»Okay, ich denke, wir kommen hier so nicht weiter«, versuchte Ian, zu schlichten. Er legte mir unter dem Tisch eine Hand auf mein Knie, wollte mich wohl mit dieser Geste darum bitten, aufzuhören. Widerwillig kam ich dem nach, nickte nur und löste die Verschränkung meiner Arme wieder.

Doch noch immer sah ich missmutig zu Logan. Ich nahm nur im Augenwinkel wahr, wie Ian sein Handy zückte.

»Angel, es tut mir leid, aber ich muss leider gehen. Ein Notfall in meiner Firma, der bedauerlicherweise nicht aufzuschieben ist.« Meine Augen weiteten sich. *Du musst jetzt gehen? Dein Ernst?!*

»Klärt ihr Hübschen das mal. Ich komme gleich wieder«, entschuldigte sich Logan und ließ uns mit diesen Worten allein.

Ian sprach erst weiter, als Logan den Raum verlassen hatte.

»Angel, es tut mir schrecklich leid. Mein Bruder hat keinerlei Taktgefühl oder Benehmen! Aber könnte ich dich dennoch um einen Gefallen bitten?« Ich zog meine Augenbraue nach oben, was Ian zum Schmunzeln brachte.

»Du hättest etwas bei mir gut«, lockte er mich und sprach weiter.

»Könntest du bitte meinem Hornochsen von Bruder von Stone erzählen? Ich verspreche dir, dich morgen über alles aufzuklären. Es ist wirklich wichtig, Angel. Du weißt, ich würde dich darum nicht bitten, wenn es nicht so wäre.« Meine Augenbraue wanderte höher und höher. Das konnte Ian unmöglich ernst meinen? Ich sollte hier den Abend allein mit Logan verbringen und ihm dann auch noch von Stone erzählen?!

Ian fixierte mich mit seinen schwarzen Augen, ein beinah flehender Ausdruck spiegelte sich in ihnen wider.

»Du lässt mich also jetzt mit deinem charmanten Bruder zurück, und dann soll ich ihm auch noch von einem meiner schlimmsten Kunden erzählen? Das verlangst du von mir? Und soll er überhaupt wissen, dass ich eine Hure bin?! Oder weiß er es schon?« Ian legte erneut beschwichtigend eine Hand auf mein Knie, denn ich hatte mich in Rage geredet.

»Angel, ich weiß, ich verlange gerade unheimlich viel von dir, und leider habe ich jetzt keine Zeit mehr, es mit dir auszudiskutieren. Ich verspreche dir, ich mache es morgen bei unserem Date wieder gut. Ich werde sogar mein Handy ausschalten, und das habe ich noch nie getan. Ich tue alles, was du willst, nur bitte vertrau mir jetzt so, wie ich dir bei Stone vertraut habe, und erzähl Logan davon. Du kannst ihm alles berichten, er wird dich nicht verurteilen, das verspreche ich dir! Und bitte gib ihm eine Chance! Er ist wirklich ein netter Kerl. Er versteckt es nur sehr gut, seit dem Tod seiner Frau vor vier Jahren. Also … machst du's?« Ian hatte sich bereits erhoben, es musste sich wirklich um einen sehr dringlichen Notfall handeln. *Ach, verdammt!*

Ian sah mich mit einem solch intensiven und entschuldigenden Blick an, dass man überhaupt nicht nein sagen konnte.

»In Ordnung. Aber ich werde mir noch etwas für dich einfallen lassen, zusätzlich als Wiedergutmachung. Und ich kann dir nicht versprechen, dass ich freundlich zu ihm sein werde«, mahnte ich streng und verschränkte erneut die Arme vor der Brust. Ian lächelte breit, dann beugte er sich noch einmal zu mir herunter.

»Ich tue alles. Danke, Angel. Und zu meinem Bruder – es wird ihm nicht schaden, wenn eine Frau mal nicht seinem unwiderstehlichen Charme verfällt und ihm stattdessen die Meinung geigt. Sei nur nicht zu hart mit ihm, meine kleine Amazone«, scherzte er, dann gab er mir einen unerwartet langen Wangenkuss. Seine zarten Lippen wanderten frech zu meinem Ohr und hinterließen eine brennende Spur von Küssen auf meiner Haut. Mich schauderte es unter seinen zarten Berührungen.

»Sagte ich schon, wie umwerfend du in diesem Kleid aussiehst? Ich hoffe, du weißt, dass es eine wahre Folter für mich ist, jetzt zu gehen?«

»Gut so. Das geschieht dir ganz recht«, gab ich erstickt zurück, da Ian mir kleine Küsse unter mein Ohr hauchte. Ein unglaubliches sexy Brummen entwich seiner Kehle, als er meinen Hals entlangküsste. Mein Atem hatte sich beschleunigt, ebenso wanderte ein angenehmes Kribbeln durch meinen Körper. Ich wusste nicht, wann oder ob ich jemals eine Berührung wie die von Ian gerade so genossen hatte. Seine weichen Lippen auf meiner Haut fühlten sich unglaublich gut an, und die Tatsache, dass er eigentlich dringend wegmusste und doch nicht gehen konnte, versüßte seine Liebkosungen noch.

»Damn, Baby, machst du es mir gerade schwer! Aber ich muss jetzt leider gehen.« Ich schmunzelte bei seinen Worten. Seine Lippen wanderten zurück zu meinem Ohr.

»Also … bis morgen?«, fragte Ian noch einmal mit rauchiger Stimme. Ich nickte unmerklich und drehte mein Gesicht in seine Richtung. Unsere Lippen schwebten dicht voreinander. Unbewusst rutschte mein Blick von seinen tiefschwarzen Augen hinunter zu seinen Lippen. Mich überkam der unmenschliche Drang, Ian hier und jetzt küssen zu wollen. Ich wusste nicht, wo dieser plötzlich herkam, würde ich doch gegen gleich mehrere meiner goldenen Regeln verstoßen. Wenn ich nicht schon längst die wichtigste gebrochen hatte …

Meine Lippen öffneten sich ohne mein Zutun. Ian strich mir mit einer Hand zärtlich über die Wange und kam näher.

»Du bist ja immer noch da?!« Unsere Köpfe schreckten beide in Logans Richtung. Wir hatten ihn nicht hereinkommen gehört. Ian seufzte einmal demonstrativ auf, dann sah er mich entschuldigend an. Ich lächelte ihm aufmunternd zu. Ich wusste ja, er musste jetzt gehen. Erneut drückte Ian mir einen kleinen Wangenkuss auf.

»Vielleicht schaffe ich es später noch einmal, dazuzustoßen«, raunte er leise in mein Ohr, dann richtete er sich wieder auf. Sein Blick verdunkelte sich augenblicklich, als er Logan ansah. Ian nickte ihm streng zu.

»Und du kommst auch auf ein Wörtchen mit raus. Ich denke, ich muss dir noch einmal erklären, wie man mit Frauen redet, bevor ich dich mit ihr allein lassen kann!« Ian zwinkerte mir nach seinen Worten zu, dann ging er auf Logan zu und mit diesem hinaus. Logan war ihm belustigt schnaubend gefolgt. Ich seufzte, sobald ich allein war, einmal laut auf und ließ mich auf meinem Stuhl zurückfallen. Ein echtes Schmunzeln hatte sich auf meine Lippen geschlichen. *Hätte ich dich gerade beinah geküsst, Ian?*

Meine Gedanken hüpften wirr durch meinen Schädel. Was für ein verrückter Tag, und ich war mir sicher, er würde gleich noch viel verrückter werden.

Als ich an das, was mir gleich bevorstand, dachte, verging mir mein Lächeln wieder. Ich würde nach so vielen Jahren mit Logan allein sprechen.

Eine innere Unruhe packte mich bei diesem Gedanken. Ich wollte nicht mit ihm reden! Mein Körper reagierte viel zu widersprüchlich auf ihn, so wie damals. Das durfte aber nicht sein! Schon allein wegen Ian nicht.

Nach wenigen Minuten ging die Tür wieder auf. Logan kam zurück. Ich verspannte mich, doch ich versuchte, gelassen zu bleiben. Er hatte natürlich weiterhin seinen amüsierten Zug auf den Lippen. *Wo ist der Mann von vor drei Jahren?*

Logan ließ sich wieder auf den Stuhl mir gegenüber fallen, blickte mir grinsend entgegen. Wir sahen uns eine lange Zeit einfach nur an.

»Du bist es also wirklich. Und wie ich sehe, ergeht es dir jetzt besser als damals.« Er deutete mit einem Kopfnicken in Richtung meiner Kette. Erneut verzog ich wegen ihm tadelnd die Brauen. *Als wüsstest du nicht, dass dieser Schmuck Ian gehört. Was soll das hier?*

»Und wie ich sehe, trägst du noch immer dieselbe Lederjacke. Jedoch haben deine Freundlichkeit sowie dein Benehmen in den Jahren nachgelassen!« Logan lachte bei meinen Worten laut auf, dann schüttelte er belustigt den Kopf.

»Und du klopfst immer noch viel zu große Sprüche für so ein kleines Ding.« Sein dämliches Lächeln wollte ihm einfach nicht vergehen. Wir starrten uns erneut quer über den Tisch an.

Unerwartet erhob sich Logan jedoch, ging um den Tisch herum, zog sich Ians Stuhl zurecht und ließ sich auf diesem nieder. Direkt und für meinen Geschmack viel zu dicht neben mir. Ich lehnte mich etwas zurück, um Abstand zu gewinnen und ihn besser beobachten zu können. Logan hatte aufmerksam jede meiner Bewegungen gemustert und verfolgt. Ich verzog fragend die Stirn, als er plötzlich anerkennend nickte.

»Du bist vorsichtiger geworden. Gut für dich!« Dieses Mal war ich es, die kalt und laut auflachte.

»Ich war schon immer vorsichtig, was Männer wie dich betrifft. Damals hast du mich nur an einem doofen Tag erwischt.«

»So kann man es natürlich auch nennen, wenn man unfreiwillig unter Drogen gesetzt wird. Aber gut, ist deine Sache. Mich interessiert jetzt nur die Geschichte mit Stone. Ian meinte, du würdest sie mir erzählen? … Zeitnah?!«

Ich schnaubte verächtlich und wandte leicht mein Gesicht von ihm ab.

»Sehr feinfühlig. Auch das hat sich wohl nicht geändert.«

»Kleines, glaub mir, wenn ich dir sage, ich war damals sehr feinfühlig dir gegenüber. Und jetzt spiel hier bitte nicht das verwöhnte Prinzesschen. Mich freut es ungemein, dass du dich aus deinem früheren Elend rausarbeiten oder was auch immer konntest. Ehrlich! Aber ich habe jetzt weder die Zeit noch die Geduld, mich mit deinen Allüren herumzuschlagen. Also … wärst du dann so nett?« Seine Stimme war gefährlich und durchzogen von Ironie. Sie brachte mich zum Schäumen.

»Verwöhntes Prinzesschen? Warum? Weil ich mit deinem Bruder ausgehe? Er hat dir nichts über mich erzählt, kann das sein?« Logan wirkte unbeeindruckt, dann zuckte er wenig später leicht mit den Achseln.

»Was gibt es da denn groß zu erzählen? Ian hat dich

aufgegabelt, dort, wo er alle seine Weiber aufgabelt. Nur dass du eben deine Altlasten mit dir herumschleppst und diese meinem Bruder jetzt Probleme machen, um die ich mich nun dummerweise kümmern muss. Ach, weiß mein Bruder eigentlich, mit was du damals dein Geld verdient hast?!« Meine Kinnlade klappte mir runter. Logan hatte es geschafft, mich mit jedem seiner Sätze zu beleidigen. *Jetzt reicht's!*

Ich dachte nicht groß darüber nach, schnappte mir Ians halb volles Glas, das er vorhin stehen gelassen hatte, und kippte es Logan mitten ins Gesicht. Er brummte und fluchte sofort auf. Während er sich abtrocknete, hatte ich mich schon erhoben und war dabei, zu gehen. Doch kurz bevor ich die Tür erreichen konnte, wurde ich unerwartet grob am Handgelenk nach hinten gezogen, herumgewirbelt und plötzlich – ohne dass ich wusste, wie mir geschah – von Logan gegen die Wand, die sich nun in meinem Rücken befand, gedrängt.

Er hatte mich wie damals zwischen der Wand und seinem nun noch muskulöseren Körper eingekesselt. Seine Arme stützte er genau wie vor drei Jahren zu beiden Seiten meines Kopfes ab. In seinen braunen Augen tobte ein Sturm. Seine Miene war streng und erbarmungslos.

»Tu das nie wieder!«, knurrte er dunkel. Eigentlich sollte mir diese ganze Aktion Angst einjagen oder mich wenigstens einschüchtern, doch sie tat es nicht. Gut, zugegeben: Das, was Logan hier abzog, war Kindergarten im Vergleich zu Alexey. Also reckte ich mein Kinn und funkelte ihn herausfordernd an.

»Dann benimm dich nicht wie ein Arschloch!« Logan verspannte sich unmerklich bei meinen Worten, ich sah es sofort. Er beugte sich noch etwas mehr zu mir herunter, sein heißer Atem streifte meine Lippen. Ich unterdrückte mit aller Macht ein Erschaudern. Ich durfte ihm nicht meine körperlichen Reaktionen zeigen.

»Du weißt gar nicht, wie sehr du hier gerade mit dem Feuer spielst, Kleines.« Seine Stimme hatte wieder diesen samtenen, jedoch gefährlichen Unterton. Nachdem ich nichts geantwortet und einfach seinem Blick standgehalten hatte, beugte er sich dicht an mein Ohr. Gegen die Gänsehaut, die nun meine Glieder hinabrieselte, konnte ich mich nicht länger wehren, als sein heißer Atem meine empfindliche Haut traf. *Wieso reagiere ich auf diese beiden Männer so sehr?*

»Wir sollten uns jetzt wieder setzen und anfangen, uns zu unterhalten. Sonst könnte mein Kopfkino, das ich schiebe, seitdem ich dich in diesem unglaublichen Kleid gesehen habe, mit mir durchgehen. Und glaub mir, Kleines, das willst du nicht! Ich würde dich nämlich nicht so nett anpacken wie mein werter Bruder. Bei mir geht es etwas gröber, aber auch wesentlich heißer zur Sache. Uh … und Schätzchen, ich würde Dinge mit dir anstellen, die gehören definitiv verboten.« Seine Lippen hatten bei seinem letzten Satz meine Ohrmuschel berührt. Zischend ließ ich die Luft aus. Mein Körper begann zu erzittern und ich konnte nicht einmal sagen, warum, doch Angst war es nicht.

Und als Logan dann noch dichter an mich herantrat, mich mit seinem muskulösen Körper gefangen nahm, stockte mir der Atem. Ich verfluchte meinen Körper für seine Schwäche sowie für seinen Verrat, versuchte zwanghaft, wieder Herr meiner Sinne zu werden – was mir leider kein Stück gelang. Denn als Logans Zungenspitze hervorschnellte und mich am Hals berührte, keuchte ich auf. Sofort biss ich mir auf die Lippen, doch es war zu spät, er hatte es natürlich bemerkt.

Sein zaghaftes Zungenspiel wandelte sich schnell. Statt sich zurückzuziehen und mich freizugeben – wie er es gesagt hatte –, damit wir uns unterhalten konnten, küsste Logan nun eben wie Ian meinen Hals entlang. Ich wollte mich wehren, ihn von mir stoßen. Das hier war so falsch und ungerecht Ian gegenüber, und doch konnte ich nichts dergleichen tun. Ich ließ es nicht nur zu, nein, ich genoss es auch noch in vollen Zügen. Bei Logan hatte ich, warum auch immer, keinerlei Bedenken. Bei ihm schaltete sich meine kleine innere Stimme nicht ein, die mir sagte, alle Männer seien böse. Nein! Bei Logan blieb diese scheiß Stimme stumm.

Er hatte nun eine Hand von der Wand genommen und wanderte mit ihr über den dünnen und seidenen Stoff meines Kleides. Erneut keuchte ich, als er zaghaft mit dem Daumen über meine Brust strich. Seine Liebkosungen an meinem Hals wurden immer heißer, ebenso wie seine zarten Streicheleinheiten über meinem Kleid. Nach wie vor stand ich wie erstarrt an der Wand, hatte mich nicht bewegt. Jedoch entwichen mir immer wieder Seufzer, ich konnte sie nicht zurückhalten.

Logan wanderte mit seiner Hand zu meinem hohen Beinschlitz nach vorne. Ich erschauderte, als er meine nackten Schenkel mit seinen Fingern berührte, während er aufbrummte. Seine Lippen glitten wieder meinen Hals hinauf, küssten über meinen Kiefer und bahnten sich damit ihren Weg zu meinem Mund. Ich wusste nicht, wie Logan das machte, doch er timte es genau so, dass seine Lippen sowie Finger gleichzeitig ihr Ziel fanden, und mich damit beinah zerriss. Unsere Lippen trafen in der Sekunde ausgehungert aufeinander, als er mit seinen Fingern meine Scham berührte. Ich stöhnte ihm zustimmend in den Mund, nur um ihn in der nächsten Sekunde noch fordernder zu küssen. Ich genoss diesen Kuss viel zu sehr, um über die Konsequenzen nachzudenken. Ließ spielerisch meine Zunge mit seiner tanzen. Seit Jahren hatte ich keinen Mann mehr geküsst. Hatte es mir immer verboten, da ich nicht riskieren konnte, jemals wieder Gefühle für jemand anderen zu haben. Doch bei Logan war es anders. Irgendwie fühlte sich hiervon nichts falsch oder merkwürdig an, als würden wir uns schon ewig kennen.

Seine Finger, die mich verrückt machten, spornten mich an, nun auch meine Hände zu benutzen. Ungeduldig zog ich sein Shirt hoch, nur um andächtig über seine vielen und ausgeprägten Bauchmuskeln zu fahren. Eine Wölbung nach der anderen streichelte ich entlang. Hercules, der Spitzname passte wie die Faust aufs Auge. Logan hatte einen Körper, der einer griechischen Alabaster-Statue Konkurrenz machte. Die reinste Versuchung, eine Sünde. *Verdammt!*

Seelenruhig strich Logan über meinem Höschen meine Schamlippen nach, ohne Druck oder Eile. Nach quälend langen Minuten schob er plötzlich meinen Slip beiseite und tauchte ohne große Vorwarnung sofort mit einem Finger in meine Nässe. Ich stöhnte ihm augenblicklich zustimmend in den Mund. Ein heißer Schauer nach dem anderen jagte mir durch meinen Körper. Ein kehliges, leises Stöhnen entwich auch ihm, als er bemerkte, wie feucht ich seinetwegen war. Doch plötzlich entzog er mir seinen Finger und seine Lippen.

»Scheiße! Das geht nicht!«, keuchte mir Logan ins Gesicht. Unser Atem ging noch immer schnell und unregelmäßig. Logan keilte mich nach wie vor zwischen ihm und der Wand ein, hatte beide Hände neben meinem Gesicht abgestützt. Allerdings hatte er seinen Kopf an seinem Arm angelehnt und sah zu Boden. Unsicherheit machte sich in mir breit.

»Was machst du nur mit mir? Mit uns?« Ich verzog fragend die Brauen, wusste nicht, was er meinte, wusste nicht einmal, ob Logan wirklich mit mir sprach. Ich war noch immer viel zu verwirrt und gefangen von den Ereignissen. Noch zu deutlich spürte ich seine Finger, schmeckte ihn noch immer auf meiner Zunge. Eine innere Leere sowie

Sehnsucht ergriff von mir Besitz. Ich wollte nicht, dass es endete, wollte noch immer von ihm liebkost werden, und doch durfte ich genau das nicht wollen! Logan hatte recht: Was wir taten, war falsch! *So verdammt falsch! So fucking himmlisch!*

Kapitel 18

Logan

Fuck!

Was tat ich hier?! Hatte ich gerade tatsächlich die Kleine meines Bruders geküsst und beinah verführt? *Scheiße!*

Noch immer stand ich dicht vor ihr, die Hände links und rechts neben ihr an die Wand gestützt. Den Kopf in meine Armbeuge gebettet sah ich nach unten und überlegte fieberhaft, was zum Teufel mich hier gerade geritten hatte. Meine kreisenden Gedanken um ihre samtene Haut sowie mein schreiender Schwanz in meiner Hose machten die Sache auch nicht besser.

Und sie? Sie stand einfach nur wie erstarrt vor mir und rührte sich keinen Millimeter. Wieso nicht? Warum hatte sie mich nicht von sich gestoßen, wo ich doch solch ein Arsch ihr gegenüber war? Ich musste sie auf Abstand halten, um so etwas wie das hier in Zukunft zu verhindern. *Scheiße, verdammt!!!*

Um nicht Gefahr zu laufen, mich wieder in ihren tiefblauen Augen zu verlieren, wenn ich den Kopf hob, drückte ich mich mit einem kräftigen Ruck von der Wand weg, drehte mich auf dem Absatz um und ging mit großen Schritten auf den Tisch zu. Ich schnappte mir mein Glas und kippte den restlichen Inhalt herunter, nur um mir sofort nachzuschenken. Ian hatte zum Glück gleich eine ganze Flasche unseres Lieblingswhiskeys bestellt. Gut für mich. Gleichzeitig musste ich aber auch bei Sinnen bleiben, weshalb ich das zweite Glas zunächst wieder absetzte. Als Angel jedoch in mein Blickfeld trat, sich wieder auf ihren Stuhl mir gegenübersetzte und mich mit ihren schönen, blauen Augen intensiv musterte, war mein feiner Plan, mich nicht zu betrinken, sogleich dahin. *Ach, scheiß drauf! Ich brauche jetzt Ablenkung!*

Also schnappte ich mir gleich die gesamte Flasche, setzte sie an meine Lippen und trank einen großen Schluck. Dann erst ließ ich mich wieder zurück in meinen Stuhl fallen. Die ganze Zeit hatte sie mich aufmerksam beäugt. Ich wüsste gern, was gerade in ihrem hübschen Köpfchen vor sich ging, so intensiv, wie sie mich mit ihrem Blick durchbohrte. Doch dafür war ich nicht hier, ebenso wenig dafür, sie zu küssen, aber das war gerade nebensächlich. Ich würde mich später um meine Gewissensbisse kümmern.

»Erzählst du mir jetzt von dir und Stone?«, fragte ich sanft. Angel's Miene wandelte sich umgehend nach meinen Worten. Von den engelsgleichen und feinen Gesichtszügen war jetzt keine Spur mehr zu erkennen, stattdessen strafte sie mich mit einem strengen Blick.

»Erzählst du mir dann im Gegenzug, was das gerade war?!« Ich verzog spöttisch eine Augenbraue.

»Was gibt es da groß zu erzählen?« Sie verdrehte die Augen.

»Du weißt, was ich meine!«

»Kleines, ich habe dafür jetzt wirklich keine Geduld mehr. Wärst du so nett und erzählst mir von dir und Stone? Mein Bruder steckt wirklich in der Scheiße wegen dir, ist dir das denn nicht klar?!«

»Was hast du mit all dem eigentlich zu schaffen? Was interessiert dich das so sehr und was meintest du vorhin damit, dass du dich nun darum kümmern musst?!« Ich nahm, während sie mich überging und mich weiter löcherte, einen kräftigen Schluck aus der Flasche. Ich behielt sie auch gleich in der Hand, denn ich war mir sicher, bei dieser Frau noch öfter Alkohol gebrauchen zu können.

»Antwortest du eigentlich grundsätzlich nicht auf Fragen, die man dir stellt, oder ist das einfach unser Ding?«, fragte ich sie teils amüsiert, teils genervt.

»Unser Ding?! Wir haben kein Ding!«, gab sie abfällig zurück. Ein feines Lächeln bildete sich auf meinen Lippen.

»Ach nein? Das sah vorhin aber noch ganz anders aus. Oder bist du doch nur so eine, die das mit jedem x-Beliebigen macht?«

»Vorsichtig! Oder willst du gleich wieder einen Drink ins Gesicht gekippt bekommen?«, fauchte sie mir gefährlich entgegen. Ihr Feuer und ihr Temperament waren noch genauso wie damals.

Ich schüttelte lächelnd den Kopf.

»Du weichst vom Thema ab. Heben wir uns das Spielen für später auf. In Ordnung, Kleines?« Sie schnaubte einmal und beendete den intensiven Blickkontakt, sah zur Seite und verschränkte die Arme wütend vor der Brust.

»Und wie genau stellst du dir das vor? Ich soll dir Oberarsch einfach mal so von einem meiner schlimmsten Kunden erzählen? Warum? Weil du so nett Bitte sagst, oder weil du ach so charmant zu mir bist?!« Mein Mund hatte sich vor Staunen geöffnet. Bei ihren Worten traf mich mit einem Schlag die Erkenntnis. *Du bist noch immer nicht entkommen!*

»Du bist … Und Stone war dein Kunde?!« Sie sah mich noch immer nicht an, als sie nickte.

»Ja, ich bin noch immer eine Hure! Und Stone ist ein Schwein! Zufrieden?!«, fragte sie bissig und drehte ihren Kopf in meine Richtung. Ihre blauen Augen glühten förmlich vor Zorn.

»Ganz ruhig, Kriegerprinzessin! Ich verurteile niemanden für seinen Job! Ich will hier lediglich nur meinen erledigen. Also erzähl mir doch einfach, was er getan hat und mit was du ihn in der Hand hast, und wir gehen endgültig getrennte Wege. Einverstanden?!« Spöttisch verzog sie eine ihrer schönen Brauen.

»Das hast du beim letzten Mal auch gesagt! Und doch sitzt du hier vor mir und nervst mich mit deiner Anwesenheit und deinen Fragen! Aber gut, wenn ich dich dann ein für alle Mal los bin, erzähle ich dir eben davon!« Ich verkniff mir meinen Kommentar und nickte ihr stattdessen aufmunternd zu. Ich wollte die Sache einfach nur hinter mich bringen und dann so schnell wie möglich von hier – und vor allem von ihr – flüchten!

»Es gibt eigentlich nicht viel zu erzählen! Stone war einer meiner ersten Kunden hier in New York. Damals hatte ich auf dem Straßenstrich gestanden, ohne Zuhälter oder Rückendeckung. Wie gesagt: Ich war neu in der Stadt, ich kannte keinen, keiner kannte mich. Stone hat mich eines Nachts aufgegabelt und meinte, er würde mir das fünffache zahlen, wenn er ganze 24 Stunden mit mir hätte. Bei dem Geld und meiner damaligen Lage sagte ich natürlich nicht nein. Obwohl ich wusste, dass mit dem Kerl etwas nicht stimmen konnte, wenn er extra in mein Viertel kam. Aber ich brauchte damals dringend das Geld. Na ja, egal, lange Rede, kurzer Sinn. Ich ging also mit ihm und er durfte ganze 24 Stunden mit mir machen, was auch immer er wollte. Ende.« Ich hing förmlich an ihren Lippen, wollte dringend mehr von ihrer Vergangenheit wissen. Warum sie solch eine schlimme Geschichte erzählte, als würde sie über das Wetter reden. Keine Miene verzog sie dabei. Mein Interesse durfte ich ihr aber leider nicht zeigen. Sie sollte weiterhin denken, ich wäre der Arsch, der sich nur für seinen Job und seinen Bruder interessierte. Ehrlich gesagt waren mir diese beiden Dinge gerade allerdings sowas von egal.

»Das kann ja wohl kaum das Ende gewesen sein? Sonst wäre er nicht dein schlimmster Kunde und du hättest ihm nicht erfolgreich drohen können!«, entgegnete ich ihr streng. Das Funkeln in ihren Augen nahm zu und sie sah beinah einschüchternd damit aus. *Beinah.*

»Du willst das Endresultat wissen?«, fragte sie mich abschätzig, als hätte ich sie etwas Verwerfliches gefragt.

Ich nickte stumm – besser war es, jetzt nicht zu sprechen.

»Okay. Endresultat: Es waren 48 statt 24 Stunden und ich war mehr tot als lebendig. Bezahlt hatte er mich natürlich nicht und zur Krönung hatte mich dieses Schwein auch noch ans Bett gefesselt zum Sterben zurückgelassen. Reicht dir das?! Oder braucht deine kranke Fantasie noch mehr Einzelheiten, damit du dir heut Nacht einen darauf runterholen kannst?!«, schnappte sie bissig. Kräftig mahlte ich mit dem Kiefer und strafte sie mit meinem tadelnden Blick. Ich mochte es nicht, wenn man mir unterstellte, ich würde Frauen schlecht behandeln! Auch ließ mich ihre Geschichte nicht kalt. Ich wusste ja, dass Stone ein kranker Mistkerl war. Für ihn waren Frauen zu nichts weiter zu gebrauchen, als ihm einen zu blasen und fickbar zu sein. Aber das übertraf alles, was ich von ihm gehört hatte, bei weitem. *Mit wie vielen Frauen hast du diese Nummer wohl schon abgezogen, du Bastard?*

Galle stieg mir meine Speiseröhre hinauf, so wütend machte mich dieses Schwein.

Angel musterte mich streng, doch tief in ihren Augen konnte ich das verletzte Mädchen von damals sehen. Sie konnte noch so taff tun, diese Wunden konnte sie nicht verstecken.

Ohne groß darüber nachzudenken, stand ich auf und setzte mich wieder dicht neben sie. Sie war all meinen Bewegungen genaustens gefolgt, hatte mich nicht eine Sekunde aus den Augen gelassen und sah mich nun skeptisch an. Ich hielt ihr die Flasche entgegen, sie brauchte jetzt dringend etwas Hochprozentiges.

Erneut ein prüfender Blick, dann nahm sie mir jedoch zaghaft die Flasche aus der Hand und setzte sie an ihre schönen, roten Lippen. Ohne husten zu müssen, trank sie einen beachtlichen Schluck, dann reichte sie mir die goldene Flüssigkeit zurück. Ich griff danach, und als ich den Flaschenhals mit meinen Fingern umschloss, berührte ich ihre zierliche, kleine Hand. Sie entzog sie mir nicht, wir blickten uns einfach nur dicht nebeneinandersitzend an und ließen beide diese Berührung zu.

»Wie lange ist das her?«, fragte ich dann nach Sekunden des Schweigens. Nun entzog sie mir ihre Hand doch und strich sich nervös eine Strähne hinters Ohr.

»Ist das wichtig? Es ist passiert und fertig!«

»Natürlich ist es das! Herrgott, Angel!« Ich stellte die Flasche mit einem lauten Knall auf dem Tisch ab, wobei sie leicht zusammenzuckte. Allein deshalb, weil sie solch eine kleine, aggressive Geste zusammenschrecken ließ, schäumte ich vor Wut.

»Spiel nicht alles herunter, was dir Schlimmes widerfahren ist! Schon damals meintest du, die Starke spielen zu müssen! Aber das musst du nicht!« Ihre Augen begannen verräterisch zu glänzen, sie wollte mal wieder den Kopf von mir abwenden, sich vor mir und ihren Gefühlen verstecken, doch das ließ ich nicht zu. Sie sollte sich nicht verstecken müssen, sondern ihre Ängste zeigen dürfen.

Schnell legte ich eine Hand an ihre Wange, hielt sie damit davon ab, sich mir erneut zu entziehen. Ihre Augen weiteten sich, als sie gezwungen war, mich wieder anzusehen.

»Hör auf damit, gegen alles und jeden ankämpfen zu wollen. Du kannst nur verlieren! Glaub mir, Kleines, ich weiß, wovon ich spreche.«

»Warum denkst du, der Tod deiner Frau könnte auch nur ansatzweise mit dem mithalten, was ich erlebt habe? Du glaubst, weil ich dir diese kleine Story erzählt habe und du mich damals aus dieser schrecklichen Situation gerettet hast, weißt du, wer ich bin und was ich durchgemacht habe? Ja, das denkst du? Sorry, mein Hübscher, da muss ich dich enttäuschen. Diese beiden schaffen es nicht mal in die Top Ten! Und jetzt nimm deine dreckigen …« Ich verschloss ihre Beleidigung mit meinen Lippen. Ich hatte meine Hand in ihren Nacken gelegt und sie zu mir herangezogen. Ohne groß darüber nachzudenken, was sie mir gerade an den Kopf geworfen hatte, küsste ich sie verlangend. Sie erstarrte in meinem Griff, doch binnen Sekunden schmolz sie wie Butter in meinen Händen. Als Angel den Kuss erwiderte, ihre vollen, schönen Lippen bereitwillig für mich öffnete, brummte ich zustimmend auf.

Unser Kuss war stürmisch und leidenschaftlich zugleich. Ihre Finger fanden in meinen Nacken, sie krallte sich haltsuchend in mein volles Haar, als sich unsere Zungen ausgehungert trafen. Mein Schwanz drückte schmerzhaft gegen sein Gefängnis, schrie mich regelrecht an, endlich schneller zu machen. Doch ich wollte nichts überstürzen. Ich durfte sie ja nicht einmal anrühren.

Ian schoss mir augenblicklich wieder in den Kopf. Mein Bruder mochte Angel, ich hatte es gesehen. *Scheiße, hör auf!!*

Und doch konnte ich es nicht! Stattdessen nahm ich erneut meine Hände dazu, ließ sie genießerisch über ihre sexy Rundungen gleiten. Diese Frau war die reinste Versuchung! Ich musste sie einfach kosten.

Zielstrebig bahnte ich mir meinen Weg über ihr seidenes Kleid nach unten zu ihrem verführerischen Beinschlitz. Ihre Beine hatte sie nicht übereinandergeschlagen, sodass ich guten Zugang fand.

Unsere Lippen hatten sich nicht eine Sekunde voneinander getrennt, wir küssten uns immer leidenschaftlicher, verschlangen den anderen regelrecht. Als meine Finger dann endlich wieder ihre nackten und warmen Innenschenkel berührten, befürchtete ich, meine Hose würde platzen, so sehr drückte und drängte sich mein bereits schmerzhaft pochender Schwanz dagegen.

Ihre Atmung beschleunigte sich von Millimeter zu Millimeter mehr, den ich ihre Schenkel mit meinen Fingern hinaufwanderte. Kurz vor ihrer Scham war ich nicht mehr so zaghaft wie zuvor, dieses Mal legte ich sofort meine gesamte Hand dominant in ihren Schritt und übte gezielt Druck auf ihre Perle aus. Sie keuchte laut in meinen Mund, nur um mich sofort wieder an sich zu ziehen. Immer kräftiger rieb ich ihre Perle über ihrem Höschen, doch ich wollte mehr, so viel mehr!

Schließlich packte ich sie an ihrer Taille, hob sie von ihrem Stuhl hoch und setzte sie auf den Tisch. Ich drängte mich zwischen ihre Beine. Meine Hand wanderte augenblicklich wieder an ihren Schritt. Ich konnte nicht mehr warten, musste erneut ihre Nässe spüren. Ungeduldig schob ich ihr Höschen zur Seite und tauchte sofort dankbar in ihre bereits triefnasse Spalte. Beide stöhnten wir leise auf, als ich meinen Finger tief in sie schob. Keine Minute später begann ich sie mit zwei Fingern und meinem Daumen an ihrer Perle zu ficken. Ich wollte ihr heißes Stöhnen hören. Wollte mir ihre süßen Seufzer für immer in meinem Hirn abspeichern, denn das hier würde sich nicht mehr wiederholen.

Ich wusste, ich würde sie nach diesem Abend nie wieder anrühren, zumindest nicht, solange sie an der Seite meines Bruders stand. Daher musste ich noch weitergehen, musste alles in mir aufnehmen, was sie mir bereit war, zu geben.

Ich löste mich von ihren bereits geschwollenen schönen Lippen und lächelte sie verschmitzt an, während ich sie weiter dreckig mit meiner Hand fickte. Ihr erregter Gesichtsausdruck war die reine Wohltat sowie Folter. Erneut ignorierte ich meinen pochenden Schwanz und zog sie mir stattdessen auf dem Tisch zurecht, dann nahm ich meine Hand zurück, nur um sofort vor ihr in die Hocke zu gehen. Sie blickte mich erschrocken an und schüttelte stoisch den Kopf.

»Logan, nein! Das geht nicht! Ich will …«, doch ich nahm auf ihren Protest keine Rücksicht. Ohne große Mühe spreizte ich ihre Beine direkt vor meinem Gesicht und tauchte sofort mit meiner Zunge in ihre verführerische, mich lockende Nässe. Sie schmeckte köstlich! Ich brummte auf, als ich ihren süßen Saft auf meiner Zunge schmeckte.

Mitten im Satz brach sie ab. Gab ihren Widerstand auf und krallte sich stattdessen in meinem Haar fest.

»Logan … wir könn– … wir können das … O GOTT!« Mir gefiel es, wie ihre Stimme vor Lust bröckelte. Es spornte mich an, sie um den Verstand zu lecken.

Ich fickte sie hart mit meiner Zunge. Rieb mit meinem Daumen ihre Perle. Ihr Stöhnen wurde immer lauter. Ihr Griff in meinem Haar fester. Ich sog all das in mich auf. Speicherte es ab und würde es nie wieder vergessen, wie sexy diese Göttin stöhnte.

Sie brauchte keine drei Minuten, dann kam sie auch schon laut und hemmungslos. Nachdem ihr intensiver Orgasmus verebbt war, hauchte ich ihr noch mehrere kleine Küsse auf ihre pulsierende Perle. Sie zuckte bei jeder weiteren Berührung dort unten erneut zusammen. Noch etwas mehr und sie würde gleich noch einmal kommen. *Komisch, wie dein Körper auf mich und meine Berührungen reagiert. Fast so, als wäre das alles Neuland für dich. Als ob du deine eigene Lust nicht kennst.*

Ich leckte abermals grob durch ihre nasse Spalte, was sie spitz aufstöhnen ließ, dann richtete ich mich wieder auf. Es fiel mir unheimlich schwer, jetzt aufzuhören, meinen nach Erlösung schreienden Schwanz nicht in ihre Enge zu schieben, doch ich konnte und durfte hier an dieser Stelle nicht weitergehen.

Wie sie so vor mir saß – dieses Bild würde sich auf

ewig in mein Hirn einbrennen. Ihre Brust, die sich noch immer unkontrolliert hob und senkte, die vor Erregung geschwollenen Lippen leicht geöffnet, und ihre tiefblauen Augen, die noch immer von Lust verhangen waren. Ein Kunstwerk an Frau.

Ich hielt ihr die Hand hin, um ihr vom Tisch zu helfen. Sie reagierte nicht sofort, brauchte wohl einen Moment, um sich zu fangen. Spitzbübisch grinsend sah ich sie an. Ich hatte sie wohl ordentlich aus dem Konzept gebracht.

Als ich Angel in den Stand geholfen hatte, richtete sie ihr Outfit, das ich durcheinandergebracht hatte – und das keine Sekunde zu spät, denn gerade als sie sich wieder aufrichtete, ging die Tür in unserem Rücken auf. Ian und die Empfangsdame traten ein. *Scheiße! Das hätte auch schiefgehen können!*

Ein schlechtes Gewissen machte sich in mir breit, als Ian freudestrahlend auf Angel zuging und ihr einen unschuldigen Wangenkuss aufdrückte. Ich war froh um Angel's gutes Make-up. Von unserer wilden Knutscherei waren keine Spuren zu sehen, weder ihr Lippenstift war verschmiert, noch gab es sonstige Anzeichen für das, was hier gerade vor wenigen Minuten passiert war.

»Ich dachte, du hättest einen Notfall in deiner Firma?«, fragte Angel ihn heiser. Ihre Stimme war noch immer brüchig.

»Ich habe mich extra beeilt.« Ian zwinkerte ihr zu. Mir wurde schlecht. *Ich bin so ein Arschloch!*

In Selbsthass versunken wandte ich mich zum Gehen ab und wollte nur noch weg.

»Hey, wo willst du denn hin?«, rief mir mein Bruder hinterher.

»Eine rauchen!«, brummte ich missmutig über die Schulter.

»Aber du rauchst doch gar nicht!«

»Jetzt schon!« Mit diesen Worten ließ ich die beiden

zurück. Ich musste hier raus! Bei den Toiletten angekommen klatschte ich mir eiskaltes Wasser ins Gesicht, um meine Gedanken wieder zu sortieren. Und um mir die Reste ihres süßen Saftes fortzuwaschen. Ich war gerade dabei, mich mit einem dieser edlen kleinen Handtücher, die hier bereitlagen, abzutrocknen. Als ich das Tuch jedoch von meinem Gesicht nahm und in den Spiegel blickte, sah ich sie. Angel hatte sich an die Badezimmertür gelehnt und musterte mich durch den Spiegel. Die Arme hatte sie vor der Brust verschränkt, ich wusste nur nicht, ob zum Schutz oder aus Wut. Ihre Miene ließ auf nichts schließen.

Ich schmiss, ohne den Blick von ihr zu nehmen, das Handtuch in den dafür vorgesehenen Korb neben mich. Dann drehte ich mich langsam um und lehnte mich mit meiner Kehrseite an dem Waschtisch an. Ich verschränkte ebenfalls meine Arme vor der Brust und sah sie fragend an. *Was machst du hier? Merkst du denn nicht, dass ich nicht in deiner Nähe sein will? Nicht sein darf!*

»Was sollte das gerade?«, stellte sie mir dieselbe Frage wie zuvor.

»Was machst du hier? Müsstest du nicht bei meinem Bruder sein?«, stellte ich ihr eine Gegenfrage, um nicht auf ihre eingehen zu müssen. Tadelnd schnalzte sie mit der Zunge und blickte mir streng entgegen. Eine gefühlte Ewigkeit schauten wir uns einfach nur stumm durch den großen Raum an. Plötzlich stieß sie sich von der Tür ab und kam langsam auf mich zu.

»Hör zu, Logan …«, begann sie und ich hätte jetzt schon kotzen können. Ich wusste, was sie mir sagen wollte, und ich wollte es definitiv nicht hören!

»Lass gut sein! Ich weiß, was du mir sagen willst, und ich sehe es genauso! Heute ist nichts weiter passiert, außer dass du mir deine tragische Geschichte über dich und Stone erzählt hast, denn Ian wird sie hören wollen. Wir werden uns, außer an den von Ian geplanten Familientreffen, bis zu eurer Hochzeit nicht mehr über den Weg laufen und die Sache ist gegessen.« Sie war während meiner Rede weiterhin auf mich zugekommen, nun stand sie dicht vor mir und musterte mich eindringlich mit ihren tiefblauen Augen. Ich konnte, wie damals auch schon, rein gar nichts in ihnen lesen.

»Ist es das, was du willst?«

»Du etwa nicht?« Meine Stimme war nur noch ein unkontrolliertes Brummen. Sie wieder so nah vor mir zu haben und sie doch nicht berühren zu dürfen, glich einer Folter. Sie wog den Kopf leicht hin und her, bis daraus ein eindeutiges Kopfschütteln wurde.

»Nein! Ja! Ich weiß es nicht, Logan.«

»Was heißt du weißt es nicht?!«, knurrte ich ungeduldig. *Kleines, lauf doch endlich, lange kann ich mich nun wirklich nicht mehr beherrschen!*

»Das wollte ich dir gerade sagen, bis du mich mit deiner tollen Rede unterbrochen hast«, mahnte sie mich, fuhr jedoch augenblicklich fort.

»Ich weiß nicht, was ich von all dem halten soll. Dich nach all den Jahren wiederzusehen … und dann bist du auch noch sein Bruder. Ich weiß nicht, was das mit mir anstellt, Logan! Nur kenn ich mich so nicht!«

»Wie meinst du das?« Ich verstand kein Wort von dem, was sie mir versuchte zu sagen. Nur dass es ihr wohl ähnlich wie mir erging. Ich wusste ebenso wenig, was ich von ihrem unerwarteten Auftreten an der Seite meines Bruders halten sollte.

Angel begann wieder nervös auf ihrer Unterlippe herumzukauen. Ich hatte schon bemerkt, dass sie dies nur tat, wenn sie nicht weiterwusste, oder ihr etwas wirklich unangenehm war. Daher löste ich die strenge Verschränkung meiner Arme und zog sie an ihrer Taille gepackt sanft zu mir heran. Bereitwillig ließ sie sich von mir führen und sah mit ihren großen, blauen Augen zu mir herauf. Ich verschränkte meine Hände hinter ihrem Rücken, presste sie näher an mich. Unsere Körper berührten sich beinah überall.

»Logan, ich kann dir nicht geben, was du dir von mir erhoffst. Dasselbe habe ich deinem Bruder auch schon gesagt, bevor er mich küssen wollte. Ich habe zu viel erlebt und bin zu oft verletzt worden, als dass ich sowas wie das hier gebrauchen könnte. Ich bin einfach zu kaputt, glaub mir!« Ihre Stimme verlor sich am Ende. Sie konnte kaum noch sprechen, hatte jetzt einen verletzlichen Ausdruck im Gesicht. Fragend verzog ich die Stirn. Eine Information in ihrem Gesagten hatte besonders meine Aufmerksamkeit erweckt.

»Was meinst du … bevor er dich küssen wollte? Soll das heißen, mein Bruder und du … ihr habt euch nicht einmal geküsst? Zwischen euch lief noch gar nichts? Aber warum dann das gerade eben?« Erneut biss sie sich auf ihre schönen Lippen. Eine süße Röte hatte sich auf ihre Wangen gelegt.

»Ich weiß es nicht! Ich sagte doch, ich kenne dieses Verhalten nicht von mir! Nach all den Jahren habe ich für keinen Mann meine goldenen Regeln gebrochen! Und du trittst in mein Leben, stellst es binnen Sekunden völlig auf den Kopf. Reißt mir meinen sicheren Boden unter den Füßen weg und lässt mich meine eigenen Regeln hinterfragen! Nur um mich dann von dir zu stoßen, als sei ich nichts wert!« Ich sah sie erstaunt an. Ich verstand zwar nur die Hälfte von dem, was sie da faselte, doch den Hauptkern hatte ich sehr wohl vernommen, und er gefiel mir leider viel zu sehr! *Fuck! Beherrsch dich, Logan!*

»Kleines, ich möchte dich nicht von mir stoßen – ich muss dich von mir stoßen. Das ist ein Unterschied! Und jetzt lass mich den Guten spielen und geh zurück zu meinem Bruder, bevor ich mich völlig vergesse und dich hier und jetzt doch noch ficken muss!« Meine Stimme war nur noch ein Knurren, ich konnte mich kaum noch beherrschen. Noch immer hielt ich sie im Arm und noch immer sah sie zu mir herauf. Ihre Augen hatten sich bei meinen ehrlichen Worten geweitet und ihre verführerischen Lippen hatten sich geöffnet. Ich löste die Verschränkung meiner Arme hinter ihrem Rücken und ließ sie langsam sinken, gab sie damit frei. Noch immer lehnte sie an mich gepresst, als würde ich sie noch an Ort und Stelle halten. *Hast du denn noch nicht verstanden?!*

»Angel, geh!«, brummte ich ungeduldig.

»Warum tust du das? Wieso bist du jetzt so zu mir?«, raunte sie unsicher, ihre Augen weiterhin intensiv auf mich gerichtet. Meine Gedanken setzten bei ihrer naiven Frage aus, daher kam es, wie es kommen musste. Ich packte sie grob an ihren Armen und zog sie bis auf wenige Millimeter vor mein Gesicht. Meine Miene und Körpersprache waren eine einzige Drohung.

»Weil ich es MUSS!«, schrie ich ihr entgegen, und schüttelte sie leicht dabei. Ich musste ihr zu verstehen geben, dass sie nichts mehr von mir zu erwarten hatte!

»Ich MUSS so zu dir sein! Herrgott, Angel, er ist mein Bruder! Ich hätte dich nie anrühren dürfen! Und jetzt GEH!« Ich ließ sie los und schob sie grob von mir. Ihre Augen weiteten sich erneut. Sie so vor mir zu sehen, verschreckt und verwirrt, zerriss etwas in mir. Doch ich durfte darauf nicht eingehen.

Da sie sich noch immer nicht in Bewegung setzte, tat ich es. Ohne sie noch einmal anzusehen, trat ich an ihr vorbei und verließ die Männertoilette. Ließ sie damit allein zurück.

Ich musste hier ein für alle Mal weg! *Sorry, Bro!*

Schnell zückte ich mein Handy und schrieb Ian eine Nachricht, dass ich gegangen wäre und ihm morgen von dem Gespräch zwischen mir und Angel berichten würde.

Mein Vorwand war, dass ich die beiden noch etwas allein lassen wollte. Ian antwortete mit einem knappen »OK«, was mir sagte, dass Angel wieder bei ihm war.

Mit schweren Schritten verließ ich dankbar diesen Schickimicki-Schuppen. Als mir die kühle Nachtluft entgegenschlug, klärten sie meine wirren Gedanken leider nicht. Ich überquerte die Straße.

Ein unbändiger Zorn hatte von mir Besitz ergriffen. Ich war wütend auf die Welt und das Schicksal, dass sie mir und Angel so übel mitspielten. Ebenso wurde ich rasend, wenn ich an die Story von Stone und Angel zurückdachte. *Du Bastard bist so gut wie tot, das ist sicher!*

Doch überstürzen durfte ich bei diesem Schwein nichts. Stone war gut an der Spitze der Unterwelt vernetzt und somit beinah unantastbar. Wenn ich ihn tatsächlich erledigen wollte, dann müsste ich es geschickt anstellen. Ich zückte erneut mein Handy und wählte die einzige Nummer, die mir jetzt noch helfen konnte. Der einzige Mensch, dem ich blind vertraute.

»Wehe, es ist nicht wichtig, Logan!«, knurrte Filip erbost ins Telefon. Er hatte ein oder gleich mehrere Girls bei sich, wenn er so schlecht gelaunt dranging. Ich schmunzelte breit, denn ich würde ihm gleich gründlich den Spaß vermiesen.

»Sorry, Bro. Schick deine Weiber heim. Es wartet Arbeit auf dich.«

»Und das kann nicht bis morgen warten?« Sein Knurren wurde immer unkontrollierter. Ich schnaubte belustigt auf.

»Nein! Ich habe neue Informationen erhalten, die ich nicht am Telefon besprechen will! Also schmeiß deine Weiber raus und schwing deinen Arsch zu mir!« Mit diesen Worten legte ich auf. Filip würde kommen. Er hatte mich noch nie im Stich gelassen. Er war mein bester Freund und treuster Mann.

Ich setzte mich hinters Steuer meines geliebten Buicks

und fuhr ohne Umwege direkt nach Hause. Als ich vor meinem Haus parkte, wartete Filip bereits übellaunig auf mich.

»Da bist du ja endlich! Erst herbestellen und dann warten lassen, oder was?!«, brummte er missmutig. Ich klopfte ihm kräftig auf die Schulter, was ihn laut keuchen ließ.

»Du hast es ja überlebt. Und jetzt hör auf zu jammern wie ein kleines Mädchen und geh rein.« Ich schob ihn durch meine bereits aufgesperrte Tür. Er brummte und fluchte leise, doch ich beachtete ihn nicht weiter. Filip würde sich schon wieder einkriegen. Er war manchmal eine kleine Dramaqueen.

Ich schlüpfte aus meiner Lederjacke und warf sie über die Couch, dann ging ich zielstrebig auf meine kleine Bar zu und schenkte uns einen großen Scotch ein. Ich brauchte jetzt dringend etwas Härteres.

Mein bester Freund musterte mich stumm von der Seite. Dass er mal nicht sprach oder einen seiner dummen Sprüche abließ, zeugte davon, dass er endlich verstanden hatte, wie mies mein Abend war und wie mieser die Botschaft gleich sein würde.

Ich kippte mir sofort mein Glas herunter. Filip hielt mir ohne Kommentar auch seins entgegen, was ich sogleich ebenfalls killte. Klirrend stellte ich beide Gläser zurück auf meine Bar und schenkte uns nach. Filip hatte sich schon auf den Weg in Richtung Couch gemacht und ich folgte ihm mit unseren vollen Gläsern.

Als ich endlich saß, seufzte ich laut und frustriert auf.

»Sagst du mir jetzt, was los ist? Denn langsam machst du mir Angst!«, sprach Filip vorsichtig an mich gewandt. Ich hatte mich auf meinem Sofa zurückgelehnt, meinen Kopf im Nacken und starrte an die Zimmerdecke. Mein Glas drehte ich gedankenverloren zwischen den Händen hin und her.

»Ich hab heute Ians Mädchen kennengelernt«, begann ich im nüchternen Ton.

»Und?« Filip verstand nicht. Ich seufzte erneut frustriert auf.

»Erinnerst du dich an die Story von vor drei Jahren? Als ich so eine Kleine vor diesem Fettsack im Doppel D gerettet habe?« Ich sprach noch immer an die Decke gewandt.

»Die Kleine, der du einen Haufen Geld geschenkt hast und der du ein schönes Leben gewünscht hast? Die dir noch immer im Kopf rumspukt? Ja, wieso?«

»Das ist Ians Mädchen«, antwortete ich trocken.

»Oh!« Es vergingen Minuten, in denen wir nur nebeneinandersaßen und unseren Scotch tranken.

»Aber was hat das denn jetzt mit Stone zu tun?«, hakte Filip nach. Gequält schloss ich die Augen.

»Dieses Schwein und Ians Kleine haben eine ziemlich harte Vergangenheit. Sie hat mir heute davon erzählt.«

»Aha. Und was hat die Kleine so gezwitschert? Kannst du überhaupt glauben, was sie dir erzählt? Ist doch komisch, dass sie gleich mit der Sprache rausrückt, findest du nicht?« Ich hob den Kopf und mahnte Filip mit einem strengen Blick.

»Ich kann ihr vertrauen. Das steht nicht zur Debatte!«, knurrte ich ihm wütend entgegen. Filip hob sofort beschwichtigend die Hände.

»Ist ja gut! Ich meine ja nur! Na, dann sag doch mal ... was hat sie denn erzählt?« Ich ließ meinen Kopf wieder gegen die Lehne fallen und blickte damit zurück an die Zimmerdecke.

»Sie ist nicht ins Detail gegangen. Ich weiß nur, dass er ihre Armut und damalige Naivität, da sie noch neu in der Stadt und Geschäft war, schamlos ausgenutzt hat. Er hat sie wohl 48 Stunden lang gequält und wollte sie zum Sterben ans Bett gefesselt zurücklassen. Ohne Bezahlung, ohne Hilfe, ohne Ausweg. Ich weiß zwar nicht, wie sie es dort rausgeschafft hat, aber ich denke, Stone war sich sicher gewesen, sie nie wiederzusehen – das heißt, er muss Schreckliches mit ihr angestellt haben. Und anscheinend Angst vor ihrer Aussage habe. So komisch es klingt, aber sonst hätte der Alte dem Deal niemals zugestimmt.«

»Hm … Und was willst du jetzt tun?!« Ich kippte mir den Rest meines Drinks hinunter, dann setzte ich mich auf. Scheppernd stellte ich mein Glas auf den Couchtisch vor mir und stützte die Arme auf meine Knie.

»Ich weiß es nicht! Am liebsten würde ich ihn für das, was er ihr angetan hat, umbringen.«

»Logan, hörst du dir gerade selbst zu? Du willst einen der gefährlichsten Männer umbringen, weil er vor hundert Jahren irgendeine kleine Hure unsanft behandelt hat? Drehst du jetzt völlig durch?« Nach seinen Worten sprang ich blitzschnell auf und packte ihn am Kragen, zog ihn damit in den Stand zu mir nach oben. Filip sah mich erschrocken an.

»Sag das noch mal!«, grollte ich drohend, mein Griff wurde noch etwas fester, bevor ich ihn grob auf die Couch zurückschubste und begann, in meiner Wohnung unruhig auf und ab zu tigern.

»Scheiße, Logan! Dich hat's erwischt! Die Kleine deines Bruders? Jetzt wird mir einiges klar!«

»Halt's Maul, Fil!« Meine Stimme war nur noch ein animalisches Knurren. Ich hatte die letzten Reste meiner Beherrschung verloren und versuchte, mich zwanghaft unter Kontrolle zu halten.

Mit den Händen fuhr ich mir verzweifelt durchs Haar, während ich noch immer unruhig umherlief.

»Scheiße!«, fluchte ich leise und ließ mich wieder frustriert auf die Couch zurückfallen. Filip erhob sich kurze Zeit später, um uns noch einen Scotch nachzuschenken. Ich nahm ihm dankbar das Glas ab und genehmigte mir einen großen Schluck, um meine Gedanken zu klären.

»Also«, begann er gedehnt.

»Fassen wir zusammen: Die Kleine und Stone haben eine üble Vergangenheit. Dein Bruder, der Fuchs, hat das geschickt ausgespielt und somit diesen Deal an Land gezogen. Deshalb ist Stone auf 180 und will Rache. Das Täubchen steckt da irgendwie mit drin, weil sie wohl ein mega Talent dafür hat, sich in Schwierigkeiten zu bringen. Und du, du bist der Trottel, der das jetzt alles geradebiegen muss, weil du den strahlenden Helden vor ihr spielen musst! Habe ich noch etwas vergessen?« Ich musste über Filips Zusammenfassung schmunzeln. Dieser Trottel schaffte es mit seinem derben Humor doch wirklich immer wieder, alles nur halb so schlimm aussehen zu lassen.

»Ja, da wäre noch was. Ich hätte sie heute beinah gefickt.« Ich blickte von meinem Glas, in das ich hineingesprochen hatte, hoch in sein Gesicht. Er musterte mich erstaunt, bis er anfing, tadelnd den Kopf zu schütteln.

»Mann, Logan, das ist nicht gut! Du kannst es dir jetzt nicht leisten, dich wieder mit deinem Bruder zu streiten! Das würde nur Aufsehen erregen!«, ermahnte mich mein Freund. Ich nickte zustimmend, er hatte ja recht!

»Was soll ich denn machen? Ist ja nicht so, als hätte ich nicht versucht, ihr zu widerstehen. Doch die Kleine bringt einen mit ihrem Feuer und zügellosen Temperament zur Weißglut. Sie hat mir meinen Drink ins Gesicht gekippt und wollte mich dann einfach stehen lassen. Kannst du das glauben?!«

»Wow! Ja, Logan, eine wahre Traumfrau! Ne Scotch verschüttende Zicke! Pass bloß auf, dass ich sie nicht auch noch haben will!«, spottete er über sie. Ich schüttelte nur grinsend den Kopf. *Was weißt du schon über Angel?!*

»Nein, jetzt ernsthaft, Logan. Die Kleine bedeutet nur Ärger! Am besten wäre es, wenn dein Bruder sie ebenfalls abschießen würde. Dann wäre sie nicht länger euer Problem und du könntest dich allein nur mit Stone und deinem Bruder befassen.« Ich schwenkte die goldene Flüssigkeit in meinem Glas und starrte wie hypnotisiert hinein, suchte eine Lösung darin. Eine Lösung, mit der alle zufrieden waren und durch die keiner verletzt werden würde. Vor allem Angel nicht.

»Ian wird sie nicht aufgeben. Und selbst wenn, wer sagt uns, dass sich Stone nicht auch an ihr rächen will? Schließlich war sie es, die ihm gedroht hat, nicht mein Bruder.« Filip zuckte die Achseln.

»Kollateralschaden? Soll vorkommen.« Ich blickte nicht zu ihm auf, konnte sein dämliches Grinsen geistig vor mir sehen.

»Vielleicht hast du recht. Ian muss sie abschießen! Stone ist viel zu sehr Macho, um die Schuld einer Frau zu geben. Er will glauben, dass es Ians Idee war. Dann lassen wir ihn in dem Glauben und halten sie da raus!« Filip nickte zustimmend.

»Das klingt nach einem guten Anfang. Dann bleibt nur noch die Frage, was du jetzt mit Stone tun willst?!« Augenblicklich mahlte ich mit dem Kiefer. Ich wusste genau, was ich am liebsten mit diesem Schwein anstellen wollte, doch ich behielt diese Gedanken für mich.

»Wie geplant werde ich versuchen, mich bei ihm einzuschleusen. Jetzt wird Stone sicher gute Männer gebrauchen können. Ich bleibe in seiner Nähe und bekomme aus erster Hand mit, wenn er etwas planen sollte.«

»Dann machen wir das gemeinsam. Dann wärst du nicht allein, sollte etwas schiefgehen. Irgendeiner muss ja auf dich Romeo aufpassen!« Ich schnaubte amüsiert auf, nickte ihm dennoch zu.

»Gut. Kümmerst du dich darum? Ich muss noch einmal mit meinem Bruder reden. Ihn einweihen und ihm klarmachen, dass er Angel abschießen muss.« Er verzog missbilligend eine Braue. Ihm gefiel nicht, dass ich ihn vorschickte, da er nicht solch einen Ruf in der Unterwelt hatte wie ich. Doch es musste dieses eine Mal sein. Ich konnte nicht beides erledigen!

»Angel? Ernsthaft, Logan? Ein kitschigerer Name war wohl belegt, oder was?« Ich schüttelte schnell den Kopf.

»Nein. So heißt die Kleine nun mal. Was soll ich machen?!«

»Sie heißt wirklich Angel?«, hakte er skeptisch nach. Ich wog den Kopf leicht hin und her und kratzte mich am Kinn.

»Ja, na ja. Sie will uns ihren richtigen Namen nicht verraten. Oder zumindest behauptete sie damals, sie hieße wirklich so, was ich jedoch nicht glaube. Ist ja auch egal. Kümmerst du dich jetzt darum, dass wir bei Stone reinkommen, oder nicht?!« Filip brummte etwas schlecht gelaunt zur Antwort. Mit viel Fantasie klang es nach einem: »Ich mach's.« Ich erhob mein Glas und wiederholte seinen Trinkspruch von letztens.

»Auf dass wir beide nicht draufgehen werden!« Er schnaubte verächtlich und kippte sich seinen Drink hinunter, ohne angestoßen zu haben. Schmunzelnd schüttelte ich den Kopf.

Dramaqueen-Alarm!

Kapitel 19

Ian

Der gestrige Abend schwirrte mir am Morgen, als ich aufwachte, noch immer im Kopf herum. Ich hatte, nachdem Logan so plötzlich verschwunden war, Angel auf ihre Bitte hin nach Hause gefahren. Sie und mein Bruder hatten sich wohl nicht sonderlich gut verstanden.

Ich hatte Angel zwar darauf angesprochen, ob mein Bruder sich ihr gegenüber schlecht benommen hatte, doch sie hatte es verneint.

Auch auf der Heimfahrt hatte sie nicht viel erzählt. Doch als ich sie auf unser heutiges Date angesprochen hatte, und ihr versprochen hatte, dass nichts und niemand dazwischenkommen würde und ich mir schon etwas für sie überlegt hatte, hatten ihre Augen wieder geleuchtet.

Ich wollte ihr so viel von meiner Welt zeigen und ihr all die unendlichen Möglichkeiten präsentieren, die mein Vermögen mit sich brachte. Doch ich ließ es lieber langsam angehen. Daher beschloss ich, statt eines Rundflugs mit meinem Privatjet lieber einen gemütlichen Abend bei mir zu Hause vorzubereiten. Ich würde etwas Leckeres für sie kochen und sie könnte die Aussicht genießen, so wie sie es sich gewünscht hatte. Sie könnte natürlich auch über Nacht bleiben, um ihre Belohnung gleich mit einzulösen, aber das überließ ich ihr. Mit diesem Date wollte ich ihr zeigen, dass ich auch 'normal' sein konnte, wenn es angebracht war.

Mein Telefon klingelte. Die Empfangsdame unten kündigte mir meinen Bruder an.

Die gesamte Nacht über hatte ich von zu Hause aus gearbeitet, um ein Kundenproblem zu beheben. Einer meiner Stammkunden aus Deutschland hatte auf ein Skype-Gespräch mit mir bestanden, da mehrere Produktionsfehler an seinen bestellten Waffen aufgetreten waren. Ich hatte etliche Stunden in meinen Aufzeichnungen, Servern und Protokollen suchen müssen. Zwar hatte ich gesagt, ich hätte mich beeilt und wäre fertig mit meiner Arbeit gewesen, doch ich wollte sie gestern Abend unbedingt noch einmal sehen, und zu lange mit Logan hatte ich sie auch nicht allein lassen wollen. Anscheinend waren meine Bedenken berechtigt gewesen, denn Logan hätte sie gestern wohl einfach stehen gelassen. Ich würde dringend noch einmal mit ihm darüber sprechen müssen, am besten jetzt gleich, denn er trat soeben aus dem Aufzug.

»Hallo, Logan, danke, dass du gekommen bist. Gestern blieb ja leider keine Zeit mehr zu reden, da du einfach gegangen bist.« Mein Bruder machte ein leicht zerknirschtes Gesicht und folgte mir zur Couch. Wir setzten uns gegenüber, ich musterte ihn genau. Irgendetwas war anders an ihm. Nur was?

»Also? Was hat dir Angel erzählt?«, fragte ich ihn streng.

»Sie hat dir nichts gesagt?«, erkundigte er sich kleinlaut. Ich zog fragend die Stirn kraus.

»Nein«, antwortete ich gedehnt.

»Sonst würde ich wohl kaum fragen.«

»Okay. Aber dir wird weder gefallen, was sie mir erzählt hat, noch, was mein Rat ist. Ich wollte dich nur vorwarnen.« Ich stutzte über sein Gesagtes. Angel hatte ihm tatsächlich etwas erzählt?! Ich nickte ihm jedoch aufmunternd zu. Ich wollte es wissen.

»Na dann. Sie hat mir auch nur eine geschonte Kurzfassung gegeben. Aber ich denke, das reicht aus. Sie muss wohl ganz zu Anfang, als sie hier nach New York kam, an

Stone geraten sein. Sie kannte niemanden. Nicht einmal einen Zuhälter hatte sie damals. Sie hat einfach allein auf dem Straßenstrich gearbeitet. Stone hat das ausgenutzt und ihr eine utopische Summe genannt, die sie bekommt, wenn sie für 24 Stunden mit ihm kommen würde. Sie sagte natürlich ja. Es muss ihr wohl sehr schlecht damals gegangen sein. Das Endresultat war, das aus 24 gleich 48 Stunden wurden, in denen das Schwein Schreckliches mit ihr angestellt hat. Er wollte sie sogar gefesselt am Bett zum Sterben zurücklassen. Das ist alles, was ich weiß.« Geschockt sah ich meinen Bruder an. Ich hatte mir ja wirklich das Schlimmste vom Schlimmsten ausgemalt, doch damit hatte selbst ich nicht gerechnet. Unbändige Wut flammte in mir auf. Und mit diesem kranken Schwein hatte ich jahrelang Geschäfte gemacht?!

»Ich weiß, wie du dich jetzt fühlst! Mir ging es nicht anders gestern, als sie es mir erzählt hat. Aber sie scheint taff zu sein.« Ich nickte nachdenklich. Schon viel zu lange versteckte sie sich hinter ihrer Stärke.

»Über was habt ihr noch geredet?!«, fragte ich Logan nach wenigen Minuten des Schweigens. Er zuckte mit den Achseln.

»Nichts Wichtiges. Ein bisschen über mein Leben, ein bisschen über ihr Leben. Aber wie du sicher schon gemerkt hast, redet sie nicht besonders viel und ich auch nicht. Also haben wir die meiste Zeit eher geschwiegen.« Ich blickte meinem Bruder skeptisch entgegen. Er log. Ich konnte es ihm ansehen, und doch wusste ich nicht, warum er es tat, daher nickte ich nur stumm.

»Und du hast dich auch anständig ihr gegenüber benommen?!«, hakte ich noch einmal nach. Logan rollte mit den Augen.

»Natürlich! Ich habe sie ganz zuvorkommend mit meiner Zunge gefickt, bis sie laut meinen Namen geschrien hat«, spottete mein Bruder billig. Ich schnaubte nur belustigt auf. *Was für ein Idiot.*

»Und was ist jetzt dein Plan, der mir nicht gefallen wird?!«, versuchte ich wieder zum Thema zurückzukommen.

Logans Miene verdunkelte sich augenblicklich.

»Ian, ich hab lange hin und her überlegt, wie ich dir am besten helfen kann, ohne einen Krieg in der Unterwelt anzuzetteln oder zu entlarven, dass wir Brüder sind. Und ich sehe ehrlich gesagt nur einen Weg!« Logan machte eine lange Pause, sein Blick sprach bereits Bände.

»Es wäre das Beste, wenn du Angel abschießen würdest!« Ich schüttelte sofort mahnend den Kopf.

»Kommt nicht infrage! Außerdem brauche ich sie noch für meine weiteren Geschäftsessen. Ich bin so nah dran, alles zu klären.« Logans Miene verdunkelte sich noch mehr.

»Ian, sei vernünftig! Für deine und aber auch ihre Sicherheit! Wenn ihr nicht mehr zusammen gesehen werdet, ist sie sicherer! Denn Stone ist viel zu sehr Macho, um zu glauben, eine Frau hätte ihn reingelegt. Er will sich nur an dir rächen. Wenn sie jedoch an deiner Seite bleibt, könnte er sie gegen dich verwenden.« Erneut schüttelte ich stoisch den Kopf.

»Nein! Ich vertrau doch nicht nur auf deine Mutmaßungen.«

»Ian! Das hier ist kein Spaß! Ich versuche euch alle, mich eingeschlossen, lebend aus der Scheiße rauszuholen, die ihr euch eingebrockt habt! Und das ist der beste und einzige Weg!« Kräftig mahlte ich mit dem Kiefer. Mir schmeckte das alles überhaupt nicht. Ich konnte Angel nicht abschießen. Sie fortschicken. Ausgeschlossen!

»Nein, Logan! Denk dir entweder etwas anderes aus oder lass es, mir zu helfen! Aber ich werde Angel nicht abschießen! Das ist mein letztes Wort.« Logan schnaubte verächtlich auf, dann erhob er sich wütend von der Couch.

»Dann mach doch, was du willst! Aber heul dich nicht bei

mir aus, wenn einer von euch beiden wegen deiner Sturheit draufgeht!« Mit diesen Worten stürmte Logan davon.

Fassungslos sah ich meinem Bruder hinterher. Was zum Teufel hatte er sich dabei gedacht, mir solch einen Schwachsinn anzudrehen? Ich konnte Angel nicht gehen lassen. Konnte sie nicht fortschicken. Und das hatte sicher nichts mit den beiden noch ausstehenden Geschäftsessen zu tun, wie ich es gerade vor Logan behauptet hatte. Zum allerersten Mal war mir etwas wichtiger als mein Baby, mein Imperium. *Fuck, ich bin am Arsch!*

Den restlichen Tag verbrachte ich damit, das Date für Angel vorzubereiten. Denn ich hatte schon seit Jahren nicht mehr allein gekocht. Obwohl ich es früher sehr gern getan hatte.

Mutter hatte es mir beigebracht. Sie war der Meinung gewesen, ein Gentleman müsste auch kochen können. Ich hatte diese gemeinsame Zeit mit ihr geliebt. Diese gemeinsamen Abende, die mir viel zu selten von meinem strengen Vater gestattet worden waren. Nichts war wichtiger gewesen als meine tadellose Ausbildung. Für Albernheiten oder Spaß hatte es keinen Platz gegeben. In den Augen meines Vaters waren nur Disziplin und Gehorsam wichtig gewesen. All das und noch mehr war mir, wenn nötig, auch gewaltsam eingebläut worden.

Noch heute zierten unzählige Narben meinen Rücken, von all seinen Schlägen, wenn ich einmal nicht auf ihn gehört hatte.

Deshalb auch meine Tattoos. Sie dienten zu Anfang eigentlich nur, um die Narben auf meinem Rücken zu verdecken. Ich wollte sie nicht mehr sehen. Doch schnell wurde es zu einer Sucht und wenn ich nicht noch immer in den gehobenen Kreisen Manhattans verkehren würde, würde mein gesamter Körper in schwarzen und bunten Symbolen erstrahlen.

Erneut kündigte die Rezeptionistin meinen Besuch an. Nun stieg doch etwas die Nervosität in mir auf. Angel würde gleich mein Reich betreten und das keine Sekunde zu früh, denn ich war geradeso mit allem fertig geworden. Jedoch war ich sehr zufrieden und ich war mir sicher, Angel würde sich darüber freuen, dass ich für sie gekocht hatte und dass unser Date hier bei mir zu Hause stattfand. Schließlich war dies ihr Wunsch an mich gewesen. Von allem, was sie sich hätte von mir wünschen können, war es ausgerechnet dieser gewesen. Regelrecht unschuldig.

Angel's größter Wunsch war es, in diesem Wolkenkratzer zu erwachen und den Sonnenaufgang von hier oben zu beobachten. Ich bewunderte sie wirklich für ihre Art, die Dinge zu sehen.

Die Aufzugtür glitt auf und schon betrat eine doch sehr eingeschüchterte Angel mein Penthouse. Ich schmunzelte in mich hinein. Ihre Nervosität war ihr deutlich anzusehen.

Als ich dann auf sie zuging, um sie zu begrüßen, nahm ich erst richtig ihre Erscheinung wahr.

Heute hatte ich ihr keines meiner Outfits für sie zukommen lassen. Ich empfand es als unangebracht und außerdem wollte ich sehen, was sie bei einem richtigen Date so anzog.

Lächelnd trat ich auf sie zu und saugte alles von ihrer Erscheinung ein. Wie ihre blonden, heute sogar gelockten Haare ihre Schultern umspielten. Wie der weinrote Lippenstift ihre vollen Lippen betonte. Und fuck, dieses Kleid. Was tat sie mir mit diesem Kleid an?

Es war weiß und schulterfrei, setzte ihre Oberweite und ihre sexy Kurven perfekt in Szene. Ich wusste nicht, worauf ich mehr starren sollte: ihre schönen Brüste, die mir nahezu ins Gesicht gedrückt wurden oder doch auf ihre heißen Rundungen?! *Damn! Kleine Angel, du bist gefährlich!*

»Hallo, Angel. Du siehst umwerfend aus«, begrüßte ich

sie mit einem breiten Lächeln auf den Lippen, dann hauchte ich ihr einen keuschen Wangenkuss auf ihre samtene und schöne, bronzene Haut und nahm wieder Abstand von ihr. Natürlich hätte ich sie lieber richtig geküsst, doch sie war noch nicht so weit und das war okay. Ich hatte ihr versprochen, abzuwarten und geduldig zu sein. Etwas, was ich noch nie getan hatte, denn ich bekam immer alles, was ich wollte, und das sofort. Also war das hier absolutes Neuland für mich und doch störte es mich nicht. Im Gegenteil. Es hatte sogar einen gewissen Reiz, auf jemanden wie sie, wie Angel zu warten.

Sie lächelte mir schüchtern entgegen, doch dann legte sie die Stirn leicht in Falten und sah mich nun mit schiefgelegtem Kopf an.

»Was ist?«, fragte ich sie schmunzelnd. Ihr Blick wanderte einmal langsam an mir hinauf und hinab, nur um dann wieder in meinem Gesicht zu enden.

Nun war ich es, der sie rätselnd musterte, denn ich wusste beim besten Willen nicht, warum sie mich so intensiv ansah. Plötzlich zuckte sie leicht mit den Achseln und strahlte mir ein solch niedliches Lächeln entgegen, dass es ansteckend war.

»Nichts. Ich hatte nur nicht geglaubt, dich jemals in einer Jeans und einem Pullover zu sehen. Das ist alles.« Machte sie sich über mein heutiges Outfit lustig? Um ehrlich zu sein, wusste ich selbst nicht, wieso ich mich ausgerechnet heute für solch einen legeren Look entschieden hatte, war das schließlich so gar nicht meine Art. Doch irgendwie erweckte Angel einen anderen, einen längst totgeglaubten Ian wieder zum Leben.

Ich begann leise zu lachen, dann bedeutete ich ihr mit einem Kopfnicken, mir zu folgen. Doch kaum hatte ich mich von ihr abgewandt, hörte ich ein leises: »Wow.«

Ich drehte mich wieder zu ihr, nur um festzustellen, dass

Angel's saphirblaue Augen regelrecht leuchteten und sie mit geöffnetem Mund auf die Fensterfront zuging. Ich ließ sie machen und beobachtete sie interessiert dabei, wie sie den Ausblick in sich aufsaugte.

Selbst nach Minuten hatte sie sich noch nicht daran sattgesehen und starrte noch immer ehrfürchtig aus dem Fenster. Ich war mir zwar sicher, dass ich die bessere Aussicht hatte, aber gut, wenn sie das glücklich machte, ließ ich sie.

Widerwillig löste ich meinen Blick von ihr, ging in die Küche und schenkte uns einen Champagner ein. Später würde ich ihr dann ihren heißgeliebten Mojito mixen, doch für den Anfang musste es eben ein Champagner sein.

Ich trat an sie heran, saugte einmal ihren verführerischen Duft in mich ein, nur um ihr dann von hinten ihr Glas zu reichen.

»Gefällt es dir?«, fragte ich sie, obwohl ich die Antwort schon kannte, doch dadurch konnte ich ihr noch einen Moment nahe bleiben. Meine Lippen dicht an ihrem Ohr, wartete ich auf eine Antwort von ihr.

Verzögert nahm sie mir das Glas ab, dann nickte sie schwach. Meine nun freie Hand fand wie von selbst an ihre verführerische Taille.

»Es ist atemberaubend«, hauchte sie ehrfürchtig. Ich schmunzelte über sie. Es war so leicht, ihr eine Freude zu bereiten, dass es schon fast erschreckend war. Ich wohnte hier schon eine Weile und noch nie hatte ich mir viel aus der Aussicht gemacht, geschweige denn einmal groß die Zeit genommen, mich an die Fensterfront zu stellen und sie zu genießen – so wie Angel gerade.

»Das freut mich. Wenn du möchtest, darfst du gern deinen Teil des Deals heute ebenfalls einlösen und hier übernachten, um dann den Sonnenaufgang zu sehen. Ich hörte, der Anblick soll unglaublich sein.« Nach meinen Worten schaute sie leicht über die Schulter und sah mich irritiert an.

Ich verzog fragend die Brauen.

»Heißt das, du hast noch nie den Sonnenaufgang von hier gesehen?«, fragte sie mich beinah anklagend. Spitzbübisch lächelte ich sie entschuldigend an und schüttelte leicht den Kopf.

»Nein. Sorry. Um diese Uhrzeit schlafe ich entweder oder arbeite noch.« Ich zuckte leicht mit den Achseln, sie dagegen legte ihr ebenes Gesicht in Falten. Dann nickte sie und sah wieder nach draußen.

Ich ließ sie die Aussicht genießen, beugte mich jedoch nach einem weiteren kurzen Moment leicht über sie, führte mein Glas über ihre Schulter zu ihrem Getränk und stieß sachte mit ihr an.

»Auf einen schönen Abend, kleine Angel. Komm, ich habe für uns gekocht.« Überrascht sah sie mich an.

»Du hast gekocht?«, fragte sie dann eher misstrauisch. Ich lachte leise, ehe ich antwortete.

»Ja.«

»Selbst?«, hakte sie nach. Ein breites Schmunzeln legte sich auf meine Lippen.

»Ja.« Ihre Augenbraue wanderte nach oben, doch sie sagte nichts mehr dazu. Also entfernte ich mich widerwillig von ihr und führte sie zum Esstisch. Nachdem ich ihr – ganz der Gentleman, zu dem ich nun mal erzogen worden war – ihren Stuhl zurechtgeschoben hatte, ging ich in die Küche, um das Essen aufzutischen.

Dort angekommen holte ich den Schmorbraten aus dem Ofen und drapierte die Rosmarinkartoffeln mit ihm und etwas Soße auf unsere Teller.

Als ich den Teller vor ihr abstellte, staunte sie nicht schlecht. Doch eigentlich war es für mich keine Kunst, dieses Gericht zu kochen. Obwohl ich seit Jahren nicht mehr gekocht hatte und dieses Gericht sicherlich schon mindestens ein Jahrzehnt nicht mehr, so könnte ich dieses

Rezept niemals vergessen.

Immerhin war es das Lieblingsgericht meiner Mutter. Wir hatten es unzählige Male zusammen gekocht. Das Rezept hatte sich in meinem Hirn eingebrannt und würde dort wohl mein Leben lang hängen bleiben. Somit behielt ich mir meine gütige Mutter irgendwo noch am Leben. Dieser Gedanke fühlte sich gut an und es fühlte sich noch besser an, dieses besondere Gericht nun Angel aufzutischen.

Ich ließ mich neben ihr nieder, denn mein Esstisch war so groß, dass die intime Stimmung dahin sein würde, würden wir uns gegenübersitzen. Doch ich wollte ihr heute schließlich nahe sein. Und ich wollte mich heute ausschließlich um sie kümmern und mich mit ihr unterhalten und sie nicht wie bei meinen Geschäftsessen – soweit es mir möglich war – ignorieren, um mein Imperium zu retten.

Nein! Heute Abend war nur sie wichtig. Ihr allein gehörte meine Aufmerksamkeit. Selbst mein Handy hatte ich tatsächlich, wie ich es ihr gestern versprochen hatte, ausgeschaltet und das hatte ich noch nie und für niemanden getan.

»Lass es dir schmecken.« Gespannt beobachtete ich sie dabei, wie sie den ersten Bissen nahm. Ich hoffte inständig, es würde ihr schmecken. Die Gabel mit einem Stück Fleisch verschwand zwischen ihren sinnlichen, roten Lippen, dann verging ein kurzer Moment, ehe sie genießerisch ihre tiefblauen Augen schloss. Ich begann augenblicklich breit zu grinsen und genehmigte mir nun auch den ersten Happen. Zufrieden stellte ich fest, dass es genauso schmeckte, wie ich es damals mit Mutter immer gekocht hatte.

»Ian, das schmeckt köstlich«, lobte sie meine Kochkünste. Mein Lächeln nahm zu.

»Danke. Es war ein Rezept meiner Mutter. Wir haben es vor ihrem Ableben gern gemeinsam gekocht«, verriet ich ihr. Angel hörte mir aufmerksam zu. Ein mitfühlender

Ausdruck legte sich auf ihre schönen Gesichtszüge.

Das gesamte Essen über unterhielten wir uns über Gott und die Welt. Nichts wirklich Wichtiges und doch hing ich an ihren Lippen, saugte jedes noch so kleine Detail in mich auf und speicherte es in meinem Hirn ab. Ich wollte sie so gern über ihre sichtlich harte Vergangenheit ausfragen. Welcher ihr Heimatort war und warum sie von dort fortgegangen war. Dann war da noch die Nummer mit dem alten Stone. Es waren einfach noch so unendlich viele Fragen bei dieser Schönheit hier neben mir offen und doch stellte ich keine einzige davon. Denn ich befürchtete, dass dies unseren schönen Abend ruinieren würde, und das wollte ich auf keinen Fall riskieren.

Nachdem ich auch den Nachtisch abgeräumt hatte, mixte ich ihr wie geplant ihren Lieblingsdrink.

Mit dem Mojito und einem Whiskey für mich bewaffnet ging ich zu ihr. Natürlich stand sie wieder vor der Fensterfront und sah hinaus.

Da kam mir eine Idee. Nachdem ich ihr einfach ohne große Erklärung unsere beiden Drinks in die Hände gedrückt hatte, wandte ich mich von ihr ab, ging auf einen meiner schweren Ledersessel zu und schob ihn zu ihr. Interessiert beobachtete sie mich dabei.

Als ich dann bei ihr ankam und den Sessel direkt vor der Fensterfront platziert hatte, ließ ich mich auf diesen fallen und klopfte mir mit einem frechen Lächeln auf den Schoß. Angel zog für einen Moment ihre schöngeschwungenen Augenbrauen zusammen, doch dann setzte sie sich tatsächlich in Bewegung und ließ sich zögerlich auf meinen Schoß gleiten. Sie reichte mir meinen Drink, dann stieß sie sachte mit ihrem Glas gegen meines, als sie seitlich auf meinen Oberschenkeln saß.

Ich genoss diesen Augenblick noch kurz, sie so nah bei mir zu haben, dann stieß ich mit ihr an. Meine Hand fand wie von selbst auf ihren nackten Oberschenkel. Doch wie hätte ich ihre seidene Haut auch nicht berühren können, wenn sie mich so verführerisch lockte? Schließlich saß diese Schönheit hier mit einem knielangen Kleid auf meinem Schoß. Der weiße Stoff war ihr beim Hinsetzen nach oben gerutscht und präsentierte mir ihre bronzene Haut nahezu auf einem Silbertablett. Also wie hätte ich da denn bitte nein sagen sollen?

Doch ich blieb natürlich ganz der Gentleman und ließ meine Hand unbeweglich auf ihrem Oberschenkel verweilen. Hauptsache, ich durfte sie spüren. Allein dass sie mir diese intime Berührung gestattete, ließ mich innehalten, nicht weiterzugehen. Schließlich wollte ich sie nicht wieder verschrecken.

»Und was machen wir jetzt, kleine Angel? Bis die Sonne aufgeht, dauert es schließlich noch ein paar Stunden.« Ich lächelte ihr verschmitzt entgegen. Sie begann leise zu lachen, dann blickte sie wieder hinaus auf die New Yorker Skyline. Sie erstrahlte noch immer in den hellsten und buntesten Farben. Die Stadt, die niemals schlief … gerade jetzt wurde mir diese Redewendung deutlich bewusst.

»Er hat dir von unserem Gespräch erzählt, stimmt's?«, fragte sie dann unerwartet in die Stille. Ich wandte den Kopf zu ihr, hatte auch ich die Aussicht, die sich mir eigentlich tagtäglich bot, soeben zum ersten Mal richtig wahrgenommen und genossen.

Fragend verzog ich meine Brauen, denn ich verstand nicht ganz, wovon sie sprach.

»Wen meinst du?«, hakte ich daher vorsichtig nach, da sie nichts weiter dazu gesagt hatte.

»Logan. Er hat dir doch sicher alles von unserem Gespräch erzählt.« Noch immer sah sie nach draußen, während sie seitlich auf meinem Schoß saß und dabei gedankenverloren ihr Glas zwischen ihren Fingern drehte.

Ich stellte mein Glas neben dem Sessel auf den Boden, dann legte ich sachte zwei Finger unter ihr Kinn und führte ihr Gesicht in meine Richtung. Ich wollte, dass sie mich ansah. Wollte erkennen, was in ihren Saphiren vor sich ging. Doch leider blieben mir ihre Gedanken versperrt. Wie so oft.

»Er hat mir nur grob von dir und Stone erzählt. Ich weiß also nicht genau, was er dir Schreckliches angetan hat. Und ich weiß nicht, womit du ihn so in die Enge treiben konntest, um ihn zu diesem Deal zu zwingen. Ich weiß nur, dass es dem Alten wohl nicht gepasst hat und er deswegen nun Rache an mir will. Deswegen war Logan auch so ein kaltes Arschloch gestern. Er macht sich eben Sorgen um mich, aber auch um dich.« Ihre Augen hatten sich bei meinen Worten leicht geweitet. Sie konnte wohl nicht glauben, was ich ihr hier für Informationen preisgab.

»Wieso will er denn Rache an dir? Ich habe ihm doch die Pistole auf die Brust gedrückt und ihm mit der Polizei und Presse gedroht?«, fragte sie mich entsetzt. Ich blickte ihr tief in die Augen.

Noch immer ruhten meine Finger unter ihrem Kinn, meine andere Hand weiterhin auf ihren seidenen Oberschenkel.

»Weil er ein Machoarsch ist, der sich und der Welt niemals eingestehen würde, dass ein Mädchen, eine Frau ihn vorgeführt hat. Deshalb«, erklärte ich ihr ruhig.

»Aber was ist dann mit dir?«, setzte sie schockiert nach. Ich lächelte warm. Meine Finger an ihrem Kinn begannen wie von selbst über ihre weiche Haut zu tanzen.

»Mach dir keine Sorgen um mich, kleine Angel. Ich kann schon auf mich aufpassen«, raunte ich. Sie wandte sich mir noch etwas mehr zu, sah mir dabei fest in die Augen. Meine Zärtlichkeiten an ihrem Kinn erstarben und mein Blick rutschte, ohne dass ich es wollte, nach einem Moment des Schweigens auf ihre leicht geöffneten, roten Lippen. Ich konnte nichts dagegen tun. Der Drang, sie hier und jetzt zu küssen, wurde beinah übermächtig. Unweigerlich rückte ich dichter an ihr Gesicht heran. Mein Griff an ihrem Kinn verstärkte sich unmerklich. Ich hielt es kaum noch aus, ich musste sie küssen. Sie schmecken. Jetzt!

Doch gerade als ich sie mit leichtem Druck zu mir an meine Lippen lotsen wollte, verspannte sie sich und legte mir schnell eine Hand an meine Brust. Angel hielt mich damit davon ab, sie zu küssen. Schon wieder.

Sofort wandte sie den Blick von mir ab und versperrte sich vor mir. Angel zog abermals ihre undurchdringliche Mauer aus Eis und Angst hoch und sperrte mich damit erneut aus. Sie ließ mir nicht einmal die Chance, die Mauer Stück für Stück einzureißen, denn kaum kratzte ich an einem Stein, baute sie gleich drei neue nach.

»Ich kann das nicht«, wisperte sie.

»Was zum Teufel wurde dir Schreckliches angetan, dass du nicht einmal so etwas Kleines wie einen Kuss genießen kannst? Wer oder was hat dich so zerstört, dass du keinen an dich heranlässt und zu dieser unerreichbaren Eisprinzessin geworden bist?«, fragte ich sie ernst. Ich musste es wissen. So ging das doch nicht mehr weiter. Gestern hatte sie mich küssen wollen. Wäre Logan nicht dazwischen geplatzt, hätten wir uns geküsst, das wusste ich. Ich hatte es deutlich in ihren tiefblauen Augen gesehen – das Verlangen und die Neugier. Also wieso machte sie heute wieder einen Schritt zurück? Was hinderte sie daran, mich zu küssen? Mir nahezukommen?

»Nichts«, antwortete sie tonlos. Es klang wie ein Automatismus. *Okay, jetzt reicht's!*

Wieder legte ich meine Finger unter ihr Kinn und führte sie mit bestimmtem Druck in meine Richtung. Sie wollte das nicht, das merkte ich und doch war es mir hier und jetzt egal. So ging das doch nicht mehr.

»Wer hat dir wehgetan, Angel? Welcher Dämon hat dich schönen Engel so dermaßen für jegliche Zärtlichkeiten und die Liebe zerstört?« Meine Stimme hatte ein Kratzen angenommen. Ich konnte mich kaum noch beherrschen.

Angel war ganz offensichtlich Schreckliches angetan worden. Allein ihre vielen kleinen Narben auf ihren Innenschenkeln und am Bauch bewiesen das und doch sagte sie nichts dazu. Wieder sah ich es in ihren Augen, wie sie die Eisprinzessin rauskehrte und mir die Möglichkeit nahm, ihr näherzukommen.

»Ich bin nicht zerstört«, hielt sie schnippisch dagegen. Missmutig verzog ich die Brauen. Wir drehten uns zu allem Überfluss auch noch im Kreis. Es war so ermüdend.

Ich ließ mich frustriert und leise seufzend in den Sessel sinken und nahm somit meine Hand von ihrem Gesicht, gab sie damit wieder aus meinem Griff frei.

»Ach nein, kleine Eisprinzessin?«, entgegnete ich ihr tonlos. Ihre Augen verengten sich zu Schlitzen.

»Nenn mich nicht so!«, fauchte sie mich an, dann erhob sie sich von meinem Schoß. Ich griff nach meinem Drink neben dem Sessel und nahm einen großen Schluck.

»Und wieso nicht? Zu niemandem passt dieser Name besser als zu dir«, sprach ich in ihren Rücken, denn Angel hatte sich schon wieder vor meine Fensterfront gestellt und sah stumm auf das erleuchtete Manhattan hinab. Sie verschränkte die Arme vor der Brust und saß die Sache hier wohl stumm aus.

»Selbst dein Freund wusste das. Schließlich gab er dir diesen Namen, oder etwa nicht?«, seufzte ich müde. Plötzlich ließ sie ihre Arme sinken, drehte sich langsam zu mir herum und sah mich fassungslos an.

Ein wissendes Lächeln legte sich auf meine Lippen. Eigentlich wollte ich meinen Trumpf gegen sie noch etwas länger behalten, doch ich wusste nicht einmal, ob es nach diesem Abend überhaupt noch groß eine Gelegenheit dafür gab, ihn auszuspielen, so wütend wie sie mich gerade musterte.

»Ich spreche fünf Sprachen fließend«, klärte ich sie in meinem schnellen und perfekten Spanisch auf. Für einen Moment entgleiste ihr Gesichtsausdruck.

»Du sprichst spanisch?«, versicherte sie sich heiser und blickte mich noch immer entgeistert an. Ich nickte leicht schmunzelnd. Was sollte ich auch sonst tun? Das Ding hier war gelaufen und mir war auch, um ehrlich zu sein, die Lust vergangen, ihr den Hof zu machen. Dieses Mädchen. Angel. Sie war so dermaßen kompliziert und vorbelastet, dass ich einfach nicht mehr weiterwusste.

»Und du hast es nicht für nötig gehalten, mich diesbezüglich aufzuklären?«, schnappte sie bissig. Ich hob bei dem Bullshit, den sie hier gerade von sich gelassen hatte, tadelnd die Brauen. *Ist das dein scheiß Ernst?!*

Schnell erhob ich mich und trat dicht an sie heran, baute mich zu meiner kompletten Größe auf und blickte auf sie herab. In ihren schönen Augen blitzte es auf.

»So wie du es nicht für nötig hältst, mich aufzuklären, was das mit dir und Stone war? Oder über deine Vergangenheit? Die Narben? Heimat? Oder wenigstens deinen echten Namen?!« Ich trat noch etwas dichter an sie heran. Meine Stimme hatte sich ins Dunkle gewandelt.

Ich mahlte kräftig mit dem Kiefer, um nicht die Beherrschung zu verlieren und sie nicht doch einfach zu packen und fest zu schütteln, so wahnsinnig machte mich ihre Verschlossenheit. *Damn!*

»Das ist etwas anderes«, hielt sie schwach dagegen und wich einen Schritt zurück.

»Ach ja? Warum ist es etwas anderes? Wieso bin ich dazu verpflichtet, fair zu spielen und mich an alle deine Regeln zu halten, dich über alles aufzuklären, aber du lässt mich weiter am langen Arm verhungern? Sag mir, kleine Angel, wieso verdammt noch mal sollte ich das weiterhin tun?«, fragte ich sie düster und drängte sie mit meinem letzten Schritt, den ich während des Redens auf sie zugegangen war, gegen die Fensterfront in ihrem Rücken.

Angel ließ zischend die Luft aus, als sie das kalte Glas an ihrer erhitzten Haut berührte. Sie schaute sich leicht um, ehe ihr Blick wieder den meinen fand. Beinah unmerklich schüttelte sie den Kopf und sah mich mit ihren großen Saphiren erschrocken an.

»Du weißt es nicht«, stellte ich zufrieden fest und stützte meine Hände zu beiden Seiten ihres Kopfes an dem kalten Glas ab. Keilte sie damit zwischen mir und der Fensterfront ein und ließ ihr keinen Fluchtweg.

»Klär mich über deine Regeln auf? Wieso hast du sie aufgestellt?«, raunte ich dicht an ihre sinnlichen Lippen, die zu meiner Folter auch noch leicht offen standen.

Ihr Atem hatte sich beschleunigt. Angel war diese Situation unangenehm, obwohl sich keine Regung in ihrem Gesicht zeigte. Als wäre sie solches Verhalten von Männern gewöhnt. Und doch konnte man die Panik in ihren schönen Augen erahnen, auch wenn sie sie gut überspielte.

»Ian, ich kann nicht«, wisperte sie.

»Wieso wehrst du dich gegen etwas, das du selbst doch so sehr willst?« Sie verzog fragend die Brauen. Sie verstand nicht ganz, worauf ich hinauswollte.

Ich trat noch etwas dichter an sie heran und presste meinen Körper gegen ihre Rundungen. Meine Lippen schwebten nur noch wenige Zentimeter vor ihren.

»Ian, bitte! Ich kann nicht. Ich darf nicht.«

»Was darfst du nicht?«, fragte ich sie schon fast forsch. Sie biss sich nervös auf die Unterlippe und sah mich flehend an. Und wieder traf mich die Erkenntnis wie eine schallende

Ohrfeige. Sie würde mir nichts erzählen, würde sich wieder nicht öffnen.

Ich ließ den Blick sinken und sah zu Boden.

»Mich verlieben … Ich darf mich nie wieder verlieben.« Langsam hob ich den Kopf und blickte sie erstaunt an. Sah ihr direkt in ihre tiefblauen Augen und suchte nach … *Damn! Scheiß drauf!*

Ohne groß über irgendwelche Konsequenzen nachzudenken, nahm ich eine Hand von dem Glas und führte sie zu ihrer weichen Wange. Leicht streichelte ich mit meinem Daumen ihre Wangenknochen nach und rückte unweigerlich näher an sie heran. Beugte mich mit meinem Oberkörper zu ihr nach unten, immer weiter und immer dichter an ihre Lippen.

Stumm und völlig bewegungsunfähig verfolgte Angel meine Bewegungen. Sie schien vollkommen erstarrt zu sein.

Ich war dabei, sie zu küssen. Wenige Millimeter trennten unsere Lippen voneinander und doch konnte ich sie nicht überbrücken. Ich konnte keine Frau küssen, die es nicht wollte. Oder sich nicht eingestehen wollte, dass sie sich danach sehnte. Wenn Angel mich hier und jetzt küssen wollte, dann würde sie die letzten Millimeter überbrücken müssen.

Ich verharrte vor ihren sinnlichen und mich rufenden Lippen und blickte ihr sanft entgegen. Wartete, bis sie ihren inneren Kampf ausgefochten und sich entschieden hatte.

Doch auch nach langen Sekunden rührte sie sich nicht. Sie starrte mich einfach nur mit verschreckten Augen an. Sonst machte sie nichts. Erneut seufzte ich frustriert auf, dann zog ich mich wieder zurück. Ich stemmte mich mit einem kräftigen Stoß vom Glas ab und wandte mich von ihr ab. Der Abend war hiermit gelaufen, das war nun klar.

»Ich sollte wohl besser gehen«, ertönte ihre zarte Stimme dicht hinter mir. Dann trat sie auch schon an mir vorbei.

Dieses Bild machte etwas mit mir. Der Moment, als mir klar wurde, dass sie dabei war, wirklich zu gehen.

Ich machte einen schnellen Satz auf sie zu, packte sie an ihrer Hand und wirbelte sie wieder zu mir herum. Sofort als sie gegen meine Brust stieß, fand meine eine Hand in ihren Nacken die andere, die gerade ihre Hand gehalten hatte, zu ihrem unteren Rücken.

Angel sah atemlos zu mir nach oben, doch dieses Mal ließ ich mich nicht beirren und führte meine Lippen mit einem echten Lächeln zu den ihren. Endlich küsste ich sie.

Ein leises Brummen entfuhr meiner Kehle, als ich sie schmecken und kosten durfte. Als ich ihre weichen und sinnlichen Lippen spüren durfte.

Sie wirkte wie erstarrt und doch erwiderte sie den Kuss. Sanft und unsicher küsste diese Schönheit mich zurück. Doch bevor ich mich in diesem Kuss verlieren würde, zog ich mich zurück.

Langsam, nachdem sich unsere Lippen wieder voneinander getrennt hatte, entfernte ich mich von ihr. Gab sie damit wieder aus meinem Griff frei und trat einen Schritt zurück, um ihr den Raum zu geben, den sie jetzt brauchte.

Mit großen Augen sah mich Angel an und schien noch immer nicht ganz begriffen zu haben, was hier gerade passiert war.

Nach einem langen Moment, in dem wir uns nur stumm gemustert hatten, begann ich leicht zu lächeln, dann trat ich wieder etwas dichter an sie heran. Wie von selbst legte ich meine Hand wieder an ihre weiche Wange und begann, sie mit meinem Daumen zu streicheln.

»Komm, ich bring dich nach Hause«, raunte ich ihr zu. Doch sofort schüttelte sie leicht den Kopf.

Irritiert zog ich die Augenbrauen zusammen. Schließlich war ich der Meinung gewesen, der Abend wäre nun gelaufen.

»Du möchtest nicht nach Hause?«, fragte ich noch immer irritiert. Erneut schüttelte sie leicht den Kopf.

»Nein. Wenn ich darf, würde ich gern bleiben«, antwortete sie leise. Ich verzog noch einmal fragend meine Brauen, doch dann lächelte ich ihr warm entgegen und drückte ihr einen kleinen Kuss auf die Stirn, ehe ich sie bei der Hand nahm und wieder zurück zum Sessel führte. Ich bedeutete ihr, sich zu setzen. Anschließend ging ich zu meiner Bar und mixte ihr noch einen Drink. Für mich gab es wieder einen Whiskey.

Doch als ich mich zu ihr wandte, um ihr ihren Drink zu bringen, musste ich feststellen, dass sie nicht mehr im Sessel saß, sondern auf meiner Couch. Ich folgte ihr.

»Wir sind also umgezogen«, stellte ich amüsiert fest und ließ mich dicht neben ihr nieder. Ich reichte ihr ihren Drink, dann legte ich meinen Arm auf der Lehne dicht hinter ihr ab.

Angel hatte sich ihrer hohen Schuhe entledigt und saß im Schneidersitz neben mir. Ihr weißes Kleid bedeckte dabei gerade so ihre Oberschenkel.

Eine bedrückende Stille legte sich über uns. Dankbar nahm ich einen kräftigen Schluck meines Getränks, dann drehte ich gedankenverloren mein Glas in meinen Händen.

»Angel, hör zu«, versuchte ich die Stille zu unterbrechen und ihr zu erklären, was eben passiert war. Doch ich kam nicht weit. Denn schnell legte sie eine Hand auf meinen Oberschenkel und brachte mich mit dieser leichten Geste sofort zum Verstummen.

»Du musst nichts erklären. Lass uns doch einfach noch die restlichen Stunden genießen, bis die Sonne aufgeht, ja?« Angel lächelte, dann prostete sie mir zu.

Also ließ ich all das unkommentiert. Verkniff mir meine vielen Fragen und genoss einfach den Abend mit ihr. Und tatsächlich redeten wir die gesamte Nacht miteinander.

Natürlich nicht über ihre Vergangenheit. Doch so war es nun mal. Ich konnte Angel nicht über Nacht ändern und ich konnte etwas Derartiges auch nicht über Nacht von ihr verlangen, also nahm ich es hin, wie es war, und genoss einfach ihre Nähe.

Während des Redens waren wir immer dichter aneinandergerutscht, berührten uns nun mit unseren Oberschenkeln. Meinen Arm hatte ich schon lange um ihre Schulter gelegt, um ihr somit noch näher zu sein. Wieder fand meine Hand ihre weiche Wange und streichelte sie dort sanft.

Lange sahen wir uns in die Augen. Wie gern ich sie jetzt noch einmal geküsst hätte. Es grenzte wirklich an Folter. Doch da die Sonne gerade dabei war, aufzugehen, und ich nicht wollte, dass sie es verpasste, nahm ich ihr schnell ihr Glas ab, stellte es auf den Tisch vor uns, erhob mich und zog sie mit mir.

Angel folgte mir bereitwillig. Ich führte sie zurück zur Fensterfront, stellte mich dicht hinter sie, schlang die Arme um sie und genoss mit ihr den herrlichen Ausblick.

»Aufgepasst, kleine Angel, nun geht die Sonne auf«, flüsterte ich ihr ins Ohr und konnte es mir nicht nehmen lassen, ihr einen kleinen unschuldigen Kuss darunter zu hauchen. Sie blickte ebenfalls nach draußen. Doch dann tat sie etwas, das mich breit zum Schmunzeln brachte. Angel lehnte sich mit dem Kopf an meine Schulter und schlang ebenfalls ihre Arme um meine, zog mich damit noch näher an sich heran. Ich tat ihr den Gefallen gern.

Angel war von dem Sonnenaufgang völlig überwältigt gewesen.

Ich wusste nicht, wie lange wir dort gestanden und nach draußen gesehen hatten.

Immer wieder hatten meine Lippen wie von selbst zu ihrem Hals gefunden. Doch ich bremste mich abermals, als ich ihre Verkrampfung spürte.

Und wieder musste ich mich fragen, wie sie ihren Beruf ausüben konnte … oder lag es an mir?

»Verrätst du mir deine anderen beiden Regeln?«, raunte ich ihr mit rauchiger Stimme dicht an ihren Hals, ehe ich meine Lippen wieder auf ihre weiche Haut senkte.

»Wieso willst du das wissen?«, fragte sie atemlos. Ich grinste breit an ihren Hals.

»Ich möchte dich besser verstehen. Damit ich weiß, wie ich mit dir und deinen Regeln umzugehen habe«, antwortete ich. Sie schien einen Moment zu überlegen, dann nickte sie leicht, nur um dann wieder ihren Kopf zu schütteln.

»Ich verrate dir eine.«

»Ich nehm, was ich kriegen kann«, ermutigte ich sie und schluckte die Enttäuschung herunter.

»Regel Nummer 5: Keinen kostenlosen Sex. Niemals!« Als das Gesagte erst richtig bei mir ankam, nahm ich etwas Abstand von ihr. Angel wandte sich mir zu und musterte mich interessiert.

»Heißt das …« Ich brach ab, zum einem, weil ich gar nicht wusste, was ich sagen sollte, und zum anderem, weil mein Hometelefon klingelte. Es war verdammt früh, deshalb beschloss ich, abzunehmen, da es nur etwas Wichtiges sein konnte. Außerdem musste ich raus aus dieser Situation. Ihre Worte hatten mich wirklich aus dem Konzept gebracht. *Wie lange hast du bitte mit keinem Mann mehr geschlafen, der nicht dein Freier war?!*

Diese Frage würde mich wohl noch um einiges länger beschäftigen.

Kapitel 20

Angel

Ich sah Ian dabei zu, wie er durch sein gigantisches Wohnzimmer ging. Mit dem Hörer am Ohr telefonierte er mit demjenigen, der uns unterbrochen hatte.

Ich wusste nicht so recht, was ich nun von all dem hier halten sollte. Zum ersten Mal hatte ich jemandem eine meiner beiden letzten Regeln verraten. Niemand kannte diese, nicht einmal Miguel.

Bei dem Gedanken an meinen besten Freund schoss mir sofort wieder in den Kopf, dass Ian Spanisch sprach. Und was für ein Spanisch das war. Mit seiner dunklen und rauchigen Stimme klang es fast wie *seines*. Und diese Augen, seine schwarzen Iriden, sie waren *seinen* ebenfalls so unglaublich ähnlich. Die Tatsache, dass sie, Ian und Alexey, sich plötzlich in jenen Punkten ähnelten, versetzte mich regelrecht in Panik!

Auch konnte ich noch nicht ganz fassen, dass ich in nicht einmal zwei Tagen gleich zwei meiner Regeln bei zwei verschiedenen Männern gebrochen hatte.

Seitdem ich zu Angel geworden war, hatte ich keinen Mann mehr geküsst und mit keinem mehr ohne Geld geschlafen – oder beinah geschlafen. Denn ich war mir sicher, wenn Ian gestern nicht gekommen wäre, ich hätte mit Logan geschlafen. Warum auch immer, doch mein dunkler Ritter ging mir nicht mehr aus dem Kopf und, ohne dass ich es wollte, kroch er mir auch direkt unter die Haut und reizte dort meine empfindlichen Nervenbahnen. Rupfte an ihnen und zwang mich dadurch dazu, meine Regeln einfach zu vergessen und mich bei ihm fallen zu lassen. Doch wieso konnte ich das dann nicht auch bei Ian? Lag es an den Parallelen?

Diesen bedrückenden Gedanken konnte ich allerdings nicht zu Ende denken, denn Ian kam zu mir zurück. Zu meiner Überraschung wirkte seine Miene nun kalt und auch unergründlich. Ich wusste nicht, was passiert war.

»Ist alles okay?«, fragte ich ihn unsicher und trat etwas an ihn heran.

Doch Ian reagierte gar nicht wirklich auf mich. Er stand einfach vor mir und begann kräftig mit dem Kiefer zu mahlen. Seine Muskeln zuckten nervös.

Eine innere Unruhe überkam mich. Ich mochte es nicht, wenn mein Gegenüber plötzlich ruhig und in sich gekehrt wurde. Das hatte Alexey auch immer getan, kurz bevor er wie so oft die Beherrschung mir gegenüber verloren hatte. Je ruhiger er wurde, desto härter und grausamer war die Strafe – und vor allem die Schmerzen am Ende.

Nervös begann ich mit meinen Fingern zu spielen. Noch immer konnte ich nichts in Ians Miene lesen.

War er wegen meiner Regel so? Oder doch wegen des Telefonats?

»Du solltest jetzt gehen«, sprach er im nüchternen Ton. Ich sah ihn erschrocken an und zog gleichzeitig den Kopf ein. Ich verstand sein Verhalten nicht. Gerade war doch noch alles gut gewesen?! Was sollte das denn jetzt?!

»Ian, ich versteh nicht«, entgegnete ich leise. Seine Miene verhärtete sich noch etwas mehr. Unweigerlich nahm ich etwas Abstand von ihm.

Ich schüttelte leicht den Kopf, denn all das hier war so dermaßen absurd, dass ich es einfach nicht nachvollziehen konnte.

Ein weiterer, für mich endlos langer Moment verstrich,

dann hielt ich es nicht mehr aus und war dabei, erneut das Wort zu erheben. Doch Ian kam mir zuvor.

»Angel, ich möchte, dass du jetzt gehst. Es war ein Fehler.« Bei seinen Worten zuckte ich hart zusammen, als hätte er mir eine schallende Ohrfeige gegeben. Seine Miene blieb weiterhin hart.

»Was war ein Fehler?«, flüsterte ich erstickt und schluckte kräftig den dicken Kloß in meinem Hals herunter.

»Dieses Date. Generell die private Schiene. Das geht nicht. Ich kann es mir nicht erlauben. Das hier ist rein geschäftlich. Das weiß ich jetzt. Also würdest du jetzt bitte gehen? Ich melde mich, wenn das nächste Treffen stattfindet.« Da war die zweite und noch weitaus schmerzhaftere Ohrfeige. Ich sah ihn fassungslos an, doch dann packte mich die Wut.

»Ich soll jetzt gehen? Und du rufst mich, wenn du mich wieder brauchst? Versteh ich das richtig?«, hakte ich streng nach. Ians Augenbraue wanderte tadelnd nach oben, ehe er einen bestimmenden Schritt auf mich zutrat. Ich unterdrückte den Impuls, vor ihm zurückzuweichen.

»Genau. Schön, dass du deinen Beruf verstanden zu haben scheinst.« Da setzte etwas in mir aus. Ich verkraftete es von irgendwelchen perversen Schweinen, dass sie mich als billige Hure betitelten, doch bei Ian sah die Sache anders aus. Ich hatte für ihn einen Teil meiner Mauer fallen lassen. Auch wenn er der Meinung war, meine Eisfestung würde noch immer bombenfest sitzen, so war dem ganz und gar nicht so. Ian sowie auch Logan hatten es weiter in meine Festung geschafft als irgendjemand nach *ihm.* Nur Alexey hatte es noch tiefer bis ins letzte Eck meines Herzens, meiner Seele und meines Verstandes geschafft. Er hatte mich dort und auch auf andere Weise gefickt, wie noch kein Mann mich je gefickt hatte. Ich hatte gedacht, kein Mann würde je wieder so viel Macht über mich wie Alexey besitzen. Doch ganz ehrlich: Leider schmerzten Ians Worte gerade viel zu sehr.

Und deswegen kam, es wie es kommen musste.

Ich knallte ihm mit voller Wucht eine.

»Du verwöhnter, aufgeblasener Prinz kannst mich mal! Such dir eine neue billige Hure, die du nach Belieben beleidigen kannst! Ich bin raus!«, schrie ich ihm entgegen, schnappte mir meine Sachen und eilte aus seinem Penthouse. Sollte er sich doch seinen Auftrag in seinen verwöhnten Arsch stecken!

Kapitel 21

Logan

Was mache ich hier eigentlich?!

Das fragte ich mich, als ich auf den Aufzug meines Bruders wartete.

Eigentlich kannte ich die Antwort. Unser Telefonat gerade eben war nicht gut gelaufen, also dachte ich mir, ich sollte noch einmal persönlich mit ihm sprechen und sehen, wie es ihm nun ging. Und da Ian sein Handy ausgeschaltet hatte, war ich sicherheitshalber erst zu ihm gefahren und hatte ihn dann von unten aus meinem Auto angerufen. Sicher war sicher. Ich konnte meine Instinkte einfach nicht abstellen und war lieber vorbereitet als später im Nachteil.

Ich hatte Ian davon überzeugt, dass er Angel nun wirklich abschießen musste, denn sein Name war in den letzten 24 Stunden vermehrt in der Unterwelt gefallen – und das war alles andere als gut.

Es würde sicherlich nicht mehr lange dauern und der erste Anschlag würde auf Ian verübt werden. Auch wenn ich gehofft hatte, seine derzeitige Medienpräsenz würde ihn davor schützen, so wollte ich mich bei dem Geflüster, das ich so in den dunklen Gassen aufgeschnappt hatte, nicht mehr darauf verlassen.

Zum Glück hatte mein Bruder einmal auf mich gehört und meine Worte ernst genommen. Selbst ihm war es dann wohl auch zu heiß, Angel weiterhin in seiner Nähe zu haben und sie damit in Gefahr zu bringen.

Ian hatte mir leise, wüste Beschimpfungen in den Hörer

gefaucht. Daher hatte ich gewusst, dass Angel noch immer bei ihm gewesen war. Das hässliche Eifersuchtsmonster versuchte ich bei dem Gedanken, was sie wohl die gesamte Nacht so getrieben hatten, zu ignorieren, und blieb weiter fokussiert. Schließlich ging es mich nichts an und außerdem durfte ich mich, was Angel betraf, nicht gerade weit aus dem Fenster lehnen. Nicht nach dem, was ich vorgestern mit ihr abgezogen hatte. *Scheiße! Ich hätte dich beinah gefickt, Angel.*

Und das Schlimmste war, ich bereute es nicht. So viele Jahre hatte ich sie unbewusst gesucht. Sie dann nach so langer Zeit endlich zu finden und vor mir zu haben … ich hatte einfach nicht widerstehen können. Ich hatte sie schmecken, sie kosten und berühren müssen.

Und fuck … wie gut du geschmeckt hast.

Die Aufzugtüren glitten auf. Ich wollte gerade einsteigen, da stürmte plötzlich eine kleine Blondine heraus und rannte direkt in mich hinein. Als sie den Kopf hob, erkannte ich sie.

Angel. Reflexartig hatte ich meine Hände auf ihre Arme gelegt, um sie festzuhalten, und somit an meine Brust gezogen, damit sie nicht stürzte. Sie schrie spitz auf und krallte sich an meiner offenen Lederjacke fest. Dann sahen wir uns einen Moment lang einfach nur in die Augen. Plötzlich bemerkte ich den Schimmer, der sich in ihre Augenwinkel schlich. *Fuck, nein! Bitte nicht!*

Angel kämpfte mit den Tränen. Das Mädchen, das vor drei Jahren ihre unter Drogen gesetzte Vergewaltigung mit einem Achselzucken abgetan hatte, stand hier vor mir und weinte wegen meines Bruders? Weil er sie abgeschossen hatte?!

Ich nahm etwas Abstand von ihr, doch weiterhin umgriffen meine Hände ihre Arme. Ich konnte sie noch nicht freigeben.

»Hey, was ist denn mit dir los?«, fragte ich sie unschuldig

und hätte mir dafür sofort eine verpassen können, dass es mir einfach viel zu leichtfiel, zu lügen.

Angel blickte mir mit ihren großen Saphiren intensiv in die Augen, ehe sie antwortete.

»Dein Bruder ist ein Arschloch!«, fauchte sie leise. Nun nahm ich vollends Abstand von ihr und sah weiterhin auf sie herab. Ich überlegte fieberhaft, was ich nun tun sollte. Ich konnte sie doch hier nicht einfach so stehenlassen. So völlig aufgebracht. Und dann würde sie sicher noch durch die ganze Stadt bis nach Queens fahren müssen, oder wo auch immer sie wohnte.

Nach einem weiteren kurzen Moment nickte ich mit dem Kopf Richtung Ausgang.

»Komm, ich fahr dich nach Hause.« Missbilligend verengte sie ihre schönen Augen und schien wohl nicht besonders begeistert von meiner Idee zu sein. Doch um ehrlich zu sein, war mir das egal. Dieses Mal würde ich sie sicher nach Hause bringen, ob sie wollte oder nicht. Denn dieses Mal würde ich mich nicht einfach von ihr abspeisen lassen, so wie vor drei Jahren. Heute war ich im Vorteil. Nicht ich hatte sie verletzt. Nicht ich hatte mich in eine missliche Lage gebracht. Sondern mein Bruder. Das hieß, sie hatte dieses Mal keine Ausrede parat, warum sie mir misstrauen sollte.

Ihr Blick wurde immer prüfender, als würde sie versuchen, meine Absichten zu durchschauen. *Oh, kleine Angel, wenn du wüsstest, was sich mein perverses Hirn alles für dich ausgemalt hat. Dein Misstrauen ist berechtigt.*

Doch leider war ich schon immer viel zu gut im Lügen. Also hob ich wie damals spitzbübisch grinsend meine Hände in die Luft und legte zur Krönung meinen Kopf leicht schief. Ich wusste, wie albern und doch auch ‘unschuldig’ ich in dieser Pose aussah.

Nach einem weiteren Augenblick erhellte sich ihre strenge

Miene, dann nickte sie zögerlich und setzte sich leicht in Bewegung.

Ich grinste sie breit an, wir verließen das Wohngebäude meines Bruders und stiegen zielstrebig in meinen Buick ein.

»Und wohin soll's gehen?«, fragte ich sie und schenkte ihr einen kleinen Seitenblick. Angel hatte sich gerade verstohlen in meinem Buick umgesehen. Ich konnte regelrecht hören, wie sich ihre Gedanken überschlugen. Sie sah den großen Unterschied zwischen mir und meinem Bruder. Wir hätten uns nicht gegensätzlicher entwickeln können. Früher war das anders gewesen. Früher waren wir nahezu unzertrennlich gewesen. Na ja, zumindest solange, bis unser strenger Vater beschlossen hatte, es wäre nun Zeit, Ian auf sein bevorstehendes Leben vorzubereiten. Dann war es mit dem Spaß vorbei gewesen. Unser Vater hatte Ian seine Jugend und mir meinen vergnügten, albernen und abenteuerlustigen Bruder genommen. Hatte das kalte Arschloch erschaffen, das in der Lage dazu war, dieses Imperium zu gründen und zu führen.

»Brooklyn. Den Rest lotse ich dich dann«, klärte sie mich auf. Ich ließ es unkommentiert, manövrierte meinen Wagen aus der Parklücke und fuhr in Richtung Brooklyn.

Es war eine längere Fahrt von etwa vierzig Minuten. Sie schwieg fast die ganze Zeit. Erst kurz vor Brooklyn setzte sie leise zum Sprechen an.

»Was wolltest du eigentlich bei ihm? Und das um diese Zeit?«, fragte sie und sprach dabei zum Fenster gewandt. Ich antwortete nicht sofort. Wog erst einmal ab, ob ich ihr die Wahrheit sagen sollte. Doch Angel nahm mir diese Entscheidung schnell ab.

»Du hast ihn angerufen, stimmt's? Wegen dir war er so komisch zu mir. Was hast du zu ihm gesagt?«, fragte sie mich tonlos und wandte sich dann zu mir. Ich sah weiterhin auf die Straße vor mir.

»Ja, ich habe Ian gerade angerufen. Doch das Warum hat

dich nicht zu interessieren, kleine Angel.« Ein verächtliches Schnauben neben mir brachte mich leicht zum Schmunzeln. Komischerweise ließ sie es unkommentiert. Gut, aber was hätte sie auch sagen sollen?! Schließlich war sie ebenso, wenn nicht noch verschlossener. Sie verriet nichts über sich und konnte es deswegen auch nicht von anderen erwarten. Dieses Prinzip schien sie wohl ebenfalls verstanden zu haben.

»Hier wohne ich«, informierte sie mich und zeigte auf einen schäbigen Gebäudekomplex. Ich zog tadelnd eine Braue nach oben. Das hier ging gar nicht. Die Gegend war schlimmer als schlimm und das Haus sah so aus, als müsste es abgerissen werden. Okay, gut, so schlimm war es dann doch nicht, aber dennoch war das hier – für ein Wesen, wie sie eines war – nicht akzeptabel. Und wenn ich das sagte, dann mochte das schon was heißen.

Dennoch sagte ich nichts dazu und parkte direkt vor ihrem Haus.

Ich stellte den Motor aus und schnallte mich ab, dann wartete ich darauf, was sie nun tun oder sagen würde.

Ein langer Moment der Stille breitete sich in meinem Wagen aus.

»Logan«, begann sie ruhig. Ich wandte mich ihr zu und versuchte, in ihrem ebenen Gesicht etwas zu lesen – erfolglos.

»Was war das letztens?« Ihre Stimme klang fest und doch konnte ich die Unsicherheit deutlich in ihr mitschwingen hören. Dieses Mädchen war so ganz anders als die Angel von damals und irgendwie war sie es auch wieder nicht.

Ein freches Lächeln stahl sich auf meine Lippen, ich rückte unweigerlich näher an sie heran. Durch meine geräumige Vordersitzbank kein Problem.

»War das nicht offensichtlich, was das war, kleine Angel?«, raunte ich ihr dunkel ins Ohr. Sie unterdrückte ein Erschaudern.

»Lass den Scheiß, Logan, und sag mir, was das war und

warum du Ian nichts davon erzählt hast. Oder davon, dass wir uns kennen.«

»Und wieso hast du es nicht getan? Wieso hast du nichts zu ihm gesagt?«, stellte ich ihr die alles entscheidende Gegenfrage. Noch immer verweilten meine Lippen dicht an ihrem Ohr. Ich konnte ihre feinen Härchen sehen, wie sie sich bei meinem heißen Atem für mich aufstellten.

»Ich weiß es nicht«, gestand sie flüsternd. Erneut legte sich die Stille über uns, doch gerade als ich sie durchbrechen wollte, erhob sie erneut das Wort.

»Möchtest du noch mit reinkommen?«, fragte sie mich zu meiner und anscheinend auch zu ihrer eigenen Überraschung. Denn kaum hatten diese Worte ihre schönen Lippen verlassen, rückte ihr Kopf in meine Richtung und sie sah mich mit ihren großen, tiefblauen Augen erschrocken an.

Im ersten Moment zog ich meine Brauen zusammen, denn ich verstand nicht ganz, was das hier zu bedeuten hatte. Doch dann nickte ich leicht. Wieder wurden ihre Augen groß.

»Du möchtest gar nicht, dass ich mit reinkomme, oder?«, erkundigte ich mich vorsichtig und legte ein leichtes Lächeln auf. Sie schüttelte und nickte beinah gleichzeitig den Kopf, dann sah sie mich entschuldigend an.

»Nein. Also doch, es ist nur, ich habe noch nie jemanden in meine Wohnung eingeladen. Außer meinem besten Freund hat noch nie jemand meine Wohnung betreten. Und der ist dazu noch schwul. Das ist alles.« Ich sah sie erstaunt an. Damit hatte ich nun wirklich nicht gerechnet.

»Und wieso nicht?«, fragte ich sie neugierig. Ich wollte so dringend endlich mehr über meine mysteriöse Schönheit erfahren. Ob nun der Moment gekommen war?

Doch natürlich antwortete sie mir nicht mehr darauf. Angel wog den Kopf hin und her und bedeutete mir dann mit einem Nicken, ihr zu folgen. Noch etwas von ihrer Entscheidung, mich nun doch in ihr heiliges Reich mitzunehmen, überrumpelt, folgte ich ihr verzögert nach draußen, bis vor ihre Wohnungstür. Ich war neugierig und hoffnungsvoll, vielleicht nun doch mehr über sie zu erfahren.

Angel sperrte mir die Tür auf und ließ mich auch zuerst eintreten. Ich blickte mich in ihrem kleinen Wohnraum um. Es befand sich nicht viel darin. Mittig im Zimmer standen eine kleine Couch und davor ein Tisch, ein paar kleinere Kommoden als Stauraum an den Wänden, ein alter Fernseher, eine mickrige Einbauküche und ein Esstisch mit einem Stuhl. Die Wohnung schrie regelrecht danach, wie sehr Angel wohl Besuch verabscheuen musste.

Ich wandte mich ihr wieder zu. Angel hatte ihre Sachen auf der Couch abgelegt und mich interessiert beobachtet.

»Es ist nett hier. Einsam, aber nett«, kommentierte ich meine Entdeckungstour schmunzelnd. Damit entlockte ich ihr eines ihrer schönen und verdammt seltenen Lächeln.

Amüsiert schüttelte Angel den Kopf, dann ging sie an mir vorbei Richtung Küche.

»Möchtest einen Kaffee?« Ich nickte. Ein Drink wäre mir zwar bei dieser abgefahrenen Situation lieber gewesen, doch da es früher Morgen war und ich nicht als Alki dastehen wollte, verkniff ich es mir, meine Gedanken laut auszusprechen. Obwohl ihr ein Drink sicherlich auch guttun würde.

»Wieso möchtest du keinen Besuch?«, fragte ich sie, während ich mich dicht neben sie an den Kühlschrank gelehnt hatte. Die Arme vor der Brust verschränkt wartete ich auf eine Antwort von ihr.

»Weil das hier mein Reich ist. Hier hat eigentlich niemand etwas zu suchen«, antwortete sie nüchtern und kümmerte sich weiter um unseren Kaffee.

»Warum nicht? Und was mache ich dann hier?«, hakte

ich weiter nach. Diese Frau machte mich wahnsinnig.

»Stellst du immer so viele Fragen, wenn du zum ersten Mal bei einer Frau zu Besuch bist?«, fragte sie mich dann rotzfrech und kam mit schwingenden Hüften auf mich zu, nur um dann dicht vor mir zum Stehen zu kommen und mir meine Tasse in die Hand zu drücken. Verzögert löste ich die Verschränkung meiner Arme und nahm ihr das Getränk ab.

»Nein. Denn grundsätzlich kommen die Frauen zu mir nach Hause. Ich schlafe gern in meinem Bett, musst du wissen.« Ich zwinkerte ihr frech zu, was ihr ein niedliches Lachen entlockte.

»Verstehe«, antwortete sie und sah mir dabei tief in die Augen. Noch immer umspielte ein feines Lächeln ihre schönen Lippen. Wie von selbst fand meine Hand an ihr Gesicht. Noch immer faszinierte mich dieser Anblick, wenn meine weiße Hand auf ihrer bronzenen Haut lag.

»Und jetzt?«, raunte ich zu ihr nach unten. Mein Daumen wanderte, ohne dass ich ihn hätte aufhalten können, über ihre weichen Wangen hinweg zu ihrer verführerischen Unterlippe. Ich konnte gar nichts dagegen tun. Also wehrte ich mich nicht gegen diesen inneren Drang. Sie erstarrte völlig und blickte mir nur mit ihren schönen Augen entgegen. Unsere Blicke verhakten sich regelrecht miteinander. Es war mir unmöglich, ihn von ihrem zu lösen.

Sie schluckte hart, als mein Daumen von ihren Lippen über ihr Kinn wanderte, weiter ihren Hals entlang. Als ich dann mein Ziel, ihren verführerischen Brustansatz, erreicht hatte, und mit meinen Fingern verspielt über ihre zarte Haut strich, keuchte sie leise auf. Sofort biss sie sich auf ihre Unterlippe. Damit schaffte sie mich.

Ich stellte meine Tasse neben mir auf dem kleinen Tisch ab, ebenso wie ich ihr ihre kommentarlos abnahm und ebenfalls aus dem Weg räumte, dann packte ich sie – ohne

Vorwarnung oder großartig darüber nachzudenken – in ihrem Nacken und zog sie mit einem bestimmten Ruck an meine Lippen. Wieder krallte sie sich haltsuchend in meine offen stehende Lederjacke. Zu meiner Überraschung erwiderte sie sofort meinen stürmischen Kuss und öffnete, kaum dass sich unsere Münder berührt hatten, bereitwillig ihre schönen Lippen für mich.

Erregt brummte ich auf, als ihre Zunge spielerisch gegen meine stieß. Sie neckte mich mit ihr und machte mich damit ganz verrückt.

Mein Schwanz schwoll in meiner Hose an und nahm mir damit das Denken ab. Daher packte ich sie einfach und hob sie mühelos auf die Küchenzeile neben uns, während ich nicht aufhörte, sie zu küssen.

Doch kaum saß sie auf der Arbeitsplatte, löste sie unsere Lippen voneinander und schob mich leicht auf Abstand. Gerade hatte ich mich zwischen ihre Schenkel gedrängt.

Angel zupfte nervös an ihrem Kleid, denn ich hatte es ungeduldig bis ganz nach oben geschoben, wollte schließlich guten Zugang haben.

Irritiert und schwer atmend sah ich sie an, dann fiel mein Blick auf ihre nervösen Finger, wie sie versuchten, ihr kurzes Kleid über ihre nackte Haut zu ziehen. Doch mein Blick war schneller und meine Hände noch schneller, denn kaum hatte ich dort ihre vielen Narben gesehen, griff ich nach ihren Armen und hielt sie davon ab, sie mit ihrem Kleid zu verstecken. Ich schob dieses wieder nach oben und legte damit ihre Innenschenkel frei. Mit fragender Miene sah ich sie an. Doch Angel's Blick wurde leer. Ich verstand nicht, was das hier sollte oder warum sie jetzt so war.

»Wer war das?«, fragte ich sie ruhig.

»Niemand«, antwortete sie eher mechanisch. Ich verzog die Brauen. Mein Blick fand wieder nach unten auf ihre Beine. Auf ihren Innenschenkeln zeichneten sich viele kleinere, aber auch größere Schnittwunden, ovale Abdrücke und rundliche kleine Narben ab.

Brandwunden!, schoss es mir durch den Kopf. An ihr waren Zigaretten ausgedrückt worden. Meine Hände verkrampften sich, ohne dass ich es wollte, in ihrem Kleid, das ich noch immer festhielt.

Dann erinnerte ich mich wieder an unser erstes Treffen von vor drei Jahren zurück. Dort hatten schon dieselben Narben ihre Haut geziert, ich hatte es nur verdrängt. Mein Blick fand wieder den ihren. Angel hatte mich die ganze Zeit über stillschweigend dabei beobachtet, wie ich ihre verheilten Wunden begutachtet hatte.

»Vor wem versteckst du dich hier in New York, kleine Angel?«, fragte ich sie gedankenverloren. Sie riss leicht ihre Augen auf, dann schüttelte sie beinah unmerklich den Kopf. Sie wollte mir nichts sagen und doch hatte sie mir genau damit so viel verraten. Sie war wirklich auf der Flucht vor jemandem. Und es musste wohl jemand Großes sein, wenn sie nach so vielen Jahren noch immer Angst vor ihm hatte. Mächtige Männer waren meist nachtragend, kleinlich, aber vor allem grausam und erbarmungslos.

Also vor wem zum Teufel war sie aus ihrem Heimatland Kuba geflohen? Vor wem hatte sie so furchtbare Angst? Welcher Mann hatte sie so dermaßen zerstört? Und welches Arschloch musste ich dafür erschießen, dass er meinen Engel gebrochen und ihm gewaltsam die Flügel gestutzt hatte?

Ich wusste es nicht, doch ich war mir sicher, diese Frage würde noch länger unbeantwortet bleiben.

Angel hatte es in all den Jahren verlernt, zu vertrauen. Also wie lange würde sie brauchen, bis sie sich mir endlich öffnen konnte? Und wenn sie es tat, wie weit würde ich in ihre Vergangenheit eintauchen dürfen? Was würde sie mir für eine Story erzählen?

Kapitel 22

Angel

Ich starrte in braune, sanfte Augen, die mich erwartungsvoll musterten und eine Antwort in den meinen suchten. Doch ich konnte Logan nichts über meine Vergangenheit erzählen. Konnte ihm nicht die Antwort geben, die er so sehnlich von mir hören wollte. Ich konnte noch nicht einmal seine Nähe zulassen. Und doch hatte ich es getan.

Logan hatte es als einziger Mann seit Jahren geschafft, meine Mauer aus Eis, Hass, Zweifel und Angst zu überwinden. Niemandem hatte ich so viel von meiner Vergangenheit gezeigt, nicht einmal Miguel.

Genauso wie Logan der erste Mann war, den ich nach Alexey geküsst hatte. Ich konnte keinen Mann mehr küssen. Konnte und wollte es nie wieder zulassen, so dumm und naiv wie bei ihm zu sein. Ja, der Sex und die damit verbundenen Gefühle machten die Menschen dumm. Und diese Gefühle entstanden zuallererst bei einem Kuss.

Ein Kuss war etwas Intimes. Ein Kuss war ehrlich und ein Kuss konnte dir so viele Empfindungen in nur einer Sekunde geben.

Daher hatte ich damals beschlossen, nie wieder einen Mann zu küssen. Auch nicht geschäftlich. Und doch hatten Logan und Ian es geschafft, mich meine goldenen Regeln, die ich noch nicht ein einziges Mal gebrochen hatte, zu übergehen und auf diese zu scheißen. Unvorsichtig zu sein und sie hinter die Eisprinzessin blicken zu lassen. Und das war dumm. Ich musste es beenden, solange ich noch konnte. Ich durfte mich nie wieder verlieben. Durfte nie wieder einem Mann die Macht, den Schlüssel für meine Zerstörung geben, so wie er ihn besessen hatte. Denn ein weiteres Mal würde ich das definitiv nicht überleben.

Man sagte, für jeden Menschen gab es nur einen Menschen, einen Deckel auf der Welt. Gut so, denn meinen hatte ich verbrannt, vergraben und vergessen. Es gab keinen Mann mehr für mich auf dieser Welt. Also wozu hier und jetzt weitergehen?!

»Logan, bitte, ich kann und werde dir nichts über meine Vergangenheit erzählen. Also frag mich nicht mehr nach meinen Narben, Wunden oder meinem zerstörten Herz, denn ich werde dir keine Antwort geben. Und jetzt geh bitte.« Für den ersten Moment schien er von meiner klaren Ansage etwas überrumpelt zu sein. Doch nach wenigen Sekunden wurde sein ebenes Gesicht wieder neutral. Seine Mimik entspannte sich und auch seine Fäuste ballten sich nicht mehr um mein Kleid an meinen nackten Oberschenkeln.

Logan sah mir einfach mit seinen sanften, haselnussbraunen Augen entgegen und schien zu überlegen. Denn eine niedliche Kerbe hatte sich zwischen seinen schön geschwungenen Augenbrauen gebildet. *Verdammt, nein!*

Plötzlich löste er seine Fäuste von meinem Kleid und zog es wieder über meine Schenkel. Verdeckte damit meine Narben vor seinem Blick. Statt Abstand von mir zu nehmen und zu gehen, worum ich ihn gebeten hatte, hob Logan allerdings plötzlich seine Hände und zu meiner größten Überraschung nahm er dann auch noch sanft mein Gesicht zwischen seine großen Pranken.

Ich sah ihn einfach nur verblüfft an und wusste nicht, was ich hierzu sagen sollte.

Ein feines Lächeln umspielte seine schönen Lippen.

»In Ordnung, Angel. Ich werde dich nichts mehr fragen

– und wenn doch, erwarte ich keine Antwort von dir. Aber gehen werde ich jetzt nicht.«

»Warum nicht?«, war alles, was mir zu seiner Rede einfiel.

Sein Lächeln wurde breiter, dann trat er noch etwas dichter, spreizte somit meine Beine auseinander und stellte sich einfach dazwischen. Noch immer hielt er mein Gesicht in seinen Händen, ebenso wie er mich weiterhin mit intensivem Blick musterte.

»Ganz einfach, kleine Angel. Weil ich jetzt unmöglich gehen kann. Ich bin gerade außerstande, mich von dir zu entfernen, dich freizugeben. Ich MUSS dich berühren und am besten noch schmecken. Also werde ich dich jetzt küssen. Dann sehen wir weiter, okay, Kleines?« Seine Stimme war sanft und doch bekam sie zum Ende hin ein sexy Kratzen. Dieses Geräusch ging mir durch Mark und Bein. Ich konnte nichts dagegen tun, konnte es nicht verhindern, wie sich deswegen all meine feinen Härchen aufstellten, und ich konnte auch nichts dagegen machen, dass ich gerade gegen jede Vernunft nichts mehr wollte, als hier und jetzt von ihm geküsst zu werden. *Shit! Ich bin am Arsch!*

Ich riss leicht meine Augen auf und schüttelte unmerklich mit dem Kopf. Keiner konnte sagen, ich hätte nicht versucht, vernünftig zu sein.

Dann senkte Logan seine weichen Lippen auf die meinen. Dieser Kuss war so ganz anders als der letztens im Restaurant. Denn der von letztens war dreckig und voller Verlangen gewesen. Dieser hier war zärtlich und einfach so vieles mehr, was ich noch nicht verstand.

Auch teilte er meine Lippen heute beinah zurückhaltend, als hätte er Sorge, ich könnte zerspringen. Doch seine Zunge beherrschte mich sofort wieder, als sie meinen Mund erforschte. Nicht grob oder ungezügelt, und dennoch bestimmte er über unseren Kuss.

Ich konnte nicht anders, ich musste ihn genießen, musste

mich treiben und von ihm fortreißen lassen. Ich gab all meine innerliche Gegenwehr auf einmal auf und beschloss, nur für heute, nur für diesen Mann und auch nur für diesen Moment meine Regeln zu vergessen und etwas zu tun, dass ich schon seit so vielen Jahren nicht mehr getan hatte.

Ich gab mich ihm hin, voll und ganz.

Mit einem Mal stieg ich stürmisch in unseren doch eher sanften Kuss mit ein. Zog ihn ungeduldig an seiner geöffneten Lederjacke zu mir heran und keuchte ihm zustimmend in den Mund. Als er jedoch noch immer nicht bereit war, Zaghaftigkeit gegen Leidenschaft einzutauschen, löste ich mich leicht von seinen Lippen.

»Bitte, Logan«, wisperte ich bebend. Ich wollte ihn, ganz. Und das jetzt sofort. Ich wollte meinen Ritter von damals, den ich schon so lange gesucht hatte, jetzt sofort tief in mir spüren.

Ich wusste zwar nicht, woher dieser immense Drang plötzlich kam, doch das war egal. Ich brauchte es einfach.

Logan nahm etwas Abstand von mir, um mich ansehen zu können. Er sah mir tief in die Augen und schien dort die Antwort auf eine stumme Frage zu suchen.

Plötzlich packte er mich unerwartet schnell an meiner Taille und hob mich damit mühelos auf seine Hüfte. Dankbar schlang ich meine Beine um seine Mitte und deutete in Richtung meines Schlafzimmers, dann begann ich wieder, ihn stürmisch zu küssen.

Logan trug mich ohne großen Kraftaufwand durch meine Wohnung bis zu meinem Bett. Vor diesem angekommen löste er unsere Lippen voneinander und setzte mich behutsam ab. Ich blickte ihm tief in die Augen, während ich meine Hände an meinen seitlichen Reißverschluss führte und diesen öffnete. Einen Moment später fiel mein Kleid an mir zu Boden und ich stieg aus ihm heraus.

Logan hatte mich beinah mit seinen Blicken verschlungen.

Jede meiner Bewegungen hatte er genaustens beäugt.

Dann trat er wieder an mich heran, legte eine Hand besitzergreifend in meinen Nacken und zog mich zurück an seine Lippen. Ich folgte seinem stummen Befehl gern, nur um mich dann von ihm aufs Bett manövrieren zu lassen.

Kaum berührte mein Rücken die Matratze, war er über mir und bedeckte meinen gesamten Körper mit dem seinen.

Seine weichen Lippen wanderten über meine erhitzte Haut, immer weiter runter meinen Hals entlang, bis sie an meinem Brustansatz endeten. Sofort hatte Logan mit einem schnellen und geschickten Griff meinen BH geöffnet und ihn zu Boden geschmissen.

Ich zerrte ungeduldig an seiner Lederjacke und am Shirt, denn ich wollte nun endlich seine warme Haut spüren.

Logan schmunzelte an meine Lippen, ehe er sich kurz von mir löste, um sich von diesen beiden lästigen Kleidungsstücken zu befreien.

Er kniete leicht zwischen meinen gespreizten Beinen und gab mir damit einen himmlischen Ausblick. Denn so konnte ich, als er sich sein Shirt über den Kopf zog, seine Bauchmuskeln tanzen und arbeiten sehen. Wie sie sich streckten und wieder zusammenzogen und dann, als er mein Starren bemerkt hatte, wild zu zucken begannen, da Logan leise über mich lachte.

Ich beobachtete noch dieses hypnotische Muskelspiel seines zuckenden Eightpacks, doch schon war er wieder über mir und beherrschte mich erneut mit seiner Zunge.

Schade eigentlich, denn ich hatte gerade den tätowierten Schriftzug auf seiner linken Brust entdeckt. Logan trug den Namen *Michelle* direkt über seinem Herzen. Das musste seine verstorbene Frau sein, da war ich mir sicher.

Seine Hände waren überall und lenkten mich somit zu sehr von meinen über seine Frau kreisenden Gedanken ab.

Als seine flinken Finger dann endlich zwischen meine

Schenkel glitten, keuchte ich schon an seine vollen Lippen, obwohl er mich noch nicht einmal dort unten berührt hatte.

Nach so vielen Jahren, nach fast einem ganzen Jahrzehnt verspürte ich wieder so etwas wie Lust und brennendes Verlangen. Es musste gestillt werden, JETZT!

Daher griff ich, als er endlich mein Lustzentrum mit seinen Fingern fand, ungeduldig an seinen Gürtel und öffnete ihn hastig, um noch schneller in seine Hose zu gleiten und endlich seine pralle Lust zwischen den Händen zu halten. *Verdammt! Und was für eine große Lust das ist!*

Gekonnt massierte ich seine Länge und entlockte ihm dadurch einen knurrenden Laut nach dem anderen, während er sich hingebungsvoll um meine Perle kümmerte.

Plötzlich riss Logan beinah schmerzhaft mein Höschen herunter. Wenn ich mich nicht täuschte, hatte ich es sogar reißen hören. Ein animalischer Laut entwich seiner Kehle, als er sofort seine Finger in meine Nässe schob.

Ich hatte mich schon unter ihm verspannt und auch von seiner Länge abgelassen. Denn in meinen Gedanken war es nicht mehr Logan, der mich berührte, sondern Alexey. Die Bilder drohten mich zu überfluten, mich fortzureißen und nie wieder freizugeben. Dieser Mann, dieser grausame Mann, hatte mich über Jahre hinweg gebrochen. Er hatte mich gebrochen, nur um mich dann wieder zusammenzusetzen. Er hatte mich zerstört, nur um mich dann wieder zu heilen. All das und noch so vieles mehr hatte mir dieser Mann angetan und dennoch hatte ich ihn geliebt. Was sagte das über mich aus?! Ich wusste es nicht. Ich wusste in diesem Moment nur eines: Logan musste runter von mir, und zwar sofort!

Er hielt in seiner Bewegung, mich mit seiner Hand zu ficken innen, und blickte zu mir herab.

»Was ist mit dir?«, fragte er mich schwer atmend, dann zog er sich aus mir zurück und stützte sich auf seinen starken

Armen links und rechts neben mir ab, dabei musterte er mich noch immer rätselnd.

Ich verstand meine Panik und meine Zweifel gerade nicht. Noch nie hatte ich Probleme, mit einem Mann zu schlafen. Meinen Beruf auszuüben. *Du bist aber keiner meiner Kunden!,* schoss es mir sofort durch den Kopf. *Fuck!*

Logan war der erste Mann nach Alexey, mit dem ich ohne Geld und nicht wegen meines Berufs schlief. Wie sollte ich ihm das erklären? Denn so, wie er mich noch immer fragend musterte, verlangte er definitiv nach einer Erklärung.

»Logan, ich«, doch ich kam nicht weit. Sofort schüttelte Logan sanft mit dem Kopf und unterbrach meinen Versuch, es ihm irgendwie zu erklären.

»Du kannst es nicht. Wegen meinem Bruder, stimmt's? Das ist okay, Angel. Ich verstehe das.« Damit wollte er sich von mir zurückziehen. Logan war gerade dabei, von mir aufzustehen, als ich begann, leicht mit dem Kopf zu schütteln, nur um mir dann schuldbewusst auf die Unterlippe zu beißen. Denn an Ian hatte ich nicht eine Sekunde lang gedacht. Nicht weil er mir egal war, sondern ganz einfach, weil ich mich seit drei Jahren heimlich nach diesem Augenblick gesehnt hatte.

»Das ist es nicht«, gestand ich ihm kleinlaut. Logan hielt in der Bewegung, sich von mir zu erheben, inne und musterte mich nun noch intensiver als zuvor.

»Worum geht es dir dann?«, fragte er mich mit seiner tiefen Stimme. Sein Bass vibrierte durch meinen gesamten Körper und hinterließ einen wohligen Schauer auf meiner Haut.

»Es ist …«, versuchte ich die richtigen Worte zu finden. Doch ich suchte vergeblich nach ihnen und biss mir erneut auf meine Unterlippe.

Logan lag noch immer halb auf mir und stützte sich mit seinen Armen rechts und links von mir ab. Sein Blick wurde immer eindringlicher.

»Angel«, begann Logan seufzend. Ich verzog fragend die Brauen, denn ich verstand seinen Tonfall nicht.

»Ich weiß, wir hatten ausgemacht, dass du mir nichts über deine Vergangenheit verrätst. Aber irgendetwas sagt mir, dass das hier nur mit deiner Vergangenheit zu tun hat und nicht mit meinem Bruder oder mir. Also … klärst du mich wenigstens darüber auf? Warum du mich um den Verstand küsst und mich wahnsinnig mit deinem nach Lust schreienden Körper machst, nur um dann vor Angst unter mir zu erzittern?!« Logan hatte sich noch etwas mehr von mir erhoben, sodass sich nun lediglich unsere Becken berührten.

Nervös kaute ich auf meiner Unterlippe herum. Konnte ich Logan die Wahrheit sagen? Sollte ich ihm als einzigen von Alexey und seiner zerstörerischen Liebe erzählen?!

Die Antwort war ganz klar … nein!

Ich konnte niemandem von meiner Vergangenheit erzählen, schließlich floh ich noch immer vor ihr, beziehungsweise vor *ihm*. Ich konnte es nicht riskieren, von Alexey gefunden zu werden, nur weil ich einem Mann gegenüber leichtsinnig geworden war. Schon wieder!

»Du wirst es mir nicht sagen, habe ich recht?!«, holte mich Logans tiefe Stimme wieder ins Hier und Jetzt zurück. Ich sah erschrocken zu ihm auf. Ich war so in meinen Gedanken gefangen gewesen, dass ich geistesabwesend durch ihn hindurchgesehen hatte.

Dümmlich öffnete ich den Mund, aber es kam kein Laut heraus. Logan ließ leise seufzend den Kopf sinken und schaute somit auf meine noch immer nackte Brust.

»Folter. Das ist wahre Folter, kleine Angel. Ich hoffe, das weißt du?« Logan hauchte mir noch ein, zwei freche, kleine Küsse auf meine nackten Brüste, dann erhob er sich von mir und ebenfalls aus meinem Bett. Ich blieb noch einen kurzen Augenblick liegen, ehe ich ihm folgte und mir mein

Schlafshirt, das neben meinem Bett lag, überzog.

Logan hatte sich währenddessen auch wieder bekleidet.

»Ich geh dann mal«, feixte er frech, doch statt zu gehen, sah er mir noch einen langen Moment in die Augen. Ehe er plötzlich mit schnellen Schritten bei mir war, mich bestimmend in meinem Nacken packte und mich wie vorhin besitzergreifend an seine Lippen zog. Ich keuchte erschrocken auf, denn ich hatte mit allem gerechnet, aber nicht mit solch einem leidenschaftlichen Kuss.

Ich verlor mich beinah wieder in ihm, doch Logan nahm nach einem Augenblick auch schon wieder Abstand von mir.

Meine Lippen pulsierten nach unserem Kuss noch immer. Mit geschlossenen Augen stand ich vor ihm und brauchte noch einige Sekunden, um wieder in der Wirklichkeit anzukommen.

Als ich sie dann öffnete, blickte mir ein spitzbübisch lächelnder Logan entgegen.

»Sorry, ohne meinen Abschiedskuss konnte ich wirklich nicht gehen.« Er grinste noch einmal breit, dann wandte er sich endgültig zum Gehen ab und ließ mich völlig verwirrt allein in meiner Wohnung zurück.

Was zum Teufel macht ihr Davis-Männer nur mit mir?!

Kapitel 23

Logan

Wie jedes Mal, wenn ich bei ihr war, glich es einer grausamen und schmerzhaften Folter. Denn ich hatte beschlossen, ihr nicht mehr zu nahe zu kommen, ehe sie nicht so weit war, oder mir etwas von ihrer Vergangenheit erzählte. Anders hatte es keinen Sinn. Also tauchte ich etwas unter, auch weil ich eigentlich einen wichtigen Auftrag zu erledigen hatte. Ich musste mich schließlich noch um den alten Stone kümmern.

Filip hatte zwar schon gute Vorarbeit geleistet, doch den Rest müsste ich selbst erledigen. Nur ich kam an Stone heran. Schließlich hatte ich mir in unserer Szene einen Namen gemacht. Die hohen Tiere kannten mich und meinen Ruf. Immerhin hatten mich auch schon viele von ihnen beauftragt.

Ich konnte keinen meiner Männer zu Stone schicken, um ihn auszuspionieren, nicht einmal Filip.

Also musste ich mich von Angel losreißen, musste sie vertrösten, um endlich wieder klar denken zu können und meinen Auftrag, meinen Bruder aus der Scheiße zu holen, zu erledigen. Denn noch hatte der alte Stone Ian in Ruhe gelassen. Doch wie lang das noch so bleiben würde, wusste niemand.

Wahrscheinlich half ihm seine nach wie vor große Medienpräsenz gerade enorm dabei, nicht in sein tödliches Visier zu gelangen.

Denn seitdem Ian nirgendwo mehr mit Angel gesehen

wurde, waren die Fotografen überall. Gut für ihn und seine Sicherheit, schlecht für sein eigentlich wieder reingewaschenes Image.

Ob es doch ein Fehler gewesen war? Hätte Angel weiterhin bei ihm bleiben sollen? Hatte ich nur aus Eifersucht so gehandelt?

Ich wusste es nicht genau. Konnte keinen aufrichtigen Gedanken dazu fassen. Also ließ ich es und konzentrierte mich lieber darauf, an Stone heranzukommen.

Ich brauchte allmählich Gewissheit. Musste wissen, ob der Alte nun etwas gegen meinen Bruder plante oder nicht. Und das ging nur, indem ich mich bei Stone einschleuste.

Das erste Treffen war bereits reibungslos verlaufen. Ich hatte mich durch einen von Filips Kontakten reinbringen lassen. Fil hatte genau den Richtigen ausgesucht. Ein kleines, hübsches Sümmchen hatte ausgereicht und er hatte mich in den engeren Kreis von Stone gelassen, mich über den groben Ablauf aufgeklärt und mich einigen von ihren Männern vorgestellt, damit sie wussten, dass ich zu ihm gehörte. Der Kerl war wirklich hilfreich gewesen. Es tat mir fast leid um ihn, dass ich ihn nach der Nummer erschießen müssen würde, damit keinerlei Spuren zu mir zurückzuverfolgen waren.

Ich hatte viel bei diesem ersten Treffen erfahren. Gut, zwar war ich natürlich noch nicht an Stone oder irgendwelche Informationen rangekommen, aber immerhin war ich schon einmal drin. Nach einer Weile könnte ich anfangen, etwas herumzuschnüffeln oder auch kleine, jedoch gezielte Fragen zu stellen. Ich musste es nur geschickt anstellen und natürlich aufpassen. Der alte Stone war nicht dumm. Nicht umsonst war er einer der einflussreichsten Männer der Unterwelt.

Kurz hatte ich mit dem Gedanken gespielt, den Pisser Enzo, alias den Hunter von New York, um Hilfe zu bitten.

Doch dann sah ich schon sein scheiß zynisches Lächeln vor mir und entschied mich schnell dagegen. Der Pisser schuldete mir zwar noch was, und ich wusste, irgendwann einmal würde ich diesen Gefallen auch einfordern, doch noch war es nicht so weit. Erst wenn die Scheiße so richtig am Dampfen wäre, würde ich ihn um Hilfe bitten – wenn überhaupt.

Genervt schüttelte ich den Kopf über ihn, doch dann holte mich das Vibrieren meines Handys wieder in die Wirklichkeit.

Ich zog es aus meiner Jackentasche, während ich an einer Hausmauer gegenüber von Stones 'Büro' im Verborgenen lehnte und ihn auskundschaftete. Als ich aufs Display sah, musste ich kurz schmunzeln.

Mit einem ehrlichen Lächeln auf den Lippen las ich die Nachricht, die mir Angel geschickt hatte.

Ja, wir waren schon beim Textnachrichtenschreiben und doch kam ich keinen Schritt weiter bei ihr. Noch immer wusste ich nichts über sie. Es war wirklich zum Verrücktwerden und dennoch brachte sie mich zum Lächeln. Und ließ mich meinen Fokus aus den Augen verlieren.

Denn statt aufmerksam zu sein, wie ich es sollte, schmunzelte ich über ihre Nachrichten und textete mit ihr.

Sie wollte, dass ich zu ihr kam. Ich sagte ihr, ich müsse noch arbeiten. Daraufhin schickte sie mir ein Bild, auf dem sie einen Schmollmund machte. *Fuck, diese Frau!*

Reifenquietschen holte mich wieder in die Wirklichkeit zurück. Ich steckte schnell mein Handy weg, aber kaum war ich aus den Schatten getreten, raste Stones Wagen auch schon an mir vorbei. *FUCK!*

Ich hatte soeben Stunden vergeudet, nur um morgen wieder bei null anzufangen und dieselbe Scheiße wieder durchziehen zu müssen. *Schöne Scheiße!*

Schlecht gelaunt machte ich mich auf den Weg zu meinem Buick. Die Sache war hiermit gelaufen. Stone würde heute vermutlich nicht wiederkommen. Ich hatte weder gesehen, mit wem er gegangen oder wen er mitgenommen hatte, noch konnte ich jetzt die Verfolgung aufnehmen.

Ich musste seine Gewohnheiten und Muster studieren, um besser bei ihm schnüffeln zu können. Doch dazu sollte ich aufmerksam sein und meine Sache gut machen, statt mich ablenken zu lassen.

Erneut vibrierte mein Handy. Ich überlegte kurz, ob ich überhaupt nachsehen sollte. Doch die Neugierde packte mich, was die Kleine sich nun hatte ausgedacht, um zu bekommen, was sie wollte. Und tatsächlich, Angel hatte ein weiteres Bild geschickt. *Fuck! Du spielst unfair!*

Das nächste Bild zeigte Angel, die abermals einen Hundeblick aufgesetzt hatte, doch jetzt sah man nicht nur ihr Gesicht, sondern auch ihren Oberkörper, der nur in einem Morgenmantel bekleidet war. Und dieser rutschte ihr auf der einen Seite auch noch über die Schulter, sodass man beinah ihren Brustansatz sehen konnte. *Kleines Luder!*

Natürlich befand ich mich keine fünf Minuten später auf dem Weg zu ihr. Etwas anderes kam gar nicht infrage.

Eigentlich hätte ich Filip anrufen müssen. Hätte ihn fragen sollen, ob er wusste, wohin es Stone verschlagen hatte. Und dennoch fuhr ich zu ihr. *Fuck, das ist nicht gut!*

Allein schon meinem Bruder gegenüber war es unfair. Auch wenn er mich darum gebeten hatte, auf sie aufzupassen und ein Auge auf Angel zu haben. So hatte Ian das sicher nicht gemeint.

Trotzdem konnte ich mich nicht von ihr fernhalten. Endlich hatte ich das Mädchen, meinen verschreckten Engel von damals gefunden. Wie also sollte ich sie nun wieder gehen lassen?!

Bei ihr angekommen rückte ich noch einmal meinen ächzenden Schwanz vor ihrer Wohnungstür zurecht, dann klopfte ich. Keine drei Sekunden später öffnete mir Angel breit lächelnd und, zu meiner Folter, nach wie vor nur in diesem scheiß Morgenmantel.

»Hi, komm rein«, begrüßte sie mich und wandte sich auch schon wieder von mir ab. Ich hatte gehofft, sie würde in ihr Bad einbiegen, um sich vielleicht etwas anderes anzuziehen, doch natürlich dachte diese Sadistin nicht daran, mich von meinen Qualen zu erlösen. Stattdessen ging sie mit schwingenden Hüften in ihre offene Küche und holte uns Getränke. Meine Augen hafteten regelrecht an ihren seidigen Schenkeln.

Mein Schwanz in meiner Hose schrie mich an, meine Beherrschung schwand gegen null und das kranke Wesen in mir knurrte mich unheilvoll an. *Fuck, ich bin am Arsch!*

Ich räusperte mich zur Sicherheit, bevor ich zu sprechen begann, bevor mir noch ein erregtes Grollen statt Worten entwich.

»Und was hast du jetzt vor?«, fragte ich sie und sah, als sie mit unseren Getränken bewaffnet zurückkam, einmal mahnend an ihr herab, um sie endlich auf ihre Folter mir gegenüber aufmerksam zu machen. Doch Angel wäre nicht Angel, wenn sie meine strenge Aufforderung nicht mit einem süßen Lächeln und einem frechen Achselzucken einfach vom Tisch fegen würde.

»Nichts. Ich dachte mir, wir haben wieder einen netten Abend zusammen«, antwortete sie und ließ sich damit auch schon auf ihrer Couch nieder. Ich sah sie nur mit erhobener Augenbraue an und stand noch immer dicht bei ihrer Wohnungstür, nicht sicher, ob ich wirklich bleiben und mich somit wissentlich dieser Folter hier aussetzen sollte.

»Aha. Ich denke, heute wohl eher nicht«, brummte ich missmutig und machte auch schon einen kleinen Schritt rückwärts. Denn eins stand hiermit fest: Sollte ich ihr jetzt zu nahekommen, würde ich sie ficken. Und wie ich sie ficken würde.

Fragend verzog sie ihre schön geschwungenen Augenbrauen, schien mein Verhalten nicht zu verstehen.

War sie so blind? Sah sie wirklich nicht, wie sehr sie mich hier quälte? Musste sie sich denn nicht mir gegenüber zusammenreißen? Verspürte sie kein Verlangen? *Moment? Verspürst du vielleicht wirklich keins?!*

Das würde allerdings einiges erklären. Schon im Restaurant letztens hatte ich den Eindruck, sie würde ihre eigene Lust nicht kennen. Ich hatte sie kaum richtig berührt, schon hatte sie unkontrolliert gezuckt. Und dann die letzten Male, als sie mich gewollt und dann doch abgeblockt hatte.

Ich wollte ja nicht kleinlich oder gar ein Arschloch sein, aber war es nicht komisch, dass sich eine Hure, die sie nun mal war, so zierte?!

»Logan, was ist los?«, riss mich ihre zarte Stimme aus meinen ernsten Gedanken. Ich schreckte mit dem Kopf hoch, nur um festzustellen, dass sie nun direkt vor mir stand. Ich war völlig in meinen Gedanken und Theorien versunken, sodass ich es nicht bemerkt hatte, wie sie an mich herangetreten war.

Ich blickte auf sie herab, meine Arme noch immer abweisend vor der Brust verschränkt.

»Nichts. Ich sollte gehen«, entgegnete ich ihr kühl. *Ja, das sollte ich wirklich!*

Ich sollte gehen, bevor es zu spät war. Ich konnte nicht länger bei ihr bleiben. Nicht länger so tun, als hätte ich mich in ihrer Gegenwart unter Kontrolle, denn das hatte ich nicht.

Mein ganzer Körper und meine Gedanken schrien geradezu nach ihr. Schrien mich an, sie endlich zu nehmen. Sie zu packen und sie durch ihre gesamte Zweizimmerwohnung zu vögeln, bis mein – unser – Verlangen gesättigt wäre. Ja, das sollte ich tun. Oder gehen. Eine andere Option blieb hier nicht!

»Wieso bist du dann überhaupt gekommen, wenn du es gar nicht wolltest?«, fragte sie vorsichtig und doch konnte ich den bissigen Unterton nicht überhören. Ich schnaubte einmal missmutig auf, während ich sie weiter streng musterte. *Du verarschst mich, oder?!*

»Logan, was soll das hier jetzt? Wo ist dein Problem?« Meine Augenbraue wanderte immer höher. Ich hatte wirklich Mühe, mich zu beherrschen.

»Was mein Problem ist, willst du wissen?«, fragte ich sie dunkel und sah noch immer streng auf sie herab. Sie nickte leicht, ehe sie das Wort erhob.

»Ja, ich würde gern wissen, was auf einmal mit dir los ist und was jetzt dein Problem ist.« Auch ihre Stimme hatte nun an Strenge zugenommen. Ich schnaubte belustigt über ihren Bullshit.

»Du verstehst es wirklich nicht, oder?« Langsam löste ich die Verschränkung meiner Arme und trat näher an sie heran.

»Du bist mein Problem, Angel! Du und deine scheiß Geheimnisse! Dein Schweigen über deine Vergangenheit! Es kotzt mich alles dermaßen an, dass ich weiterhin gezwungen bin, deinen verschissenen Ritter von vor drei Jahren zu spielen, obwohl ich das nicht bin und auch nie war! Denn du hast das damals schon ganz richtig verstanden, ich war in diesem Schuppen, um eine wie dich dort zu ficken. Nicht mehr und nicht weniger! Und auch jetzt gebe ich vor, ein netter Kerl zu sein, der Verständnis mit dir und deinem sichtlich harten Leben hat. Doch weißt du was? Bin ich nicht und habe ich nicht! Und ich halte diese Scheiße keinen einzigen Tag länger aus! Also gehe ich lieber, bevor ich etwas wirklich Dummes tue!« Während des Redens war ich immer näher an sie getreten, und natürlich war sie nicht vor mir zurückgeschreckt. Und auch jetzt zeigte sie keine Anzeichen der Angst. Nein, eher musterte mich Angel nun missbilligend.

Sie hatte eine Augenbraue mahnend nach oben gezogen und blickte mir abschätzig entgegen.

»Und was wäre das?«, fragte sie mich dann auch noch rotzfrech.

»Vorsichtig, kleine Angel, du spielst hier mit dem Feuer. Berührst du einmal die Flammen, verzehren sie dich!«, knurrte ich ihr drohend entgegen und trat noch dichter an sie heran, berührte sie damit mit meinem gesamten Körper.

»Wann verstehst du endlich, dass du mir keine Angst machen kannst? Logan, du bist kein schlechter Kerl. Auch wenn du das jeden um dich herum glauben lassen möchtest. Doch ich kenne mich mit grausamen Männern und wahren Monstern aus, und du bist keines davon.« Ohne groß darüber nachzudenken, nahm ich ihr Kinn grob zwischen meine Hand und drückte es nach oben. Ihre Worte hatten mich wütend und neugierig zugleich gemacht.

»Das glaubst du, ja?! Dass ich der zahme, nette Kerl bin, den ich dir hier zeige? Dass ich dein Ritter bin? Immer noch? Glaub mir, kleine Angel, du willst nicht, dass ich das kranke Wesen in meinem Inneren auf dich loslasse. Also lass es jetzt gut sein«, raunte ich dunkel an ihre verführerischen Lippen. Ihre Atmung beschleunigte sich und doch zeigte sie sonst keine Regung in ihrem Gesicht. Sie ließ mich nicht hinter ihre eiskalte Maske blicken.

»Logan, egal wie grausam dein sogenanntes Wesen auch ist, ich komme damit zurecht. Ich habe das schlimmste Monster überlebt, glaub mir, ich halte es aus«, entgegnete sie beinah trocken.

Mein Griff wurde noch etwas fester um ihr Kinn, mein Blick verdunkelte sich. Doch das, was und vor allem wie sie es gesagt hatte, machte mich rasend.

»Du hältst es aus? Herrgott, Angel, hörst du, was du da sagst? Du solltest nichts hiervon ertragen oder gar aushalten müssen! Und du solltest mit dieser Situation hier auch nicht so routiniert umgehen, so als wäre es das Normalste der Welt für dich, so von einem Mann angefasst und behandelt zu werden.« Ich hatte von ihrem Kinn abgelassen und meine Hand in ihren Nacken gelegt.

Doch noch immer zeigte sie keinerlei Regung. Dann fiel es mir wie Schuppen von den Augen. Es war für sie das Normalste der Welt, so von einem Mann angepackt zu werden. Und die Narben?! *Fuck!*

»Vor wem bist du geflohen? Vor wem versteckst du dich seit all den Jahren und welcher Mann hat dich so zerstört, dass du nicht mehr weißt, was Lust, Verlangen oder Liebe sind?«

Angel riss ihre tiefblauen Augen auf und starrte mich einfach nur an, ehe sie dann leicht mit dem Kopf schüttelte.

Ich seufzte frustriert auf. Nicht einmal jetzt konnte sie mir die Wahrheit sagen. Wir drehten uns im Kreis und es gab keinen Ausweg dafür.

»Ich wurde von niemandem zerstört«, protestierte sie schwach. Mit erhobener Augenbraue sah ich sie tadelnd an. Dann nahm ich ihre weichen Wangen zwischen meine beiden Hände.

»Ach nein? Und warum kennst du dann deine eigene Lust nicht? Warum schreit dein gesamter Körper selbst jetzt nach mir? Und warum blockst du mich trotzdem ab? Was steckt sonst dahinter, außer ein Arschloch, das dich nicht zu schätzen wusste?«, fragte ich sie direkt. Genug herumgedruckst und genug um den heißen Brei geredet. Ich wollte Antworten, JETZT!

Ihre Augen wurden immer größer und die altbekannte Panik flammte in ihnen auf.

»Ich … ich …« Mehr kam ihr nicht über ihre schönen Lippen.

»Du weißt es nicht. Du hast nie gelernt, dass Sex auch Spaß machen kann und nicht nur dafür da ist, den Mann zu befriedigen? Du kennst deine eigene Lust nicht. Weißt nicht, was dir gefällt und was nicht. Hast nie gelernt, wie befriedigend und schön er auch für dich sein kann?! Habe ich recht, kleine Angel?«, fragte ich sie raunend. Doch ich brauchte keine Antwort mehr von ihr. Ich wusste, dass ich recht hatte. Denn ihre Atmung hatte sich beschleunigt. Nervös knabberte sie auf ihrer Unterlippe herum und ihre Saphire flackerten regelrecht.

Die Tatsache, dass ich recht hatte, ließ mich innerlich brennen. Äußerlich beherrschte ich mich allerdings – immerhin wollte ich mich anders verhalten als dieses Schwein.

Zumindest hoffte ich, dass es sich hierbei nur um einen Bastard handelte. Eigentlich wollte ich mir ihre Vergangenheit gar nicht ausmalen. Ich konnte es mir bereits denken, hatte zu viel in meinem Beruf gesehen und selbst miterlebt. Und auch schon für solche Schweine gearbeitet. Als Söldner ging es nicht um Moral, Gewissen und Anstand. Diese Wörter kannte ich schlichtweg nicht mehr. Ich hatte sie nach dem Tod meiner Frau abgelegt. Als ich sie gerächt hatte. Ich war in die düsteren Schatten dieser abgefuckten Welt eingetaucht und zu einer ihrer Kreaturen geworden. Also kannte ich die Anzeichen. Ich musste nun nur noch die Puzzleteile zusammensetzen und dann erschloss sich mir Angel's Geheimnis, ohne dass sie weitere Worte drüber verlieren musste.

Angel sprach Spanisch. Dann noch ihr Hauttyp. Ihre vielen Narben. Ihre abgebrühte und taffe Art. Die Tatsache, dass sie diesen Beruf noch immer ausübte und ganz offensichtlich vor jemanden floh, vor dem sie sich fürchtete. Vor dem sie Angst hatte.

Es war so offensichtlich, was mit ihr geschehen war, und doch wollte ich es nicht laut aussprechen.

Aber wie sollte ich das auch machen? Wie zum Teufel

fragte man eine Frau, ob sie aus einem Menschenhändlerring geflohen war? Und vor wem genau sie geflohen war? Woher?

Wie sollte ich sie das fragen? So verschreckt, wie sie mich gerade anstarrte? *Fuck!*

Ich war kein guter Mensch mehr. Ich sollte mir keine Gedanken um dieses Mädchen machen. Sollte gehen und mich um meinen Scheiß kümmern. Sollte den aufgeblasenen Arsch meines Bruders aus seiner Scheiße ziehen, statt hier vor ihr zu stehen und zu überlegen, wie ich ihr helfen könnte. Ihr einen Teil ihrer Vergangenheit nehmen könnte.

Ja, all das sollte ich tun. Und ganz sicher nicht das, was ich als Nächstes tat!

Ich trat noch etwas dichter an sie heran und begann sanft mit meinen Daumen ihre weichen und erhitzten Wagen zu streicheln. Dabei blickte ich ihr fest in die Augen, fing jede Regung in ihnen ein.

»Hör auf, zu kämpfen, kleine Angel. Lass die Eismaske fallen. Wenigstens für heute Nacht. Schenk mir einen ehrlichen Moment mit dir. Mit der Frau, die du ohne ihn bist. Ohne deine Vergangenheit und ohne deine Angst vor ihm. Sperr ihn nur für heute und nur für mich aus und ich zeige dir, wie schön Lust und Verlangen sein können. DEINE Lust und DEIN Verlangen. Es geht um dich und nur um dich. Wenn du mich lässt. Vertraust du mir?«, sprach ich dicht an ihre vollen und sinnlichen Lippen.

Angel hatte die Luft angehalten, als ich *ihn* erwähnt hatte. Ihre schönen Iriden tanzten panisch in ihren Augen. Sie konnte nicht sprechen, ich sah es ihr an.

Ich seufzte innerlich auf und ließ leicht den Kopf sinken, blickte damit zu Boden. Ich würde nie an sie herankommen. Angel war einfach zu geschädigt von diesem Schwein.

»Ja«, hauchte sie dann unerwartet. Sofort blickte ich sie wieder an und verzog fragend die Brauen.

Noch immer hielt ich ihr ebenes Gesicht zwischen meinen Händen. Ich genoss es, meine helle auf ihrer bronzenen Haut zu sehen. Dieser Kontrast, herrlich.

»Ja, ich vertraue dir, Logan«, antwortete sie dann heiser. Ich lächelte. Dann beschloss ich, dass ich nun keine Worte mehr gebrauchen würde. Also senkte ich endlich meine Lippen auf die ihren. Ich küsste Angel so, wie man diese Frau, diesen Engel küssen sollte. Voller Leidenschaft.

Nach kurzer Zeit hob ich sie dann auch schon auf meine Hüften und ging mit ihr wieder in ihr Schlafzimmer. Dorthin, wo wir in den vergangenen zwei Wochen so oft gelandet waren und wo doch nie etwas passiert war. Aber das würde sich heute ändern.

Behutsam setzte ich sie auf der Bettkante ab, löste mich von ihr, um mich schnell von meiner Lederjacke und meinem Shirt zu befreien. Dann, nachdem ich auch meine Schuhe losgeworden war, näherte ich mich ihr wieder. Angel ließ einmal ihren Blick von meinem Gesicht über meinen nackten Oberkörper gleiten. Ihr gefiel, was sie sah, das ließ mich schmunzeln.

Ich beugte mich über sie und drängte sie damit spielerisch auf ihr Bett zurück. Sie tat mir den Gefallen und ließ sich nach hinten auf ihre Matratze fallen. Schon war ich über ihr und presste sie in die Federn. Ich wollte sie spüren und ich wollte, dass sie mich und meine Lust spürte. Denn mein Schwanz war schon lange steinhart.

Angel sollte verstehen, wie sehr ich sie begehrte und dass ich sie trotzdem nicht einfach so nahm, wie ich es brauchte. Denn es ging heute um sie.

Meine Lippen hatten schon lange wieder den Weg zu ihren gefunden und verschlangen sie erneut.

Plötzlich klingelte mein Handy, doch ich ignorierte es. Den Teufel würde ich tun, jetzt aufzuhören. Könnte es auch nicht.

Meine Hände wanderten über ihren Morgenmantel. Nun war ich froh um ihr luftiges Outfit. Denn ich musste nur den leichten Knoten öffnen und schon entblößte ich ihre schönen und zu meiner Freude nackten Brüste.

Ich unterdrückte ein Knurren, denn mir war klar, dass solche Laute für sie nicht gerade hilfreich waren. Also verschlang ich sie lieber weiter mit meinem Mund und ließ meine Hände auf Wanderschaft über ihren verführerischen Körper gehen.

Ihre fanden nun auch zu meinem nackten Oberkörper. Verträumt ließ sie ihre Finger über meine Muskeln tanzen. Ich mochte ihre Verspieltheit. Sie war so erfrischend und echt.

Plötzlich glitten ihre Hände zu meiner Jeans, doch statt meinen Gürtel zu öffnen, zog sie unerwartet mein Handy aus meiner Hosentasche, löste sich währenddessen von meinen Lippen und hielt es mir unter die Nase. Denn es hatte nicht aufgehört, zu klingeln.

»Na, geh schon dran. Es scheint wichtig zu sein«, sprach sie mit brüchiger Stimme. Ich schmunzelte frech, nahm ihr das Handy aus der Hand und schmiss es zu meiner Lederjacke auf dem Boden.

»Nichts ist gerade wichtig«, raunte ich und schon begann ich sie wieder zu küssen. Als würde ich für Filip, den Trottel, jetzt in diesem Moment ans Handy gehen. *Ja, klar!*

Sie schmunzelte an meine Lippen und zog mich noch mehr an sich heran.

Am liebsten würde ich nun meinen nach Erlösung schreienden Schwanz aus seinem Gefängnis befreien. Doch ich hatte ihr versprochen, es würde sich heute nur um sie drehen. Ich musste Angel zeigen, was wirkliches Verlangen und pure Lust bedeuteten. Denn seltsamerweise kannte sie beides nicht. Das wurde immer deutlicher, je mehr ich sie an ihren empfindlichen Stellen reizte.

Meine Finger hatten schon ihren Weg zu ihrem Höschen gefunden und ich fuhr darüber ihre Schamlippen nach und schon jetzt erzitterte sie unter mir.

Ihr Körper bettelte und lechzte regelrecht nach solch zarten Berührungen. Doch ich wusste, würde ich mir jetzt an den Gürtel greifen, würde ich meine Bedürfnisse über die ihren stellen. Und wenn sich meine Lust in den Vordergrund drängte, würde sie sich wieder versteifen und in sich kehren.

Also musste Angel wohl nie gelernt haben, dass auch ihre Lust zählte. Und wieder schoss mir die Frage aller Fragen durch den Kopf.

Was zum Teufel ist dir alles bereits in deinem jungen Leben widerfahren?!

Meine Lippen wanderten ihren Hals hinab, bis hin zu ihren schönen und vollen Brüsten. Nur allzu gern nahm ich eine ihrer bereits harten Knospen zwischen die Lippen. Sie keuchte mir entgegen und gab mir damit die Erlaubnis, weiterzugehen. Also ließ ich langsam meine Hand unter ihren Slip gleiten, um dann erneut ihre Schamlippen nachzufahren.

Kaum berührte ich ihre empfindliche Haut dort unten, knurrte ich leise gegen meinen Willen. Ich wollte solche Laute eigentlich vermeiden, aber ihre Nässe hatte mich dann doch schwach werden lassen.

Das kleine Ding triefte bereits und ich hatte sie noch nicht einmal richtig berührt. Was sagte das über sie aus?! Ich hatte recht mit meinem Verdacht. Angel wusste nicht um ihre Lust. Sie war ihr nie gezeigt worden.

Ich zwang mich wieder zur Beherrschung und widmete mich endlich ihrer pochenden Perle. Kaum übte ich leichten Druck auf ihr aus, stöhnte sie laut gegen meine Lippen.

Mit kreisenden Bewegungen reizte und stimulierte ich sie an ihrer Klit. Nur um sie nach kurzer Zeit mit meiner Hand zu ficken.

Doch kaum näherte sie sich dem Orgasmus, verspannte sie sich wieder unter mir. Als würde sie sich verbieten, loszulassen. Aber warum tat sie das?

Angel zuckte schon unkontrolliert unter mir und doch merkte ich, dass sie sich zurückhielt.

»Lass los, kleine Angel. Zeig mir deine Lust«, raunte ich ihr mit tiefer Stimme dicht an ihr Ohr, während ich sie weiter mit meiner Hand fickte.

Nach wie vor verkrampfte sie sich zu sehr. Wagte es nicht, sich in meinem Beisein gehen zu lassen. Dennoch machte ich weiter und ließ immer und immer wieder zwei Finger in ihrer Enge verschwinden, während mein Daumen gezielt auf ihre Perle drückte.

Meine Lippen wanderten erneut zu ihrem Ohr, da ich sie in der Zwischenzeit wieder leidenschaftlich geküsst hatte.

»Vertrau mir, Angel. Ich bin nicht *er*.« Und damit kam sie. Mit meinen letzten Worten ließ sie endlich los und schrie mir ihren heftigen Höhepunkt entgegen. Ich verschluckte ihn mit meinen Lippen. Küsste ihr den Orgasmus regelrecht von ihnen.

Als er verebbt war, wanderten meine Lippen über ihre erhitzte Haut hinab. Ihr Körper erbebte unter meinen zarten Küssen. Doch ich war noch nicht fertig damit, sie zu verwöhnen. Ich wollte ihr volles Vertrauen. Wollte, dass sie sich mir völlig hingab.

Also legte ich mich kurzerhand zwischen ihre verführerischen gespreizten Schenkel. Über ihre Brüste hinweg sah sie zu mir nach unten, doch bevor sie überhaupt die richtigen Worte in ihrem noch immer vernebelten Hirn bilden konnte, küsste ich schon ihre überreizte Perle.

Spitz schrie sie auf und krallte sich in mein wildes Haar, ehe sie stoisch mit dem Kopf schüttelte, weil es einfach zu viel Stimulation für sie war. Allerdings wusste ich, was ich da tat, und machte deshalb unbekümmert weiter.

Sanft umkreiste meine Zungenspitze ihre erhitzte Perle. Immer wieder begann sie erneut zu erzittern und unkontrolliert zu zucken. Ihr leises Keuchen wich einem hemmungslosen Stöhnen.

Mein Schwanz drohte beinah in meiner Hose zu explodieren, daher konnte ich mir ein erneutes Knurren nicht verkneifen, während ich mich mit meiner Zunge in ihre Enge schob.

Sie wölbte ihren Rücken durch und krallte sich schmerzhaft in meinem Haar fest. Ihr Stöhnen wurde immer brüchiger.

»Logan!«, schrie sie meinen Namen, was mich gleich noch einmal grollen ließ. *Fuck! Das ist Folter!*

Allerdings konnte ich nun unmöglich egoistisch sein. Nicht jetzt, wenn sie ihrer Lust endlich freien Lauf ließ.

»Logan, bitte!«, flehte sie dann zu meiner Überraschung. Ich dachte zuerst, weil sie kommen wollte, doch als sie wieder und wieder flehte, zog ich mich aus ihr zurück und blickte über ihren Venushügel zu ihr hinauf. Und als sich unsere Blicke dann trafen, drohte meine Hose wirklich zu platzen.

Angel sah mich mit einem solch erotischen und von Lust verhangenen Blick an, dass ich nicht wusste, ob ich jemals so etwas Schönes gesehen hatte wie diese Frau hier unter mir.

»Fuck, Kleines, sieh mich nicht so an!«, stöhnte ich mehr, als dass ich es wirklich aussprach. *Shit! Ich wollte mich doch zusammenreißen!*

Ich küsste mich sanft wieder ihre weiche Haut nach oben bis zu ihren vor Erregung geschwollenen Lippen und ließ sie ihre eigene Lust schmecken.

Plötzlich fasste sie mir an meinen Gürtel und öffnete ihn. Bevor ich protestieren konnte, wanderte ihre kleine Hand schon in meine Hose.

Mit bestimmtem Griff packte sie meinen steinharten Schaft.

Ich stöhnte an ihre Lippen, konnte und wollte mich nicht länger beherrschen.

Kurze Zeit später lagen wir beide endlich nackt in ihrem Bett. Ich stülpte mir noch schnell ein Kondom aus meiner Hosentasche über, dann war ich auch schon wieder über ihr.

Ich begann sie sanft zu küssen, als ich meine Spitze an ihre Nässe führte. Ich wollte nichts überstürzen, auch wenn ich es kaum noch aushielt und mich nur noch in ihre Enge stoßen wollte.

Quälend langsam schob ich meine Eichel in sie, was uns beide gleichzeitig aufstöhnen ließ.

Ich beschloss, mich noch etwas weiter zu foltern, da das Gefühl gerade so göttlich war, und fickte sie mit sanften Stößen nur mit meiner Eichel. Plötzlich stöhnte sie hemmungslos auf, dann rammte sie mir ihre Fersen in den Arsch, als würde sie ihrem Hengst die Sporen geben. *Du willst es härter, zarter Engel?! Kein Problem.*

Doch statt mich nun komplett in sie zu versenken, zog ich mich aus ihr zurück und richtete mich auf. Sie schnaubte frustriert, was mir ein freches Schmunzeln entlockte. *Keine Sorge, Engelchen. Ich habe nicht vor, aufzuhören.*

Ich richtete mich auf und kniete mich zwischen ihre gespreizten Beine. Angel beobachtete interessiert und gleichzeitig ungeduldig mein Vorhaben.

Als ich mich richtig positioniert hatte und meine Eichel wieder ihre Nässe berührte, schnappte ich mir ihre Beine und legte sie mir bestimmend über die Schultern.

Sie musterte mich rätselnd, doch als ich sie mit leichten Stößen fickte, schloss sie genießerisch ihre Augen.

Ich knurrte erregt, während ich mich wieder und wieder in ihre Enge schob. Ihre warmen Wände dehnte, die mich molken. Es war himmlisch.

Angel begann immer lauter zu stöhnen und als ich dann noch meinen Daumen auf ihre Perle legte, schrie sie mir ihre Lust entgegen. Ich ließ mich von ihr anfeuern und fickte sie immer härter. Sie empfing jeden meiner dominanten Stöße willig mit ihrem Becken.

Ich genoss es in vollen Zügen, diese Frau, diesen zarten Engel wild zu vögeln. Immer und immer wieder und im schnellen Tempo stieß ich mich in ihre verführerische Enge. Und jedes Mal, wenn ich mich bis zum Anschlag in sie versenkte und ihren geheimen, inneren Knoten dadurch gekonnt stimulierte, stöhnte sie laut auf.

Ich spürte, wie sich der Orgasmus abermals in ihr aufbaute, und als sie laut kam, riss sie mich mit in den süßen Abgrund der Erlösung.

Völlig verschwitzt und erschöpft ließ ich mich auf ihr nieder und keuchte ihr meinen heißen Atem gegen ihre Halsbeuge. Auch ihr Herz raste nur so in ihrer Brust.

Mein Schwanz pochte noch immer in ihr nach. Dieses Gefühl war aber auch zu göttlich, als dass ich es so schnell aufgeben könnte.

Angel kraulte mir vertraut mein Haar in meinem Nacken, ehe sie mir ein, zwei sanfte Küsse auf meine verschwitzte Stirn gab.

Noch immer füllte ich sie aus und noch immer stand er wie eine Eins. Aber war es bei dieser Frau auch verwunderlich?!

Ich küsste ihre schönen Brüste und bewegte mich leicht in ihr. Dies ließ sie genießerisch seufzen. Nach kurzer Zeit wollte ich sie zum zweiten Mal ficken, als mein Handy erneut klingelte. *Wer zum Teufel fuckt mich heute so ab?!*

Gequält sah ich zu ihr auf, doch sie lächelte mir nur süß entgegen und drückte mir einen kleinen Kuss auf den Mundwinkel, ehe sie zu meinem Klamottenberg am Boden neben ihrem Bett nickte.

Ich seufzte frustriert auf, versenkte mich noch einmal tief

in sie, was uns beide zum Stöhnen brachte, dann löste ich mich höchst widerwillig von ihr.

»Gib mir zwei Sekunden, um der Nervensäge den Arsch aufzureißen, dann fick ich dich um den Verstand«, raunte ich ihr zu und erhob mich. Angel lachte nur leise über mich und beobachtete mich dabei, wie ich mein Handy aus dem Klamottenberg fischte.

Doch als ich das Display einschaltete, gefror mein Lächeln. *FUCK!*

Ich hatte über zwanzig Anrufe und etliche Nachrichten auf meinem Handy, die ich allesamt die ganze Zeit ignoriert hatte. Und als ich sah, von wem die ganzen Anrufe stammten, erstarrte ich völlig.

»Fuck!«, fluchte ich leise.

»Logan, was ist?«, hörte ich Angel's alarmierte Stimme, doch ich konnte ihr gerade keine Beachtung schenken. Denn ich hatte etliche Nachrichten und Anrufe, nicht nur von meinem Bruder, sondern auch von Filip und zu meiner größten Sorge auch von James, Ians 'Diener', auf meinem Handy.

»Logan?« Plötzlich legte sich eine bronzene Hand auf meinen Arm. Ich wandte mich nicht zu ihr um und ließ mein Handy sinken, als ich zum Sprechen ansetzte.

»Mein Bruder wurde angeschossen!«

Ende Band 1

Danksagung

Puh! Ich bin ehrlich, bei dieser Danksagung tue ich mich schwer. Denn Angel ist mehr für mich als einfach nur ein Buch. Diese Geschichte ging selbst mir beim Schreiben unter die Haut.

Dezember 2019 habe ich begonnen, Angel's Geschichte zu Papier zu bringen. Ich musste mehrfach pausieren, neu umdenken, mir Mut zusprechen und mich zeitweise zum Schreiben überwinden, einfach weil mir diese Geschichte so unheimlich wichtig ist. Sie musste erzählt werden und ich musste sie schreiben.

Seit über einem Jahr also arbeite ich nun an dieser Trilogie und entlasse sie nun mit dem Beenden dieser Danksagung in die große, weite Bücherwelt! Hoffe und bete, dass sie euch ebenso berührt wie mich.

So viele wundervolle Menschen haben mich bei dieser Geschichte unterstützt und mir beigestanden. Mich ermutigt und bestärkt.

Allen voran mein Schatz. Der jede lange Schreibnacht, das viele Arbeiten und meine dadurch verbundene Kopflosigkeit hinnimmt und mich im Hintergrund so wundervoll unterstützt. Ich danke dir für alles, was du tust, mein Schatz!

Ein weiteres dickes Dankeschön geht an meine wundervollen Testleser. Ladys, ich weiß, ihr musstet viel mit mir mitmachen und Geduld haben. Doch es hat sich gelohnt. Die Zusammenarbeit war perfekt und das Feedback jeder Einzelnen war mir eine riesige Hilfe! Ihr wart spitze!

Natürlich dürfen hier meine Bloggerdamen nicht fehlen, denn sie werden noch immer nicht müde, meine Bücher in die Welt hinauszuschreien.

Danke: Theresa, Tess, Jeanny, Vivian, Saskia, Rebecca, Nancy, Sarah, Lisa, meine kleine Elfe und Anni! Ihr seid die Besten!

Dann möchte ich mich noch bei zwei ganz besonderen Menschen bedanken.

Ulli und Anjou. Vielen lieben Dank fürs Brainstormen zu Beginn dieser wundervollen Reise. Ulli, deine Ideen waren der Wahnsinn und deinem Mutzuspruch habe ich es zu verdanken, dass diese Geschichte das ist, was sie heute ist.

Und Anjou, du hast Angel von dem ersten Wort an geliebt und wusstest, diese Geschichte wird etwas (hoffentlich) Großes!

Ich danke euch beiden von Herzen!!

Natürlich darf bei meiner Danksagung mein wundervoller Verlag, der Heartcraft Verlag nicht fehlen. Das Team dahinter ist einmalig und die Zusammenarbeit ein Traum.

Danke, ihr Lieben!

Ich bin etwas wehmütig, das gebe ich zu. Dennoch bin ich dankbar, so unendlich dankbar für all diese wundervollen Menschen, die mich auf dieser Reise begleiten haben.

Ebenso für meine lieben Kolleginnen und Kollegen, die mir mit Rat und Tat zur Seite standen. Fühlt euch gedrückt, meine Zuckerschnuten!

So, genug Liebe verteilt – fürs Erste.

Nun steuern wir mit voller Kraft Angel Band 2 entgegen.

Es wird dunkler.

Heißer.
Härter.
Grausamer.
Kurz um: Welcome back to the dark side!

Um nichts zu verpassen, schaut gern auf meiner Instagram-Seite vorbei, unter: @_sally__dark_

Dort werdet ihr bestens über Band 2 und meine vielen, noch kommenden Projekte informiert.

Ebenso könnt ihr gern auf meine Autorenwebseite schauen: www.sallydark.de

Ich freu mich auf euch!

Dunkle Grüße
Eure Sally Dark

Über Sally Dark

Man nennt mich Sally Dark.

Kommt und folgt mir in meine Welt der dunklen Liebesromane und erotischen Geschichten.

Fühlt ihr euch auch eher zu den düsteren Kerlen hingezogen? Steht ihr auf raue und prickelnde Sexszenen? Und mögt ihr ebenso wie ich Protagonisten, die kein Blatt vor den Mund nehmen und auch mal eine etwas derbere Aussprache haben dürfen?

Dann heiße ich euch in meiner Welt willkommen.

Ich habe ein Faible für Bad Boys und Bad Heros, die die Welt ein klein wenig heißer machen.

Denn sind wir doch mal ehrlich: Wer will schon den Guten, wenn man den Heißen haben kann?!

Dunkle Grüße

Eure Sally Dark

Weitere Bücher von Sally Dark

Princess - Reihe
Band 1: The Princess and the Beast: Dunkles Spiel
Band 2: The Princess and the Beast: Tödliche Jagd

Klappentext:
Um gleich eins klarzustellen:
Das hier ist weder ein zuckersüßes Märchen noch eine harmlose Lovestory. Meine Geschichte ist nichts für schwache Nerven. Mein Leben besteht aus Gewalt, Tod, Drogen und Sex.
Hier gibt es keine Moral.
Ich bin auch kein verschissener Ritter in strahlender Rüstung. Ich bin ein Monster, das sich nimmt, was es will und tötet, wer ihm im Weg steht.
Will ich dich töten oder nur mit dir spielen?
Ich bin der Hunter und du meine Beute. Was auch immer ich mit dir vorhabe, ich verspreche dir, dass es dich fesseln wird. **Also, traust du dich in meine Welt?**

Sin - Reihe
Band 1: The Sweet Sin - Du bedeutest meinen Untergang
Band 2: The Deadly Sin - Du wirst mich zerstören

Klappentext:
Schneewittchen:
Ein Blick in diese Augen und meine ganze Welt geriet ins Wanken. Sie leuchteten in so einem intensiven Grün und doch wohnte Dunkelheit und tiefe Traurigkeit in ihnen. Wieso zog mich dieser mysteriöse Fremde mit seinem düsteren Erscheinen so an? Wieso konnte ich ihn nicht vergessen? Dabei sollte ich es unbedingt, denn mein Leben ist bereits vorherbestimmt – und ein Mann wie er passt niemals in meine Welt.
Blake:
Oh, Schneewittchen, wie konnte ausgerechnet ein unschuldiges Mädchen wie du an einen Mann wie mich geraten? Verstehst du denn nicht, dass ich nichts weiter bin als ein rücksichtsloser Mistkerl? Ich bin nicht der Retter, den du so dringend brauchst. Ich bin nicht der gute Mensch, den du so verzweifelt in mir sehen willst. **Aber du … du bist mein Untergang.**

HEARTCRAFT